U0889457

尧山壁文存

卷七 评论

河北出版传媒集团
河北教育出版社

目录

001 朱增泉的诗
004 张庞、卜宝玉《东方神话》读后有感
007 郁郁葱葱青年林
012 一支后来居上的梯队
019 刘晓滨，酿蜜的蜂
022 王玉民《匆忙间的俯拾》序
025 王俭庭《金蔷薇》序
029 刘明义《记忆的帆影》序
031 郭俊，为工人歌唱
033 巨浪《爱的思绪》序
035 读《永年新民歌》
038 《武存直诗选》序
040 曹增书《东方柏》读后
042 谢玉久《火狐集》序
046 《亲近善良》序
051 《青柿子　红柿子》序

054 蒋瑞杰《流向永恒的遥远》序
056 刘更申《仙湖风情》序
058 韩晓云《三流水韵》序
060 栗原小荻《血虹》韩文版序
063 姜宇清《土地之味》序
064 解青林《风雨五十载》序
066 周渺《脉脉此情谁诉》序
067 安宇《鸳鸯岛》序
069 十方子《黄帝战蚩尤》序
071 尚友萍的《新人贾宝玉论》
073 王东印《只眼看三国》序
075 王志贤《苦楝树》序
077 张文山《大唐末帝》序
079 燕照人《冀中除奸英豪》
081 余炳年《“左”家庄的倾斜》序
083 建造希望工程的艺术殿堂
085 《韩雪乡土童谣》序
087 齐荣景《追太阳的孩子》序
088 《萌芽》序
091 刘千生《惊雷响太行》序
092 宁纺四十年
095 袁茂余《孟达山之恋》序
097 何宗文《新游记审美》序
099 贾瑞增《桃红总是煜灼灼》序
100 颖川《荷花赋》序
101 评张华北《大洼如歌》

105 朱宝柱的评论集
107 森林文学的一棵风景树
109 爱恋与质朴之风轻轻吹拂
112 严伟初《琴台故径》序
114 何耀明《心之歌》序
115 “陈言”何以出“新语”
118 《闲情散记》序
120 变中求新更求进
121 《渐行渐远》序
123 关于申志刚的《写忆》
125 郝占奎《艺术评论卷》序
127 一句话说到心坎里
129 《情系大槐树》序
130 热爱生命
133 报告文学的“冷”与“热”
134 漫谈文化
136 《文论报》元旦献词
137 2013 年度散文学会年会开幕词
139 关于《百姓旧事》
141 马成绩《名花赏读》序
143 《岁月和弦》序
144 谷庆池《心语文韵》序
148 魏献青《到塔克拉玛干去》序
150 梅九寿《说唱集》序
153 诗词创作水平亟待提高
157 王学新《古赵新吟》序

159 国印周《重元诗词》序
162 李文学《泉溪吟》序
164 高天民《时光无痕》序
167 范峻海《竹涛集》序
171 尹耀增《心涛集》序
173 美的追求——《梁剑章诗词选》序
177 读《赋真诗集》
178 陈金锁《沛槐诗草》序
180 张书亭《从容而去》序
182 《甄德圣诗词选》序
184 《低头入海作涛声》序
187 孙通君《诗化人生》序
189 郑金佑《小草拾韵》序
191 愿抛心血唱新声
194 侯殿锋《心韵集》序
197 《烟花三月》序
200 读一位中学生的诗
202 《古今诗人咏邢台》序
204 《河北旅游诗词选》序
207 《临城揽胜》序
208 《古韵流觞》序
209 《中国趣诗故事》序
211 田人书法品读
216 当代帛书第一人
221 范继翔画竹
226 刘新宗的书法艺术

231 威县画家群
240 《任征诗词书法集》序
243 《墨影——赵俊岩诗书画集》序
246 关仁山的性情书画
250 试论萧依佛教造像拓片题跋
254 林伟画集《古质今颜》序
256 李秉正诗画集《写意》序
257 育红书法集序
259 《元曲魂》序
263 焦万存《雅清斋余韵》序
265 石运兴的诗
267 康贵春《秋林挹露》序
269 洪群的散文
270 梅子的诗文
272 《逸趣韵话》序
273 《岁月有痕》——石长青诗集序
276 冯小军散文集
278 纪念丁力先生
281 心灵的漫游——《微霜文心》序
283 《东南西北》序
285 读梦夕《漳河湾》
287 《漂者无疆》序
290 元旦感怀
292 后生可畏
294 刘福生《梳理人生》序
296 孙炳坤《一丁诗词选》序

298　吕金波诗词
300　张帆的诗
302　《李景林画集》序
304　李清哲的诗
305　王玉春书法印象
307　《农耕民俗谱》序
308　杨作文画集
310　再说魏家庄
313　铭记历史　开辟未来
——评王金平的长篇纪实文学《熔炉》
316　《墨气如兰》序
320　王湛梅《暗香疏影》序
323　范峻海歌行体诗
327　梅诗后记
328　《尧山当代诗词百家·文集》序
330　《岁月尧乡》序
333　《花开时节》序
335　孙万顺《梦华心语》序
337　周志全《踏雪无痕》序
339　忆顾随先生
343　陈泽辉《韵散文》序
345　《浣花辞》序

朱增泉的诗

1987年冬天，我在南国边陲的山洼里，初识朱增泉同志。那个山洼是一块风水宝地，周围矗立着七座葱茏的山峰，组成了一个天然的绿色中军帐。年轻的教官身在帷幄，却旋转着绮丽的诗思。在风靡战地的时报《橄榄风》上，我读到了他的《猫耳洞人》《我案头，站立一尊秦兵俑》和《奇想》的前三篇，禁不住兴奋不已。那种多少年来不多见到的灵动而浑朴的风格使我眼睛为之一亮。朱增泉与我同龄，可他的思想远比我深邃、成熟，思维又远比我敏锐、年轻。他奇异的想象力，他对战争和人生的深沉思考，给人留下了深刻的印象，我不由地对他的艺术产生一种期待——一种严格意义上的期待。

从此以后，朱增泉作为一个诗人而不是一名将军引起了我的瞩目，他的诗也吸引了众多读者的目光。待到他的诗集《奇想》出版，以及几组新作问世，我感到诗人已从自发的状态进入了全神贯注的自觉创作境地。他不再只寻找题材本身的意义，而是能荡开一种距离，摆脱诗歌创作容易有的追摹性，追求更多意义上的对人类生存历史的探究。这些诗对艺术本身具有的意义，使我第二次认识了作为新人的朱增泉，大器晚成而且速成，仅仅三年时间他就塑造了一个特殊诗人的形象，仅仅一本诗集几组诗作就昭示了他诗歌发展的深远的信心。

在组诗《战争·雨季·地球的又一个受孕期》中，前线阴湿的山洞不再作为单一的地点和景物，而变成一个把握历史与现实、生命与死亡的“永恒时空”，具有回溯和前瞻的性质。人类生存的历史，在艺术中从来都不会是一种历时的景象，诗人必须在自己的内视中，在自己的心灵中重新组织甚至是创造它们。盲目求善意志和一般流行意义上的证词，只能使诗体乏力。而朱增泉涉过了这一系列考验。机遇与必然，自由与规律，具体的存在和总体的判断，在他的诗中由潜在的状态发展成为一种心理现实的状态。“我看到我的一双脚——我的生命之根 / 踩在黏稠的红土里，无意一动 / 掀起一排光斑闪烁的海涛 / 这些黏稠的殷红，都是血吗？/ 是血。我想 / 猫耳洞 / 是长在地球浅腹部的胎盘 / 我正在胎盘中受孕。”这首长诗，一开始是阐明善恶逻辑的知识，但是，随着诗人生命的缓缓洞开，我感到它不仅是一种判断，而且成为矛盾双方对立共存的所在。朱增泉的诗歌最终超越了廉价、肤浅的乐观主义，而抵进了积极向上的悲壮美。正是这些，使我看出了诗人精神内核中深厚的历史感。猫耳洞也是诗人“受孕”之地，它使诗人做自觉的生存者而占有了生存的意义。

这种对生和死、永恒和瞬间的综合把握，同时反映在《人类·历史·人类耕耘着历史》这一组诗中。在这里，法老王和金字塔，斯巴达克和斗兽场，释迦牟尼和佛珠，孔子和《论语》，秦始皇和长城……构成了诗人力图用生存同一来建构艺术生命的冲动。悍厉的王和普度众生的佛，无论怎样各执一种精神高度，都无法摆脱时间对人的洗濯。但诗人的用力处显然不是在这种生命万劫不复必归于死亡的一般认识上。他所关心的是在生命和认识的有限性的前提下，强化正义的力量。如此说来，死亡在朱增泉那里，已经只是一种无所评判的自然现象。他要说的是人类在死亡这一点上究竟做些什么——死亡不是生命的结束，因为生命无始无终，要归于它，那么它就是一种永无结局的生气贯注的过程。承认死亡的必然性，是对诗人的精神深度的考验；而如何理解这种必然性的意义，人民解放军的将军做出了个人的同时也是集体的、“宿命”的同时也是反抗命运的回答。正是这种骨子里的唯物主义精神，不但使普通民众，而且使将军自身也为自己的这种意识所折服！战争缩小了也就放大了人的生命，使人不断经历“新的历史耕种期”，当他反观历史时，他实际在反观自身。这种双重把握的深度，实际上是一个人参与存在的程度，也就是创造自己、赋予自己本质的程度。这种承担作为一种基本的姿态，统摄了朱增泉近期的重要作品。当他由“圆”而联想起“生存圆”时，当他用“生命穿越死亡”时，当他在炮火“红的云里”和焦土“黑的海上”颠荡时，他随时感到和自己本质的相遇、相择。

去年冬春之际，朱增泉完成了近千行的长诗《国风》，这是由三组相对独立的篇章构成的系列。全诗犹如一口长气错综过来，那渐渐弥漫开去的不是《诗经》中端凝淳朴的“国风”，而是诗人对于东方生命辉光的另一种感悟。在这组诗中，他避开了冲动的铺张，而体现为深厚；避开了对历史事件的各种描述，而体现为溶解—— 一派庄重、肃穆、坚韧的气象，像滞留的冰排压迫过来。但是作为军人，他的诗并没有化解掉矛盾而追求淡远和岑寂的能力，他不过是将灵魂内部的震动化为足以包容这些极端的动态平衡。他写《出奔》，其实是写了重返灵魂的“家园”。在这里，诗人置身于其中的一切，分明是主动寻找炼狱的过程。那远古、落日、人、荒漠（系列长诗之二《落日》）与《出奔》中的磨道、足印、鹰、宫灯构成相互呼应的场景，表现了两种力量互为表里、互为因果的存在。诗人通过历史呈现个体生命的纵横感，在复杂经验的共识呈现里，又不乏独异的个人精神履历的展示。但对一位将军而言，真正的慈心显然不是个体生命的张扬，他始终倾心于对社会主义祖国命运前途怀有巨大热情的新生之力，这就使他的诗在失去爆发力的同时又获得了一种持久力。我不知道怎么评价这种损失和获取谁更有价值。诗人在系列之三《星空》里说：“诗人救不了历史，更救不了自己。”但显然他连自己也说服不了。在他这里，诗歌是一种占有生命空间的形式。

随着艺术表现探索的深入，朱增泉在形式上也逐渐体现了自己的个性。其中有价值的部分，就是他对结构的重视。这几组诗，均由两种相悖的力量构成，它们不是呈直线运动，而是在相互排斥、摩擦和压迫中，达成一种整体性的平衡。诗的意蕴就在这种自相矛盾的语境中呈现。犹如平滑的面只能体现轻盈的运动一样，那种坎坷的甚至是背道而驰的面，才可能体现内在的力——本体的力。这是一种积极的和谐，而非降落以求的诗巧的和谐。

作为一名将军，朱增泉在和平年代经受了战火的洗礼。作为一名诗人，他最真实的感受和欣悦使他永远无法说出“这首诗我写好了”。他曾说过:“我的诗龄只有两三年。”望着他的眼睛，我理解他这句话蕴含的深刻的自信和深深的忐忑。

张庞、卜宝玉《东方神话》读后有感

2001 年 7 月 1 日，是中国共产党人值得骄傲和自豪的日子，也是全中国人民生活中的一个盛大节日。面对这样一个庄严而神圣的日子，诗人们不可能袖手旁观。诗人们对“文革”所遗留下来的假、大、空的诗风早已深恶痛绝，且中国新诗在进入 90 年代以后显得有些支离破碎，鲜有黄钟大吕之声，但值得欣喜的是，一些有担当意识和历史责任感的诗人，在镰刀和锤头的召唤下，奋笔疾书，壮怀激烈，高歌猛进，气贯长虹，使政治抒情诗这一久违的诗歌形式重新焕发了战斗的青春。在新世纪的曙光中，张庞和卜宝玉这两位出色的军旅诗人，为时代和人民奉献出了一部沉甸甸的《东方神话》。这部一万多行的史诗一样凝重的长诗，像一条浩浩荡荡的江河，汹涌澎湃，气势非凡，给沉寂已久的中国诗坛带来了强烈的震撼，读之令人感奋不已。

《东方神话》是一幅历史的画卷，也是一座历史的丰碑，面对中国共产党 80 年波澜壮阔的历史进程，诗人站在 20 世纪的峰巅，以历史唯物主义和辩证唯物主义的眼光，以史为鉴，去伪存真，既大刀阔斧，又严谨求实，使这部“诗的党史”既可信又耐读。实事求是，是马克思列宁主义、毛泽东思想、邓小平理论的精髓；与时俱进，是中国共产党人百折不挠的精神品质。《东方神话》无疑是一个浩大的工程，作者从构图、备料到施工，都进行了充分的酝酿和精心准备，力争做到无懈可击，坚不可摧。《东方神话》成功的创作实践，为新时期政治抒情诗的创作提供了许多新鲜而又宝贵的经验，也是此类题材日益走向成熟的一个标志。

一部伟大的史诗，就是一个民族灵魂的再现。在艺术形式的选择上，必须符合本民族的审美趋向和艺术趣味。两位军旅诗人运用了传统的抒情方式，继承和发扬了中国传统诗歌刚健清新的艺术魅力，富有浓郁的中国气派。在《东方神话》中，作者时而浓墨重彩，时而蜻蜓点水，使整部长诗读起来显得疏淡有致，给人以“大珠小珠落玉盘”的艺术享受。读《东方神话》，既可以领略到苏轼在赤壁怀古时那种“大江东去，浪淘尽，千古风流人物”的壮志豪情，也可以品味出诗仙李白那种“朝辞白帝彩云间，千里江陵一日还”的轻松愉悦。作者自信而又动情地吟哦一只劈波斩浪的红船：

那随着红船的航行
逐渐展开了的　自由的
天空和土地　自主的
命运和前途　始终回荡着
南湖碧波的声响　始终回荡着
红船号角的鸣唱

（《东方神话·吟哦曙光》）

这种吟唱是开阔而又自如的，也是坦荡而又深沉的。

中国共产党是在血与火中锻炼和成长起来的，党的三代领导核心毛泽东、邓小平、江泽民率领着中华儿女浴血奋战，拨乱反正，开拓创新，这本身就是可歌可泣的人间神话。如何用诗的形式，再现伟人的风采和波险浪恶的革命征途，绝不是一件轻而易举的事情。作者在深入而又详尽地研究党史、军史的基础上，以直面历史真相的勇气，对党的三代领导核心的历史作用进行了诗意的颂扬和刻画，也进行了深刻的剖析和反思。中国共产党之所以能够从无到有，从小到大，从弱到强，根本在于这是一个敢于正视自身的失误、不断完善和调整自身机制的政党。而一个始终保持与人民群众血肉联系的政党，才能像一棵枝繁叶茂的大树，巍然屹立在世界的东方，给人以无穷的智慧和力量。作者认为："忠于历史是对史诗的基本要求，解读现实是代表人民的清澈心声。"（《东方神话》后记）作者创作《东方神话》的目的，是为了激励人民继续在中国共产党的领导下，为建设中国特色社会主义现代化强国而努力奋斗。在《远方的梦》这一章节中，作者倾注了对党的无限热爱和对未来的美妙畅想：

远方的梦　奔向远方
让我们高举斧头和镰刀的旗帜[1]
挺起信念的脊梁
张开理想的翅膀
为东方神话里延伸的故事
创造更加引人入胜的情节
为红色诗典里辉煌的旋律
书写更加斑斓厚重的诗章

---

[1] 中国共产党党旗为旗面缀有金黄党徽图案的红旗。党徽图案由镰刀和锤头组成。

思接千载，神游万里，《东方神话》在抒情与叙事上，达到了高度的和谐统一。这是一部奇诗，也是一部大诗。跌宕起伏的历史事件，活灵活现的历史人物，都给人以如见其人、如闻其声的艺术效果，作者在纵横驰骋的过程中，如春蚕吐丝、蛟龙闹海、喜鹊登枝、虎啸山林，真可谓“大风起兮云飞扬”，堪称世纪之交中国诗坛的一曲绝唱。

郁郁葱葱青年林

自古燕赵多慷慨悲歌之士，河北是产生诗人的地方。不说古代，单就“五四”以来，在这块土地上诞生和养育过的著名诗人就有冯至、田间、公木、阮章竞、王亚平、郭小川、方纪、魏巍、张志民、李瑛、雁翼，以及陈辉、曼晴、远千里、青勃、乔羽、李学鳌、贾漫、蓝曼等。从荆轲、高适到郭小川，河北诗歌有着北方的雄浑之风，阳刚之气，源远流长，经久不衰。

20 世纪 50 年代以后，我们的诗人们满怀激情歌颂社会主义改造和建设，河北又先后涌现了一批土生土长的青年诗人，像吴长城、叶蓬、何理、韦野、戴砚田、刘章、王石祥、浪波、任彦芳、王洪涛、申身、聪聪等。但是与伟大时代和兄弟省市相比，毕竟成绩还不够突出。回顾那一时期的作品，有不少生动感人的佳作，但总的看来，还存在着一些明显的不足。有不少诗作对生活认识浮浅，表现单调，有图解政策的痕迹。1958 年以后，走古典诗歌和民歌相结合的道路无可非议，但是忽视了“发展”二字，几乎是清一色地用民歌体表现农民题材。后来路子越来越窄。

时代和大地呼唤着新的诗人，开一代新的诗风。首先打破沉寂，脱颖而出的是张学梦、边国政和姚振函。他们是五六十年代的文学爱好者，诗的种子还没来得及发芽，“文化大革命”开始了，封冻期一下子就是十年，等到冰化雪消，他们已经人到中年了。由于地力和本身能量的长期积蓄，破土而出，拔地而起。

张学梦的《现代化和我们自己》，以高亢的音质和宽广的音域，唱响了我省乃至全国“四化”之歌，当时他还是个铸造工，每首诗都倾注了对共产主义的无限向往之情和对“四化”的关注。他的诗有强烈的使命感，因为“在我平凡的灵魂之上附着一个伟大的国魂”(《我是中国公民》)。在思想解放运动中，重发了自己劳动者的尊严，以新时期主人翁的精神，指点江山，品评古今。张学梦才华横溢，兴之所至，一挥而就，但雄辩的抒情加上现代学科的词汇，使他的诗往往注意诗的教育作用，而疏忽了审美作用，给人议论多而形象少的感觉。

边国政在1979年夏天就写出了《对一座大山的询问》，足见胆识，这是抒情诗人最宝贵的品质。因为具有时代的觉悟，他才写出《我不惊诧》，用整个生命呼喊:“春天来！”由于政治上的敏感，他深知尊重知识、尊重人才的重要性，高呼“落后的祖国需要技术，需要科学”，要“扫荡那些‘可能’‘大概’‘差不多’”，“用精确值填写出高质量、高速度”(《我歌唱数和数的家族》)。边国政是清华大学水利工程系毕业生，他的诗富有形式美、建筑美，但有时铺排过分。

姚振函是一位严峻而又容易激动的抒情诗人。清明，他创作祭诗，蘸着悲愤和沉思，撰写烈士的墓志铭。对于“野心家们”的危险性，他“用带血的声音，向人们发出尖厉的警报！”(《警惕呵，人们！》)另一方面他又热心为“四化”高歌，《唱给明天的歌》《献给第一个植树节》，声情并重，感人至深。他在北大读语言专业，不仅诗句行云流水，平原走马，而且文字考究，无懈可击。不过，在政治抒情诗主题的发现和开掘上，还不能排在领先

的地位，这也许与他对诗的追求有关。他说：“我的诗不是思想的沉积物，它是情感的结晶。”（《深暗的晶体》）

十一届三中全会带来了诗的春天，诗的植树季节。张学梦、边国政、姚振函三棵白杨成长起来了，各种各样的苗木起来了，河北诗歌创作出现了转机。不久，朦胧诗的争论出现了，不少作者迷惑起来。大家围拢一起，一连开了北戴河、承德几个诗会。会上大家畅所欲言，进行辩论。最后既肯定了诗歌思想和艺术的解放，又避免走一些弯路，在思想的丰富和艺术的多样上进一步探索，诗歌创作比较健康地发展起来。

这一探索首先在农村这一河北诗歌传统的题材上获得了丰收。责任制以后，农村焕然一新，吸引许多诗人翩翩而来。

萧振荣不赶时髦，不怕坐冷板凳，坚持他的民族化、大众化，终于等到了时机，他发挥特长，写起了《回乡纪事》。他的诗和农民一起富了起来，不仅内容丰富多彩，手法也有翻新，绝不是沾了题材的光，也不是因为抢了先，而是生活艺术的必然。他多用传统的手法，讲构思，讲意境，用比兴，内容形式相得益彰，是地地道道新时期农民的感情，所以为农民喜闻乐见。萧振荣长期生活在农村，他的诗情开始比较拘谨，后为农业大变革所感动，走向农村，走向大平原、青纱帐，走向身高马大的北方的庄稼汉。由于有政治抒情诗的功底，他看到了比责任田更为广阔的天地，往往从时代的高度和历史的角度去观察生活。他的诗写得自由、洒脱，无韵而重诗的内部节奏，为青年农民所喜爱，也可以说是诗歌形式上的“离土不离乡”。

刘小放当过十年农民，家里有朵“向阳花”，对故土乡亲十分留恋。他的诗也像渤海滩的民风一样朴实、豪爽。他写诗不是走马观花，也不是田埂散步，而是赤脚踏在田畦，体味生活的内涵，挖掘记忆的矿藏。在艺术上也比较开放，广泛吸收各种艺术营养，来丰富自己的表现力。难怪《我乡间的妻子》一露面，就博得读者的喝彩。

与此同时，张学梦写起了工业抒情诗，边国政放歌山水间，都在寻找发展自己艺术个性的道路。旭宇在另一条学诗的蜀道上攀登。他苦苦追求诗的写意、含蓄、凝练。在已经出版的两本诗集《醒来的歌声》《春鼓》中有不少好的诗，像《金鸡》《月季》《城市的夜》，都写得情景交融，想象丰富，语言瑰丽，富有音乐和色彩感，在河北诗人中走着自己独特的路。如果苛求，有些诗对沸腾的生活，显得精巧有余，重量不足。

近几年来，不少诗人提倡表现人生、人的价值，但有些表现出来的人生并不值得称道，也许很感动自己，但是感动不了读者。徐淙泉表现的是壮丽的人生、人的社会价值。他写烈士遗孤，苦苦追求没见过面的父亲，终于找到了，“我就是他，我就是他的财产，我就是他的希望”（《我没有见过他》）。铁匠的儿子把青春“放到鼓风炉里加热，然后锻打得闪闪发光”（《锻造》）。退休军官“就像庄稼人去田间，出了通身大汗回家”，“虽然撤离了前沿，也决不在花前月下死亡。战士，总要扑倒在前进的路上”（《归乡》《退休》）。徐淙泉的妻子就是一位烈士遗孤，所以他体会深刻。

更年轻一点的作者，思想更为活跃，向“五四”以来的新诗和外国诗借鉴较多，只要思想不朦胧，艺术上勇于探索，便容易达到新的境界。

何香久生长在海边。最初他以 80 年代青年的眼光，在古老而又年轻的海洋上捕捉诗意，描绘大海绮丽的风光。后来把视线集中在更广泛的青年生活和他们的精神世界，以笔做刀“雕一座我和我同代人的群像”。他不相信“代沟”的说法，而相信青年“是中途的驿站，是春天和秋天之间的转绿回黄的夏季”（《我是儿子，我是父亲》），他呼吁青年“担起一代人的命运”，“在属于我的岁月里，我，燃烧过”（《十八岁》）。何香久是自学成才的模范，读了很多书，自学外语，还能翻译，这些都大大丰富了他的艺术表现力。

刘晓滨是起步较早的青年诗人，十年前就出版了叙事诗《警觉的草原》(1975年)，近几年致力于农村题材诗歌创作。他善于从平凡的日常生活中发现典型环境中的典型感情，构思精巧，虚实结合。他追求诗情画意，有风俗画，也有写意的、工笔的。缺点是思想和手法比较单调，艺术个性还不够鲜明。

姜强国早期边塞哨卡的诗已经显露了才华，那些诗大都写得清新朴素。随着时代的发展、生活的变迁和对艺术的追求，他的诗日臻成熟。他满面春风，蘸着阳光写诗，有对今天的自豪，有对明天的向往。调子是欢快的，感情是热烈的，形象是多彩的，所以他的第一本诗集取名《欢乐集》。不足之处，有的诗写得滔滔不绝，缺乏含蓄。

孙桂贞（伊蕾）是我省女诗人中的佼佼者。她插过队，后来长期在山区工厂工作。早期的诗朴实无华，真诚感人。她爱读书，爱思考，近来思想和艺术大大解放了。她的诗有着强烈的感情力量，《浪花致大海》和《火焰》引起了广泛的注意。她苦苦追求缪斯，但是希望不要疏远了生活和人民。

这时期成长起来，经常活跃于河北乃至全国报刊的青年诗人还有逄阳、桑原、云海、张新果、董桂苓、郭俊、王俭庭、曹增书、金占亭、芦品贤、董茂棠、余守春、刘向东、张国江等。

这些诗歌的青春之树，郁郁葱葱，品种不同，风格各异。大家生活在一块土地上，形成一个青年林，一个群落，竞相生长，竞相成材。这大概就叫群体优势吧。

多么令人羡慕的一代风华，时代给人们提供了条件。我们的时代正是产生诗和诗人的时代。

一支后来居上的梯队

十年内乱，诗苑荒芜。幸喜十月惊雷，大地回春，我省诗界又萌发一批新芽。他们多是“十七年”播下的文艺种子，正在出土就遭到风、旱、虫、涝的屡屡侵袭。但是像经过长期“蹲苗”的庄稼一样，他们一遇良机，就拔节而起，又加上是劫后余生，因而显得特别珍贵。

这一批诗歌新秀中，张从海是比较引人注目的一个。他土生土长在河北，当过九年社员，五年基层干部，有深厚的生活基础，加上勤学苦练，逐渐形成了自己的风格。他的诗大多以农村为题材，擅长从平凡的事物中发现闪光的东西，赋予陈旧题材以新的思想。他写书记的棉袄在“农田建设的工地上，总埋在社员棉衣最下头”。一个典型的细节就充分表现了干部带头参加生产劳动的表率作用和作者观察生活的独到的眼力。歌颂生产队长，一般作者不是写黑红的脸，就是写茧手、大脚，很少像他那样，在队长吃饭的大海碗上做文章：“派农活，端着饭碗巧安排；摸思想，端着饭碗把门串；多少‘过河的’好建议，筷子夹着往下咽。”写得多自然，多新颖，多出神！近年来，作者对生活的理解开始深入一步，在继续歌颂社会主义优越性的同时，开始触及农村工作中的某些问题，力争要歌颂就歌颂得热烈，要鞭挞就鞭挞得有力，标志着他的诗歌在逐渐走向成熟。《三叔病了》写了一无权二无钱的农民，万般无奈，抱着南瓜来医院找“后门”。作者在深刻的同情中，暗示三叔的思想也“染了病毒”，并感慨“不知是谁传染他”，耐人寻味。《戒烟》狠狠揭露了“酒瓶开路，烟搭桥”的社会弊端，愤然指出："'四人帮'让我们的阶级，吸了多少尼古丁？！"辛辣，精辟，意味深长。这说明作者在发掘生活、提炼生活方面，已经取得了新的成绩。

张从海追求健康、明快的调子和朴素、自然的语言。有一段时间，他注意口语入诗，用以增加作品的生活气息；近来又通过古典诗词的学习，努力探索诗的形象美和音乐美，意在继承古典诗歌的优秀传统。写石油的一组诗，很能说明这种转变，比如写女子钻井队的《家》：

喜玉茭，围墙张绿纱。爱金谷，交穗扎篱笆。门前搭钻塔，明灯挂，恰似葫芦架。

有景有情，生动明快，寥寥数语就勾画出了一幅崭新的风俗画。读来朗朗上口，具有古典诗歌和民歌的音韵美，不像有的人写中国农村题材也用欧化的句子，好像庄稼汉穿火箭鞋、喇叭裤，暂时还使人看不顺眼。

我很喜欢张从海的诗。但是他的作品也有不足之处，比如表现手法比较单调，有些诗还不够精练，是需要逐渐解决的。

田真与张从海几乎有着同样的经历，也是以写农村题材为主。他的诗清秀自然，感情细腻，是在刻意追求一种独特的风格。他对风格的追求是执着的，有两件小事给我印象很深。一次是在海河叙事诗定稿会上，我擅自按自己的口味改了他一段诗，他坚持又把它改了回来，使我对这个有主意的初学写作者肃然起敬。还有一次，在西柏坡题材诗歌座谈会上，别人的诗都是风啊火啊，慷慨高歌，唯独他的《太阳与花》等诗写得小巧玲珑，因而引起非议。田真没有退缩，竟敢在大庭广众之中，力排众议，理直气壮地为自己诗的风格辩护。

田真的诗发表得不太多，但大都精粹。他深受中国古代"婉约派"诗人的影响，观察生活细致入微，表现手法委婉细腻，形式和语言比较考究。我非常欣赏他的处女作《八月的风》，在诗歌喊口号、唱高调、"患癫痫病"期间，这是一首难得的好诗。他歌唱根治海河的伟大成就，不是简单地、表面地为海河工程录像，而是捕捉住八月风这一形象展开铺写。先是从视觉写风"为啥颜色这样红"，继而从触觉写怎么风儿"凉丁丁"，再是从嗅觉写风儿如何"香生生"，从听觉写风声如笛似笙，最后写风的去向："只因咱队跨'长江'，准是报喜进北京！"这首诗通过人的五官对八月风的感觉，写山水林田路的综合治理，虽无一语道破，但作者所要告诉人的海河建设成就却历历在人耳目，艺术构思是极其别致的。

田真的诗从不直说，总是振起比喻和想象两个翅膀，把读者带进美妙的意境。《日月潭》写道：

> 白天望着"日"，夜晚望着"月"，为何日月难入眠？祖国不统一，山水有心心不安，这腔焦虑呵，日月对着游客谈。大陆是轮"日"，台湾是眉"月"，只因不统一呵，总是分开念，叫你一念一深思——月要离日会黑暗。待到祖国归统，光明照台湾……

全诗联想巧妙，有中国古典诗歌的韵味。

在这一批青年诗作者中，逢阳读书很多。他下功夫翻阅了古今中外许多作品，并习惯把自己喜欢的诗抄录在笔记本上，这样的"诗选"他已经积累了很多。广泛的学习促使他在诗歌的题材、形式方面做过多种尝试和探索。他写过民歌体、长短句、自由诗、郭小川体等。他既写政治色彩浓的抒情诗，也写有生活气息的短诗。我觉得他反映农业的"生活诗"，严肃而欠点儿活泼，拘谨而少些情趣。他的"政治诗"则往往很有见地，感情奔放，笔力雄浑。比如《火的颂歌》，在作者眼里的西柏坡是"仰望朝阳染红的峰顶，多像一炷触天的火炬，柏坡岭簇簇怒放的山花哟，在火光的辉映中红光熠熠"。

接着，他用如火的热情歌颂毛主席："画一个圈，布一座火阵，用一条线，引一片炮火的进击。”革命群众运动“一个个场面呵，都是火在集合火在宣誓，一步步前进呵，都是火做旗帜火做武器”，感情非常热烈、真挚。甚至他的一些“生活诗”也是抒情多于状物，着力处也不在于细节、形象、画面的描写，而在于抒发奔放的激情，揭示生活的深刻含义。如他写《育种田》，就不在种植作物上做文章，而是写它是“我们心中的一块热土”“心中挂起的远景规划图”“一本生活的教科书”“一面欢庆胜利的鼓”，一连用几个比喻，连珠炮一般赞叹种子田的巨大作用。可以看出作者有这方面的特点（或者叫气质），所以我曾几番希望作者用其所长，避其所短，充分发挥抒情才能，争取在抒情诗的写作上取得较大成就。

郭沫勤是一位有才华的作者，前几年因为不够刻苦，进步较慢，我曾很为他着急，不断批评他。这两年他奋起直追，创作有了突破。那就是，摆脱了并不熟悉的农村题材，放下了并不精通的民歌体，放手写自己比较熟悉的城市和知识分子生活，找到了一种更自由、更适合自己特点的形式和语言。他近来写的《实验室里》《图书管理员》《科技晚会》《邯郸风情》等，都有一定的水平。

郭沫勤诗的特点主要表现在语言上，他能把普通生活写得绚丽优美，饶有诗意。比如他写人们常见的焊花：

> 白云的手帕，把繁星擦得亮亮的，大山倦了，枕着月牙儿睡去，哪儿哟，一阵蓝晶晶的雨，一闪一闪，落在大山的梦里。

想象丰富，语言清新，一下子把人带到诗情画意中。比起语言来，他的构思功夫还不到家。古人讲，炼句不如炼意，值得考虑。

近几年来，我省陆续出现了一些女性诗作者，可惜都未能坚持下来。孙桂贞是她们当中难能可贵的佼佼者。她只有初中学历，插队几年，后来长期在一个山旮旯儿里当工人。她凭借着对诗歌的酷爱和苦练的毅力，攀登到了一个相当的高度，已经在《诗刊》《人民日报》《新港》和《河北文学》等发表过几十篇作品，引起了广泛的注意。她开始写诗题材很宽，多用民歌体，语言朴实，调子明快。后来集中精力写工业，也多是眼前景物，是诗传单式的短诗。她注意形象思维，如把提前完成任务的“对号”比作“飞扬的眉毛”“挥动的皮鞭”，把工人身上的雨衣比作“海燕的翅膀”，联想大胆而新奇，给人以深刻的印象。但总的看来，诗显得单薄，又失之太实太直。

随着真理标准的讨论，孙桂贞思想解放，眼界打开，作品也跃入一个新的境界。如《瀑布》写：“我若闺守在山崖，就永远是冰是雪，我今要一泻而下，去寻找我所爱的一切！”《小河》写：“我永远是奔流的，任何人不能让我歇脚，你就是掉进河里化作长堤，我也会把你漫了！”诗句写得神采飞扬，感情激荡，体现了青年一代在打倒“四人帮”以后，要求冲破思想僵化的羁绊和束缚，去发现去创造新生活的渴望，具有强烈的感人力量。孙桂贞的诗也有自己的弱点，有的诗跳跃过大，或含蓄到使人看不懂的地步。

由于种种原因，我省写工业题材的诗作者很少，萧振荣和蔡华是其中比较有成就的两个。

20世纪60年代的诗坛，兴起过一种写锤写钳、风风火火、铿铿锵锵的诗风，好像那就是工人诗的特色。后来竞相模仿，出现了雷同和枯燥的毛病。萧振荣能够不落俗套，留心从单调重复的普通工业生活中寻找诗意，从构思立意上下功夫，而不单纯去追求形式。他在建筑部门工作，发现有的瓦工为了保证质量，寄托对于亲手建造的楼房的一片深情，把自己的姓名刻在砖上，砌进墙里。他抓住这一富有诗意的现象，歌颂建筑工人“题名却为把名隐”的优秀品质，赞颂他们心灵的美：“永远站在岗位上，承起大厦重千钧。后人欲知楼坚固，请记墙中真钢筋！”

他通过丰富的联想和比喻，把比较容易写得枯燥的工业题材写得情趣横生，引人入胜。如写蛙式打夯机，就紧紧抓住“蛙”的形象，纵情发挥：“平原跳到戈壁，塞北跳到江南……长征路上话丰年，听取‘蛙声’一片。”他把春天工地的焊花比作二月兰：“长溜溜焊线像花，焊钳上花儿开得艳。”作者之所以能把普通生产劳动写得这样有声有色，是同他热爱生活、热爱祖国和社会主义事业分不开的。萧振荣的诗的弱点是形式和语言比较拘谨，轻易不做其他试探，因而影响了诗歌质量的进一步提高。

比起萧振荣来，蔡华的诗在选材和构思上尚欠新奇，但是他善于从一般题材中开掘新的深度，捕捉新的形象，别开生面。比如煤矿的炮声，在诗中屡见不鲜，听也听腻了。作者偏偏写煤矿工人爱听煤炮，“比听那音乐还有味道”：

> 这一响，如锣鼓，那一响，如鞭炮。这响声质圆，那响声音饱。哈！在咱矿工耳朵上呀，炮声也有调！

甚至更夸张到“咱耳朵里的茧子，不比手中的薄”，感情热烈，情趣横生，谁能不说好！还有《井下竞赛栏》，也是老掉牙的题目，但是他写来能够不落窠臼，蹊径独辟：

> 红箭头，像小鸟，蓝表格，似鸟笼……听到炮声呼，一齐扬头颈；听见煤涛喧，翅膀直扑棱；听见凯旋的歌声呵，吓！叽叽喳喳猛飞升……谁个甘愿笼里，争先恐后往上冲，那直插蓝天的井架，可是鸟儿的行踪？那日夜飞转的天轮，可是鸟儿的身影？

出人意表的形象，带来出人意料的效果，仿佛从小小竞赛栏里的红箭头到沸腾的矿山，都在冲决各种困难和阻力，沸腾上升。诗歌是想象的艺术，合理的想象会产生多大的艺术魅力啊！

刘晓滨和刘小放是驻军输送到我省的两位作者，他们给我们带来了好的诗风。

刘晓滨在部队已经出版了叙事诗《警觉的草原》。在唐山地震的废墟上他跑来跑去，在摇篮似的防震棚里坚持写诗。有段时间，他深入到服务行业，跑堂，扫地，叠被子，而后写了《商业的春天》几十首，增加了我省诗歌的花色品种。他写烹调，“几十瓢油同时在炒勺里‘滋啦’，几十样菜同时在灶火上欢唱”，“炒勺一抖一抖，香味在翻着筋斗”。写烙饼，“早晨擀一轮太阳，晚上擀一个月亮”，“擀一个高炉平台，又擀一个打谷场”。写旅馆，“烟灰缸盛满了我的思索，一缕烟云在眼前飘过，好像在对我叙述；这间房，住过黄河儿女；这间房，住过天山来客”。总之，不管写什么，他都能抓住特点，放开想象力，随意调动语言，写得很有滋味。

刘小放的诗比较粗犷、洒脱，如《深挖洞进行曲》：

风枪呼啸——吞疾风，吐雷霆，一路冲锋，一路进攻！哒哒哒，哒哒哒，叱咤风云深挖洞，惊破大山几万重……冲锋——把大山刺个趔趄！进攻——把地球穿了个窟窿！

《夜袭》音节铿锵，形象生动，如千军万马冲杀，似无数战车隆隆，确实有战士气魄。古人说清才易见，奇才难得。写诗的人具备这种气质（或者叫特点）的不多，它适合于写边塞、海洋、高山、大河，适合于表现我军的赫赫威势。

但是，作者有时却对自己写诗的路子产生怀疑，羡慕“小桥流水”之美。须知豪放与婉约，虽非水火不容，但古来能将之熔于一炉的大手笔甚少。千丈冰崖点缀几枝梅花，增加俏美，倒是可取的。像作者自己的《时代的强音》，歌颂毛主席在阜平城南庄与在平山西柏坡的周副主席通电话，商定“五一”节口号。引吭高歌中，忽然插进“太行峰头，似一个个瓷瓶排列好”的诗句，具体而生动的形象也给全诗增加了光彩。

此外，像李震川写山水和历史的诗，韦一写科技战线的诗也都各有特色，因为篇幅，就留待以后再谈了。

但是还必须提到张学梦和姚振函两位作者。他们是《诗刊》编辑部直接发现、培养的，为此要特别感谢《诗刊》的同志们。张学梦和姚振函都是大器晚成，粉碎“四人帮”之后已年近四十岁。他们读书很多，生活积淀深厚，不鸣则已，一鸣惊人。他们一反我省作者“民歌起家，农业为主”的惯例，在内容和形式上都有所突破，走在我省诗歌解放大军的前列。姚振函《唱给明天的歌》《献给第一个植树节》，直抒胸臆，感情炽烈，表达了作者对祖国昨天的忧虑和对明天的热望。从这些作品里，我们感受到了作者与人民群众爱憎一致的情感，听到了作者与时代相通的脉搏，看到了作者解放思想的战斗风貌。

张学梦的诗歌具有很大的潜力。读张学梦的《现代化和我们自己》《致经济学家·致中学生》《时间》等诗，好像在看从没见过的奇花异草，使人耳目一新。作者高瞻远瞩，善于提出时代性的重大问题，加上李贺式的想象力，使他的诗一出现就有着与众不同的格调。他的诗里，有许多一般诗中不多见的词汇、语言，闪闪发光，可见作者思想之活跃。有人说他们的诗多有真知灼见，但议论多、形象少。我倒觉着在思想大解放时期，这是必然会出现的。当然，也应引起注意。从他们两人的诗歌中，似乎看到了我省诗歌解放、改变面貌的一点先兆。

最后，我悲喜交集地说，这是我省诗歌队伍一支迟到而又冲上来的梯队。

请你们各自珍重，继续前进吧。

读者的目光又在寻找下一个新兵。

刘晓滨，酿蜜的蜂

刘晓滨同志是我省起步较早的青年诗人，25 岁上就出版了叙事诗《警觉的草原》。十余年在学诗的蜀道上苦苦登攀，终于达到了一个相当的高度。晓滨的诗眼界较宽，题材广泛，他写过军营，写过工业，也写过商业，后来又写农业。他像个精明的养蜂人，随着季节到处游走，哪儿开花哪儿放蜂。槐花、枣花、梨花，什么花都采。所以他酿的蜜品种齐全，味道丰富。近来，我集中读了他写农村题材的诗，发现这是晓滨诗中的“枣花蜜”，清香细甜。这当然与他从小生长在农村，熟悉农村有重要关系。

十一届三中全会以后，中国农村发生了翻天覆地的变化，新的农村政策，是治穷致富的特效药。当这一势头刚刚出现时，有的拥护，有的观望。晓滨凭着他的政治敏感，较早地捕捉到了这一时代性的重大主题，写了《雨，在中国的大地上行走》，热情地讴歌它:“……扶起青禾，逗乐花朵，染绿岸柳，河流举起白色的手，千山昂起绿色的头。”提醒人们:“莫以为稗草也吸收了营养，就攻击这雨下得不是时候！莫以为淹没了几穗菽谷，就叫嚷这雨下得太多太久！”引导人们把眼光放远:“听见所有的庄稼都在拔节，萌动着那个迷人的秋！”诗中也好像看到诗人自己的形象——他就是这场春雨中兴高采烈、奔走呼号的一只雨燕。

晓滨近几年发表了50多首写农村的诗，不论是反映山区的、水乡的，还是写人物的、写景物的，多数都具有鲜明的时代特点、浓厚的生活气息和生动形象的艺术魅力。他善于从平凡的日常生活中发现诗意，发现典型环境中的典型情感，用一颗露珠反映太阳的光辉，用一朵花来表示万紫千红。在《山村，饭馆里》这首诗里，他通过一个过去伸手乞讨而今开起饭铺的社员，反映了农村巨大的变化。在《早晨，喧闹的小河旁》这首诗里，通过小河边妇女们的晾衣绳，挂起来一幅幅夸富争强的水彩画。在《邮》这首诗里，通过向未婚夫投信的一刹那，抒发了一位农村姑娘丰富而细腻的感情。这一类诗的共同特点：选取了一个新鲜的角度，思想单纯，构思集中，小巧玲珑。诗人的敏感基于两种功夫，一是对生活的熟悉，二是理论和认识水平。对生活认识由量变到质变的飞跃，就产生了诗的灵感。

晓滨的农村诗比一些作者的高明处，是虚实结合得好。诗写得朴实固然好，但实到就事论事，照搬生活，实到板结的程度透不出灵气来，也就不成其为诗了。反之，一味地虚，虚到虚无缥缈，言之无物，也不是好诗。诗的虚实结合，就要求源于生活，高于生活，要求升华、提高、概括。晓滨精于此道，他写《卖树苗》的社员，“他担着两朵绿云，担着今天的阳光，担着明天的声音！”把生活美化了，诗化了。他写秋天，不光是庄稼成熟了，进而想象“田野成熟了，人心成熟了”，“希望成熟了，理想成熟了，粮囤里盛满了春天的欢乐”，令人玩味，令人深思。他写责任田里农民丰收的喜悦，诗里的人物不仅有血有肉，而且还有了灵魂，这就叫栩栩如生。

晓滨农村诗的形式，也不像我们过去不少作者那样拘泥一种民歌体，而是采用比较自由又大体整齐、押韵的形式。句子也有长有短，但一般都节奏鲜明，音韵和谐，使人感觉他正在追求一种新的歌律。晓滨追求诗情画意，多数是风俗画式的，也有写意的、工笔的。在语言上追求明快上口，既注意群众语言，也学习文学语言，有雅俗共赏的效果。

晓滨的农村诗，也有明显的不足，那就是思想的简单化。几十首诗，角度左变右化，只是重复着“农村富了”这一个主题，缺乏进一步地开拓和挖掘。事物本来是复杂的，我们为什么偏爱把它简单化呢？同样是贯彻新的农村政策，有动力，也有阻力。今日的农村也正是多种矛盾的综合体。我们应当更全面更深刻地反映它的全貌。

从更高的要求讲，晓滨的诗在追求题材不断翻新的同时，还要注意作品的深度，揭示生活的哲理。“打一枪换一个地方”也要打出几个十环来。同时，诗的形式、语言也可以追求不断革新，使其达到一个更高的境界。

王玉民《匆忙间的俯拾》序

巨鹿之野，以古战场闻名历史，项羽破釜沉舟，张角揭竿起义，还有人说它是唐朝谏臣魏徵的故乡。只是到了后来，特别是近代，由于历史的变迁也就渐渐默默无闻了。我之所以对巨鹿感到亲切，一是地方名酒，二是写乡土诗的王玉民，都曾经名噪一方。

名酒与王玉民看来风马牛不相及，可在我这诗酒之徒眼里，这是颇有缘分的。著名诗人艾青说过：“生活实践是诗人在经验世界里的扩展，诗人必须在生活实践里汲取创作的源泉，把每个日子都活动在人世间的悲、喜、苦、乐、憎、爱、忧愁与愤懑里，将全部的情感都在生活里发酵，酝酿，才能从心的最深处，流出无比芬芳与浓烈的美酒。”王玉民的诗是酒里的琼浆，有其品位，也符合其酿造过程。

王玉民是农民的儿子，像农民种庄稼一样经营他的诗，把依恋乡土、讴歌田园作为自己毕生的事业。从集子里可以看出，他挽着三月的雨丝，追逐五月的麦浪，欣赏着乡街黄昏的风景线。他把巨鹿特产枸杞子比作“田野上的相思豆”，连片成“羞涩的云”。他赞美平原上的红枣林“自成一个星系，同化了远方走来的风”。他的诗带着泥土气息和庄稼的芬芳，味道像名酒一样醇厚。如：“一片带鸽哨的云 / 划破夕阳的余光 / 轻轻地，跃进那只刚撂下锄的茧掌 /……霎时，劳作的征尘 / 被翎羽鼓起的风儿吹光 / 无限情趣插上银翅 / 跃在蓝天里徜徉。”“怀里揣着 / 炕角暖着 / 甜甜的叫声 / 给农家添无限的欢乐 /……心坎上的责任田 / 隆冬，也亮着

银翅 / 响着金秋的歌。”形象生动，情景交融。这种田园风光和劳动情趣，来自传统文化的审美原则。

值得称赞的是，王玉民不断地更新自己的审美观念和艺术追求，像一代知识农民那样不断自我否定，改良种植。他认真地思考问题，去生活中发现问题，为什么农民热恋土地，土地给予的却是灾难和痛苦；为什么农民勤奋劳动，收获的却是贫困和烦恼。他眼前的景物不再是诗情画意，而变成了痛苦的思索。面对乡亲们脸朝黄土背朝天的躬耕，他感悟到：“我的弓是一个反省 / 是一个求伸的浓缩 / 是一个起跑的造型……是一个农耕时代的末梢儿。”（《躬耕》）看到镢铲浇地，他说：“麻绳抖动着 / 倾翻了栲栳 / 倾翻了一只硕大的泪眼 / 倾出我一串唱叹。”而为了解放这笨重原始的劳动，只能“用浓缩在栲栳里的心潮 / 浇灌今天，冲刷明天”。这是用痛苦和泪水凝成的诗句，是新一代农民心灵的表白。

王玉民的诗关注农村人物的命运，如疯狂年代造成的疯子吴宝，浪迹四方的磨刀人，年轻守寡的姐姐，逃婚私奔的青年男女，被穷困逼得出家的苦婶。我特别喜欢《二婶》和《送殡》两首。前者写不识字的二婶，为了赚钱让自己的女儿辍学养兔，结果因为不识字错用了耗子药，“二婶的摇钱树枯了 / 二婶怒打了自己的脸”。后者写村长的娘出殡，大事铺排，“不见有谁落泪 / 落泪的只有不相干的二娃 /……村长娘的墓地设在二娃的麦田里 / 死人埋了 / 活人散了 / 二娃的麦田踩平了 / 悄悄地，二娃去筹措交承包费的钱”。以表面的幽默掩藏更大的不幸，字句的调侃昭示内心巨大的痛苦。这时王玉民的“名酒”，不再是单纯的香甜歌，他加入了苦味、辛味，加上了自己同情的热泪，变成一种多味的“酒”。

读了这些诗，觉着有点像《古诗十九首》，像白居易的讽喻诗。但仔细品味，又不相同。他不是一事一议，而是在追求历史的厚度、时空的跨度，作品有深远的历史感。在表现农民命运时，也体现了作者自我精神的超越和参与意识，面对困境，他不是局外人的哀叹，而是主观的觉醒和进取。“当我参透了生的真 / 蓦然觉得 / 绞辘的乡亲 / 身上蕴藏着无限美 / 让我把纤臂也搭上去吧 / 搭上摇 / 使我的热力和你的热力粘连 / 扇动潮汐，涌激洪流 / 为一个新的开拓去推波助澜。”（《悬在辘轳上的思缕》）诗人不仅把自己内心最真切的感情表现出来，也把自我形象具体描绘出来。此外，作者还从今昔对比，城乡对比等种种视角，赋予他的诗以文化的内蕴，使他的乡土诗增加一种文化色彩。

这个集子里还包括一些哲理诗和山水诗，比起大量的农村诗，显得超俗、淡远一些，但是从总的艺术感受和表现方法上，大致还处在同一水平线上。哲理诗如《出头子》《雕木手》《酸枣》《野菊》等，在日常事物的朴素哲理中蕴藏着内在的感情，通过生动的暗喻所创造的形象来揭示生活的哲理，给人留下深刻的印象。他的一些山水诗，往往把故乡平原作参照物，大都有怀乡的内容，如《望月》《旅人的月亮》《故乡寄来的枣子》等，从另一方面证明了他的乡土诗风。

王玉民身高马大，在中国众多的诗人群中，大概只有牛汉同志可以与之身材并峙。奇怪的是，如此豪壮的体魄，却多是婉约柔缓的歌吟，人与诗形成很大的反差。我猜大概是生活环境，长期压抑的心情，也还有爱好民歌等诸多因素形成的。

王玉民长期生活在农村，他崇尚朴实，不愿张狂。朴实深沉不仅是他诗的外貌，也是贯彻他整个诗的灵魂。

祝愿巨鹿之野，酒更出名，诗更好。

王俭庭《金蔷薇》序

他说过："我能够开放并准备枯萎。"

他说过："我写的不是别人的诗 / 我唱的正是自己的歌。"

他就是青年诗人王俭庭。在河北诗坛劲旅中，他是一位才华卓越、诗思敏捷的歌者。他诗中的阳刚豪放、沉重雄辩、冷峭诡谲、潇洒粗犷、幽默隽永，使他在声音和色彩上不同于别人而只能是自己"这一个"。

屠格涅夫说："在一切天才身上，重要的是我敢称之为自己的声音的一种东西。是的，重要的是自己的声音。"早在十年前，王俭庭就推出了抒情长诗《我之歌》《土之歌》等，发出了黄钟大吕般的音响。那时候，一个新的春天刚刚到来，受尽生活磨难的诗人正在石家庄师专中文系读书。他一方面把自己的诗献给养育他的最诚挚的"泥土"；一方面高扬思想解放的旗帜，进行人格、人的价值、人的尊严的自我张扬。他认为"妒花风雨吞噬了我的梦想 / 也吞噬了我的哀怨和痛楚"（《春天到了，请浇一下树》），"莫要说，伤痕和耻辱 / 曾同铁铐一起捆住我的手腕 / 烈火中，我已彻底挣脱 / 莫要说，我理想的玫瑰 / 曾被毛茸茸的魔手掐碎 / 春雨里，它又叶茂茎茁"（《我之歌》）。他一边抚着心灵的伤痕，一边慰勉青年伙伴："请忘记我们个人的不幸 / 司命之神是那样苛刻 / 抛给我们破砖碎瓦 / 讨债时却要生命的纯金 / 我们赤条条地逃出 / 一个冻僵的冬天的童话 / 相逢在春天鹅黄色的梦境。"（《致青年诗友》）人，应该认识到"我"的伟大，"肩膀上顶着——我的头颅 / 血肉里包着——我的骨骼"，"既然我们都是人中人 / 伟大的人物岂非‘我’中‘我’”，“我疯狂地向大山飞去 / 俯瞰着苍茫大地，人间城郭”，“我疯狂地跳进大海的怀抱 / 寻视着海底世界，水里银河”……那种惠特曼式的旷达激越、潇洒多姿，那种屈原式的上下求索、纵横驰骋，使我们感到，诗人是在“人”的废墟上带着满身伤痕而傲然挺立的不屈的战士。是的，长诗《我之歌》所抒发的正是人格超拔、振聋发聩的英雄主义宣言，其思想和艺术的魅力经久不衰。马克思说过：“人是人的最高本质。”因为人是一切价值的尺度，人最终只能是自己。可以说，青年诗人王俭庭是关于“人”的自我意识较早觉醒的一个。

大专毕业后，王俭庭曾执教于县城中学，抽业余时间艰难地写诗，“把被别人削价处理的时间的金粉 / 铸成一朵盛开的金蔷薇”（《金蔷薇》）。后来调入县文化馆，也是在生活的底层默默地笔耕。他“因为不被发觉而学会了扎根 / 因为不被承认而积蓄芬芳”（《金蔷薇》）。他博览群书，知识面广，除写诗之外，还挥毫作画。他学郑板桥的墨竹，劲利瘦挺；他学李苦禅的鹰，老辣酣畅；他的虾和小鸡，又颇得齐白石韵味。他上了诗刊社全国青年诗歌刊授学院，接着又报考北京齐白石艺术学院……而爱看红花热闹的文坛，往往会忽略这些默默的笔耕者。好在他甘于寂寞，不慕虚名，他相信自己的力量。他认为：“诗，是在人生的血泊里长出来的精神之花，而培育它的是爱，是真挚，甚而是带有宗教性质的虔诚。”他只顾埋头于艺术的探索，对那些世俗的“诗外功夫”不屑一顾，“未惯逢迎常忤俗，欲忘宠辱只吟诗”。因此，生活常常嘲弄这位倔强率直的诗人，使他不可避免地屡屡遭遇到困顿和失败。他的态度是，“在失败面前 / 我高昂起头颅”（《落榜者的春天》）。生活并非如他想象得那样美好，还有许多丑恶的东西在。难怪他说：“我终于发现 / 太阳是以一只眼睛打量着我 / 留下另一只眼睛到夜里抒情。”（《惶惑》）对现实生活的深入思考，使诗人的艺术触觉伸向了人生体验，对西方现代派艺术的学习和借鉴，使他的诗在八十年代中期呈现出更加冷峻深邃的思辨色彩和摇曳多姿的艺术风貌。在他的诗中，那种直抒胸臆的“天真”和“热情”逐渐消逝了，平添了一种苦涩美、悲壮美以及荒谬美。长诗《惶惑》以及短诗《挣扎》《孤旅》等集中体现了这些特点。

著名诗人流沙河说过:“诗人之所以异于庸人者，除思想、感情、气质、学识种种因素而外，恐怕还多了一点点荒谬吧。”（转引自汪舟《流沙河隔海说诗》）王俭庭自己也悟出:“诗，起步于人和自然的一种伟大的默契，有时也始于一种深刻的误会、荒唐的错觉。所以，诗人常常犯正确的错误。越是诗的杰作，越接近于‘胡说八道’。”

诗人是这样体验了做人之险:“一棵树猝然扑倒踢出带刺的绊脚 / 一堵墙轰然开裂打出毛茸茸的拳头 / 一条河陡然站起把船摔向险崖 / 一只手挡住蜂拥而来的季节 / 一张面孔泛滥出一千种表情 / 一只鹦鹉破译痉挛的曲谱。”（《惶惑》）“每片灌木叶子下面睡着一只困兽。”（《孤旅》）

诗人是这样揭露了谎言、虚伪和尔虞我诈:“你用微笑灌醉了我 / 我再用眼泪蛰痒你 / 你打个喷嚏喷出七色彩虹 / 我再用耳朵生个美女。”（《惶惑》）

诗人借一座“丰碑”贬斥了嫉妒和诽谤:“……可丰碑自有丰碑的苦恼 / 鸟雀会纷纷落到头顶 / 唱着赞歌来堆积粪便 / 苍蝇会围着它翩翩起舞 / 不厌其烦地和它的碑文商榷。”（《惶惑》）

诗人这样为官僚主义画了一幅漫画:“一把藤椅为尊贵的屁股服务 / 压陷了十万架喘息的大山。”（《惶惑》）

在长诗《惶惑》中，诗人不再用写《我之歌》那种方法表现人格的凛然不可侵犯，不再像写《树》《春天到了，请浇一下树》那样来抒发理想情怀，他用的似乎是一种嬉笑怒骂的“杂文笔法”。他说:“我注定要跨越一种由声音和尘土组成的栅栏 / 当我叉开双腿流出一种奇异的光芒。”他同样以最诚挚的心表达了对美好事物的留恋："阳光，从倾斜的天空溢出的阳光 / 不再被扫进下水道流走。"（《惶惑》）当然，诗人没有忘记自我形象的塑造，"经过悲壮的呛水仪式 / 吐出一条河来 / 紧紧缠绕于痛苦之颈"（《挣扎》），"随手解开缠绕枯草的阳光之结 / 只管着把心思弹响 / 只管把岁月弹出血 / 然后昂首挺胸地走进遗忘 / 让记忆从死亡之境重新爬出"（《惶惑》），奇特、悲壮、荒谬地表现了人生的痛苦挣扎和对生活的坚定信念。而在《孤旅》中呈现了一种更新的艺术追求，他为多难的人生创作了一幅冷色调的凝重的油画："惨白的月色 / 惨白的土路 / 惨白的血 / 人血、兽血、魔鬼之血 / 灼疼了风中的苦难之花。"他深刻体验人世的悲凉与人之间的不可理解和不可沟通，他感到孤独，孤独而倔强："我的孤独是一把锤 / 夜空已被击响 / 走吧 / 生命太轻了 / 一根手指就可以拎起。"诗中分明潜伏着灵魂的黑色战栗，令人听到生命的静静的喧嚣，听到血肉的痛苦挣扎之声。于是，他不再抱有幻想，不敢再理想化地预测未来，因为"风暴 / 又一次揉碎了星光 / 蹲在肩头的责任感 / 惶惶地尖叫一声 / 拍翅飞去"。

不能苛求一位诗人的作品篇篇精彩。王俭庭诗中的一些弱点和不足也是明显的。如有的诗还显得有些直白，有的诗构思还显得粗糙草率。但是，他诗中的缺点和长处往往是并生的，克服了缺点似乎也就磨平了长处。何况，诗，既有深刻的直白，也有浅薄的含蓄，对诗的好坏优劣不能简单而论。王俭庭的诗越来越深刻、越来越沉重，他的诗的感觉也越来越强。诗，毕竟不是一种单纯的文字行为，它应该是人的一种高层次的生存方式和生命的升华。诗，从来就钟情于生活的挚爱者和人生意义的苦苦探求者，我寄更大的希望于王俭庭同志。

刘明义《记忆的帆影》序

读刘明义的诗，一阵扑面而来的“油味”，好酒一样清香。诗是灵魂的酒，一位老石油的陈年佳酿。你看：“哥儿们坐在沙丘上/就着野风佳肴/品尝着/那窖陈年的乡情……一次干了五大杯/那苦中带甜的日子/使我/一夜嚼到了大天明”，这种韵味是如我之辈局外人一时乘兴走马观花，或者短期深入生活，所无法勾兑出来的。

内行的读者知道，“油味”是伪造不出来的。因为它来自石油人的骨气、眼光和语言，而这几种品质绝非三朝两夕修炼出来的。

王尔德说过：“诗是强有力的感情自然迸溢的结果，而悄然回忆的感动，便是诗的泉源。”（《抒情民歌》）这本诗集取名《记忆的帆影》，很符合这个道理。在《往事追忆》一辑里，无论面对孤灯的苦思，还是对金色麦浪、多彩田野的回想，抑或是对古驿站和古老黄河的苦读和思考，都产生了一首首好诗。这些信手拈来的诗思，看来是诗人灵感一时爆发，实际上却是多年酝酿而成。灵感是什么？是诗人对生活感悟从量变到质变的一种飞跃、一种升华。

德国诗人施烈格尔说过：“诗人自由奔放的心，使他们嗜好放浪生涯。”正好相反，也可以说刘明义的放浪生涯，形成了他自由奔放的心。他自己的话可以作证：“由于职业所致，最感动我心灵世界的是时代风云……在我心中积压的是抹也抹不去的荒原、大漠、戈壁、平川。近四十年的石油勘探生涯，已把我和这些融汇在一起。”

因而，他面对火焰山拴马桩浮想联翩，在喀纳斯湖边心潮荡漾，在大漠胡杨林中流连忘返。在戈壁沙枣和高山雪莲身上，他看到了石油人和他自己的身影。

你的意志比钢铁还坚 / 你是逆潮流而动的好汉 / 决不学候鸟南北飞 / 决不学候花只在春到人间才展瓣 / 誓让冰冷的世界 / 孵化出滚烫的未来（《咏雪莲》）

然而，仅以"油味"评价刘明义的诗是不够的，因为写石油的诗都应该有"油味"。"油味"只是共性，是起码的标准，我们应该找出刘明义诗的个性和特色来。

《记忆的帆影》显示出这样一个特点：老勘探和长期思想工作者刘明义，正在着力勘探石油工人的心灵世界，正在向深层次开掘。

为追寻地宫里的黑太阳 / 勘探战士 / 用这拂晓的炮声 / 迎来了 / 多少个月遗星隐的晨光（《拂晓的炮声》）

写西出阳关，久战瀚海的石油工人的爱情，写家事、国事的矛盾统一，是刘明义对石油领域的重要拓展。想不到这个山东大汉写儿女情长，感情是那么细腻，笔触是那么多情。除了《迎归》《爸爸是只古怪的候鸟》侧面表现之外，更多的是直抒情怀。

雄鸡一声高唱 / 蓦然回首 / 眺望远方 / 今朝又不知 / 有多少异乡的露水 / 打湿心中的太阳（《凌晨思念远方》）

几片红叶漂上湖面 / 霎时间组成无数小船……向远方 / 几声大雁的鸣叫 / 令人心中 / 荡起秋千 / 鸡鸣雁叫中的诗思（《深秋》）

诗，委婉动人。与古人不同的是，刘明义的诗没有哀怨，只有乐观，让人联想到王昌龄、李益等人的边塞观。"起程时 / 咱俩的结婚照 / 立在书桌 / 每天你擦一擦它 / 定会有 / 抹不掉的记忆的火热。""把季风吹散的一个个思念 / 一一拾掇 / 装进朔风的邮筒 / 让铁轨 / 盖上飞奔的邮戳。"（《出征 · 奔驰在旅途》）乃至他把这爱情和恋家融化为战天斗地的力量，“把满腔的希望 / 投进炉中 / 让希望 / 燃成热烈 / 让热烈 / 拥抱千家百姓”（《锅炉工》）。

刘明义的诗清淳自然，朴实无华，口语化的长短句朗朗上口，深受大众喜爱。《记忆的帆影》在茫茫诗海中独树一帜，相信它会永远地漂流在读者的记忆之中。

郭俊，为工人歌唱

第一次见郭俊，是在1965年第二次青年创作会议上。那时他二十刚出头，还带着不少孩子气。当时，他在峰峰煤矿，写工业题材的诗；我在邢台县工作，写农业题材的诗。彼此诗风相近，立志为工农歌唱。不久，看到他在《河北文学》《工人日报》相继发表了《马金保赞歌》《唐老闯》等佳作，去信祝贺。像“马金保的手，粗粗拉拉大如斗”等诗句，至今还记在心上。后来他已改行做新闻工作，但为工人歌唱的心没变。

粉碎“四人帮”以后，郭俊埋在心里多年的诗矿又被开采出来，诗的热情又燃烧起来。虽然人到中年，还是一有机会就去工矿采访，写诗，至今已经发表了300多首，而且多半是反映工业题材、煤矿生活的。在我们河北省，写农业题材的大有人在，写工业题材的诗人很少。郭俊已经算是“老资格”了，成就和经验都是比较丰富的。

20世纪60年代，工业题材的诗曾经活跃了一阵儿，出现了几位不同凡响的工人诗人。但是今天回头看来，他们的作品还不能算尽善尽美。他们往往偏重着眼于工种、工具，描绘火辣辣的劳动现场，运用铿锵的节奏乃至象声语言。写工人往往也是重在外形，而不是主要去挖掘工人的心灵美，所以难免有些概念化，缺乏真实感情，感人不深，流传不久。郭俊接受了这些经验教训，要着力表现工人的精神世界，因而节奏放慢了，手法细腻了，更富于抒情。比如发表在今年（1983 年）元旦《河北日报》上的组诗《大踏步向前开拓》，这个特点表现得就比较充分。在《合力的演奏》这首诗中，他不仅仅写两代风钻手“合抱着一把大钻，像同拉着一大提琴”，和“肩膀并着肩膀晃，汗水对着汗水流”，还要写人物关系，“老矿长明天要离休，新矿长是刚提拔的青年技术员，交接班就在这井下掘进头，举行着新老合作的精彩演奏”。可谓画龙点睛，一下子提高了人物的精神境界，也是作者精彩的一笔。《灯房的窗口》写一名矿工对灯房女工的爱情，当爱情纯洁的时候，他看她递过来的一盏矿灯，是“递过来一颗银灿灿的星星，递过来一只亮闪闪的眼睛，递过来一颗明亮亮的心”；当他见异思迁时，心虚地看“那只眼睛在盯着他”，想“甩掉它”；当爱情恢复时，是灯的威力“驱散了我心灵上的阴影”。通过矿工视觉的变化，写他心灵的变化，绘声绘色。《一树红梅》则通过颁发技术考核证书的一刹那，抒发这一代青年从技术荒废的年代到自学成才，从对真理失望到信仰复归，百感交集的心情。那支多情之笔，已经深入青年一代的内心世界。

同时，在表现手法上，郭俊也逐渐摆脱了过去那种单调的“客观描写”，改变了那种旁观者或代言人的态度，而是逐渐采用了从自我体验出发，写真情实感的“主观抒情”的手法——通过“净化”自己的灵魂进而“净化”广大读者灵魂，达到思想教育和美感教育的作用。

郭俊长期从事新闻工作，职业使他富于政治敏感和对生活的感情，不断地发现新的题材和诗意。比如去年（1982 年）《河北文学》三月号的组诗《古城春色》，集中表现了这一特点。他从蝴蝶自行车厂，看到“农民富了，丰富多彩，要飞起的心多么迫切”。在金菊缝纫机厂，他看到了“公社大地需要缝一身新装，笑开了多少酒窝和菊花纹，听，哒哒哒，她们的心在歌唱”。在丛台酒厂，他联想起“真称得上陈年佳酿，始于胡服骑射的赵武灵王，经过两千多年的时光，才酿成国富民强的愿望”。这种写法不是用诗的形式写新闻，是凭作者诗的眼睛、诗的嗅觉，在生活中发现诗意，是从生活出发的诗。如果从概念出发，忽略生活，往往写不出好诗来。郭俊的大量诗作中，偶尔也有这样的败笔。

在我国，从《诗经》起，写农村题材的诗历史悠久，且不乏优秀作品。相比之下，工业题材的诗，年轻而又薄弱，我们河北省尤其如此。这种现状是和社会主义现代化进程不相适应的。我们应当提倡、鼓励反映工业题材的诗歌。希望郭俊等同志起个带头作用。许多由农村进入城市的诗作者，也不妨就地取材，熟悉一下城市和工业，转产一批工业题材的诗来，开创我省诗歌创作的新局面。

巨浪《爱的思绪》序

巨浪和我是同乡同学，早在青年时期就成为诗歌的虔诚信徒了。大学毕业后，他从北京回到故乡任教，在尧城镇组织了一个诗社，出版一个油印《尧山畔》诗刊，经常骑一辆旧自行车跑百余里到邢台找我切磋诗艺。当时我对他这种精神颇为钦佩。

巨浪早期诗歌有着当时的流行病，一腔高昂的政治热情，要做时代的代言人，拘泥于民歌形式，客观地描摹，形成一种思维定式，几乎看不到独立的思想和个性。这一切都受时代局限，包括我自己。对于那些诗，这本集子里一首也没选，所选都是1985

年以后的新作。看来诗人自己也是有点忌讳，不堪回首的。其实大可不必，我记得他当时不少短诗写得朴素自然，形象生动，值得回味。而且毕竟是半生心血汗水的结晶，哪能就一概否定呢？我们欣赏过去的作品，时代的内容已有定论，政治思想自然淡化了，着重的是整体艺术。否则，以政治标准要求历史，那么杜甫、苏轼也是要不得的。

《爱的思绪》读过之后，大有刮目相看之感。巨浪1985年以来的诗歌创作，在不断地自我否定和自我更新的进程中，迈出了不小的步伐，取得了可喜的收获。他的诗在季节的转换中，冲破冰封，春潮陡涨，一扫过去的沉闷、板滞，而呈现出一种新的景象，正如他自己说的："中年，成熟的季节，金风中萌动出第二个青春。"(《中年》)

我注意到诗人自我形象的出现和主体意识的加重。过去主要写别人，写外在生活场景，自我形象是隐没的。现在回到生活中间，写自己的感受，即使写别人也有自我的介入，有主体意识的渗透。"屋檐下，我站成雕塑，企待着晴朗的憧憬"(《独思》)就是作者的写照。

主体意识的强化，必然带来诗人思想的自由和视野的开阔，从各个方位进入多彩的生活，进行诸多的开掘和发现。这本集子有相当篇幅是爱情诗。爱情在这一代往往是规范化了的，感情也是类型化了的。今天则不然，表面的平静，终究掩盖不了心灵深层的热情旋涡，深深埋藏的灵魂的秘密，从裂缝中冒了出来，稍做宣泄就是诗——因为是真诚的。我们看到，真诚所至，妙语连珠："妻子，是我的音叉，和我谐振共音"(《妻子》)；"我也是一只，跑累了的船哟，此刻，也算靠岸了"(《港湾》)；"亲吻着，品尝着，此刻，生活的天平，黄金失去了重量"(《憩息》)；"我抹了一把，模糊的眼睛，甩出一串串，酸酸的葡萄"(《酸酸的葡萄》)；"没有设防的心，全被你碰成了花朵"(《碰碰车》)。都是潜意识的信息，生命意识的花朵。

一切新的艺术气象，都是观念变更的结果。从困惑中走出来，探索，尝试。巨浪交了好运，祝他今后更加美好。

读《永年新民歌》

党的十二大号召我们建设有中国特色的社会主义，很值得文艺界深思。建设社会主义强调中国特色——发展文学，发展诗歌，也不能例外，也应强调中国特色。但是，这个本来不成问题的问题，近几年却成了问题。随着诗歌“崛起”“引进”说的出现，有的人对新诗要由民歌和古典诗歌相结合而发展的道路产生了怀疑，于是对民歌采取了轻视和冷落的态度。一阵风，把许多报刊上的民歌栏目吹光了。这是应当引起我们注意的。

新民歌是否过时了？当时，带着这个问题我几下永年，找民歌作者们了解情况。他们说：“只要有诗歌，就得有民歌。假如民歌断了，那么，诗歌也会枯竭。”基于这个认识，他们对新民歌更为重视了。三年来，在县委重视、文化馆努力、作者们发奋下，永年县新民歌创作蓬蓬勃勃开展起来。它熬过了许多冷嘲热讽、白眼相加，终于重新被认识、肯定。现在全县已经形成160人的民歌创作队伍。他们当中既有50年代的老民歌手，也有近年来的后起之秀。县文化馆摸索了一套讲究实际的组织、活动方式和奖励办法，办了《永年文艺》。被誉为“民歌馆长”的武存直同志，不光组织、发动全县民歌创作，还带头写民歌，仅去年（1981年）一年就发表了36首。全县作者在中央、省、地以上报刊发表民歌300多首。他也因此光荣地出席了全国农村文化艺术先进集体、先进工作者表彰大会。省文化局正筹备在永年县召开河北省群众文化工作现场会，有的报刊为他们出新民歌专辑。人们说，永年民歌作者有眼光，为新民歌争了一口气。

但是，永年新民歌创作绝不是 1958 年民歌运动的简单继续和重复，而是吸取了经验教训，有着明显改进的。它克服了 1958 年民歌比较普遍存在的内容上的假、大、空，感情上的狂热性和形式上的过分夸张、离奇，走上了一条比较健康的创作道路，形成了一种清新真实的艺术风格。

永年新民歌是党的十二届三中全会后社会主义精神文明建设的成果，是解放了思想的农民的由衷之言、舒心的歌。它反映了实践是检验真理的唯一标准的讨论在农民当中深刻的影响。有一首题为《簸》的民歌：

秋到农家簸箕响，
声声伴着梆子腔；
实干留作实心籽，
浮夸当成秕子糠。

思想解放和党的政策变成了巨大的生产力，使广大农村发生了翻天覆地的变化。《“富”字突突往外冒》就是其中一首：

窝窝兔，笼笼貂，
园里枸杞结玛瑙；
责任制打开财源闸，
“富”字突突往外冒。

永年新民歌作者思想敏锐，善于捕捉生活中的新事物进行集中概括。如：

柳哥冒尖冒得高，
亮了嗓门粗了腰，
拆了坯房盖楼房，
房上“天线”过树梢。

新民歌不像过去那样简单化、一个腔调了。他们歌颂得热烈，暴露得深刻，从生活出发，表达真情实感，越写越有劲儿。正像一首民歌表白的那样：

山泉洗好心上伤，

山歌绑到我嘴上，

一天不唱心里痒。

永年新民歌注意了思想内容与艺术形式的完美结合，他们是注意追求艺术的。虽然都是通常用惯了的赋、比、兴，但掌握得熟练，熟能生巧。“今年富了吃饺子，生活肥似一丸肉。”“从前哥嫂好抬杠，越穷越上牛筋强；如今扑在责任田，俩劲拧成‘麻花糖’。”比喻贴切、形象。这种比喻，不熟悉农村生活是想不出来的。写政策好比一口钟，“合了民情当当响，不合民情无回声”。抓住了典型的感情，对比强烈，效果也强烈。

民歌善用夸张：

只因麦收快上场，

家家忙把新秤镶；

想要称出心中乐，

不知秤杆该多长？

因为写丰收的喜悦，不是夸张丰收粮垛冲破天，而是夸张的一种情绪，并不感觉它虚假。

农村干部王钦，读书多些，受到古典诗歌和一些短小的新诗影响，他写道：

社员出工桥上过，

喜鹊落下细琢磨；

脚印不见有几个，

自行车轮道道多。

这首民歌选材别致，刻画入微，主题思想不是直说出来，而是含蓄在物境之中。

与1958年民歌相比，永年新民歌大大减少了虚假的过度夸张手法，更多的是现实主义手法，从生活出发，写真情实感。既着眼现实，又不忘革命理想，能正确处理情与理、歌颂与暴露的关系，因而永年新民歌洋溢着生活气息，也流露出一股正气。

永年新民歌本身就证明，它是在不断变化中求得生存与发展的。这种发展变化的新民歌，必将给新诗带来新鲜的清流。

《武存直诗选》序

交友之道，先淡后浓，先疏后密，先远后近。加速我与存直友谊进程的是诗和酒。友情与酒，愈陈愈佳。酒能喝在一起，是因诗为媒。

我喜欢存直喝酒时像李白、苏轼一样的豪放，他的诗风和酒风是一致的，豪爽、有味。

诗人喜欢奔放自由，喜欢浪迹天涯，海阔天空给人灵感。

存直行万里路，写千首诗，不乏好诗。“望夫石上留脚印，万苦难移烈女心，人间渴望真善美，纵是讹传也成真。”(《望夫石》)这是我见到众多写望夫石诗里颇为精彩的一首，最后一句升华到哲理的高度。“卢生醒时君入枕，红尘仕途世代奔，男望成龙女盼凤，都是黄粱梦里人。”(《黄粱梦之三》)区区四句，也写出了人生的哲理。然而，写得最得心应手的还是他熟悉的农村，熟也生巧。“腊酒三杯祭灶君，烟熏火燎受艰辛，上天勿忘言好事，农家三餐有素荤。”(《祭灶》)三言两语就抓住了农村生活变化的一个典型，使出画龙点睛之笔。“翠绕篱笆绿攀窗，房顶娇卧南瓜王，一架葡萄通暑气，数盆牡丹满院香。”(《农家小院》)看似信手挥毫一幅农村水彩画，深入解读，结构布局，置词造句非常讲究，色香味俱佳，无意中运用了通感，大技巧为无技巧。

十几年前存直由永年文化馆调入中学，他又能从平凡的讲台、黑板、粉笔上发现诗意。“谁说讲台三尺宽，当称喜马拉雅山，站到屋脊观世界，科学兴国教育先。”“方方一块黑土地，园丁躬耕播新畦，劳筋累骨苦心志，桃李不言自成蹊。”“钟情黑板乐从师，白衣战士奉献痴，写天画地育良才，粉身碎骨传真知。”每一首诗都相应地抓住了特点，找到了意境，绘出了形象。

存直的旧诗朴素大方，生动活泼，朗朗上口，如行云流水，平湖秋月。除了古典诗词的修养之外，还得益于他深厚的民歌功夫。请看:“春兰夏荷迎春放，秋菊冬梅开满窗。蝴蝶闻香扑窗口，百鸟朝凤呈瑞祥。”(《剪窗花》)“响鞭甩落满天星，送粮车队一条龙，‘丰’字贴到马头上，农富国强逞威风。”(《送粮》)“红缨帽子头上戴，威风凛凛军人态，只因长在责任田，棵棵都是双胞胎。”(《玉米》)构思、手法、语言都是纯粹民歌的，给整个诗集增添了光彩。诗词本来源自民间歌谣，民歌给文人诗词带来了鲜活和生命。我们看刘禹锡的《竹枝词》，白居易的讽喻诗，杨万里、范成大的农事诗，脱胎于民歌，本身就是优秀的民歌。存直继承了这一优良传统。

农民出身的武存直，是全国农村文化艺术先进工作者，河北省精神文明建设先进工作者。这个自学成才的诗人，成功于勤奋。“风华未圆大学梦，书海苦舟逆水行，文凭何信一张纸，笔耕文田也丰登。”(《笔耕》)他发表的1000首诗可以做证，这本诗集可以做证。愿他写出更多更好的诗。

曹增书《东方柏》读后

今年（2001年）七一前后，先后出版了几部鸿篇巨制的颂诗，沉寂已久的中国诗坛为之一振。面对波澜壮阔的21世纪，光辉灿烂的80年党史，洋洋万行、两万行犹嫌不足。但是如果是在同一认知层面上的叙述和阐释，也会觉得铺排冗繁，大而无当。因为诗，即便是史诗，也应该以诗的标准要求。不能是政法的内容，诗的外衣。曹增书另辟蹊径，《东方柏》仅用1800行就达到了至少同样的效果，四两拨千斤。我的领悟是：

一、精心营造意象。书中以“东方柏”为主题意象，概括历史。“我站在柏坡岭上，举目四望，那满山满谷的翠柏，仿佛走近拔出鞘的宝剑，用它可以挑开历史的画卷，追溯一个硝烟弥漫的昨天。”因为“从一棵柏的枝干和纹理上，可以辨出，一个洪峰的流速和深浅”。东方柏就是诗眼，是主线。然后又进行意象的分配、移动，以三代领导人与西柏坡的关系，象征中国共产党的三段历史进程，引发一系列意象群。毛泽东“伟岸的身躯，像一棵枝繁叶茂的树，也像一座移动的火山，他的脚印，是春天的路标，是血染的花瓣”。五大书记像“五棵翠柏，紧紧地拥抱在一起，像大地上纠缠在一起的树，亲密无间，仿佛不再分离，枝叶间发出的喧响，是一首深情的旋律”。新中国从这里走来，“东方柏，你是如椽的巨笔，还是闪光的火箭，正喷射着人间最壮丽的火焰”。在至关重要的反腐倡廉中，东方柏“举起闪闪发亮的手术刀，使腐败分子无处藏匿”。出鞘剑、巨笔、火箭、手术刀，密集的意象群，都由柏的形象引发，由相似的形象引发不同功能、不同寓意。

诗的概括来自深刻的思考，来自对历史的准确把握。诗人借助这些意象，使历史有了亮点，使诗句有了活力。

二、高屋建瓴的视角。回望历史，不只是为了颂扬，更重要的是反思。在西柏坡召开的七届二中全会，是中国革命和中国共产党历史上一个极为重要的转折点。全诗以“进京赶考”和“两个务必”着眼、定位，一下子就有了精神高度和思想深度，给他的东方柏注入鲜活的力量。“新中国从这里走来，也要在这里成长。”“刘青山、张子善，许多贪官污吏，都已被钉在历史的耻辱上。”只有东方柏这把绿色的扫帚，才能“拂去历史的烟尘”，在“大地上卷起一阵狂风，被刮得人仰马翻的都是贪官污吏”。值得学习的是，这一思想和诗意的展示，也始终围绕着东方柏主题意象。东方柏“一缕清风，一眼碧泉，一道拒腐防变的天然屏障”。西柏坡“你朴素而又干净，你纯洁而又芬芳，你散发出一股醉人的气息，你只有守身如玉，一尘不染，才能酿造出新千年的酒浆”。

三、独异的抒情个性。全诗给人强烈的感觉是激情饱满。他没有用习惯的“大我”，以人民代言人自居。抒情主人公就是诗人自己，一名土生土长的西柏坡人，对西柏坡存着至深至爱的独特感受。“西柏坡，你就像一粒爱的种子，早就占据了我的身心。”“无论是来世还是今生，我都想活在一棵翠柏里，任何力量，都无法将我们拆散。”这种感情是最动人的，“也就是我的初恋吧，无论走到何方，都忘不了，她那双清澈明亮的眼睛”。这种感情是最深沉的，“岁月像是一条长长的井绳，而埋在心底的情感，可是一只沉甸甸的水桶”。所以诗人一旦“张开火烫的喉咙”，便像江河一泻千里，1800 行诗一气呵成。难能可贵的还有，这种激情在诗中不断发展和深化。有时是一段高音区，波澜壮阔。“呵，翠柏青青，呵，东风浩荡，龙的子孙们，挥舞着黄皮肤的旗帜，走近了一轮又一轮鲜红的太阳。”有时又低回婉转，涓涓细流。“太行山呵，撩开你褴褛的衣衫，便可以闻到一股，淡淡的乳香。”豪放和婉约两种截然不同的风格，协调地交织在一起。更为可贵的是，抒情之中，常常有忧患意识的融入和参与。“罂粟开花，陈渣泛起，春天也和沙尘暴连在一起。”“在一个鱼龙混杂的年代里，要想在一尘不染的旗帜上，写上自己的姓名，是种多么艰难的事情。”而对东方柏，诗人越是感情至深，越是自重自爱，“在充满泡沫的诱惑里，在一个物欲横流的年代里，我必须守住自己的灵魂”。这首政治抒情诗就是诗人献给整个社会的礼赞。

饱满的激情和忧患意识，形成曹增书诗的品格。我翻阅它时，听到了一种久违的声音，依稀有马雅可夫斯基、郭小川、贺敬之的味道。

谢玉久《火狐集》序

20世纪70年代，我在《河北文学》当编辑时，就从来稿中认识了谢玉久。在众多的部队作者中，他的诗显得特别有灵性。

1984年，我在廊坊师专办全国第一个作家班，40名学员中只有他一人来自部队。当大家都忙着写稿发表时，他却拼命地学习，像执行一个战斗任务，攻占一个高地。至今我还记得他在作家班写的组诗，写自己上课时“静静地梳理，静静地孕育，任爆发力，猎狗般潜伏，在黑色屏幕上，去捕捉雷电，去挟持风雨”（《上课了》）。他以图书馆为家，“为了走出来，我走过去……到铅字的方阵里，寻找海的讯息，大山的回声”（《图书馆》）。因而获得“用信念和汗水，铸成的通行证”（《毕业证》）。毕业后他请命去了老山前线，创建了享誉全军的“神箭”诗社，作战之余发表了数以百计的作品。

老山归来，谢玉久职务不断提升，诗歌也有很大进步。本来在所有的职业中，就属军事与诗歌相近相通，因为作战和写诗一样，最需要精神、激情和想象力。尽管当前我们这个号称诗国的诗歌出现了信任危机——一大批诗人对诗歌现状不满，罢工洗手了；另一批不大懂诗的人，越忙越添乱，好诗和代表性诗人日渐式微。但是谢玉久的诗给了我一个惊喜，因为他真正懂诗，了解诗的艺术规律。

他的诗忠于生活。别林斯基说过：“诗人比任何人都更应该是时代的产儿。”谢玉久生在新中国，长在红旗下，青年时迎来改革开放新时代。早早形成的社会责任感和艺术良知，使他习惯于热烈拥抱生活，活跃的诗思萦绕于生活的热土。军营之中，他写战士、排长、连长、团长、师长、军长。阵地之上，他写炮手、炮长、炮衣、炮弹、测距、操练。谢玉久善于用自己的眼睛，从平凡的生活中发现美，诗思俯拾即是。军人的母亲是“和平正义的守护神”，军人的父亲是“我心中的泰山”，军人的妻子“支撑着整个边防，把长长边境线接在胸怀”，军人的儿子是“尚未纳编的小兵片子”，军嫂“把心贴在山上，漂在海上，悬在天上……嫁给军人，注定交给风去打磨；嫁给军人，注定交给火去锻造”（《军嫂》）。在征途，军人是“一群丹顶绿羽毛的候鸟。就这样不倦地飞吧，飞上高山，他们就是高山，飞临大海，他们就是大海。只要人世间存在冬来暑往，他们便不会成为留鸟，成为春的信使”（《候鸟》）。诗中充满进取精神和时代亮色。作为一名军官，夜夜巡营查铺，他习惯了“战友的鼾声，浓缩了太多的情感，抓一把能酿酒呀，撞一下会放电”（《鼾声》）。他用诗窥探战士们的精神境界和美好心灵。

忠实生活，还包括另一个侧面：认识生活不误读，表现生活不扭曲。我记得他初写作，有不少农村题材的诗，没有流行的标语口号与假、大、空，多是具体的人和事。改革开放的时代，拓宽了他诗的思维方式，对农村改革表现了高度的热情，“‘责任’二字有多沉，脚下一片地，头上一片天，一颗心，拽在中间”（《责任田》）。他为农村巨变欣喜若狂，“红灯，绿灯，交感着灵性，收刈紊乱，放牧繁荣，日子不再碰碰撞撞，活泼泼的象形音符，在大街的五线谱上，跳跃出和谐的沸腾”（《红绿灯》）。情思在广阔的时间和空间跳跃，表现当代农民的心理特性和价值观的变化。

其实，写诗题材并不十分重要，关键是诗人精神的投入和思想感情。谢玉久对生活满腔热情，便能从生活中采撷到美的律动。司空见惯的迷彩服，诗人赋予它神奇的光彩：“我们穿起来迷彩服，让色块，沉重地夸张成版图。扑下身子，我们便和山长在一起，成一片斑驳的土地。”战前剃光头，也可以发现它伟大之处：“不是制造蛮荒，我们葳蕤着郁郁葱葱，黑森林的峰峦，被战争的巨铲，推成一片黄土高原……裸露着尊严，裸露着剽悍，裸露着自信。一座峰头又一座峰头，写成连绵不断的仪仗。”（《我们剃了光头》）小中见大，咫尺万里，用奇丽的想象，升华了诗的意境，渲染了战士的乐观和自信。对于战前的验血，他写道：“一腔经过验证的热情，输给倾斜的天空，输给晕眩的大地，输给祖国。我相信，当我们用碧血浇灌了黑夜，生活，将收获鲜红的黎明。”（《我们验证了血型》）表达战士美好的心灵和崇高精神，这是粗犷的直抒胸臆。有时他也会用细腻的笔触。比如写一位战地采访的女作家，和战士们睡在同一掩体内，“于是有一条古训，被战争击碎，在一片鼾声的林子中，安卧着血性的男儿和女儿。火，静静地燃着和谐；水，汩汩地淌着安详。醒来，相视一笑，才发觉腼腆和羞涩，原来是一团淡淡的雾，随晨风飘散，而晶莹的露珠，在每只眸子里打闪。哦，远方的朋友啊，来这里融化你心头的霜雪吧，这里有一片不冻湖”（《这里是一片无霜区》）。

谢玉久每写一首诗，都精心选择营造意象，创造美妙的情韵，达到思想和艺术的统一。他有着深厚的诗歌功底，读《午夜听雨》，“隐隐约约，有几只云雀飞来，扑，欲歌还歇”，有传统诗的味道。读《忙》，“都别性急，都别性急，咱们今天去赶集，哦，雁北的秋天，人也忙哩，风也忙”，有民歌的情趣。细细品味，还可以读出臧克家的精粹，郭小川的华丽。

他还吸收了不少现代主义手法，寓意于象，意象叠加变形，意象群排列组合，思绪流动跳跃，通感现象，继承发展，转益多师，形成自己神思浩荡、激情飞扬、清韵飘逸的诗风。我最欣赏丰富多彩的比喻和想象，如《汗花》:“训练归来，军衣上缀满汗斑，这一圈白色的晶体，能扯出一缕缕白色的丝线。这汗斑是盐，没有盐，生活多么淡；这汗斑是碱，没有碱，石头也要酸。这汗斑是云，没有云哪来的嫩雨绵延？这汗斑是画。看白鹭、白鸥、白鸽，盘旋在绿色的春天。”还有《军嫂》:“军人是剑，军嫂就是剑鞘；军人是快艇，军嫂就是铁锚；军人是旋风，军嫂就是风铃；军人是大漠，军嫂就是沙枣……”巧喻，博喻，意象群，从实在的经验世界超脱出来，用直觉思维去感知象征意象的整体，达到一种高度抽象的艺术效果。在《遥寄》里，他形容“箔片一样的雪花”，会哭会笑，一会儿是绿色的，一会儿又是红色的、紫色的，像一幅印象派的画，其审美效果不是理性的启迪，而是色彩对情绪的刺激，用色彩表达情绪和心理。在《漩涡》一诗里，他用一连串的视觉，说漩涡“是只尖楞的耳朵，悉心分辨远处的声波，是一朵鲜亮的小花，装点边塞单调的生活；是一汪透明的微笑，盛满祖国母爱的酒窝”。在《军营夜曲》，他是五官并用:“雨雾霏霏，群鸟啾啾，为生长着的威猛盖一片轻柔，迷蒙中，叶子在悄悄舒展。数不清的蜜蜂飞来飞走，采集一朵朵微笑，开始酿造明天……空气被发酵过，时间被发酵过，抓一把能酿出酒来，梦醉了心没有醉。”调动多种手段，使用微妙的语言，把浓郁的情调渲染得淋漓尽致。

谢玉久是人民军队培养出来的诗人。他写诗认真，艺术性很高。创作出许多脍炙人口的诗文，多次在全国全军获奖。在猫耳洞，他不忘《草叶集》；在哨位上，他想到“祖国永远站在我的双肩”。

他的诗，是军事与文学的结合，是思想与艺术的结合，是力与美的和谐。有一首诗最能代表他的为人与作诗：“我爱诗呀，二十岁，诗的芳龄，想象沿弹道腾飞，冲动被炮火诱惑，梦里也常走进迷人的风景……当我拜别缪斯，微笑着走进战神，炮声和硝烟，将怂恿我，去构筑一部新的立体作品。用鲜血套红印刷，交给历史连载，震撼人心。这时，我便成为一名真正的诗人了。”(《我寄出一帧近照》)

《亲近善良》序

我和诗人段飞早有相识，他的诗集即将出版，相邀为序，我欣然命笔。过去在报刊上读他的诗，只是一鳞半爪；这次通读了他的诗稿，才有了整体印象。他的诗有了自己的特色，非同一般，尤其在乡土诗方面，深有造诣。

中国是一个农业大国，以农村题材创作的诗人大有人在。其中不少生在农村，后来有了文化，成了写诗的苗子，被拔出来，移栽到城市，成为居住在城市里的乡土诗人。这些人包括我自己，尽管并不忘本，甚至一往情深地爱农村写农村。但不是凭回忆，就是短时间地“深入生活”，“体验生活”，再“贴近”，也是隔了一层皮。因为身份变了，看农村用的是“俯视”的角度。不是简单地美化，就是笼统地忧患，因为是局外人。

农民出身的诗人段飞，则是与此相反。他出生在冀南平原，成长在农村，定居在农村。改革开放以来，他仅仅往来于乡村和县城（一个大村）之间。他还是农民中的人。他没有自视过高，没有俨然一副教训人的姿态，因而能够平易地看待生活，只把写诗当成一个自觉。所以他的诗朴素自然，道出了农民的心声，深受他们的赏识和爱戴，达到了一种全新的境界。他明白自己的优势：“只有村里的人 / 才能揭示其中的奥秘。”（《倾听鸡叫》）

评论别的诗人可以说热爱乡村，拥抱生活，用在诗人段飞头上就不够了。因为他就在农村，扎根于农村，本身就是其中的一员。他的思想感情不是同情、怜悯农民，而是农民的自我表现。“当锄头深入土地内部的时候 / 就发出一种声音 / 细细地如娓娓倾谈 / 你必须有一副灵敏的视听 / 方能领略其内涵。”（《亲近土地》）“麦穗是一束玫瑰 / 使我不敢莽撞行事 / 只要用力抓一把 / 就会痛苦得幸福……南风磨出锋利 / 农事催我开镰。”（《五月》）这是写农民，也是写的自己，没有切身体会，就不会写出这种诗来。

几十年的农村生活，诗人段飞铸就了一种纯朴的思想感情，练就了一副灵敏的视听。他有善于捕捉诗意的能力：“庄稼脱水的季节 / 你给土地输液……水进入土地 / 渗入每根叶脉 / 你感到了水流动的声音。”（《水的声音》）“秋天的田野上 / 豆田里的排列形成 / 是五线谱……用镰刀把那支曲子 / 小心翼翼地录制下来……接着你把那盒原声磁带 / 用石磙子在晒场上 / 一圈一圈地放音。”（《喜悦的音符》）“干了半晌活儿 / 坐在地头上嚼甜棒秸 / 是一种兴致……吃这种特殊食品 / 全在于一个‘嚼’字 / 只有通过仔细地嚼 / 才能品出劳动后 / 香甜的韵味来。”（《一种兴致》）这些极其普通的事件，在诗人的笔下，也就成了一首首好诗。

诗人段飞有很多机遇能够“脱离”农村，飞向城市，之所以断了这个念头，是因为难以割舍养育他的一方热土。他把农业劳动当成了生活的第一需要，只有在劳动中，才能找到人生的自我价值。作为新时代的农民，他并不感到卑微和渺小，拿起锄头，就感觉自己是田野上的帝王，“在天地之间翱翔 / 翻手为云覆手为雨 / 御驾亲征于万顷波涛 / 庄稼们一齐臣服在地”（《田野上的帝王》)。“你变成一粒微尘 / 溶入了土地 / 那种达到极限的享受 / 是任何一位君王 / 永远体会不到的。”（《大树荫下歇晌》）“麦秸草帽是农人的顶戴 / 比珠光宝气的乌纱 / 还能遮风挡雨 / 每当第一颗种子下地 / 就从农人的头顶升起 / 如同一枚小太阳 / 照耀农人的一生。”（《农人的王冠》）作为农民代言人的段飞，把新一代农民，写得何等的骄傲、自豪和伟大。

长时期置身于农村，投入劳动之中，使诗人段飞不仅与农民，而且与庄稼同呼吸、共命运，与一草一木不分彼此，相互结缘，所以他诗的触角细致入微。“五月从湿漉漉的蛙声里 / 五月从富有禅意的蝉鸣里来了 / 倾听五月 / 你必须用心灵的耳朵去听 / 五月就轻轻地轻轻地 / 悄悄地悄悄地来了。”（《倾听五月》）“田里很静 / 有急促的喘息声 / 隐约传来 / 那些隆起的部位 / 皮色锃亮 / 如十月怀春。”（《流蜜的瓜田》）诗人凭借生活的经历和想象力，写得多么生动和富有情趣。如果诗人缺乏细腻和灵敏的观察，是写不出这样的诗句的。

几十年来，诗人段飞笔耕不辍，他的生活经验和审美意识与时俱进，诗的观念也在不断地发生变化。他已经不再满足于如实地描摹生活，反映生活，而是更超脱、更灵性地表现生活，展示自己对生活、对生命的内在悟性。这种悟性，是微妙的心理体验，是诗人认识生活，认识自己，从量变到质变的逐步升华，随之他的诗也进入一种更高的境界。锄地累了，躺在地头上，“风温柔着 / 阳光抚摸着 / 你进入迷迷冥冥之中……此时你的灵魂 / 悄悄地爬起来 / 消失在旷野 / 旷野也蹑手蹑脚地 / 走进你的内心世界”（《领略旷野》)。捉蝈蝈时，“你站在警戒区之外 / 左手提着心 / 右手提着脚 / 又用轻功法 / 身体变一片羽毛 / 倏地一下 / 蝈蝈跳进你的内心

世界 / 你想俘虏蝈蝈 / 蝈蝈却俘虏了你”（《蝈蝈俘虏了你》）。诗人自我意识失落，进入一种忘我的境界，天与人、物与我达到了和谐和统一。这样的表现手法，深得古典文学的真谛。

在诗集中，还有一些诗是对淳朴而善良的人性的赞扬。土里刨食的农民们，祖祖辈辈共同生活在同一块黄土地上，没有贵贱之分，没有名利之争，互相关爱，互相帮助，“和睦相处延续着 / 中华民族的传统美德”（《善良》）。“乡村里 / 养着两只鸟”，这两只鸟“就叫淳朴和诚实”（《两只鸟》）。“村里的人朴实得像庄稼 / 憨厚得像土地 / 和他们说话 / 三言两语 / 就把心掏给你……在村里 / 天高皇帝远 / 和村里的人说话 / 没有人抓你的话把子。”（《和村里的人说话》）善良的劳动人民就是这么朴实，待人接物，坦诚相见，和谁说话都是开口见心，用不着设人情防线。“你四肢八叉地 / 赤条条在星空下。”（《晒场守夜》）“漫长地里啦呱是最朴实的 / 朴实得粗俗 / 粗俗得如你 / 一丝不挂的胴体……又如那头六根不净的老猪 / 在天池里洗个痛痛快快的澡。”（《漫长地里啦呱》）你还把隐私拿出来大胆地暴晒 / 顾忌在大道上打盹儿 / 庄稼们守机密 / 不会嘲笑你。”（《自由王国》）“高粱地里的话 / 有一种粗俗之美 / 带一些大五荤 / 打性的擦边球 / 听起来很性感 / 高粱地里的话一落地 / 听的人和说的人 / 就横也不是 / 竖也不是。”（《高粱地里的话》）这是大胆描写的赤裸裸的人性美，发挥得淋漓尽致，但又不失分寸。诗人个性化的语言，达到了炉火纯青的地步。这在诸多的乡土诗中，也是极其少见的。

爱情是人类生活的永恒主题，也是文学艺术作品的永恒主题。古今中外的诗人们，在其作品中，无一例外地涉及这一题材，但真正能够叫得响的好诗并不多见。在这本诗集中，诗人段飞用了较大的篇幅，写了别具一格的爱情诗，或者说在这些爱情诗中，仍然饱含着浓郁的乡土风味。日出东南隅的时候，“汉朝的那位罗敷 / 踏着声声布谷走来 / 不采陌上桑 / 痴痴地望着远方”（《五月》）。

这是写麦地里的爱情。“石榴花 / 美丽的乡村公主 / 我就是你心目中的白马王子吗？”（《石榴花开了》）这是写乡村里的爱情。“她常常来帮我浇水除虫 / 用手指抹一把香汗 / 和我相视而笑 / 并用两泓秋水浇我。”（《种瓜不得瓜》）这是写劳动中的爱情，这种爱情是健康的，积极向上的，只有朴素和纯真的微笑，而没有忸怩之态。“乡村里的爱情 / 是一株香香草 / 长在垄沟边庄稼深处 / 麻籽叶底下 / 麦秸垛后边……这种香香草不受环境污染 / 没有脂粉之气。”（诗集《女人是水 · 乡村里的爱情》，可惜，此诗并未选入）这首诗可以说是诗人的自报家门，显然不同于卿卿我我的公子小姐式的古典爱情。诗集中还有些爱情诗，糅进了风土民情、俚语俗话，读这样的诗，如同诗人和你对面而坐，娓娓道来，倾心交谈。诗人运用形象化的语言，把深邃的人情事理，鞭辟得入木三分，读过之后却又没有说教之感。

从整体的题材上看，恰如诗人在《后记》中所说：“乡土题材的诗，占了相当大的比重。”可以说这是一本乡土的颂歌，字里行间流淌着泥土的旋律，飘荡着泥土的芬芳，不愧为献给故地热土、父老乡亲的一份厚礼！

在艺术表现上，段飞的诗也是显而易见的。他是真正的乡土诗人，但是他的诗又不“土”，或者说，俗中有雅，雅中有俗，大俗又大雅，从内容到形式都非常讲究。可以看得出他的文学功夫是很深的，颇有中国古典诗修养，对“五四”以来新诗多有借鉴，对西方现代诗的表现手法亦善于汲取。他的诗没有政治说教，也很少有对时兴潮流的模仿，一心一意地走自己的路，寻找自己独特的艺术世界。他长期生活在农村，信奉农民的哲学，种庄稼，不重枝叶重果实；改良品种，不盲目引进，必须先实验，然后推广。所以他的诗，并不追求一时的轰动效应，而是循序渐进，可持续地发展，最终达到独树一帜的结果。他对“诗神”虔诚，心态平静，不受时疫污染，所以他的诗也是一种绿色食品，定会受到广大读者的青睐。

当然诗集还存在着缺点和不足。例如有的诗写得过分随意了些，尚有粗糙之嫌，不能处在同一水平上；有的诗有散文化的倾向，节奏稍嫌舒缓，缺乏一定的力度，这也说明诗人的努力是多方面的。但瑕不掩瑜，它仍然不失为一本优秀的乡土诗集。

段飞诗的成就远不止这些，尚未为更多的人所知，只能留待以后，由专家们去做系统的评论了。

《青柿子　红柿子》序

邢台是我的第二故乡，那里说不上地灵人杰，但是历史悠久，民风淳厚，很适宜作家成长。秦兆阳、乔羽、谷峪、昌言的成名都得益于邢台水土的养育。我自己在那里仅仅工作了三年，那三年是我的高生长期，从一名“三门干部”走上专业作家之路。在那里交上的朋友不少于到省会的二十几年。所以人走了，根还留在那里，经常回去走走。杨冬蕲和张国江是后来的朋友，是众多的文学兄弟中的两个。

国江原来是位农民，业余作者，经过长时期的奋斗和考验，好不容易才转成国家干部。但是一头儿沉的重担还是把他的脚印深深地压在土地上，实际上他还是个农民，没有离土也没有离乡，生活方式变化不大，因而对农村生活体验更为深刻。

国江为人质朴、敦厚。诗如其人，善于表达太行山区的民风乡情。“一人一只大海碗 / 南邻北舍蹲成一团 / 谁家的菜稀罕 / 谁就做一次贡献。”（《冀南山庄》）到了三夏大忙季节，“电视机闭上了眼睛，放心地休息几天 / 老母鸡下蛋勤了，满世界麦粒随便吃 / 卖冰糕的发了财，被整箱整箱地包圆儿”(《芒种风情画》)。典型情景，信手拈来。农民的语言，农民的感情，令人心领神会。而且朴实中透出一种美感，像“太阳蹲在红柿子枝头/甜甜地灿烂一方风情”，“风娃子在芒种的眼皮下耍一个滚翻/麦田便得意地摇起金黄的折扇”。静态静得悠闲，动态动得妩媚，都像凡·高笔下的风俗画。大自然给了他一双发现美的眼睛。

渐渐地，这个农家孩子纯净的目光变得复杂起来，学会了用运动发展和矛盾变化的观点去审视周围的事物，从中发现新生事物的美，像老谝“抑制不住对新生活的满足，母亲催促女儿烫头发”；农民进城因随地吐痰被罚款，“五角钱罚疼了他的自尊”。他的诗触及邻里之间、家庭内部思想、道德的矛盾冲突，关键是价值观念的错综变化。“喇叭裤与驴脚走在一起/新诗选与神龛放在一起/流行曲与斥骂声搅在一起/无神论与祈祷词混在一起。”但是诗人的热情站在青年和新生事物一边，“我用我的锄头/使家庭充裕、太行富足/我用我的笔杆/将乡情描绘、豪情发抒”。

标志着国江诗的成熟的，还有他不仅从生活中发现美，还学会了审丑。诗人审丑，不是以毒攻毒，而是以美审丑，把丑原形毕露，让人憎怒。而背后立着道德标准，立着美。诗人展示甚至夸张了泼妇骂街、神汉迷信、相互换亲等恶习，调侃中让人心酸，嘲笑中让人深思。这是另一种深刻。

同样是表现太行山区的生活，冬蕲诗的风格不同于国江的淳朴，而更多的是哲理意味。他把诗的触角伸入社会，伸入生活的各个领域，用智慧去发现新意，用沉思去挖掘深刻。他的诗是人生经验的升华、生活思考的结晶，这与他所处的领导岗位、认识水平和思想方法是相关的。国江是深入泥土之中，把生活反映得逼真；冬蕲是超脱了一点，因而看得更透。

冬蕲歌颂松四季常青，柏不嫌贫爱富；也嘲笑杨“大风吹来不能自已”，天性脆弱；柳“见谁都低头哈腰”，骨头轻贱；水仙

“无力回春且作罢，暂布斗室几缕香”；桃花“无情东风漫天阵，轻薄桃花顺水流”。看似咏物，实则写人，写社会上各种类型的人物。他的诗不如国江的火热、泼辣，而是一种冷隽的美、深邃的美，如夜空中寒冷的星光。

我特别喜欢《落叶》：“完成了一春一夏一秋 / 绿色的使命之后 / 又欣然地离开 / 热恋了许久的枝头 / 翩翩飘落的落叶 / 如退休的老人。”他歌颂“落叶的生命天长地久”，使人想起古诗“芳林新叶催旧叶，流水前波让后波”，又比这句古诗有新意。还如《葡萄酸葡萄》，以葡萄的口味，影射不正之风下果农的酸甜苦辣。《小贩之叫卖》：“上乘的商品 / 不吆喝也难出手 / 假冒的东西舌头也能推出去。”商品价值的畸形，也反映了人的价值的颠倒。最后，“装货的车子空了 / 装钱的袋子满了 / 一个得意扬扬的灵魂 / 推着空空的车子走了”。钱骗来很多，人格却丢失了。哲理与诗是孪生姐妹，诗把哲理表述作为自己最高的内容层次。但诗是抒情艺术，不能直言哲理，而是通过艺术形象体现哲理。正如歌德所说：“一个诗人需要一切的哲学，但在其作品中则必须把它避开。”这方面冬蕲做得也是好的。有的触景生情，由情而理，情理同来；有的直抒胸臆，不做哲理观照，而诗的机智、思考让读者从中得到哲理的启迪；有的只是抓住一个事物辩证地描写出来，理趣从形象中自然流出。

但是，也应该指出，冬蕲的哲理诗还不够老到，往往只是从一个物象去引申某种哲理，或者“立片言而居要”，用一两个警句去表现哲理，还缺少一个深刻的哲理背景。而高层次的哲理主要靠诗人涵盖宇宙的胸襟与居高临下的睿智，把诗意升华为思想力量。

愿冬蕲和国江在诗的蜀道上继续攀登。

蒋瑞杰《流向永恒的遥远》序

瑞杰并非专业诗人，恰恰如此，他才远离文艺界的红火热腾，也远离诗歌争论的是是非非。他没有功利思想，按照自己对诗的理解写自己的诗，所以便避免了摇摇摆摆，也便没有沾染上当前一些诗的流行病。他的诗是自然状态的诗，也便更加接近诗的真谛。

他不写所谓纯诗，把浓郁的多彩的生活过滤得只剩下蒸馏水。他不过分强调自我：把自己当作一个普通人，但比普通人更具有人情味；把自己概括为一个普通百姓，但比百姓多了一双诗人的眼睛。

他无限热爱生活，热爱家乡。故乡有着他美好的梦，“田野里吹来香甜的风 / 秋天就像浓浓的酒 / 醉着庄稼人的梦……秋天 / 把庄稼人的日子醉得火样红”（《秋天，醉着庄稼人的梦》）。故乡的小河，日夜流着他的梦想，“清澈的河水在梦里流 / 扬帆的小船在梦里行 / 河中的鱼儿在梦里游 / 两岸的枣儿在梦里红”（《家乡的小河》）。

他十分忠诚于自己的职业，把人民检察干警比作“坚韧不拔、蓬勃向上的塔松”。他重视行业作风，写诗提醒干警廉洁自律，“请你吃喝 / 让你吞下定时炸弹 / 给你送礼 / 向你投来一枚毒炮”（《与一位共产党员谈心》）。他意识到检察工作无小节，生活作风须自律。“偷情乱性的鼠辈 / 咬碎了多少幸福的梦”，必须“在思想的十字路口 / 亮起一道禁行的红灯”，“让阳光下的生活不再有鼠的踪影 / 让每一个家园 / 充满真爱与温情”（《警惕》）。

他不盲目追逐“诗的散文化”，在传统诗词和民歌的基础上探索新诗的道路。诗歌从格律转向自由，是向人的感情多样化、深刻化的发展。诗歌外在的韵律减弱，而内在的音乐性还需要加强。诗的音乐性，通过语言的声调、节奏，形成微妙的带有感情色彩的五线谱。心灵的旋律，灵魂的音乐，才能引起读者的共鸣和美感，艾略特把它称作听觉想象。英国诗人柯尔律治说：“在灵魂中没有音乐的人，绝不能成为诗人。”当前不少人把诗歌的这一变化，理解为散文化，把诗写成散文分行，从根本上违背了诗。

瑞杰从传统诗词和民歌中汲取了营养，他的诗节奏明快，音调铿锵，入耳入心，语言轻快，色彩美丽，渲染了一种和谐的意境。诗的想象力往往表现在比喻上，瑞杰善于此道。比喻贵新，“频见则不美”。他的诗努力洗尽陈词滥调，以求一新。朱自清说，诗歌求新就要“远取譬”。在《书写太行山》这首诗里，他写科技上山，把绿化太行比作一篇大论文，精心构思，运筹谋篇，“用双手蘸着自己的血汗 / 执着地书写了十六年 / 把一篇不朽的论文 / 醒目地写在太行山”。植树与写作本来风马牛不相及。诗人从不同事物中找出它的相似点，进一步写道：“每一棵果树都是鲜明的论点 / 连片的果林 / 汇成丰富的语言 / 通篇只有一个主题 / 让果农增收、让果园丰产！”这就是不似之似，不类之类。

难得瑞杰同志在业余时间写了这么多诗。诗提升了生活，也提升了他的人格，因为诗言志，说真情实感，要写好诗歌就要做好人。

刘更申《仙湖风情》序

艺术之苑，也有它的生态规则。新诗潮以意识和语言的创新，赢得了不少青年读者。但它暴露出来的晦涩和粗俗也失去了至少数量相等的中老年诗歌爱好者。现代诗的某些失误，为传统诗歌的优长提供了一个复苏的机会。针对欧风美雨，中华诗词兴盛起来。刘更申先生真正爱诗，在社会追求物质忽视精神的时候还苦苦为新诗探索和实践，先后出版了五本诗集。《商海风帆》以诗歌表现改革开放，引起不小的轰动。近日出版的《仙湖风情》，以旧体诗反映现代生活，同样取得成功。

《仙湖风情》以鹏城“十佳”景点之一，世界花园城市中最大的花园——仙湖植物园为创作背景，集旧体诗、科普、摄影艺术于一身，收集律诗、绝句400多首，摄影作品300多幅，图文并茂，印刷精美，是诗，是画，也是一本有声有色的群芳谱。它的作者刘更申先生是深圳的拓荒者之一，首任深圳市园林公司总经理，植物园的一草一木都浸透着他的心血汗水。亲历性使他走进了生活的大地深层，走进了自己生命深处去感悟，获得了独异的情感“矿场”，也就自然而然地获得了诗意。如“坐地添柴须俯首，折腰扇火再作揖”(《烤火》)，“聚土安墙云做被，破竹封顶草编门”(《安营》)，“汗掷秃坡草吐叶，清理壑底水生缘”(《栽树》)。他对植物园投入感情，他的诗与他的花木一同生长。“案上霜封墨送暖，胸中句熟字充饥。”(《书斋》) 正如王尔德所说：“诗是强有力的情感自然流溢的结果，悄然回忆的感动，便是诗的源泉。”《仙湖风情》中有以花木为题的诗300首，大都写得精粹，深得中国古代咏物诗之精髓，体物也工，状物也切。

司空见惯的花木，在他的笔下娉婷现影，婉转传神。如荔枝，“翡翠千吨曼玉亭，时光五月挂霞红，背弯皮皱正年少，铁骨铮铮不嫁风”。如台湾相思树，“夏吐黄花染绿风，长托云朵盼归宗，台澎本是神州子，万木拂云俱姓龙”。传奇色彩之物，曲模形象，即物取喻。如虞美人，“美人玉立在天涯，长手举起一片霞，垓下已干亡楚泪，虞姬未忘血开花”。如珙桐（又名鸽子花），“北嫁昭君想母家，梦疑黑水入三峡，秭归想听女儿信，遍野广栽鸽子花”。越是奇花异草，越是殊形诡状，越是巧思妙语，不同凡响。如榕抱石，“三里碧荫锁赤阳，溪流好色戏鸳鸯，惹得榕树情如火，盘抱巨石入洞房”。可以说做到了尽物之态，穷物之情。

读刘更申先生的诗，没有一般的风花雪月的感觉，都是言之有物，以花喻人，甚至有即景抒怀、借题发挥之妙。如“素面翘首迎细雨，洁身抿嘴笑何人，权臣已上赃官榜，玉影招来廉吏心”（《金叶含笑》）；“南海苍龙处事偏，生儿不教嘴巴馋，上钩为抢针头肉，命丧餐盘只为贪”（《钓趣》）。刘更申一向正直廉洁，痛恨腐败，也许别人看来，不过书生意气，几句牢骚，但是诗人活脱脱赤子之心跃然纸上。

刘更申先生长期躬耕园林，从花木体会到人生的意义：为什么栀子花普遍为人喜爱，只有一个原因，它绝不妄想玫瑰花的香味。还有，诗人表现仙湖植物园，并非执于一隅的迹写，而是让它深刻地与整个时代息息相通。写作对象是生僻的、局部的、颇具古风的，而诗的情思是现代的、充满了时代气息的。这就超越了咏物诗一景一情的保守惯性的诗歌“手艺”，而达到了天地同参的艺术境界。请看《高山榕》：“绿海沉浮三奋起，粗根左右万家心。高枝劲扫中天雾，笑散浓荫济世人。”这株榕树是邓小平同志到仙湖植物园参观时亲手栽下的，这首诗也写得形象生动，寓意深远，是整个植物园的写照，是一个时代的缩影，也是整个集子的诗眼。

刘更申先生自己对这部诗集是满意和自信的，在《前言》中，他说：“这些诗是仙湖美景在心灵深处激起的浪花，是我学习探索传统诗词的心得。”对于这种探索和实践，他概括为：一是传统诗词也必须反映现实生活，推陈出新，实现由反映自然经济生活到反映社会主义商品经济生活的转变。二是传统诗词要使用现代语言，少用生僻字，逐步实施以单音词为主的古汉语到以复音词、多音词为特征的现代汉语的变革。三是传统诗词的音韵要放宽，要从民歌、戏曲、歌词中汲取营养，逐步实施以平水韵为格律到以现代新韵为格律的变革。我感觉在内容和形式上他的探索都是成功的。前者自不必说，后者对仗工整，讲究平仄、合辙押韵，朗朗上口，既不拘泥于韵度，让人太为难，也非只图整齐押韵、顺口溜式的“老干部体”，是探索中的讲究格律、雅俗共赏的新古体诗。“吐纳春秋门口窄，收支日月户牌低，内藏花木四千景，游子拜山路莫迷。”（《仙湖植物园》）诗人上述三点正是我们游览这部厚厚的华丽的《仙湖风情》诗苑的一条路线图。

韩晓云《三流水韵》序

隆尧是我的故乡，熟悉又陌生。弱冠外出求学，之后漂四方。虽也不断归乡探亲，但往往在一条线上来去匆匆，对全县的面貌不甚了了。偶有一知半解，也多是通过故乡的文学作品得到的。这其中就有晓云的诗。

故乡有诸多诗人，晓云是比较成熟的一个。她完全是通过自己多年的追求、实践，摸到了诗的门路。不是装，不是赶时髦，而是投入了生命，写出了自己的生命体验、人生感悟。

所以，晓云的诗没有过多的浪漫和欢快，不是小夜曲，不是田园牧歌，不是芦管，不是小号，而是沉郁、深远的古筝，悠长、宣泄的长箫。在诗人的心弦上有一种生命滞重成固体的音韵婉转，悲怆，忧郁，深沉。有一种自然的古朴，古朴的自然；有一种曲与力的和谐美感。

晓云的身世多舛，经历坎坷。这对写诗有好处，文章憎命达，洞明皆学问，是用痛苦酸楚换来的财富。特殊生活环境的冶炼使她少了幻想和浮躁，少了娇气和骄气，而能够潜入生活的底层平心静气，以一个普通人的眼光观察世态炎凉，用一个普通人的心的天平去衡量人间苦乐，也用一颗赤子之心的链绳去测度智慧的海洋。《往日的一杯酒》，是一杯苦酒。“她肩上一个包 / 心上一块疤 / 巨大的痛苦吊着一个个难熬的日子……”（《云幻》），“奶奶关起门 / 默守着小村三十年的规矩 / 供桌上 / 蜡烛泪 / 流成一摊血……”（《守节》）这杯苦酒是血和泪的陈酿，余味绵绵，余情绵绵。

《露珠上的太阳》是用小小的露珠反映大千世界，大都写得短小、凝练。“埋下头 / 掀一个千年不朽的历史 / 翻出多少迷人的学问 / 不负老茧的抚摸 / 为了阴土和阳光的亲吻 / 你宁愿使自己磨损。”（《犁》）形象生动而富有生活的哲理。“一叶相思的舟 / 航行在等待的夜空，一旦相逢 / 就溢满了情……”（《月的遐思》）构思奇特，引人无限遐想。

我总觉着，晓云写得最精彩的还是《爱的光芒》《困惑的四十岁》两辑，都是写婚姻和爱情生活的。爱情、婚姻、家庭，在女人的生命中占据更大的比重，也必然是女诗人诗的最重要的主题。这些生活课题，长期存在于她的心灵中，泪水凝聚，时时折磨，最后形成生命的珠，如《遗憾》《伤口》《握别》《心之旅》《窗口》等，大都构思精巧，形象生动，意味深长，平易近人，且不乏动人的警句，如："你望月 / 我望月 / 沉重的目光把月儿压弯……你望月 / 我望月 / 饥渴的目光把亏月填满。"(《望月》)"两双目光 / 像焊接的等号 / 拉短两影的距离。"(《"从来没有" 俯拾》)

值得指出的是，晓云中年的回忆与反思并没有降低、减弱心脏激动的能量，这也正是一个诗人的可贵之处。她并没有因为心中沉重的往事，消沉了自己。经过磨炼的真诚，更有一种神奇的力量，以至于形成了自己独特的艺术风格。

在艺术上，晓云有自己的追求，她既有古典诗词的功夫，也有超新赶流行的欲望，她想包容传统和现代，寻找自己的创作道路。她的尝试，似乎在艰苦的一跃中，获得了欢欣。因此，在她的《古韵新唱》中，没有晦涩和造作，没有拾人牙慧，而是平淡见新奇，追求一种自然和谐的新韵调。

听说，晓云坚持创作十几度春秋，不光自己写诗，还影响培养了一批年轻文学新人，这是难能可贵、为我们所敬重的。愿晓云和故乡的诗更多更美。

栗原小荻《血虹》韩文版序

科学和艺术是上帝的一双儿女，既情同手足又相互争宠。艺术玩弄神秘的面纱，科学则设法把它揭开，道高一尺，魔高一丈。近代科学技术突飞猛进，文学艺术相形见绌。科学介入的影视横空出世，尤其电视洪水猛兽般淹没了图书和舞台，诗歌、小说、戏剧没有了招架之势，奄奄一息。

"跨代派"诗人栗原小荻，不光奔走呼号，要"夺回诗歌艺术的皇冠"，还身体力行搞起艺术革新，把诗剧这种古典形式融进现代影视之中，开创影视剧诗，于是《血虹》便让世界耳目一新。从广义上说，诗是一切文学艺术的源流，诗意对现代生活的渗透也是无孔不入的。也许，诗只有走出狭隘的形式通道，才能为更多的现代人所接受。诗是音乐性最强的语言艺术，而影视则是声、色、光、电所组成的流动的画面。影视剧诗《血虹》表明了栗原小荻除了具备诗人的特质以外，他还是一个不错的导演、摄影家、画家和音乐人。在多维的艺术空间里行走，诗人的艺术才能发挥得淋漓尽致。《血虹》是一次大胆的探索，是“一种净界般的圣域，一种纯精神的游踪”。作者笔下的《血虹》是抽象的，也是具象的。这条绚丽的“人”字形彩虹，是人类悲欢离合的象征。这部史诗般的诗剧，是人与自然的幻美之旅，诗人调动了特写、剪辑组合、时空跳跃等一切可以利用的影视艺术手段，来表现人物、烘托主题，给人以强烈的震撼和冲击，向人们提供一次难能可贵的美感享受。

《血虹》破天荒的出现，让我们想起了八十年前中国新诗的奠基之作——郭沫若的诗剧《女神之再生》和《凤凰涅槃》，它们以中国诗歌前所未有的丰富的情感、想象，第一个歌唱了中国人民的希望和理想、愤怒和反抗。《血虹》则是改革开放以来，时代精神和民族灵魂的卓越体现，是新时期中国诗歌的《女神》。它高山大海，气象万千，黄钟大吕，是相当长时间平淡无奇的诗的境界的一次大突破。它通过具有普遍象征意义的“山海之恋”的神话，期望东西方文化舍弃前嫌，沟通融合，“东方的 / 和 / 西方的 / 古典的 / 和现代的 / 全世界最末流的 / 和 / 全世界第一流的”乐曲，正在“环球剧场”的演播大厅里井然有序地奏鸣，实现东西方文化的双重超越。博爱是《血虹》的灵魂。诗人站在高处，俯瞰芸芸众生，茫茫宇宙，“黑眼睛”的达尔辘和“金丝发”的苔阿媛，从各守其土、异质而对，到“相异 / 又 / 相依”“异舟 / 又 / 同济”，化作比翼双飞的海鸥和山鹰。从他们身上感悟到爱的真谛，也表现了文化的觉醒。男性的阳刚之美，女性的阴柔之美，借山与海的形貌而显得波澜壮阔，变幻无穷。从东到西，从古至今，一切可歌可泣的爱情都往往富有传奇色彩——牛郎织女，梁山伯与祝英台，罗密欧与朱丽叶。《血虹》则是山海之恋，寄托了人民对爱情的渴望和崇拜。真正的爱情不会是一帆风顺的，风雨雷电铸成的“血虹”，才值得百倍的珍惜。诗人写道：“血虹 / 从一匹奔马的幻影里 / 脱颖而出。”历史的征尘，文明的沿革，民族的兴衰，都使一场惊天地、泣鬼神的爱情经历找到来路，也寻到了归宿。“一只靓丽的海鸥 / 和 / 一只雄健的山鹰 / 在 / 莱昂内尔·里奇 / 和 / 惠特尼·休斯顿 / 共同演唱着的名曲——《无尽之爱》的歌声里 / 自由自在 / 比翼高飞”——这是何等壮观和靓丽的景色。爱的精灵在天地间自由飞翔，和谐而又完美。在诗人笔下，达尔辘和苔阿媛必将走至一起。诗人用历尽沧桑的爱情来展示世界的大团圆，为单纯的爱情主线注入了人类的期待和召唤。

栗原小荻作为一名颇具先锋意味的现代诗人，在《血虹》中使用的语言异常简洁和朴素，注意音韵的抑扬顿挫、朗朗上口。通篇含蓄蕴藉、典雅洒脱，有一种返璞归真的意味。原始的气息与意象丛生的描述，在诗行里激扬跌宕；吐纳自如的平面感与纵深感交错而行，出奇制胜。诗人忽而让观众置身于远古的炊烟和马群之中，忽而又引领人们穿行在现代的楼群和音乐的交响之间，这一切又都是简洁朴素的自然升华。观众在获得充分的美学灌输中，又得到了美的愉悦的启迪。诗人在《血虹》中对语言的追求是十分自觉的，语言的民族性是《血虹》的体格，而五彩斑斓的蒙太奇画面，则是这体格上长出的灵魂的翅膀。在日益全球化的今天，东西方文化的碰撞与融合替代不了独特的民族文化，只有突显民族精神的艺术作品，才能在世界艺术殿堂里占有一席之地。栗原小荻是一位清醒的歌者，神圣的使命感和民族自豪感，使《血虹》卓然不群而声誉鹊起。他踏出的这条道路，会像一道彩虹把六神无主的中国现代诗带出低谷。因为它耀眼而又美丽，是诗人的心血染红的。

姜宇清《土地之味》序

姜宇清多年来远离故土，但他的诗一直成为故土上的另一种植物。土地、生命、家园等概念，在他的作品中是有血有肉有骨的。这是一大块情感命脉与情感联系，人类从生到死，从死到生，似乎不能也从来没有割断这种联系。正是这种情感的维系与伴随，使我们的生活充满意味并带了原创的生命气息，使我们的生活什么时候都饱含着责任与良知，什么时候都不会显出轻浅与飘浮。不管你走到哪里，你都会觉得有根。

乡土应是一个更广大的概念。乡土诗创作中有许多非诗的因素，比如只着眼于乡村的贫穷与富裕或共同的转化，使诗情、诗美在一种类似新闻性的记录文字里消解消融；比如把乡土诗等同于民歌快板书之类；比如麦子诗泛滥，但并不具有真正的麦子的气息，甚至有腐草的气息、苦难的气息；比如使乡土的画面成了摄影棚里的假风、假雨、假景致；比如等同于表面化的、一般化的田园牧歌式、挽歌式表达；等等。姜宇清的诗避免了此类非诗的写作，是纯正纯美的一种，是新的一种。

姜宇清的诗是主味的诗。味，应是多义的、广指的、包容的生活之味、人生之味、社会历史之味、自然宇宙之味，也包括阅读欣赏中的品味。诗对于真理的揭示似乎不是要摆出来让我们看见，而更多的则是让我们嗅得到。读《土地之味》，我们会感受到这种很优秀的“呈于象，感于目，会于心”的美感境界。

20世纪末，宇清同志保留了这块心灵的热土，它是原汁的、美的、神圣的。我总以为，一本好书应是值得仔细读和品的书，一本好书是可以常置于案头或枕边的书，一本好书是旅程中携带方便的书，一本好书也常是一本“家书”。《土地之味》是这样的一类书。

解青林《风雨五十载》序

近年来很少这样认真地读书了，从头到尾，逐字逐句，不仅仅是内容，还有作者。书中的主人公与作者是合二为一的，时下北京有人称作“新体验小说”。自传体小说，作家直写自己的人生体验，由来已久，何其为新？结构语言如时装，今天新了，明天旧了，后天又新了，变化循环难言新旧，唯其常读常新者，是独异的题材和艺术形象。

这部书稿全面征服了我，读着读着常常泪眼模糊，与其说主人公杨蕾，莫如说作者解青林深深感动了我。一个身患心肌梗死、肝硬化、脾切除、胃静脉曲张、十二指肠溃疡、肠粘连、糖尿病7种顽症，1989年以来六次大出血，四次病危，两次大手术，三个月不会说话，体重低至35公斤，身体各种健康指标画满“+”号的离休干部，卧在医院病床上，终于完成了140万字的《风雨五十载》三部曲——这本身就是人间奇迹，是90年代的吴运铎，一个中国的奥斯特洛夫斯基。在文坛寂寞、作家贬值的今天，是病重的青林用他清醒的头脑，用他巨大的痛苦，在呼唤作家的良知，呼唤文学的尊严。

《椿桂生辉》是《风雨五十载》三部曲压轴之作，思想、人物语言都更加成熟了。时代的改革大潮波澜壮阔，波及深远，主人公杨蕾老骥伏枥，壮心不已。作者成功地塑造了一个真正的共产党人的晚年形象，晚霞燃烧，光彩照人。准确的艺术描述和严肃的纪实性、史传性，使这部作品有着厚重的历史感。作品反映党政机关特别是人大、政协领域的生活，在以往文学作品中属少见，题材和人物形象颇为新鲜。

《风雨五十载》生活跨度不止50年，实际上是60年，又一部《六十年的变迁》。反映20世纪30年代至90年代中国农村的变革，无论从规模，还是从概括生活的深度和广度，目前还没有哪一部文学作品可以与之相比。作者积五十多年地、县工作经验，厚积薄发，游刃有余。非洲一则谚语说："一个老人就是一座图书馆。"朱迪斯·史丹说："经验是当你脱落了头发以后，生活赐给你的一把梳子。"解青林用这把梳子，认真梳理了纷纭复杂的人生，梳理出了杨蕾等一系列美好的形象。当他着手写作时，他把半个世纪的生活经历当作草稿，边修改边誊清，等于他又把人生历程走了一遍。他把往日撒下种子的土地，又耕耘了一遍，又收获了一次。

读《风雨五十载》，一言以蔽之，文如其人。书中的杨蕾活脱脱一个生活中的解青林，艺高胆大，刚直不阿，机智幽默，甚至连缺点也一样。个性并非天生，是生活境遇造就的，是人生的风波塑造的。性格即命运，一个人失败的原因在于性格的弱点，一个人成功的原因在于性格的优点，与环境关系不大，机遇是偶然的，性格趋势才是必然的。解青林政绩赫赫，《人民日报》头条文章称之为改革开放的"解大胆儿"。以他之德之才，理应担当重任，步步高升。但他在县团级位置上一蹲就是四十余年。人生的价值绝不是以官职大小、宦海浮沉来衡量的。人生的价值不在于他拥有什么，而在于他是什么，甚至是超乎生命的。生命如同铁砧，愈被锻打，质地愈坚，火花愈灿烂。

生活中的解青林是一个充满智慧和幽默的人，妙语连珠，作品更是流光溢彩。他以智者的眼光扫描社会，或褒或贬，只言片语，入木三分。幽默不是谩骂，也不是讽刺。幽默是种冷隽，冷面孔热心肠，是对生活中不协调的部分的善意的考虑和艺术的表现，幽默的根本是人性善良的一面。幽默是一种超然，一种含泪的笑，一种淡然的笑，给暗淡的事物罩上一层柔和的金光。幽默是文学的一种高境界。

解青林和他的《风雨五十载》是河北文艺界的骄傲，衷心地祝愿他早日康复，再创奇迹。

周渺《脉脉此情谁诉》序

周渺开始文学创作很早，早在20世纪50年代，他还是一位初中学生，就发表了短篇小说《姥姥家》。后来读高中、大学，小说作品越来越多，逐渐引起注意。60年代出版的《河北青年短篇小说选》中收入了他的小说《将相和》。“文革”十年，周渺同其他许多作家一样，被迫离开了文艺界。他下过乡，打过铁，又做过机关工作，文学创作初露锋芒却戛然中断。“四人帮”被粉碎后恢复文联建制，周渺同志回到了自己热爱和熟悉的工作岗位上。1978年以来，周渺以饱满的激情、淳朴的笔调，写出了近百篇描绘农村生活的小说，发表在全国各地的报刊上，产生了较为广泛的影响。他的小说多次被《小说月报》《小说选刊》《作品与争鸣》等刊物转载和评介。

周渺小说集的出版，似乎是晚了些，但是他的作品终于辑印成册了，我为此十分欣喜。

周渺善于描写农村生活，朴素的风格，完整的结构，使人读后感觉到浓郁的生活气息中似有一幅幅色彩淡雅的画面闪动。他塑造的人物形象、刻画的人物性格，使人感到这位中年作家的成熟。

多年来，周渺一直坚持着现实主义创作道路，因此，读他的小说，绝无矫揉造作、晦涩艰深之感。他的小说多数是情节简洁、线条明晰的，体现了严肃的文风和纯朴的民族特色。

这个集子中收入的作品，时间跨度较大，能让读者看到他的坚持、发展和进步。

近几年来，周渺的小说创作相对来说是少了一些，这绝不意味着他在光怪陆离的文学现象之中茫然失据或者束手无策，他在办刊物，办报纸，热情地培养与辅导文学新人，只能利用有限的业余时间读书和写作。

我喜爱周渺的小说。作为朋友，作为同行，希望能不断读到他的清新优美的文字。

安宇《鸳鸯岛》序

安宇用清新淡雅的文字，写下了许多揭示家乡人情美、风俗美的小说。他善于从人物的心理情感的变化中表现时代生活。百花文艺出版社出版的安宇中短篇小说集《小镇雨蒙蒙》，以及这本《鸳鸯岛》所收集的小说作品，几乎每一篇都使人感觉到他的浓郁的思乡情绪，和他对家乡的热爱、关切、审视、忧虑……的复杂感情。

正如他在一篇报告文学中写的那样：

我喝过淀里的水，吃过淀里的鱼，我爱白洋淀。却仅仅是爱。当我躺在渔民为我烧暖的土炕上的时候，我觉得白洋淀是我的。当我在深入采访中接触到成百上千的人物后，就惊悟到：白洋淀是属于全人类的，起码是属于我们整个中华民族的！

我们可以把他写的白洋淀理解成他的家乡。

他的作品是他的心曲，他唱给家乡的歌是他的心声。

安宇出生在我国北方一座古老的县城，邻近白洋淀。他早在学生时代就发表散文和小说，60年代曾引起文学刊物和评论家们的注意，“文革”时期他被迫辍笔，失去了十几年宝贵的时间。新时期到来，他的小说再次在文坛上放出光彩，数量可观，质量也达到了新的高度，产生了较为广泛的影响。近几年来，他负责中国作家协会河北分会的一份报纸的编辑工作，编务繁忙，又肩负着采写新时期改革题材的报告文学的任务，业余时间仍然坚持文学创作。这个集子里收集的主要是这一时期的作品。

书中的小说绝大多数是以白洋淀为背景的，有几篇描写白洋淀的短散文和一篇报告文学附带收集在内，文字优美，情真意切，我想也算是锦上添花。

安宇的小说，艺术视角是多方面的，涉猎的题材比较广泛，无论写什么，所倾注的热情都是饱满而生动的。在写作手法上他做过多种尝试，但始终沿循着健康的、扎实的现实主义道路前进。

他的作品多次被转载刊登，亦有不少评介文章公之于世，因此，我在“序”中评说较少，更多的还是留给读者去品味和鉴赏吧。

十方子《黄帝战蚩尤》序

我有一个习惯，就是每天就寝时总要拥被看上一段文字，才能入睡。只是这些年来，已经很少认真读过一部长篇小说了。但作者十方子拿来的这部书稿，却让我不知不觉看了两遍，仍觉意犹未尽。

这部作品的题材，选自小说界乃至文学界很少有人涉足的上古时代。打开之后，眼前忽然出现了一个新的视野，过去似乎听说过但十分模糊的一些人物和事件个个相继蹦出来亮相，让你不得不继续看下去。中国最古老的神话故事，大都是没有时代背景、互无关联的碎片，像蝴蝶一样在人们眼前飘来飘去，作者把它们捕捉起来，通过巧妙的艺术构思，将这些散乱的彩蝶编织在五千年前文明之初的时代大幕上，个个变得有血有肉，丰盈动人，也颇具玩味。作者对那段传说史的描述，可能会面临许多争议，但他讲的故事却值得一读。我们不妨沿着他开凿的这条时空隧道巡游一遭，去探寻属于自己的发现。故事所依据的史料是神话传说，而神话传说本身就是扑朔迷离、神秘兮兮的，这使作者的想象力有了更大的发挥空间。书中那些出人意料的情节、离奇的战斗场景和古朴苍凉的情爱故事，都具有神话逻辑的合理性，令人耳目一新，也大大增强了作品的可读性。这是一部拓荒上古的书。可以毫不夸张地说，《黄帝战蚩尤》这部小说，在有关上古传说史的文学作品中，占有开创性的地位。

中国人最敬重的是祖先。祖先是人，传来传去，就罩上了神秘的光环，变成了神。小说是写人物的，为把这些亦人亦神的人物特点刻画出来，作者颇费了一番心思。神农炎帝的仁爱情怀，轩辕黄帝的豁达睿智、宽宏厚重，蚩尤的竞进不息、侠肝义胆，以及刑天誓死不屈的战斗精神，这些形象都给人留下了深刻的印象。值得指出的是，作者是通过对故事情节的扩展及细节的描写刻画不同人物性格的，使百多位人物各具特点，个个栩栩如生，活灵活现，跃然纸上。读者会发现，作者着力讴歌的，还有先民身上那种守信用、重承诺的古朴品行。我曾经认为，作者大概是借此抒发他对时弊的批判，但他告诉我，诚信本来就是先民们普遍遵守的行为准则。因为上古社会没有文字，没有合同、协议等文字形式的契约，全凭口头交流，如果人人说话不算数，社交活动就无法进行了，社会也就无法运转了。

还是在我担任省作家协会主席的时候，就和作者有了交往，至今已有近二十年的时间了。他喜爱读书，涉猎颇广，对问题常有独到见解。从这部书中我们不难看出，作者认真汲取了当代学者的研究成果，并通过对神话传说、考古发现和民俗研究等材料的分析，勾勒出上古时代的风情画卷和三皇五帝的传承脉络，并对中华五千年文明的源头，进行了有益的探讨，也可算作一家之言。这对于一位业余研究者来说，实属不易。据我所知，作者以往并没有发表过文学作品。使我颇感意外的是，他在作品中熟练地运用了半文半白的语言，文字精练而流畅，颇有韵味，且不乏幽默之处，令人赏心悦目。这说明，作者具备一定的古典文学修养。对文章结构的处理，除了开头一章稍嫌散乱外，通篇看来，结构清晰，前后呼应，整个故事是和谐和完整的。

这部书汇集了大量的材料，像是一棵冬天的落叶树，满眼的枝枝杈杈。书中多了一些对事物的研究，少了一些对景物和人物心理活动的细腻描写，有些本该拓展的情节没有展开。从这里我们可以看出，我这位工科出身、长期从事企业工作的朋友，还应该进行更多的文学创作训练和实践。不过，他的这部处女作，给有志撰写上古史诗的作者，提供了足够多的借鉴和营养。

尚友萍的《新人贾宝玉论》

这是一部旨在阐释《红楼梦》思想内容的书。

自《红楼梦》诞生以来，大家都在尽力阐释它的思想内容，但因眼光各异，结论也各自不同。正如鲁迅先生所说："经学家看见《易》，道学家看见淫，才子看见缠绵，革命家看见排满，流言家看见宫闱秘事……"鲁迅先生本人的看法，则是两个"打破"的著名论断："传统的思想和写法都打破了的。"（《中国小说的历史的变迁》）友萍同志多次和我说，他非常推崇这一论断。他对《红楼梦》宏观上的认识，在这部著作中有明确交代："《红楼梦》这部辉煌巨著的基本内容大致上由两方面构成，一是贾、史、王、薛'四大家族'衰亡史，一是贾宝玉叛逆思想发展史。"他进一步解说："'四大家族'衰亡史所表现的广阔社会画面，既是作品力图反映的内容，同时也构成贾宝玉叛逆思想产生、发展的社会背景；而贾宝玉叛逆思想发展史，则是贯穿作品始终的主线。""曹雪芹通过'四大家族'衰亡史，揭示的是封建社会必然灭亡的规律和趋势；通过贾宝玉叛逆思想发展史，表达的是对封建社会现存秩序的否定以及对于理想世界的探索。对旧的东西的否定以及对于新的东西的探索，就是《红楼梦》的主题。"收集在这里的大多数文章（有关脂批的几篇除外），都是这一论点的具体体现。

本书系统地论述了贾宝玉叛逆思想发展史这一线索，这一组文章共计 10 篇，有两个显著特点值得注意：一是把贾宝玉叛逆思想的产生、发展，放在了"四大家族"走向衰亡的大背景下加以论述，使贾宝玉的叛逆思想显露了社会的深度和时代的特色；二是把握了贾宝玉叛逆思想发展的全过程，即他的叛逆思想是在何种情况下产生并发展的，又是在何种情况下停滞并“回潮”的，后来又是何种原因促使他走上了“悬崖撒手”道路的。在比较系统地论述了这一过程的复杂性后，最终得出结论：贾宝玉是产生了以个性解放为内容的人文主义思想的“新人”形象。这种观点在红学界也曾有人提出过，但像他这样按迹循踪、条分缕析地全面加以系统论述，这样的文章可以说还不多见。

友萍同志没有专门谈《红楼梦》艺术的文章。有的篇章涉及作品的艺术表现手法，但那是为阐释作品思想内容服务的。从作品的艺术表现手法来阐释作品的思想内容，无疑是条蹊径。像红学中比较瞩目的一些问题，如:《好了歌》及《注》，探春的补天方案及其中宝钗、探春的“对讲学问”，宝玉对“文死谏”“武死战”的评论，贾宝玉的“道悟”“禅语”及“情悟”，以及贾宝玉撰写《姽婳词》等情节，友萍同志都没有孤立地去分析情节本身，而是从作品的“内证”及作品艺术表现手法的角度去分析，或化解了过去对这些问题的争论，或提出了自己新的见解。对于他的见解，不管是赞成也好，反对也好，都不能不承认他的结论的得出是“持之有故，言之成理”的。另外，关于《红楼梦》的成书过程、“无材可去补苍天”标题诗的归属、甲戌本《凡例》的作者等，友萍同志从作品的“内证”出发，也都得出了使人满意的结论。

友萍同志办什么事都特别认真，写文章也是如此。读了他的文章，总感到他似乎有一种使命感，总想解决红学研究中的一些问题。反映在他的文章中就是强调证据多，不做空泛的议论，更不做主观臆测。这应该说是一个长处，因为这样做加强了文章的说服力。但是其中如论贾宝玉的个别篇目由于议论解说不足，给人以堆砌证据之感，从而影响了文章的耐读性。但总的来说，友萍同志的成果还是红学园地中的一朵稚嫩的小葩，唯其稚嫩，转觉新鲜。我愿向读者推荐这部书，希望友萍同志在红学研究中不遗余力，取得更大成果。

王东印《只眼看三国》序

四大名著是中国长篇小说的高峰，它们难分高下，各有千秋。然而，文人圈子往往偏爱《红楼梦》，趋之若鹜，热闹异常，甚至早已形成一门学问。而“三国”“水浒”门前依然冷冷清清。所以如此，大概因为文人清高而多情，爱好卿卿我我。而那些侠肝义胆的须眉男子，乃至广大群众，更关心国家大事，喜欢英雄豪杰。记得《文艺报》发表过一位作家的言论，说不读《红楼梦》一样写小说。我的同乡王东印，农民出身，当过兵，坐过机关，他非常热衷《三国演义》是合乎情理的。

王东印自幼崇拜英雄，熟读“三国”，对《三国演义》的熟悉和精通，达到惊人的程度，他的研究和论著，足够专家的水平。书中涉及汉末到晋初一百多年历史，有名有姓的二三百个人物，他烂熟于心，历历在目，如数家珍。所以文章中情节人物，信手拈来，说长论短，得心应手。他对《三国演义》的成书过程、发展脉络，《三国志》《三国志评论》《三国志通俗演义》都做过细心研究。他对《三国演义》的各种版本——嘉靖本、周日校本、志传本、伪李本、毛宗岗本，各自的差别和发展，了如指掌，因而能在前人研究成果的基础上，兼容并蓄，融会贯通。进而结合当代最新探索观点，他深入研究，独辟蹊径，提出自己的看法。这为广大文学爱好者消化理解《三国演义》的内容，更好地把握历史，分析人物和事件，了解原著作者的创作思想和艺术手法，从三国历史和《三国演义》汲取更多的营养和智慧，提供了有益的经验和指导，使优秀的民族文化和民族精神得以发扬光大。

为了普及知识、雅俗共赏，本书采用了深入浅出、一事一议、一人一议的方法，因而内容清晰，思路明快，论述简洁，层次分明。行文又善于运用设问方式，有问有答，生动活泼，笔法流畅，层次清楚，脉络分明。作者胸怀全局，游刃有余，便能把许多复杂的观点简单化，深刻的道理通俗化，使读者读起来轻松自然，饶有兴趣。从这个意义上说，这部书又是一部关于《三国演义》的难得的好教材。

从前民间说，老不看“三国”，少不看“红楼”。意思是，老于世故者，看《三国演义》，会更老奸巨猾；少不更事者，看《红楼梦》，会愈发迷恋酒色。其实，念歪了经在于“歪嘴和尚”，看走了眼因为有色眼镜。评论家的责任，在于使大家矫正目光，扩大眼界，提高审美能力。我们看这部书的认知标准，既非“魏为正统”，也非“褒刘贬曹”，甚至还不是儒家立场，而是运用辩证法和历史唯物主义，站在人民群众的立场上。这样便如苏东坡所说：“须精熟一两书，其余如破竹数节，后皆迎刃而解。”按照本书作者的眼光看“三国”，便“老少咸宜”了。

《三国演义》是四大名著中最早的一部，在中国文学史上有着里程碑的意义，忠义、仁厚、机智、勇猛等中华民族的传统美德，在书中得到深化和巩固。它可以说是中国封建社会的百科全书，特别在政治、军事、外交诸领域有着经典意义，至今还具有无穷的实用价值——小到人际关系，大到国际外交，除了双边，就是多边，而三边又是多边的实质和简约。今人读“三国”，仍然会读出智慧和力量。而《只眼看三国》，正是一只工具箱，排列着一把把精确解读《三国演义》的钥匙，供我们享用，所以我们也要感谢王东印这位配制钥匙的能工巧匠。

王志贤《苦楝树》序

尼克斯说："婚姻是一本书，开篇是激情的诗歌，以后就是平淡的散文了。"其实对有些婚姻来说，还可能是起伏跌宕的小说，或者险象环生的剧本。《苦楝树》里的男女主人公就是如此。

这部书的内容是这样的：一对平民夫妻生活本来平静，"夫是天，妻是地，阴阳合而雨泽降"。丈夫很爱妻子，但是他后来发现自己不能生育，万般无奈决定"借种"生子。丈夫积极主动地制造机会，妻子既爱自己的丈夫，又非常想做母亲，也就勉强同意了。但是他们忽略了真正的爱情是专一的，领域非常狭小，小到只能容得下两个人。随着第三者的出现，夫妻之间彼此的引力变弱了，斥力加强了，原有的家庭关系失衡了，丈夫的情爱和性爱变成了一片废墟。妻子开始觉得自己做出了牺牲，是家庭的功臣，当丈夫对自己的态度变得冷淡时，她感到委屈。她不能坦然面对自己的孩子，不能像正常家庭的妻子那样做一个幸福的母亲。他们的爱情已经发生了变化，夫妻心理上都出现了叛离因素，他们的爱情由互相追求发展到了互相追打，互相追问。但是，靠牺牲和怜悯无法弥补爱情堤岸上的裂痕，强求在一起，无疑是精神上的无期徒刑。这种扭曲了的情感和理解的巨大矛盾，最终导致了一夜情的两方终于成为情侣，一个婚姻破裂，而另一个婚姻新生。全书两大线索，一条情爱，一条母爱，但是两条线索并非平行，而是一大一小，一重一轻，并不喧宾夺主。女儿的出世，只是爱情天平上的一个砝码，只是戏剧冲突中的一粒扣子。

家庭是人生旅途的安息所，家庭是爱情的中心点，人类最美好的期望无不环绕于它。对于亚当，天堂是他的家；对于亚当的后裔，家是他们的天堂。对于更多的人来说，家是隐藏着缺点和失败之所，对于许多用铜臭装饰的家庭来说，家是藏污纳垢的地方。所以表现家庭婚姻的小说一向很多，反映其中低级趣味的小说现在尤多。比较起来，这部《苦楝树》是一部优秀的婚姻小说。“苦楝树”即取意于苦苦的恋爱。书中的几个主要人物都在爱，但是爱的出发点不同，爱的方式不同，因此导致了不同人物的不同命运。尽管情节离奇，却有严肃而认真的主题：爱情与道德，理性与人性。

令我吃惊的是，这部相当成熟的小说竟然是作者王志贤的处女作。作者学的是汽车专业，之前在一个国有大企业做管理工作，后来参与了地方志的编撰。所有这些看来都与文学风马牛不相及，他的大半人生中也从未有文学习作的记录，更没有接受过写作方面的训练，纯粹是无师自通，白手起家，然而出手不凡。如何解释？见面之后，一席长谈，才从他的身上读出了答案，一脸沉静，两目如炽，思维活跃，善解人意，极具文人气质。他的躯体像一个水库，蓄满了人生的经历和智慧，达到了一定的文学水平，一开闸门后自然倾泻下来。

更令我吃惊的是，《苦楝树》之后，作者还有四部长篇小说已成初稿，正在修改、润色之中。五部长篇小说，120 多万字，都是写婚姻家庭的，而且各有特色，不断出新，越写越好。这些作品绘声绘色地诠释了托尔斯泰一句名言：“幸福的家庭都是相似的，不幸的家庭各有各的不幸。”看后，我只有惊叹，大器晚成！不鸣则已，一鸣惊人。

张文山《大唐末帝》序

认识文山还是二十年以前的事了，那时他还是个愣头愣脑的文学青年，多次来我家议论文学，我很看重他对文学的执着。以后他来的次数越来越少，有时一两年不见面，听朋友说他已经下海经商了，并且做得有声有色，那时他不过 30 来岁。

随着改革开放的不断深入，我所认识的文学青年，渐渐不把文学当回事了，很多人弃文经商，但能够获得成功的却少之又少。也许他们不具备经营的天分，抑或没有抓住机缘，文山却比别人强些，竟然在商海的风浪中走了过来，且获得了成功。

他用经商所得建了一所民办大学，并且也很成功。1997 年春天，文山请我去给他们的学生讲过几次课。看着他日渐发福的体型，笑道:“文山的肚子越来越大，文章却越写越小。”也许这句话对他起了些作用，当年便出版了一部长篇纪实小说《苦旅》，描述的是他个人办学的历程。仔细阅读了一遍，其内容之真实，语言之恳切，深深打动了我，仿佛是一个诚恳的年轻人站在面前，向你掏着心窝说话，让你不时地受到感动……

姑且不论他这部作品的艺术价值，也只有亲历者才能写出那样的文字。早就知道文山是个“不安分”的人，随着他的事业越做越大，2005 年，竟跑到河北平山县一个叫光禄山的荒沟里，开发旅游去了。据他说，这里不仅有红色旅游资源，一千多年前还诞生过一代封建皇帝，有着很深厚的文化底蕴，流传着很多民间故事。

两年工夫，文山竟在这座山的半山坡上修建了一座“光禄山庄”，曾约我去观光、踏青。这些年我走过很多名山大川，但还是被这光禄山的风光所吸引，不由得要夸赞几句了——这座山其实并不大，把南方山水的清幽、北方大山的粗犷聚于一身，依势而建的“窑洞部落村”更具特色，的确是旅游、休闲的好去处。四个多月后，文山又把一本《光禄山传奇谜案》的书送到我家，我倍感惊异，读了两遍，书里的人物、故事很是吸引人，读后感到耳目一新。

一般的民间故事集千篇一律，大都采用口语叙述的手法，很难给人留下什么印象，而文山这部作品却是用文学的手法来表现民间故事的。省文学馆特地为这部书召开了一次作品研讨会，与会的作家们都给予了很高的评价。这一来，文山变成了一个传奇人物，又办大学又开发旅游，竟然不忘文学创作，并且出手不凡。在一次闲聊当中，他又一次给我讲起了这座山脚下的王子村所诞生的那位皇帝的事情。他说，后唐末帝李从珂是石家庄地区诞生的唯一一个皇帝，清泰是他的年号。平山作为旅游大县，应该把他请出来，带动平山的旅游发展。但翻遍历史，并没有他的传记，这对平山县、对石家庄未免有些遗憾。

初生牛犊不怕虎，文山告诉我，他准备把李从珂的一生写出来，弥补这个遗憾。

半年后，这部洋洋五十万言的长篇历史小说的文稿就放在我的案头。也许是对这位传奇人物的好奇，也许是感到不可能的事情变成了现实，读这部作品时，总是充满着好奇心……

这部作品主要描写了在我国五代时期地方割据混战的一段历史。通过后唐末帝李从珂的一生，反映了当时我国北方政权频繁交替，人民苦不堪言这一历史的真实。李从珂执政时间并不是很长，他出身寒微，是来自平山县一个山沟里的放羊娃，却最终登上了皇帝宝座，其中充满了十分丰富的传奇色彩。文山正是抓住了这一点，将李从珂的一生演绎得活灵活现，把一个能征善战的

“平山娃”的形象，刻画得光彩照人，给人留下了深刻的印象。此外，书中对安重晦、范延光、李存勖、“百花羞”等人物的描写也很是鲜活，尤其是对石敬瑭这位狡诈、无耻的“儿皇帝”进行了深刻的揭露和无情的鞭挞。大量宫廷斗争的描写，使我们看到了封建王朝尔虞我诈的纷乱景象。一个个栩栩如生的人物，形象地表现了“燕赵自古多慷慨悲歌之士”这一地域特色。本书糅进去了不少民间传说，但基本上尊重了历史，从谋篇布局、语言结构、故事情节上都属于上乘之作，也是我省历史长篇小说创作之重大收获。

如果说《光禄山传奇谜案》是他的成名之作，那么这部《大唐末帝》则奠定了他在河北文学界的地位。文山正值盛年，文学和事业双丰收，这在河北作家群里是不多见的，不免令人生出些敬意。

燕照人《冀中除奸英豪》[1]

不久前，燕照人的长篇纪实小说《冀中除奸英豪》在花山文艺出版社出版。这部作品表现历史，再现英魂，是对于那场伟大的抗日民族解放战争的一份很好的纪念，也是我省革命战争题材纪实文学创作的一份新的可喜成果。

据我所知，作者写作这部作品始于20世纪60年代，并因此在“文化大革命”中罹难。出于对当年为了民族独立和人民解放而浴血奋战的抗日英雄的景仰之情，他进行了大量的调查采访活

[1] 在第7版《现代汉语词典》中，采用“锄奸”词条。

动，与健在的老英雄交为好友，不仅有了丰厚的积累，而且使一个个英雄的形象也都活了起来。

燕照人虽未经历过科班训练，但对文学艺术的追求却是非常执着的，创作发表过许多不同体裁的文学作品，尤其在纪实文学创作上取得了一定成绩。《冀中除奸英豪》表现出作者艺术探求上的一些新的成就。

《冀中除奸英豪》描写的是以大康、小康为首的抗日锄奸特务队临危受命，为了民族的解放，置生死于度外，勇锄日寇、汉奸的动人事迹。可贵的是，作者并没有满足于仅仅去做一个历史的记录者，而是努力去真实地再现历史。

近些年来，纪实文学在我国有着长足的发展。纪实文学之所以展现出如此强大的魅力，或者说纪实文学的精义就在于它并非只是实录性与文学性的简单相加，而是在现实或史实的基础上，对生活、对人的生命与精神的更为完整、更为真实的塑造，既满足了读者希望读到本真事实的需求，又弥补了实录的不足。对于实录的不完整性来说，这里不可避免地会加入一些补充、虚构的成分，但这种补充、虚构是必须严格遵循特定时代的历史逻辑及特定人物的性格特征的。显然，这种真实已不再是平面的真实，而是一种深层的立体的真实。

《冀中除奸英豪》在谋篇布局方面是显示出匠心的。作品并非完全按照采访所录平铺直叙，而是尽可能再现历史中那种真实的曲折惊险历程。有时使用伏笔、悬念等多种手法，使故事发展参差错落、起伏跌宕，更富有神奇色彩，更加引人入胜。尤为值得称道的是，作品在结构一个完整的战斗历程的同时，浓墨重彩，努力刻画出了一个个历史人物鲜明的个性，展示出了其丰富的内心世界，从而使作品富有了更为内在的艺术魅力。大康的沉着、老练，小康的机智、刚烈，汪子风的风趣、洒脱，田君洋的贤淑、聪慧，构成了五彩纷呈的英雄世界。他们虽有职务高低之别，但充满随和、亲密的革命友谊气氛。对于危险“明争暗抢”，闲暇时相互抬杠、斗嘴，善意戏谑、取乐，使作品洋溢着浓郁的生活气息，表现出了人物多侧面的情感世界。即使是对于汉奸等反面人物，作品也并未给予简单化的描写，而是通过一系列具体事件及情态刻画，把汉奸马大炮的荒淫歹毒、叛徒张根才的卑鄙凶险、日酋上坂胜的残暴贪婪活生生地衬托了出来。

此外，作品在语言方面也形成了一定的特色。在人物语言方面，作者很注意地方色彩、地方神韵以及性格化，同时不乏诙谐、幽默；在叙述语言方面，通篇具有活泼、流畅、洗练的特点，将历史真实生动地再现于当代人面前。

余炳年《“左”家庄的倾斜》序

10年前（1986年），河北省作家协会创建了全国第一个作家企业家联谊会，创办了全国第一份组织作家直接为经济建设服务的专业性报纸《经济文学报》。李文珊称赞这一举动为作家与企业家连起了友谊的纽带，架起了理解的桥梁。企业家是代表新的生产力的阶层，作家是思想解放的先锋，两者命运息息相关，联合起来相得益彰。顺应时代的潮流，头船下海，百舸争流，千帆竞发，各省、市相继成立作家企业家联谊会，纷纷办起类似报刊，未几何时，写企业家的报告文学铺天盖地而来。

本不想弄潮，只不过对于青蘋之末的早春敏感了一点儿，朋友们说河北作协为即将陷于困境的文学事业找到了一条生存之路。但是我自己笑声未收便皱起眉头，一批准备不足的作者扑向企业，粗制滥造的“报告文学”涌将出来，更有少部分人把捞点油水当作写作的“兴奋剂”，最终以伪劣产品败坏了读者的胃口，贬低了圣洁的文学，这是我所始料未及的。文学界议论纷纷，我自己也苦恼起来，后怕起来，功乎罪乎，我们带了一个什么头?

聊以自慰，确实也有一批作家，以严肃文学为己任，肩负历史的使命与责任，满腔热情地深入企业，与企业家交朋友，写出了不少思想性、艺术性相结合的报告文学。他们的作品表现了汹涌澎湃的时代大潮，突出了乘风破浪的企业家的风采。他们奋力博取的是在经济大潮中文学的价值，而绝不为自己的一己私利。余炳年同志就是这方面突出的代表。我知道他把每篇报告文学都当成严肃的创作，经过认真的采访、提炼、艺术加工，甚至精雕细刻，最后向社会提供一个较为成熟的艺术品。再现了典型环境，塑造了新人形象，因而他的报告文学作品不仅具有新闻性，而且具有文学价值，同时也就具有了生命力。

因为立足于文学，立足于创作，余炳年在构思和表现上没有思维定式，没有流行模式，每一篇都有自己的探索，都有自己的创造。《银河咏叹调》采用纵线结构和联想生发结构，构架宽大，人物形象丰满，联想丰富，衔接自然，且富于思辨色彩，具有一定的历史深度。《目标，中国的 SKF》运用侧叙、插叙，同时采用结构法，面对庞杂的材料，选择时洗练，剪裁时巧妙，升华时注重文学品格，力求从文化和哲学的高度，突出人物的精神，透视历史的走向。同时吸取了心理架构的优长，淡化情节，昭示人物情感的起伏和心灵的冲突，显得叙事结构更加舒展自如、流走波动，加上适时的哲理阐发和抒情，使文章充盈思想启迪力和艺术感染力。《“左”家庄的倾斜》使用链环相连结构法，全文是一根链条，每个部分成为其中一环，每一环可以独立成篇，又与下链相连。情节的延续、故事的发展是通过这样的连接完成的，此中带有电影蒙太奇的因素，在选择若干物景并有机地衔接组织起来时，带有很大的跳跃性和随意性，节省了很多过渡照应，又便于将散乱的素材纳入统一的篇幅，完成作者的创作意图。

余炳年为经济建设题材报告文学的写作提供了成功的经验，所以我敬重他。

建造希望工程的艺术殿堂

新时期以来，我省儿童文学有了长足的发展和繁荣，开始形成一支初具规模的作家队伍，出现了一大批具有国内、国际影响的作品，整体实力次于京、沪、苏，居全国第四位。

河北儿童文学创作有两个特点，一是门类齐全，各有尖子。小说有董天柚，已出版长篇小说《北斗峰》等十几部，全国儿童文学界有“南董（湖北董宏猷）北董”之誉。邹尚庸、尹玉如、张玉清等都有重要获奖之作。童话方面，朱新望的《小狐狸花背》、武玉桂的《红螃蟹》等成为优美派的代表；郭明志则属于热闹派。他们的影响早已超越了国界。汪雨被称为全国寓言创作后起之秀，《寓乐园》获全国寓言文学二等奖。王清秀的儿歌，萧振荣的儿童诗，吴珹的儿童散文诗，郑世芳的校园诗，陈运慧的儿童剧创作都具有全国性影响。二是丛生群落，争奇斗艳。全省形成四个儿童文学作家群，邯郸以老作家李涌为中心，包括朱新望、吴晓林、李亮、张保国；唐山以董天柚为中心，包括张建国、卢品贤、方明、李祝新；石家庄以省少年儿童出版社为中心，包括郭明志、邹尚庸、吴珹、王清秀、郑世芳、于家臻、陈运慧；香河一个县经常在全国范围内发表作品、获奖的就有十几人，被当作《儿童文学》创作基地。四个中心辐射全省，逐渐形成一支阵容整齐、梯队分明的儿童文学创作队伍。

我省儿童文学创作队伍从“文化大革命”前的散兵游勇到今天的全面繁荣，积累了一些成功的经验。比如，1984 年借全国儿童文学理论研讨会在石家庄召开的东风，举办了我省 40 多人 20 多天的培训班，使作家们大开眼界，瞄准全国水平。上述作家大多数是从此起步的。之后在河北师范大学创办了全国唯一的儿童文学专科班，40 位崭露头角的作者经过两年系统的儿童文学理论学习，创作水平有了较大的提高。此外，还不断进行创作研究学术活动，举办作家的作品讨论会，派出去进修，请进来讲课。所以我省儿童文学创作的基础是扎实的，观念是比较新的。

近几年来，我们的儿童文学创作势头依然不减，但是社会生活发生巨大变化，经济增长和科学进步给少年儿童读者市场带来复杂的情况，儿童文学面临着困惑和选择。第一，电视的普及，使不少孩子远离铅字，冷落文学，模糊了孩子和成人的界限，语言、游戏、衣着分野日渐模糊，童年消逝现象日益严重，儿童文学读者越来越少了；第二，非文学、次文化的读物充斥市场，宣扬暴力和刺激的作品比比皆是，挤占了孩子们阅读文学作品、听故事的时间；第三，大量作业和形形色色的复习资料，升学的压力，给孩子带来沉重的思想负担，教材之外目不旁视。这些问题加起来就形成儿童文学市场的疲软，儿童文学书刊销售锐减，接着就是发表、出版困难，儿童文学作家处于困境。此外，还有作家队伍自身的问题。我省儿童文学作家分流下海的很少，但是认真研究读者，针对广大少儿读者、针对图书市场进行创作的并不算多。有的强调教化，主题过于沉重，好像写给成人看的；有的强调审美，追求高雅，好像写给评委看的。他们忽视了儿童的欣赏特点，把小读者们的理解力估计过高。也有的写得太随意，过分夸张，或者以为运用了鸟语兽言就是童话，忽视了孩子们判断力的程度，忘记了在普及基础上的提高。总之，老少咸宜，社会效益与经济效益并重的作品并不是很多。主要可能是一些中老年作家对当前儿童生活不大熟悉，作品与现实生活结合不足，与孩子们的心理呼应不够，思想观念与艺术手法比较陈旧，或者盲目移植外国新潮，远离中国儿童实际。

把儿童文学当作社会主义精神文明建设“三大件”之一来抓，这在社会主义文学史上是空前的，战略性的，也是发展繁荣儿童文学事业的一个大好机遇。再不能把儿童文学视为“小儿科”了，也不允许把“三大件”看作“两大件、一小件”。振兴河北文学，长篇小说是门面，影视作品是窗口，儿童文学是绿地和花园。健全发展儿童文学作家队伍，多出少年儿童精神食粮，是希望工程的一个重要组成部分，是构筑希望工程的艺术殿堂。把组织儿童文学精品生产和“五个一工程”结合起来，为此需要增加投入，成立相应的组织，统筹领导，研究规划，扩大园地，组织出版，宣传评论，加强奖掖。

把 1996 年当作一个“儿童文学年”，由此开始，全面推进。趁春天播种，丰收才有希望。

《韩雪乡土童谣》序

如果说儿童文学是希望工程的艺术殿堂，那么儿童歌谣就是艺术殿堂的画栋飞檐，因为它最富于理想和浪漫色彩。我喜欢韩雪的儿童歌谣，读过他第一本诗集《村里的孩子》，它曾插上音乐的翅膀，在祖国广阔的天空飞翔。这是韩雪的第三本诗集，看过之后，感觉作者的视野更大了，音域更宽了，艺术水平又长进了。

韩雪的儿歌不是坐在书斋想出来编出来的，它来自生活，为儿童所写，为儿童所用。“月儿光光，豆花香香……”是奶奶摇着蒲扇催娃娃入睡时唱的。“有个小小，不爱洗澡……”是妈妈撩着水花给娃娃洗澡时说的。“小龙头，滴答水，拧一下，闭上嘴……”是爸爸教宝宝干活时念的。“有个花狗，蹲在村头，有人问路，领着他走……”是爷爷让孩子从小懂得助人为乐的。

韩雪为儿童歌谣注入了时代特点。“小妞妞，街上溜，紧紧拉着爷爷手，路边摊，布老虎……如今武松学不得，老虎是咱的好朋友。”（《老虎是人类的好朋友》）“草坪里，马路边，捡废纸，刷电杆，我给城市来洗脸。”（《我给城市来洗脸》）“操场边，扑蜻蜓，扑在手中又放生，飞呀飞呀看不见，心儿跟着上天空。”（《捉蜻蜓》）给孩子从小就灌输环境意识、环保意识，为古老的童谣穿上新的衣裳。拟人化是儿歌的重要特征，韩雪十分注意运用它。“小雨点，种蘑菇，前面洒，后面出，蚂蚁拿它当新房，小兔用它做食物。”（《小雨点》）用多彩的笔墨为自然现象涂上一层浓郁的神话色彩。我最欣赏《捉迷藏》这首童谣：“太阳和月亮，天天捉迷藏，一个钻进白天，一个躲到晚上。太阳和月亮，月月捉迷藏，一个掉进山里，一个爬到树上。太阳和月亮，年年捉迷藏，永远不见面，不识真模样。”不仅把太阳、月亮人格化，把司空见惯的日升月落故事化，而且还变换天天、月月、年年三个时空，使故事演变发展，扩而大之，可以看作宇宙自然的一个精彩的寓言。

韩雪的作品还非常注意儿童情趣。“一只小蚊子，想要睡小床，嗡嗡嗡，东张张，西望望，忽见墙角一纱帐，张开翅膀飞过去，原来是个蜘蛛网。”（《小蚊子，要小床》）“小柳树，洗头发，风儿喊来云娃娃；云娃娃，撩水花，洗得小树笑哈哈。”（《洗头发》）还有：“春天的风，暖暖，轻轻，拉住柳树的手，说，醒醒，醒醒；贴近小孩的脸，说，化冻，化冻；咬咬孩子的耳朵，说，活动，活动。”（《春天的风》）不仅符合儿童的理解能力、心理特征、生活经验和欣赏趣味，而且形象显明，易为儿童记诵。这本童谣还可以让人感觉到，韩雪很注意儿歌的节奏、韵律变化——

单音节的、双音节的、单段的、复沓的，都在试验、追求，以适应孩子们求新求变，不断扩大的欣赏能力。

儿歌创作，也是一个广阔的天地。韩雪精耕细作，又纵横驰骋。因为他有一颗晶莹的童心和爱心。

齐荣景《追太阳的孩子》序

柏拉图《文艺对谈录》中说，苏格拉底与希庇亚斯谈论美是什么，谈来谈去没有结果，最后得出结论：美是难的。诗歌作为一切艺术的长女，是更难的。荷尔德林的“诗意的栖居”，表明诗是一种人的精神存在。人类失去了诗，失去了精神，便不堪设想。在亚里士多德看来，历史是不真实的，因为它只叙述已经发生的事情，是现象。而诗揭示了可能发生的事情，现象背后的东西才是真实的。诗歌是文学中的文学，语言中的语言，是推动语言发展的力量。莎士比亚推动了英语的发展，普希金推动了俄语的发展，屈原和李白推动了汉语的发展。现代诗的这种力量显得十分微弱。柏拉图曾经扬言，要把诗人逐出理想国。其实并非指所有的诗人，只是指那些伪诗人、伤风败俗的诗人而已。今天这种诗人不在少数。当前，诗不景气，文苑小说一花独秀。这是精神领域的一种病态。固然诗本身不争气，失去应有的仪态，但与园丁的粗俗和精神不健全不无关系。齐荣景是在诗风低迷的时候，寻找诗同时也寻找自己，这是一种精神选择。

诗的信仰使他排除了诗外的东西，逐渐走向诗歌的内部。他写自由诗、旧体诗、哲理诗，以哲思与理性贯穿其中，他的诗因此厚重、凝练和不断延展。“请看追太阳的孩子，丢下自己的羊群，丢下一起放牧的小伙伴，丢下安着自己家的村庄，追太阳的孩子，不知道太阳不能追上。”（《追太阳的孩子》）他所写的不单单是儿童，而是人生，是对人类的思考与忧患，是大智慧。他的有些旧体诗也写得不错，如：“雪绣玉质映麦碧，林织胭紫套鹅黄。”（《冬至赏雪》）“秋风不却连阴雾，一夜冬悄度……霜晨雁叫声声冷，啼醒云中梦。相思此处最伤心，更怜难通音信、十七春。”（《虞美人·怀友》）情景交融，写意传神，深得传统诗词的精髓。荣景还擅长写精短的哲理诗，如《木锨铭》：“每到收获的季节，你都不忘挥起手臂，在天地间宣扬一个哲学概念——扬弃。”如《善》：“美的缺点是好大喜功，真的遗憾是藏而不露，而你为自己的心灵开一方窗户，把美和真结合成表里如一。”哲理的敏感和潜意识性使他的诗变得更加深刻。

贝多芬说，伟大的诗是国家最珍贵的宝石。荣景的诗还难说是国宝，不能字字珠玑，但是他胸中有个璞玉之矿，是可以开采，可以琢磨的。让我们拭目以待。

《萌芽》序

1984 年 6 月，全国儿童文学理论座谈会在我省召开，近百名著名的儿童文学作家、理论家云集石门。我们借光举办了儿童文学讲习班，20 多天内邀请了几十位全国知名的作家、学者、编辑讲课，使我们的作者眼界大开。大家摩拳擦掌，献计献策，议论如何把河北儿童文学搞上去，其中一条就是在河北师范大学中文系开办全国第一家以培养儿童文学作者为目的的文学专修班。这个儿童文学班开始就受到省委、省政府领导的重视，由作协河北分会、省妇联、河北师范大学等单位齐心合作，自筹资金6万多元。这个班还得到燕赵文化书社、《经济文学报》社、槐北路小学等单位的支持，师大中文系根据成人教育和儿童文学创作的特点制订了教学计划，安排了最好的教师阵容。经过两年紧张的教学工作，现在即将毕业。在此，我代表主办单位向省委、省政府领导同志，向师大的领导和教师，向一切为了这个儿童文学班出过力、帮过忙，热心于儿童文学事业的同志们致以衷心的敬意。

这些来自全省各地不同工作岗位、不同年龄的作者，经过两年较为系统的学习，各种知识信息通过各种方式输入到学员的头脑中，交汇撞击，渗透升华。全体学员一致感觉到，文学观念、审美情趣有了变化，思维方式有了变化，开始由封闭式单向型思维向开放型思维过渡，视野比以前宽广了，思路比以前开阔了，理论素质和文学修养有了很大提高。他们在学习理论的同时，还在写作课教师的辅导下，积极进行多种体裁形式的写作练习，用创作实践来检验创作理论，丰富创作理论，做到学创结合。现在把他们的作品选印一集，虽然由于篇幅所限，仅撷取短小之作，但大致已经能够看出他们的创作水平和艺术追求。我们应该把它看作是师大老师们的心血浇灌出来的花朵，是同学们汗水的结晶。这些作品，大都感情真挚，思想健康，对孩子们有一定的教育意义。在内容上，比较广泛，多侧面地表现了孩子丰富多彩的生活，有家庭，有社会，有学校，也有幻想中的大森林、动物王国、空中世界，不仅表现了孩子的欢乐、明朗、积极向上的生活主流，同时也表现了孩子内心的矛盾、苦恼、压抑，表现了他们对复杂的人生、对缤纷的世界的探索和思考，其中不乏具有较深穿透力之作；在表现形式上，这些作品一般能照顾到少年儿童的特点，富有一定的儿童情趣，塑造了一些较为成功的人物形象，基本符合儿童文学创作的规律。当然，就总体来说，这些作品还比较幼稚、粗糙，未来的文学的蜀道上，还有待于他们去艰苦登攀。

这是一支儿童文学创作的年轻队伍，他们的素质，还有待于通过实践进一步检验。但是，我们河北有了这样一支儿童文学创作的新军，毕竟是一件可喜可贺的事情。儿童是祖国的未来，是祖国的希望，促进他们的身心健康成长，是关系到民族未来的大事情，儿童文学起着不容忽视的作用。要发展儿童文学创作，首先必须保证有一支强大的儿童文学创作队伍。我们河北的儿童文学创作有着优秀的传统，既有徐光耀、刘真、李源等老一代著名儿童文学作家，又有郭明志、董天柚、尹玉如等新一辈后起之秀，如今，又有儿童文学班同学加入这支儿童文学创作队伍中来，确是一件让人很受鼓舞的事情。相信我们河北的儿童文学创作队伍，日后定会不断发展，不断壮大。

当前我们的儿童文学创作现状，河北和全国一样，的确还不令人满意。尽管粉碎“四人帮”之后，儿童文学也进入了一个新的时期，无论在主题、题材上，还是在语言、技巧等诸多表现形式上，都取得了可喜的突破，但是我们河北同先进省区比起来，尤其是和少年儿童的精神需求比起来，都还有很大的差距。其重要的表现之一就是作品的质量上不去，像《罗文应的故事》《小兵张嘎》这样影响广泛、深受少年儿童喜爱的作品一直没有出现。这不能不说是一件让人焦急的事。抓儿童文学创作的核心，是提高作品的质量。今后我们河北应该在这一方面继续花大力气抓下去。儿童文学创作，不仅仅是儿童文学作者的事，应该得到全社会的重视。我们河北有了这样一支老、中、青三结合的创作队伍，有众多的热心于儿童文学事业的仁人志士，只要我们从思想上重视了，措施行动跟上去，相信我们河北儿童文学一定会出现繁荣发达的新局面!

刘千生《惊雷响太行》序

在我交往的文学青年朋友中，千生进入视野是比较晚的，直到 1984 年 9 月他考入省作协廊坊师专的文学大专班以后，才较熟络起来。

最初在报刊上看到过他的一些小说和散文，报告文学只是偶有点缀。现在能够单独结集成书，却还是我意料之外的事。收入这本集子的近 30 篇报告文学散见于各级报刊上，都是作者在文学班毕业以后业余笔耕的收获。其中有好几万字的篇幅是在今年纪念抗日战争胜利五十周年的热切气氛中，用作者的话说是“急手忙脚”翻阅了大量的历史资料写成的。虽然急手忙脚，但从作品的成色来看仍不失端庄凝重，感召力颇强。作者对国家民族的责任感和使命感倾注字里行间，对改革开放大业的热情跃然纸上，这是令人欣慰的。做个实在的人，干点实在的事，写点实实在在的文字，这便是作者的为人为文之道。地灵人杰，时代造就人才。正如 20 世纪初的半殖民地半封建的中国社会造就了一大批卓越的革命家一样，20 世纪 80 年代以来的中国社会造就了一大批在改革大潮中激流勇进的弄潮儿。他们在属于自己的时空里，震响了经济改革的惊雷。

这本题为《惊雷响太行》的报告文学集时间跨度长达半个多世纪。作者泼墨有致，忠实地记录和形象地反映了太行山中井陉盆地这片热土上的历史变迁。历史和现实并重，溯源扬帆，迎潮踏浪，在急剧变化着的时代、大潮激荡的社会生活中植根养育自己的土壤，找到了创作的旺泉。

书里献给读者的有不少篇幅是描绘经济改革中的众生相，题材决不单一，既涉及工厂煤矿等生产领域，也涉及金融供销等流通领域，还有被称为“天下第一难”的计划生育的文章。由此可见，作者的生活面是相当宽的，这当然与他多年的记者职业紧密相关。更难能可贵的是，作者能够在不同行业的生活领域里写出特色各异的人物群像，这是需要较为深厚的生活功底和敏锐的艺术视角的。

相信读者会从中获得一点感奋，一点精神激励或一些有益的启示，这便是《惊雷响太行》的价值所在，也正是作者酷暑伏案、严冬奋笔的苦心所在。

报告文学是整个文学大军的先头部队。因此，报告文学作家对现实生活理应比小说家、散文家等具有更强烈的参与意识和介入情态。唯其如此，才能在更高的层次上，倾吐作者对人物和事件的理解与反思，从而给读者带去更强更深的启迪。用这样的标准来衡量，集子中的有些作品在这方面还是显得弱了些。

然而，值得赞许的是，作者在写有些经营者成就辉煌的同时，也写潜在的危机和面临的旋涡。这是需要胆识和勇气的。报告文学的使命是艰巨的。它应该研究时代的新课题，描绘新画廊。愿作者的努力与时代的思考同频共振，再续新篇。是为序。

宁纺四十年

梦，是一种个人的行为。千人千梦，一位胸怀宽广、志向远大的人的梦境往往关乎着国家民族大业。周文王飞熊入梦，创建八百年周朝；马丁·路德·金在林肯纪念堂发表《我有一个梦想》，获得诺贝尔和平奖。习近平总书记提出实现中华民族伟大复兴的中国梦，凝聚了几代中国人的夙愿，体现着国家的整体利益，是每个中华儿女的期盼。如今中国梦已经成为一个时代的关键词，成为每个中国人身处其中的精神意气。

苏瑞广同志幼有抱负，父亲为他取名瑞广，课以《四书》《五经》，他少年报名参军，青年加入中国共产党，把个人与家庭的梦和国家民族的梦合二为一，便具有了公共精神和社会意义。这个梦不是空想，更非妄想，而是一个实实在在、清清楚楚的人生目标。一个人的追梦之旅不是一蹴而就的坦途，而是一条崎岖的蜀道，一条漫长的征途。追梦人必须有坚定的信念，持久的动力，战胜一切困难的能力，拥有高能的精神燃料，理想的爝火才会燃烧。

有志者事竟成。瑞广同志一手创建的宁纺，今天迎来四十年大庆。四十年，从一个最初固定资产仅有 1.9 万元的小厂，到如今价值翻了 16 万倍。四十年，小草长成了参天大树。宁晋人说，凤凰城终于飞出来一只金凤凰。说宁晋离不开老苏，说老苏就是说宁纺。也有人说，老板的性格代表着企业文化，有什么样的老板，就会培养出什么样的企业。在与老苏的交往中，我强烈地感受到他身上三个突出的品质：文化素质、道德修养和个人魅力。这三个品质正是代表着他性格的三个侧面。这也与他倡导的“讲人品，出精品”的企业理念是一脉相通的。在我眼里，老苏既有军人的果敢，也有文人的韬略，更有着善人的爱心。

指挥生产，他是一个军人。当初十六条“老枪”起事，敢立军令状。认准了的事儿，敢于违命抗上，挑战最后通牒，才使工厂起死回生。面对困境不气馁，困难面前不屈服，哪里跌倒哪里爬起来，把挫折当阶梯。二次创业搞改革，破釜沉舟，置之死地而后生。实行名牌战略，运用孙子兵法，三十六计，进退有度，张弛有方。对于同行，竞争中合作，合作中竞争。养兵千日，在于培育团队精神，发挥每个人的战斗力。用兵一时，来之能战，战之能胜。

安排工作，他是一个文人。待人和颜悦色，说话慢条斯理。身后一排书架，手下一台电脑。全县人都知道，老苏 10 天看一本书，到底看过多少书，从他摘录的一本读书心得就能知道，光目录就分 9 个大类，81 条，274 页。其中识人用人一项，就列举从管仲到孙中山、从孔子到拿破仑等几十个伟人的经验。正是从广泛的阅读中，他总结制定了“十选十不选”用人原则、差异营销战略、“苏氏”管理模式，以及 132 种岗位责任制、60 万字的企业制度；产生了子弟学校、企业文化研究会、凤来仪诗社；产生了厂歌、厂训、格言；产生了三访聂波洲、接陈强回老家等众多感人故事。甚至他还运用诗歌形式开展工作，亲手写了《私心歌》《戒赌歌》《美好夫妻歌》。他的座右铭是刘汉的一首诗：“风吹雨打不回头，骨瘁筋摧勿怨尤。何必计较鞭加背？此生原是拓荒牛。”

生活中，他是一个善人。在宁晋县，老苏是群众众口交赞最多的人，这不是因为他顶着全国劳动模范、副县长的光环，而是由于他的人格魅力。老苏常对干部们说：“领导干部的权威，靠上级封不出来，靠权力压不出来，靠自己吹不出来，靠小聪明骗不出来。只有靠虚心实意，尽心尽力，坚持不懈地工作才能树立起来。”搞企业他不以盈利为唯一目的，重义轻利，义在利先。三夏大忙，可以放下生产，带领职工为农民抢收抢种。“非典”袭来，他拿出每天十几吨碱液支援全县防疫。有权不滥用，有钱不乱花，乐于雪中送炭。国家有困难，慷慨解囊；扶危济贫，不声不响。为大龄青年物色对象，挽救失足青年，帮助职工遗属，大仁大义，无微不至；而对社会关系、亲属子女，一贯秉公办事，大公无私。他以自己的默默行动，引导规范周围人们的良知言行。

四十年，宁纺再启程，老苏志更坚。这不由得让我想起岑参的两行诗：“枕上片时春梦中，行尽江南数千里。”愿老苏的中国梦越做越大，更高更远。

袁茂余《孟达山之恋》序

新时期文学有过若干次“热”，新诗热、短篇小说热、中篇小说热、报告文学热，至今还不曾有过散文热。散文表现得比较冷静，原因可能很多，比如，西方现代主义在诗歌、小说等方面表现比较充分，中国式散文本来就发展势头弱，因而现代主义散文理论形不成气候，还不足以撼动强大的中国散文传统。还有随着报告文学、杂文等逐渐分离出去，散文路子越来越窄，又束缚于“美文”的框框之中，容量和能量有所限制。再就是散文本身，与时代和人民关系不够亲密，因而也受到人民的冷淡。

在散文作家中，袁茂余是个热心肠。很少读到《孟达山之恋》这样热情洋溢的散文了。它陈情说理，恳切惋慨；写人写事心怀炽烈，真正做到以理服人，以情动人。

情感是人们对客观事物变化的心理动态，对作家来说是主观的，但是引发情感的却是客观世界，而散文创作反映了主客观的统一，是主客观撞击的火花照亮的境界。作家写文章为了抒发主观感情，同时也为了与读者交流，在读者中引起情感活动。作家要感动读者，必须先感动自己。炽烈的感情来自对生活的思考，来自对人物的爱恋，来自对理想的憧憬与追求。

我有幸与茂余同志两次深入生活，对以上所说感受颇深。一次是到塞外山区承德县，采访一家开发冰洲石致富的万元户，其间听到了山洪成灾的消息。我在山区跑惯了，习以为常，他却忧心如焚，坐卧不宁，专程到南山村去慰问山民，回来写了感人至深的《山洪劫》，叹息“一场毁灭性的山洪吞没了他们美好的梦”，

“惊呼”受害者何止一个小小的南山村，据一些权威科学家分析，近年来地球的脾气越来越坏，气候不断出现异常。那些盲目滥伐森林者为了眼前一时的利益，并没有放下手中的斧头，不少地方森林覆盖面积在逐年下降，这怎么能不引起生活在这片国土上人们的百倍的忧虑呢？

另一次是张家口坝上康保县，一次百年不遇的大旱之后，干风如火，赤地千里。当大家垂头丧气时，听说猫窝沟村挖掘各类水源并种韭菜抗旱，浇出了一片绿洲，茂余精神异常振奋，立即驾车前往。看到村中水灵灵的菜畦，他两眼放光，伸手扯扯这儿摸摸那儿，像小孩一样欣喜若狂，回来提笔写成《坝上韭菜村》。“先天下之忧而忧，后天下之乐而乐”，中国散文作家应该具备这一传统精神。

人类情感是复杂的，也是分层次的。低层次的情感同生理机能、生物本能相关联，如饥饿、痛痒、性欲等；高层次的情感同政治理想、道德观念、审美情趣相关联，如忧国忧民、追求进步、献身精神等。茂余同志的散文没有低级趣味，充满了对人民、对社会庄严的责任感和使命感，他的情感往往代表了时代的情感，心与人民相通，命运与人民息息相关，所以他的作品得到读者的共鸣。

有了美好情感，还要善于表达和传递，茂余具备这方面的艺术功力——或直抒胸臆，或寓情于景、寄情于物、抒情于事。他在学习和运用中国古典散文的表现方法方面有着丰富的经验，刻画人物形神兼备，描绘景物讲究意境，构思情节简练紧凑，使用语言也很有特色，词汇丰富而精致，充满感情色彩。

我非常欣赏他描写西北的一组散文——《撒拉族之乡散记》《西北小镇风情》《招聘楼之夜》，写人写得深沉，写出了人生的哲理;《鸟岛奇观》《青海，花的海》《孟达山之恋》，写景写得洒脱，写出了美的意境。概括高原之辽阔浑厚时，线条奔放、粗犷；描绘具体的花草树木时，笔法细腻入微，有平铺直叙，也有多角度多层次的观照。有如泣如诉，也有感情的跳跃、流动。总之是达到了情文并茂，力与美的和谐。

茂余同志为人敦厚，朴实无华；写起文来，又很讲究，敢于空灵，敢于华丽。做人有做人的信条，为文有为文的追求，我是很佩服的。

《孟达山之恋》的热情感染了我。希望散文界有更多的热心肠。散文会热起来的。

何宗文《新游记审美》序

成功的艺术创造大都具有独特性，艺术鉴赏和艺术批评亦然。何宗文同志编著的《新游记审美》就堪称一本戛戛乎独创的好读物。

体式独特是这本书的显著特色。

我国虽然是散文的泱泱大国，山水游记渊源久长，但像《新游记审美》这样将游记题材的锦绣文章集合起来，并且系统地从美学角度加以阐发，进而产生作品与鉴赏文章如此珠联璧合的审美效果的，实属罕见。“操千曲而后晓声，观千剑而后识器”，这一硕果自然要归根于何宗文同志近十年对游记散文的研究。

赏美这种品鉴形式其实是侧重于美学范畴的很地道的评论。记得一位学人在发表对评论的见解时曾说过大致这样的话：评论不可不运用原理、方法、模式、体系等，否则只能做广告式评论，复述式评论，或者就皮论皮、就毛论毛的评论。但又不可太露，太露了就不像评论。最好不露，化于无形之中……何宗文同志的

《新游记审美》之所以读来令人感到亲切，又使人感到理论的潜在和张力，就在于作者不是空谈理论，而是通过分解法，将自己的美学观点恰到好处地分别融会在体系化的 45 篇赏析文章中了。这种把理论化在评论里，把思辨化入具体观照的雅俗共赏的批评风格，显然是将着眼点置于更广泛的读者，有着很积极很现实的美学启发意义。

应该说，游记散文的读者圈相对来说是不算小的。但是，也应该说，阅读游记文章者停留在感性浅层面的也不在少数。因此，《新游记审美》这种引导读者升堂入室，深入美的腹地，揭示美何以为美的宗旨便更值得称道。读这本构思新异的书，确实有如鲁迅当年所形容的，仿佛细看大伽蓝中的“一雕阑一画础，虽然细小，所得却更为分明，再以此推及全体，感受遂愈加切实”。此种美感效应得益于作者所采用的多向视角的写法，或谈审美客体的景物美，或谈审美主体的情感美，或谈审美表现的艺术美，全书结构散而有序，呈辐辏状，内容侧重在洞烛幽微。于是，将风致各异的 45 篇游记佳作与同样耐人玩味的 45 篇赏析文章对读，真有美不胜收、得意忘言之特殊愉悦感。记得郁达夫曾说:“从前有一个赞美英国 19 世纪的那位美术批评家拉斯肯的人说，他在没有读过拉斯肯以前，对于绘画，对于蒙勃兰高峰的积雪晴云，对于威尼斯、弗露兰斯的壁画殿堂，犹如瞎子，读了之后，眼就开了。”可以确信，这本风采卓异、别具魅力的《新游记审美》一旦被素与欣赏大自然之美、人文之美无缘的人捧读，也会产生移人性情的征服力的。

究竟这本书能够因人而异地带给每位读者何种感受，恐怕还须每位读者亲自尝一尝其味道。

贾瑞增《桃红总是煜灼灼》序

记得三年前保定地区一位作者问我什么叫散文，我回答说贾瑞增同志写的文章就是散文。并不是说瑞增同志已成为散文大师，或者他的笔下都是范文，而是仅就文体而言，他散见于报刊的政论、杂文、随笔、游记，当然包括他的抒情散文都属散文范畴。那是针对当时的一种倾向，把界定散文的圈子画得越来越小，诸如报告文学、特写、杂文等一一剥离出去，只留下“美文”一种。美则美矣，然而孤芳自赏，难免孤苦伶仃，伤感凄凉，何如大家在一起红火热闹。所以，我一向主张，散文要繁荣，不仅要冲破杨朔的模式，还要走出朱自清的背影，恢复大散文传统，走向更加广阔的道路。

贾瑞增同志博学多识，对古今散文有着广泛的理解。懂得言志抒情不能削足适履，而是要量体裁衣。他论政，论社会，论人生，把人类活动的总体作为研究对象，敢于触及政治，触及热点，触及物质生产和精神生活的美与丑。有的正面解剖，有的侧面切入，深入浅出，随手笔录，不拘一格。不摆架子，不板面孔，不教训人，入情入理，让人心服口服。他写景，状物，述事，记人，思接千载，视通万里，一粒沙里见世界，半瓣花上谈人情。情有所感，意有所融，深沉而不肤浅，净洁而无杂质。意味和情韵如同果汁，耐人咀嚼寻味。感情和语言如同泉水，自心底汩汩流出，浸润着读者的心灵。他写文章不拘泥于旧有的框架、模式和狭窄的散文观念，敢于突破以往的思维定式和形式规范，文无定法，随心所欲，是创作过程中自觉意识增强的表现。敢于超越过去，超越自己，创造出多样的富有当代意识的作品，充实和装点绚丽多姿的散文园林。

传统中国文学不像西方那样独立于政治之外，往往政文不分，文人做官，做官为文。以政治的胸怀把握世界，纵览古今；以文学的眼光体察民情，表述政见。历史上出现了不少集政治与文学于一身的名人名作。贾瑞增同志以中国知识分子的良知在实践着，希望他有更多的政绩和作品问世。

颖川《荷花赋》序

今年河北散文大丰收，20多位作家的集子瓜熟蒂落，其中就有颖川的《荷花赋》。

颖川可能喜欢花木，单从这本集子的目录上看，就有荷花、玫瑰、紫荆、花竹、葡萄、迎春、君子兰等近10种，甚至山水景物也名之以花，如泉花、浪花。颖川久居涿州，散文集以荷花命名，或许有其用意吧。涿州八景中有个“邵村花田”，是宋代学者邵雍的故乡，70年代我有幸一游，确有“接天莲叶无穷碧，映日荷花别样红”的味道。颖川的《荷花赋》，也堪称涿州文苑一景。

颖川散文以精短见长，笔墨经济，篇幅虽短，但波澜起伏，跌宕生姿。散文写好难，写短也不易，关键在于作家对生活的深刻理解，选取富于典型意义的生活片段，并给予集中的表现。《汗珠赋》，从不同侧面刻画园丁形象；《石子之歌》歌赞世间有价值的人生。可见作家详略搭配、浓淡适宜、以少胜多、尺幅千里的剪裁功夫。

颖川散文潇洒流畅，富有音韵美和节奏感。高尔基说：“作为一种感人的力量，语言的真正美产生于言辞的准确、明晰和动听。”而语言的音乐美与作家的思想感情关系密切，“苟作者襟怀澄澈，神定气宁，则情发肺腑，声流唇吻”（刘永济《文心雕龙校释》）。《游园惊梦》《石狮惊魂》等篇什，或抑扬顿挫，音调和谐；或快慢相间，节奏鲜明；或合辙押韵，朗朗上口；或回环婉曲，富于旋律。读起来也是一种享受。

颖川心地纯净，为人爽快，观察生活常带一种乐观情绪，写出的东西常常流露出一点儿幽默色彩。他的散文不乏机智妙语。而机智的特征在于深入到事物的隐蔽的深处，揭示显著的情况或关系，整个对象便在一种新的更清楚的光辉下出现。读《老君岩》，读《燕迅印象记》，你会品尝到这种味道。

读颖川的作品，如见其人，如闻其声。法国启蒙运动时期的思想家、文学家布封，曾提出“风格就是人”的著名论断。19世纪俄国作家屠格涅夫也说：“我认为，在任何天才的身上，重要的东西都是我想称为自己的声音的东西。”作家的风格，就是自己的精神个体，自己嗓子里唱出来的声音，自我和真诚的体现。颖川的学识和文采都是值得称道的。只是他长期奋斗在教育战线，专门从事文学创作时间还不长，心底情感的宝藏仅仅开发了一小部分。我相信，不久颖川会写出更多更好的散文来。

我在欣赏荷花之后，接着期待的则是莲蓬和白藕。

评张华北《大洼如歌》

最初在报刊上零星见到张华北写海边大洼的散文，就感到清新、优美、富有诗意。及至汇集成册《大洼如歌》，这种感觉更加强烈。感到张华北的散文，不仅题材和风格上清新、独创，而且主题思想上开拓意识也逐步明晰起来，这就是“忧患环境、渴望和谐”。

一、讴歌自然

《周易·乾卦》中说:“乾道变化，各正性命，保合大和，乃利贞。首出庶物，万国咸宁。”认为超然于万物之上的大道，以自己固有的规律运动变化，以有利于万物生长为出发点，以万物万国的和谐安宁为归宿。古希腊毕达哥拉斯说，“整个天是一个和谐”，也是这个意思。

张华北长期生活在大洼这块苦海沿边、蛮荒之地，多见草木少见人。但恰恰是这大洼，历史上远离了人类的入侵，人类鞭长莫及，保存了完好的自然生态，花草树木，鸟兽虫鱼，按照自然规律自由自在地生长，保持着天然的和谐。作者的青少年、壮年都生活在这美好的大自然里，他的生命融合在美好的大自然中。依赖大自然，留恋大自然，爱之不足，便用语言文字讴歌之，赞美之。在他的心目中，“草是大洼的霓裳”，“花儿常换常新，那么舒展，那么自然”;“鸟是大洼的精灵”，“搅动了大洼的精神和血脉”;“鱼是大洼的子民，大洼是鱼的故乡”;“兽是大洼的精魂，各自巩固着自己的领地”。大洼在他眼里充满诗情画意，大洼春的色彩由鹅黄、嫩绿到深绿，脱去了灰色的长袍换上了翠色的新时装，一切都是新的；大洼的夏，湿漉漉的，生机勃勃；大洼的秋是彩色的，沉甸甸；大洼的冬，瑞雪茫茫，如覆盖了一层羊毛大毯千里一色，光摇银海，如凡·高的画。

张华北体会大自然的美，不只是用一双眼睛，而是全身心，通感的，有古典的王维的感觉，也有现代的波德莱尔的感觉。树的万紫千红，花的百种香味，鸟的百种语言，鱼的千种变化，万类霜天竞自由，是一种天籁，是一种诗的境界，而诗是世界上最完美的。

二、赞美和谐

周幽王的太史伯阳父提出:“夫和实生物，同则不继。以他平他谓之和，故能丰长而物归之。若以同裨同，尽乃弃矣。”(《国语·郑语》)明确区分了“和”与“同”，与古希腊赫拉克利特在《论自然》中说,“自然也追求对立的东西，它是从对立的东西产生和谐，而不是从相同的东西产生和谐”意思是一样的。和谐是对立差异事物的动感平衡，而非无差别的静止死寂，争取矛盾对立的统一，强调不同事物的同一性。长期生活在大自然中，张华北便获得了自然辩证法，他笔下的景物绝非清一色，一望无际，一成不变，一统天下，而是表现生物的多样性，差异事物的和谐美。同属鸟类和谐，绝不都是麻雀，而是“一群群鹤舞，一队队鸥翔，一列列雁飞，嘎嘎雁叫，咕咕鸭鸣，啾啾莺语，叽叽雀噪，伴着苇叶沙沙的窃窃私语，无不把大洼中的天籁之声推向极致”。他饶有兴趣地观察鱼类:“波光潋滟下是一个水族世界……小鱼委委，细若绣针；大鱼缓缓，长如卧剑……梭鱼穿行如箭，草鱼分水如船，黑鱼一触即发，黄钻可跃在堤，白鲢飞进船中击倒游人。厚子是水中的莽汉，铁嘴钢牙，肚囊奇大。黑鱼是水中的刀客，吻尖牙硬，弱小的鱼类避之三舍，敛鳍收尾……麦穗鱼是水中的少爷，肥肥胖胖，一身是肉……”他认真地分析树种：槐花洁白如雪，榆树绿叶疏疏，白蜡枝干挺拔，柳树婀娜多姿，椿树墙中吐红，枣花满树挂金，石榴彤云挂树，桃树灼灼其华。就是原生树柽柳也是大洼的独秀，有松柏的外形，柳的多姿，枣木的坚毅，“对大洼的那份情，是一首浓郁的诗”。读着读着就像进入电视的屏幕，看动物世界，读着读着就像进入鸟语之林，听到了“百鸟朝凤”。

不同种类之间的生物也有和谐，既竞争又共处。他写道:“苍鹭总是文雅地在芦苇稀疏的地带静静地守候……海鸥在水面轻盈地掠过……野鸭追逐鱼儿的尾鳍，粗壮的草鱼、乌鱼又常和它们擦身而过，互不相干。”暴雨来时，“壮实的黑蚁和褐黄的小蚁成团地附在枯树枝上漂浮，这无异于它们的诺亚方舟。鼹鼠成群结队地迁至荒僻的高丘，‘唧唧咕咕’，庆幸这难得的一次鼠界的大聚会。褐蛇、青蛇、虎斑蛇静无声息地盘绕上榆木、杨柳和椿树，虽色彩各异却同属一个大家族，同树共济，自然结成了统一阵线”。

他特别写到人和自然界的和谐，“大洼先民们，择水而居，靠水吃水，以水为生，从某种意义来说，古来大洼的历史就是一部大洼人和鱼的历史，大洼人和鱼有割不断的情缘”，“大洼的兽与大洼的人保持了不即不离的距离，而这种距离感也就造就了大洼兽的美学价值”，“人应与兽共处，以恻隐之心，给兽以生存的空间。大洼人更加珍惜这些大自然的遗产，以应有的宽容善待大洼之兽，善待大洼的精魂”。就是这样，人认识到万物有灵，人类自己也是大自然这个大家庭中的一员，和谐共处，相得益彰，地球才有健康和快乐。

三、忧患意识

但是随着大脑的日渐发达，人类自己产生了异化，产生了越来越膨胀的优越感，认为自己高高在上，想要主宰世界，唯我独尊，万物皆为我用。人类超生繁殖，就要入侵自然，破坏自然，破坏人与自然的和谐。

大洼自古有匪、旱、蝗、涝四害。自然的破坏又主要来源于人。书中说：动物最大的天敌是人，大洼人自从有了枪，杀手如云，“叭”之声盈野，人当了残忍的杀手，哀鸣遍野。人乱垦滥伐，其他生命任人宰割，“蒲子流出的汁液，如乳、如泪”，组织起来、武装起来的失去理性的人更可怕，会给大自然造成致命的破坏。掏苇子抽水，竭泽而渔。廖家洼河水由青变黑，两岸的大树时有枯死，时有砍伐者留下的树桩。大洼人引以为豪的水越来越少，即将干涸。“大型铁牛隆隆开进了大洼，用干、排干、支渠、毛渠，很快大洼被分割成了方田，剪刀在老洼农民脸上、身上横拉竖划，湿地改成旱田”，“大洼千百年来，第一次裸露了胸膛”。贪婪的人类，对自然施暴，实际上是在“斩杀”自己的衣食父母，“凌辱”地球母亲，结果必然遭到大自然的报复，三年困难，低指标，瓜菜代，男人浮肿，女人绝经，一向被认为“聚宝盆”的大洼变成了“讨饭碗”。

人类失去理性达到疯狂的时候，就会视生命如草芥，把自然界弱肉强食的法则用于同类，残酷斗争，使弱者——像书中的郭眼镜、大老范，也包括作者自己，受到非人的待遇，被任意践踏、蹂躏。破坏大自然，最终必然祸及人类自己。

所以，作者在讴歌自然、赞美自然的同时也充满了对大自然和人类自己命运的忧思，渴望和谐的回归。他在一篇散文中写道：“几十年后，我在大洼河堤边捧起一捧黄中带黑的土用舌头去尝，土是咸的，这是大洼人当年汗水浸泡过的；这土也是热的，还饱含着大洼人的热望、热情。”

渴望生态与社会的和谐，作者所表达的又是多么强烈。

朱宝柱的评论集

人过留名，雁过留声。宝柱兄古稀之年写了一本书，留给世界，留给朋友“嘤其鸣矣，求其友声”，作为他的朋友，祝贺之后，还要说几句话。

我与宝柱兄相识多年，知道他是一位好干部、好党员，谈吐不凡，风度儒雅，知书达理，却没能了解他还有如此深厚的文学修养，深藏不露。唯一的解释是全心全意地投入工作，割舍了个人爱好，到退休之年，圆一个作家梦。

我一向认为，文学并不高贵，是一种行业和技能，但也并不是谁都愿意搞的。借用文字表现人生，要有三个条件：一是性情才气，有高尚的人格，独立的个性，对人间事物有感悟能力；二是知识修养，擅长文字的把握与运用；三是经验阅历，乃至穷愁苦难的经历。我的这一看法，不期而然地在阅读宝柱兄这本书中得到验证。

宝柱兄热爱文学，热爱生活，敏于观察，臻于思考。发现生活，上升哲理，所谓入其中，出其外者。他不混日子，严守为人之道，诗意地栖息于生活之中。对未来充满憧憬，而对现实未必称心如意。追求理想，乃至在梦境中得到安慰，把美好的愿望诉诸笔端。文学并非机械地反映生活，而是个性化地浇注。从履历上看，宝柱兄似乎没有多高的学历，也没有进过文学创作班，是一个自学成才的典范。美国学者诺·波特说："自学的人在读书收获和成功方面往往能超过受过专门教育的人，是因为他们目的明确，愿望强烈。"

宝柱兄不仅自学成才，还是一个文学创作多面手，新诗旧体，小说散文，都能运用自如。他的优势是熟悉生活，他的长处是善于从群众语言、民歌民谣中汲取营养。他的作品生动活泼，朴实质朴，朗朗上口，为群众喜闻乐见。小叙事诗《小李有才板话》和小说《赵老头》可以说是代表——在结构故事，塑造人物，情节、细节的运用，语言的口语化、大众化方面，都达到了相当高的水平。

文章憎命达，诗穷而后工。我们这一代人受苦受难而忧国忧民，粗衣粝食而精神富有，人人都有宝贵的气血和可以发光的钙质。只要披肝沥胆，精心磨炼，谁都可以孕育出珍珠来。我相信，宝柱腹中有宝，假以时日，还会有佳作问世。

森林文学的一棵风景树

森林曾是地球的盛装，人类早期的栖息地，在工业化的锯斧下节节败退。清朝初期，太行山还是一片林海，没多少年就被剃成一片和尚头了。中外有识之士关注森林，出现了森林文学。他们的代表人物，俄国有屠格涅夫，苏联有普里什文，都留下了不少经典的作品。在我国当代，四川曾经出现过一个森林诗人傅仇，创作出版《森林之歌》《雪山谣》《伐木者》《竹号》《伐木声声》等森林诗集和散文集，深受林场职工喜爱。郭小川的《林区三唱》更是脍炙人口。过去的文学多是伐木风，当代徐刚写了《伐木者，醒来！》，主题逆转，伐木工人失业，林区穷了，森林文学日渐式微，所以河北省林业厅冯小军的森林写作引起注意，从他的《林间笔记》我们似乎感到了森林文学的回归。

冯小军的散文在形态特征和精神品格上具备了一些森林文学的特点。

一、取材于自然、森林、林区人的生活。通过表现三者关系，表现林区人民的生存愿望和审美理想，向往人与自然的同呼吸共命运，人与自然和谐。他笔下的塞罕坝林场大气磅礴，令人折服，塞罕坝的美有野性，塞罕坝的云通人情。在林业劳模眼里“树比人亲”，称赞野猪林是“精神的家园，梦幻的天堂，心潮的源头”，感叹“做牛就做这大山里的牛吧，只有山里的牛才算得上自由和幸福”，他感觉人和草之间有一种亲密的关系。“因为喜欢它才关注它，因为关注它才更好地发现它。”

二、抒情笔调，浪漫主义色彩。他多以拟人手法表现森林，它们那浩瀚雄伟的形态，向上的精神，决定了表现它的形式必然是浪漫的、乐观的。在作者眼里，它色彩绚丽，像一幅迷人的油画：“霜降以后，树叶开始变脸，昨天还是浅黄，今晨成了明黄，落日余晖之中没准变成赭黄还是橙黄，每一片叶子都是阳光的红晕，保持了绿的底版，间杂着黄的元素，渗透着紫的光亮，上上下下似乎全都泛滥着明丽的黄色。”在他眼里，森林是有生命的：“柏树梢儿绕着太阳转，树干跟着树梢儿转，于是整个生命体形成了一股子抱团儿的劲头儿，追逐阳光。”苍岩山的白檀“好像不是树，而是一群人站在那里，一个个匍匐着，表现出要努力站起来的样子”。联想是作家感情的升华，而拟人手法给树木注入人的感情，把它们写得栩栩如生，更便于抒发作者的思想感情，使森林的形神和谐统一。

三、风格显示多面性。作者善于把知识和哲理结合起来，宏观描写和微观刻画结合起来，把森林的阳刚之美和阴柔之美结合起来。“用远镜头，观察森林整体的美，个体的美”，观察花朵的艳丽，就用近镜头，一株一株地，一朵一朵地看，“只有这样才发现那花朵是‘毯子’和‘绸缎’上的花儿”。从这个角度，他写了山花、树花，还写了不被人注意的草花、庄稼花。作者好像是一个成熟的画家，不光有写意，还有工笔；不光有豪放，还有婉约。

在后记中，作者说出自己的创作意图，“通过描红画绿说出情感的韵致，透过山水园林画出人世的情怀”，总的色调是热情乐观的，只有一篇《进城的松树死了》是忧虑环境的，恰恰是这一篇接触了一个重大主题——环保问题。这是一个不能回避的问题。如果作者把这一主题放大，不光有描红画绿的韵致，还有生态忧患，他的散文会进入另一种境界。

爱恋与质朴之风轻轻吹拂

夏日炎炎的石家庄，程才实的散文集《面对荷叶上的青蛙》给我们带来了阵阵清爽，字里行间都有爱恋与质朴之风轻轻吹拂。

“感人心者，莫先乎情。”程才实的散文是用心写就的，这种感情不只是发几句简单的议论，不只是泛泛的抒情，而是将情感倾注在每一个情节和细节里面，寓情于事。因此，才感人至深。在《故乡的麦浪》里这样叙述：“在暖暖的夏阳照耀之下，在暖暖的夏风吹拂之中，田野的麦子一天天地成熟了，麦穗一天比一天变得沉重起来。在天空与大地寂静的时候，麦穗总是寂寂地日益丰盈着。丰盈的麦穗是农人心底的期盼，丰盈的麦穗是农人汗水的凝结。”给人展示了一幅情景交融的瑰丽画面，倾诉着对农民辛苦劳作的崇敬之情。在这部散文集中，随处感到这种饱满的感情。这种感情来源于他对故乡、对亲人、对友人、对本职工作、对自然界和社会的无限爱恋。

他热爱大自然，于是有了“愧对两只大雁”的反思；有了“向鸟巢行注目礼”的遐想；有了“面对荷叶上的青蛙”的愧疚之情。他热爱亲人，面对老岳母的去世，内疚不能侍奉膝前，只能以抛撒纸钱抚慰老人家的魂灵。他热爱友人，在《先生之风》中，深情地表示结识老教授“不但是我们的缘分，更是我这个晚辈的福分，我将永记他的指点和他的嘱咐”。记述儿时的伙伴小哑巴，似乎有着鲁迅笔下闰土的影子，感叹“我那童年的哑巴伙伴啊，你常常让我想起许多的东西……遥远的孩提时代，那一瞬间，我的灵魂受到极大的触动”。

正是这种对人和自然的爱恋，情注笔端成为感人肺腑的散文。这种爱恋渗透在程才实的思想深处，使得现实生活中许多的情境都能拨动他的心弦，哪怕只是一个细小、轻微的情节和语言。这种特质使得他在情感细节的捕捉上有着超乎常人的表现力。细节感人、描写细腻构成了程才实散文描写上的重要特色。作者在《鸡蛋可是稀罕物》中叙述借鸡蛋和还鸡蛋时写道："借鸡蛋时，一个是称重量，一个是点数量。还鸡蛋时也是这两种方式。无论采取哪种方式，还鸡蛋时都要费一番心思。而点数量的那种，一般要还个儿大些的鸡蛋，以体现借方的'感恩之心'。有时，借方还要仔细回想一下：当初借人家的鸡蛋，是白皮的还是红皮的呢。年幼之时，我曾多次目睹母亲还鸡蛋时踌躇的表情。"这个细节，典型地反映出冀东农民那淳朴的乡情和品格。

程才实散文在艺术上的另一个特色是平易质朴。这种质朴在"敬畏生命"和"昨日之乡"两部分反映得尤其鲜明。他虽已走出故乡多年，仍对儿时的家乡、儿时的事物保持着童真的兴趣。幼年的他和久别的羔羊重逢时，"终于瞧见，父亲牵了一只羊远远地走来。我一下子怔在那里，想迎过去却迈不开脚步。就在离我几十米远处，羔羊突然挣脱拴它的绳子，直冲我奔跑过来。它已经跑到我的跟前，一对明亮的眸子闪动着。我像以前那样伸出小手，羔羊也像以前那样舔我的小手。羔羊比原先整大了一倍，我真的认不得它了。而我呢，似乎也长高了一些，可羔羊却一见如故——它的眼里还浸着泪水呢"。作者以朴实的文字写出了童话般的场景，以拟人化的手法将羔羊写成了有血有肉有感情的小伙伴。

除了细腻小巧的凡人小事，他也能纯熟地驾驭大的题材，纵横恣肆，游刃有余。《仰视巴黎的城标》中，运用叙述、描写、议论、抒情等多种表现手法，对埃菲尔铁塔的建造、观光、意义或大笔勾勒，或浓墨挥洒，或沉思感叹。结合自己的职业生涯，在篇末赞叹道："全世界对巴黎的记忆，在一定意义上因了埃菲尔铁塔巍然屹立。城市是建筑的组合，而美好的建筑最具文化特征，往往成为一座城市的符号和标志。”“仅就地平线上的建筑而言，那些新生的设计乃至伟大的创意，一步步地成长着是何等的艰难啊！”在《一座有灵魂的建筑》中，作者视文化为城市与建筑的灵魂，用建筑文化、建筑规划、建筑设计、建筑美学等知识，以通俗易懂的方式对一座办公建筑进行了剖析和阐发，使人们从中获得了一种知识的熏陶和美的享受。

此外，程才实的散文语言纯净，在平实的叙述中有一种节奏美。如在《年复一年去挑菜》的末尾，他写道：“年复一年，我们挑回了一篮又一篮的野菜。在一片片神秘的庄稼地里，我们遭遇过吐着信子的青蛇、黄蛇，遭遇过一座座新的旧的坟冢，遭遇过头发散乱言行怪异的男疯子、女疯子的追赶……无论怎样，挑菜让我领略了春的明媚、夏的酷热、秋的凉爽，领略了劳动的快乐与生活的多彩。”在《平原猎人》中，作者叙述了猎人由猎取动物转为“金盆洗手”，放下猎枪，开始救助鸟兽和细心呵护动物后写道：“有人告诉我，先前的那位猎人——曾经打过猎的老人说：‘现在的日子真是好极了，野兔见了他就为他跳舞，鸟儿见了他就为他歌唱。’”语言幽默浪漫，读之余韵悠长，耐人寻味。

在这部《面对荷叶上的青蛙》之前，程才实出版过《刻在石头上的故事》《浸透在记忆的土壤》。纵观这三部散文集，我感到，无论散文的思想主旨还是艺术表述，都在日益进步着、成熟着。爱恋与质朴之风总是轻轻地吹拂，他的作品总是那样地令人感动。作为程才实的忘年之交，我祝愿他写出更多更好的散文作品，并不断彰显自己独特的散文风格。

严伟初《琴台故径》序

严伟初先生已经出版了《西窗之恋》《秋之惑》《悠悠梦回》三部散文集，《琴台故径》是第四部，也是最具分量的一部。拜读之后，觉得越写越好，炉火纯青了。

通过多半生的生活和创作实践，伟初先生找到了散文的真谛。他说：“悟，散文之精髓。悟，发于思，必须近于情，贴于理，少务虚，多务实。以人为对象实实在在地悟。”他的散文，就是他人生的感悟。

伟初先生不是职业的文学工作者，服过兵役，坐过机关，当过剧团、工会的领导，退休以后还打过工。他不需要去“深入”“贴近”“体验”生活，他自己就拥有丰富多彩的生活，是生活的主人。他没有什么名利思想，写作纯粹出于个人爱好。他可以不算文学圈子的人，没有沾上什么文人习气，也不受什么潮流影响，他的散文才更接近真正的文学。

散文家郭风说过：“散文之道无他。写自家的真感受，发他人未曾发的议论而已。”伟初先生深得其道，不断梳理自己的人生经验，抒发自己的生活感受。司空见惯的衣食住行，他也会有不寻常的发现。“年轻人吃得快，吃得猛，好端端的生活就这么草率匆忙浑吞下去了。老年人生活就是要细细品味，慢慢嚼慢慢舔着日子。”“过去人穷，把工作服当礼服穿。现在有的穿了，就有了风度和温度的问题。”积 60 年人生经验，他得出这样的规律：青年取貌，中年讲才，老年重德。“年轻时如果在追求才貌双全的同时，追求德之培育和升华，并使之成为内外合一的外在形象，那人生之路可该是何等辉煌。”如何对待得失，他说：“得失，得失，不得不失，得了终失。舍得，舍得，不舍难得，舍了再得。”悟出此中道理并不容易，正如郭风所说：“此乃作家的学识、见识、阅历及气质、品质之综合并融化为一体而自然出现于作品间的最高艺术境界。”作家把自己的体验融入了文章，读者才能从文章中获得体验。

诗意是伟初先生散文的重要特点。虽然至今我还没有读过他的真正意义上的诗作，但诗并不一定在韵文之中。好的散文总会有诗情横溢，比如象征、比喻、想象力、音乐性等手法和诗的意境。他写滇池、石林、西湖等游记散文，充满诗情画意。西湖泛舟有这样一段描述：“西湖山是清秀的，如同俊小伙面目。西湖水是光洁的，如同姣好女人肌肤。西湖柳是妖娆的，四季跳着好看的舞蹈。西湖小舟是殷勤的，日夜荡着男女痴情的幸福双桨。西湖鲤鱼是俏皮的，像捉迷藏儿童，兴奋跳出水面，又快乐钻入水底。虽然西湖冬日没了莲花，但湖底莲藕会透出清香，洋溢整个山外山，楼外楼。”诗的情调，诗的效果。他的抒情散文也常有这样的笔墨。钟情自己手中的伞，这样写道：“阳光下，一片绿色小天地；冷雨中，一片温馨小角落；挽在手上，如文明棍，如一位窈窕女挽我的手臂。”很显然是诗的感觉，诗的表述。在纪实中加上想象丰富的情景增拓，陡然增强了文字的感染力。

幽默是伟初先生散文另一难能可贵的特色，主要表现在情节的喜剧性和语言的诙谐上。他写自己的宝贝女儿：“生下来果然是个旦角，又逢元旦，取名旦旦。”挖苦一个不孝顺的媳妇，他说：“这个女人在一个厂里练过功的，似成了古代杨家将的杨排风了，仗着粗壮有力的手臂，公公婆婆，她都用棍子、凳子和鞋子孝敬过，越打越出威风。”幽默是，到嘴的烤鸭飞了，还能一笑置之，是对生活中不调和部分善意的考虑及艺术的表现，幽默的根本还是人性善良的一面。又比如他称阿 Q 为叔，对父一辈子一辈身上劣根性进行自嘲，这种嘲笑也带着深刻性。

伟初先生的语言，除诗意、幽默外，还有电报式的简短，朴素无华而意蕴深厚，这种风格来自日积月累的打磨，而并非一时上光。

伟初先生年过花甲，但文章里浸透着鲜活、灵气和青春的气息。祝他的艺术之树长青。

何耀明《心之歌》序

何耀明和王永淮同志都爱诗，有其必然性。诗是真诚的，写诗要有赤子之心。他们二位都是真诚的人，具备了诗人的气质。

何耀明同志由一个小八路成为党的负责干部，并且在兢兢业业做好工作的同时成为一名诗歌爱好者，经常把写诗当作革命工作的一部分。他本人就是一首诗，他的经历就是一部诗集。

何耀明同志少年报国，枪林弹雨，出生入死。因英勇善战、足智多谋而成为传奇人物。日寇汉奸很惧怕他，称他为“活要命”。中华人民共和国成立后，他长期在邢台县工作，领导人民治山治水，改土造林，发展生产，改善生活。作为一个县的负责人，他敬慕历史上的杰出人物，更热爱当代的革命英烈，胸中有诗一般美好的建设蓝图，并为之奋斗不息。十年内乱，他身陷囹圄而矢志不渝，高风亮节，置生死于度外，忧国忧民，为邢台县人民命运而憔悴。他一向光明磊落、坦诚待人，把一颗心挂在胸膛外面。他的许多诗，都是在历史关头的肝胆相照，是生命的呐喊。

俗话说，政声人去后。何耀明同志的名声和政绩，即使在他离开邢台县 14 年之后，全县人民也是有口皆碑的。他的诗则展示了平时并不大为人知的心理轨迹和精神境界。两者互为补充，使我们对他有了更加全面的认识，看到一个有形有神、有血有肉的党的负责干部的形象。

何耀明同志平易近人，作风民主，礼贤下士，知人善用。尤其是在风风雨雨中，他心中有数，正确执行党的知识分子政策，因为保护文艺工作者，其中包括我，受尽株连和皮肉之苦。每想到这里，我便深为不安，愈加对他尊敬。

何耀明同志在邢台县工作20多年，他把一生最好的年华和精力无私地贡献给了邢台县山川大地。他一向把自己当作邢台县人，也真的以一个邢台县人的身份为这里的父老乡亲尽心尽力。就是在工作调动乃至离休之后，也无时无刻不在关怀着邢台县。他觉着他的事业在这里，他的心在这里，他的根在这里，他的诗在这里。所以每次谈到他的新作，就像跟着他一起回到了邢台县。所以熟悉何耀明的人，读他的诗，常常不是作为诗来读的，而是作为他的心来交流的。不太熟悉他的人，邢台县的年轻一代，也请把他的诗当作他的心来领会，来理解吧。

“陈言”何以出“新语”

站在时代的潮头回望历史，从有文字诞生那一天，就有了用笔蘸墨写故事、论大道之人。千百年来，数以万计的文人骚客，早已把好故事、好语言写得差不多了。如今，我们写作大多都是“陈言”，很难再出“新语”。

认真读完青年作家陈风波的散文集《陈言新语》，我的看法得到了很大改变，一股股激情澎湃、热情滚烫的力量在心中涌动，

“陈言”有时亦能出“新语”。

我和风波是忘年交，虽然相识时间不长，但有一见如故的亲近感。我这个年过古稀的老头儿，打心里很喜欢他的真诚、厚道、实在、耿直，又不失聪明、机灵、乐观、向上的性格。

《陈言新语》散文集，文章短小精悍，寓意深刻，文笔简练优美，具有“滴水映辉”的独特风韵。作家以与众不同的发现眼光、深邃辩证的思维方式、天然淳朴的语言风格，回忆成长历程，观察自然万物，挖掘事物本质，描写生活感悟，颂扬生命真谛。它既有散文之柔美，又有杂文之犀利。从小处入手，关注的却是当代人物质生活和情感心灵的渴望与期盼，具有态度性、选择性和评价性的精神价值，形成一种世相、道德、文化的新景观。温暖亲切的小故事，承载着真理大道；朴实简洁的文字中，激发出成长力量。每一篇短文都有筋骨、有灵魂、有温度，是从泥土里生长出来的纯天然文字，洋溢着民族的自信和文化的自觉。小小短文，却是写给我们当今时代的一记重音。

阅读此书，如沐清风，泥土芬芳扑面而来，久违了的清新感在浮躁的现实中更显珍贵。尤其是对于青少年培养观察事物的独特视角、分析问题的深邃思维、提炼思想的深厚功力，有着“教科书式”的作用。

文如其人。读完风波的散文集，我不得不说他是一个有灵魂、有本事、有血性、有品德的军人，也是一个有才气、有良知、有责任、有前途的青年作家。从一行行激情飞扬的文字中，我重新认识了这个年轻人。

风波性格倔强，骨子里有一种不服输、敢挑战的精神。书中的短文从不同侧面记述了他的成长历程。初中没毕业即辍学，烧鸡店拔过鸡毛，冶炼厂炼过铁，建筑队干过小工，连队当过高射炮兵，机关从事过新闻宣传——文化底子薄，人生起点低，按照常人的思维和人的成长规律，距离作家和领导干部有一条不可逾越的沟壑。对此，多数人不去想，也不敢想。但这个从土坷垃地里长大的农村孩子，硬是靠着吃苦耐劳、锲而不舍、敢闯敢拼的倔强劲头，“边打工边读书”，“厕所借灯写作”，“报社睡三年地板”，“一周熬三个通宵学习”，“每天早上四点起床”，实现了自己人生路上一次又一次超越——没上过大学，写的作品被收入大学教材，还作为大学的兼职教授走上了大学讲台，不得不说风波是个天才。他脚踏实地，一步一个脚印，走出了一条在常人看似不可能走通的路。风波的成长、成才之路，对于当代年轻人来说，是一本实在管用、活灵活现的教科书。

世态百象，是一张固定的图画。生活在这个地球上的人，都在用自己的眼睛看世界。站位高低、角度不同、眼力差异，反映的画面景色各异、美丑不一。从一篇《横切苹果的新发现》的短文中，就足以看出风波与众不同的发现眼光。我们大多数人用刀子切苹果，都是竖着切，他偏要尝试横着切，一刀下去发现了一个非常漂亮的五角星。这刀子一竖一横，改变的绝不是简单的刀法，而是一个人观察事物的角度发生了根本改变。这本书的诸多短文，从不同角度折射出风波善于用“俯视、透视、仰视、环视”等独特视角，观察万象百态、人间冷暖。一群蚂蚁、一只乌龟、一片麦苗、一个枝芽，一些看似平淡无奇的普通事物，他都能从中发现真、善、美，给读者一个全新的精神世界和强大的正能量。这是一名优秀作家与众不同的发现眼光。

风波的语言朴实亲切，在娓娓道来的故事中，表达思想厚重、思考深远、有热度、有品味的好道理。文贵载道，大道至简。好道理，需要好故事来承载印证，赋予生命。讲故事，并不是什么新思维，而是作家的基本功和看家本领，但能把故事讲好也不是一件容易的事。在《陈言新语》这本散文集中，风波回忆自己的成长历程，描写生活感悟，观察自然万物。他用短小精悍、通俗易懂的小故事，承载向善、向上、向前的好道理、实道理，在给人以形象化、情节化记忆的同时，既讲故事，又说道理，既讲方向，又谈方法；循循善诱，引人入“道”，润物无声，启人悟“道”，使人内化于心灵，付诸于行动，转化为健康向上、催人奋进的人生营养和强大正能量。

这本散文集名曰《陈言新语》，虽然说的都是“陈言”，看似没多少“新语”，但用心品读每一篇短文，字里行间弥漫着小草破土生长、树枝绿芽吐翠、鲜花含苞欲放的勃勃生机，仿佛让我们的心灵走进了惠风和畅、春光明媚、生机盎然的春天里。

《闲情散记》序

梅尘作品朗诵会，我出差在外未赶上参加。回来不少人往我耳朵里灌输，朗诵会开得成功，轰动了省城，让我深感意外。梅尘是一位散文作家，以散文文体居然能开专场朗诵会，而且产生了轰动效应，实在难以想象。找来一读，果然名不虚传，确有独到之处。所以让我为她的集子作序，欣然命笔。

翻阅这本《闲情散记》，感受最深的是诗情画意扑面而来，如啜美酒，如品香茗，清纯典雅，回味无穷。读起来有诗的韵味，不是散文诗，而是诗的散文。二者的区别，前者必有诗的内容，不分行而有韵律，主观抒情性强；而后者有诗的意境，又有散文的元素，记叙多于抒情。“诗的散文”这一称谓还是冰心先生在《我是怎样写〈繁星〉和〈春水〉的》中第一次提出的。

梅尘 15 岁当女兵，在汉中盆地的绿色军营度过了 13 年时光。秦关汉月，桔乡梅雨，滋养了她绿色的思绪。一颗赤子之心，一双审美的眼睛，使她的散文充满了诗意。看《永远飘香的军营》

《雨丝里的涛声》《白洋淀的月亮》《白云绿草两悠悠》《七月的塞罕坝》等篇，意象清新，色彩明朗，简直就是一章章优美的散文诗。而刻骨铭心的倾诉，天真无邪的吐露，自然天成的语境，又分明是一篇篇动人的诗的散文。

集子有一百多篇文章，大都短小精炼，精短中包含着深厚的内容。以自己的心灵感悟世界，捕捉动人心弦的意境。一溪鸥鹭、半江烟雨、金橘花开、百灵鸟鸣，都映照着她善良的愿望，寄托着她深刻的情思。在她的笔下，人与自然是和谐的，氤氲满怀，香韵悠长。偶受挫折，心灵在风雨中梳洗，情绪在时间里过滤，也会从容乐观。这一切都来自她对自然和生命的尊重，对生活的思考和感悟。精炼会带来含蓄，给读者留下补充的余地和想象的空间。行文凝练与感情细腻之间的矛盾，通常是通过暗示、想象和象征的手段来解决的。她散文的另一个特点是潇洒和飘逸，无拘无束，浮想联翩，思绪如飘飞的白云、轻柔的细雨。书名叫《闲情散记》，闲与散实际上是心灵的自由，人情的练达。

梅尘的散文适于朗诵，因为她心中有诗，为生活加上了韵律，写出来的文章有着明显的音乐美，抑扬顿挫，音调和谐，朗朗上口。这种语言功力来自她古典诗词的修养，有些文章还情不自禁地让她自己写的诗词涌现出来，起到了画龙点睛的作用。细心解读，会发现她熟练地运用了平仄、对仗、双声、叠韵，自然形成声如玉振、词如贯珠之语势。她的文章还有着明显的节奏感，字句长短、音调强弱交替出现，形成内在的逻辑力量。单音节、双音节、多音节的配合，长短句交错，连贯排比，形成节奏乃至旋律。必要时还运用合辙押韵、叠字叠句、复沓对偶等修辞手段，形成行云流水或一唱三叹的语感，增强语言的冲击力和感染力。而散文的音乐性来自作家思想的丰富和活跃。欣赏梅尘散文的音乐性，《真情的美丽》《期待黄昏》《爱是快乐的天使》《情到真处花自开》《让阳光照进心田》《执手已偕老》《家是甜瓜》，你会深深体会到言为心声，美丽的散文是崇高的情操的宣泄。

梅尘用光明的心灵照亮了自己的生活和创作，必然也会带着闪亮的灯火走得更远。

变中求新更求进

李永强是河北散文界后起之秀。继《寂处听涛》之后，仅仅两年就又出版了《乡山梦痕》。连起来看，后者是前者的续篇；对比起来读，又有一定的差别，后者是前者的发展。这个不小的跨度，暗示着作者的功力和努力。

最大的变化是思维方式、写作视角的变化。前者着重生活体验，后者增加了情感体验。前者多平面的全景式的原汁原味生活反映，后者不再着重事体本来面目，也不必完整地叙述，由生活带动变为情感带动，随心所欲，可以时空颠倒。永强是土生土长的农民之子，有着与生俱来的乡土恋情，浓得化不开的乡土情结。对故乡的一草一木充满感情，热烈地歌颂。红枣树、钢磨坊、石板路、黄土坑，是“相互关联的、日趋完美的系统工程”，“我一颗跳动的心，永远深藏在故园每一寸泥土里，唱出自己最美的歌声”。他有时也写故乡的苦难，但念念不忘、刻进骨子里的是“天地浩恩”，故乡的梦，“一定是那光明的引擎，如我黢黑的梦中那轮冉冉升腾的太阳”。

而在第二本书中，他已经换了一个心情，换了一个视角“冷静地站在高处、远处审视”，“家乡的北山死掉了，簸箕山也已奄奄一息”，“满目青黛、明澈的涧水以及悠闲的牧马人，这一切已不复存在”。“人类自身的张力可敬又可怕，村落开始无节制地向山林伸去，家山在痛苦的哀鸣中被二十世纪尾声的工业文明野蛮肢解。”永强无可奈何地惊叹：“故乡的河流已经消失，是什么样的力量榨干了它的精血，暴尸荒野，景象如此惨烈？！”故乡的山，“树林被伐，何枝可依”；“猎人把枪口对准惊恐的鸟儿们，北山成为孤寂的荒原”；“被机器的噪声和烟尘笼罩的乡山，处处骚动着一种农耕时代难以想象的加速度”。这时的作者毅然颠覆了自己的乡土情结，而自觉地成为一种忧患意识，禁不住愤愤不平，于是乎，不怕“家丑外扬”了。

敢爱又敢恨，来自作家的认识水平，来自理智，来自哲理的思考。其思想动力是不断发现自己，不断深入思考。从狭隘的乡土观念，提升到地球意识，从“祖国母亲”提升到“地球母亲”。他从全省环保采风活动中渐渐提高了认识，也剖析、否认了自己。提高了认识，又有助于他写出了一批环保散文。有人评论李永强的《寂处听涛》是“绿叶对根的思念”，而在《乡山梦痕》中，李永强的确呈现出一种绿叶的精神面貌，不过此叶也非彼叶，他不仅仅是家乡的棉地、寒叶，也不仅仅是中国北方的松针、南方的榕叶、东方的国槐、西北的胡杨，而是成了一种意象、一片典型。这片叶子像一只耳朵，既听哗啦啦的掌声，也听诸如地球升温、冰山消融、江河干涸的叹息。散文创作的深度和广度，取决于作家体验生活、体验感情的深度和广度。

《渐行渐远》序

拿到黄俊里的散文集《渐行渐远》之后，我预感到，这和他以前的作品有所不同。俊里这几年通过读书和实践，以及对散文的苦苦追求，对散文从形式到内容的理解都有了一个较大的变化。《英谈写意》《包饺子》《家乡手擀面》《香味浓郁的爆米花》《记忆中的小人儿书》等充满浓郁的生活气息、乡土风味和地方特色，语言也朴实清新，干净了许多。

正如18世纪德国启蒙思想家莱辛在《汉堡剧评》中所指出的:“一个有才能的作家，不管他选择哪种形式，只要不单单是为了炫耀自己的机智、学识而写作，他总是着眼于他的时代，着眼于国家的最光辉、最优秀的人，并且着力描写为他们所喜欢，为他们所感动的事物。”俊里把隆尧人的精神面貌、风俗人情，用散文的语言表现出来，给人一种亲切自然的精神享受。《魏庄熏鸡》《隆尧大锅菜》《隆尧羊汤》《尧乡会馆喝茶》《赶集》《村子里的供销社》等，写出了风味、特色，写出了知识、趣味。阅读这些文字，体味的是尧乡美丽的风情。

最令作家产生创作灵感的是童年的记忆。俊里出生在农村，从小家境贫寒，早早参加劳动，饱经风雨磨难，这些经历让他刻骨铭心，这对他是一种精神财富，是一种创作资源。《煤油灯下好读书》《滚铁圈的童年》《童年沁凉的冰棍儿》《村里的坏女人阿美》，那样的哀愁，那样的抒情，蕴藏在作家灵魂深处，蕴藏在作家内心最丰富最隐秘的地方，挖掘出来就是文学作品。它可能是一个故事，一个人物，一个事件，甚至是一种理念。有了这样的动机，作家便有了写作的动力。

正如他自己所说:“因为曾经真实存在过，所以它才最值得追忆与回味；因为不仅有残酷与冷峻，而且更有快乐与温暖，所以它才刻骨铭心、感慰终生！”

俊里从十几岁就开始诗歌创作，中年开始写散文。他的诗歌贯穿着一股正气，既传承古典诗歌的精髓，又吸取新诗的营养。诗的功夫，对生活的敏感，营造意境，精练语言，用于散文创作，使他的散文字里行间带有诗意，是难能可贵的。

他的文学作品，无论是散文、诗歌，都可以从中看到他心灵火花的迸发和思想与文采的翩舞。

2000 年以来，俊里由乡村小学到了县委宣传部，强烈的社会责任感和使命感让他感到肩上的担子更加沉重。用阳光一般灿烂的心智，点燃文学的灯火，燃烧自己的同时，也给读者的心灵带来光明。

他的思想在读者中引起共鸣，他把自己融进所写的人物和景物当中，再冷静客观地加以思考。这种写作态度、叙述风格，都是不错的。

不足的是，他的这本集子里个别篇章文字有点干巴，少了点“水分”和灵气。以后的写作，应该让文字更“湿”一些，更“润”一些，更生动一些，更趣味一些，这样作品的效果会更好些。

关于申志刚的《写忆》

《写忆》读后，感觉颇好。题目有想法，记忆即回想，它不是生活的拓片，是事物留在脑子里的印象。写作也不是照相，把脑子里的印象描绘出来。这样记忆就比生活准确，源于生活而高于生活。

《写忆》全书充满仁爱之心，爱姥姥，爱妻子，爱老师。仁爱之心在互动，首先感动自己，再用来感动别人。作者写仁爱不是用感念，讲道理，而是选择一些典型的细节、情节，带着浓重感情的细节、情节，有血有肉，生动感人。

本书多半篇幅是展示收藏，收藏的核心是仁人爱物。把藏品和人的关系紧密联系起来，使其发挥教育的作用，“天下好书，当与读书人共之”更是一种仁爱之心。这就是收藏文化。

作者从多年实践中总结出经验，收藏的功夫在于眼力、实力、缘分，办法是量力而行、多看少买、盯住一流、偶尔为之。经验肯定是要付出代价的，无数次愚蠢才换来一点聪明。

眼力即鉴赏水平，仅凭经验远远不够，必须有理论的支撑、知识的积累。中国过去没有文艺理论，理论都是诗话、词话、书画题跋，只言片语，但很精辟。后来把这星星点点综合归纳，原来就是东方美学，博大精深。作者习书多年，收藏多年，显然对这些理论懂了，会看了，会用了，收藏时就看准了。收到一件珍品，喜不自禁，写出来就是自己的题跋。不像古人，三言两语写在原作上，而是写一篇短文，甚至收藏过程、愉悦心情，都可以写出来，思想可以简明，观点可以准确，文字也可以很讲究，成为一篇美文。如对黄绮“铁戟磨沙”的概括，对孙伯翔魏碑的理解，对刘文华隶书的变通，都有独到的见解，说出来与大家分享，也娱乐自己。

作者喜欢文学，尤其爱读鲁迅、孙犁，说明他真懂文学。文学是语言的艺术，鲁迅、老舍、赵树理、孙犁是近当代语言大师，都有着鲜明的语言风格。孙犁说要像追求真理一样追求语言艺术，作者正在用力地追求语言风格。写亲情、乡情、友情的那些篇章，他追求语言的朴素美，不修饰，不造作，用家长里短，生活化，有亲切感，不用华丽语言——华丽语言会与感情的真挚矛盾，造成隔断的感觉。而那些写书画收藏的散文，他用了另一种语言，句式精短，半文半白，长短句，有节奏，书卷气，古色古香——这样形式与内容和谐统一，量体裁衣，同时加强了文章的文化韵味。看得出来作者在收藏方面着力多，文章更精彩些。

郝占奎《艺术评论卷》序

看过占奎不少散文、报告文学，其作品思想敏锐，感情真挚，行文大气，给我留下美好而深刻的印象。

今天他又把一本艺术评论文集拿来，顺手翻看，涉及广泛，博闻广见，谈天说地，说古论今，头头是道，令人刮目相看。他却轻描淡写地说："玩儿呢。"一个"玩"字说得极好。从前习惯把古董收藏称之为古玩。西方也有个说法叫"玩商"，与智商、情商是一类名词。玩，好玩，会玩，是一种充满智慧、儒雅超脱而前卫的娱乐休闲活动，也是人生一种快乐。

"玩商"（Leisure Quotient，简称 LQ），是指人们业余休闲、玩乐能力的指数，也是一种幸福指数。表面上是轻松的爱好，其实是以放松的态度去发现生活情趣和奥妙，拓展个人价值，是一种审美能力，也是一种智慧。高玩商的人多是群体里的热门人物，具有很强的号召力，重视的是心灵的体验，内心总是充满着快乐和童真。

盛世之下，艺术盛行，而当代优秀的艺术评论却凤毛麟角，真正的艺术评论家少之又少。民国之前，中国没有西方那种系统的诗学、文艺学，传统的文艺理论散布在诗话、词话、随笔、书画题跋中，只言片语，简单明了，又很实用。把些星星点点精辟言论综合起来，就是东方美学，博大精深。"五四"以后，有人学习西方，引进西方美学，成本大套，但大都生吞活剥，食洋不化，用来指导创作实践，也大都隔靴搔痒。许多评论文章，是把文艺现象去西方理论里对号，忘了自己姓什么。如果一个诗评家极力宣扬西方现代诗学，而对中国传统诗词知之甚少，他就不可能走远站高。思潮是会变的，追时髦赶潮流就会翻来覆去，前后矛盾，陷于痛苦之中。占奎的艺术评论，立足于中国传统美学，加上一些人文知识、现代意识，所以文章得体，观点显明，切中要害，人们能看得懂，看得进去，对艺术家以及读者都有益，表现了他对当前艺术现状与艺术走向的关心。

艺术评论对人，对活人、熟人，本身是不好写的。评论者不应站在作品与作者之间，拉拉扯扯，评功摆好，送人情，做广告。而是应该站在高处远处，保持距离，客观公正。这中间有个避不开的问题，我思考多年了。果真诗如其人，作品即人品吗？我看未必。以书法而论，秦桧、蔡京、严嵩，绝非如此。作家、艺术家也不乏双重人格，不能轻言作品等于人品，人品就是作品。两者毫无关系吗？也非如此。文学即人学，作品与人品肯定有关联，是反映论。但是反映论同时也有个别与一般的重要问题。人是复杂的，好人不会没有一点瑕疵，坏人也绝非一无是处。占奎明白这一道理，不把一件作品与一生的人等同起来，文艺作品是“这一个”，把“这一个”的此时此地、此情此景说清楚就好。

古玩好玩却不易玩好。鉴赏和收藏艺术品，不是凭经验、碰运气，而是需要理论支撑，知识积累。收藏的功夫在于眼力、实力、缘分，我一向敬而远之，但又称赞之。因为收藏的内核是仁人爱物。通过精深研究和文化释读，把艺术品的艺术内涵发掘出来，使其发挥教育和感染作用，“天下好书，当与读书人共之”，更是种仁爱之心。这既是鉴赏文化的核心，也是艺术评论的要旨。

一句话说到心坎里

格言，法也，言之可以为法者曰格言。揭示规律、说明道理的言辞亦为格言。其特点是言简意赅，以简洁生动的形式，表达人类思维之精华，易学易记，脍炙人口，常被世人传诵和引用。

作家汪曾祺信奉“一句话主义”。

作家方英文说：“如果一个人一生在世界上能留下一句话，那他就非常了不起了。”提起“读一本好书，就是和高尚的人谈话”，我们就会想起歌德；提起“冬天来了，春天还会远吗”，我们就会想起雪莱。因此《深圳青年》杂志首创“今人今语”栏目后好评如潮，接着西部第一报《华商报》举办了“凡人名言大赛”，千元买一语。

多数文学大家，其作品尽管可能等身，但其中符合格言标准的文字几乎微乎其微。读罗贯中的《三国演义》，每一个读者都不会忘记“天下大事，合久必分，分久必合”；读列夫·托尔斯泰的《安娜·卡列尼娜》，每一个读者都会把“幸福的家庭都是相似的，不幸的家庭各有各的不幸”这一名句牢记心头。

因上所述，我们的“青年奇才”齐哲致力于“一句话”的创作，数年以来创作不倦，产量丰富。齐哲的志向，正如法国儒贝尔《冥想录》中所言：“我欲把智慧铸成货币，即欲把智慧铸成易于记忆和传播的箴言、格言与谚语。”

然而，古今中外，名言警句多如牛毛，齐哲的格言警句是否多此一举？仔细观察，齐哲的格言堪为“标新立异”，有以下几大特点。

一、格言新说，与众不同，甚至和几千年以来的金科玉律之言大唱反调，令人耳目一新，刮目读之。如孔子所说“己所不欲，勿施于人”，齐哲以为不妥，因此他写出：“己所不欲，若人欲之，也可施人；己所欲者，若人不欲，亦不可施。”司马迁说过“读万卷书，行千里路”，一个人似乎如此经历最佳，齐哲以为差矣，一笔挥出：“读万卷书不如行千里路，行千里路不如见百种人；见百种人不如受十次骗，受十次骗不如经一回死。”

二、语言高度凝练，朗朗上口，有时代感，易于记诵。类似孟子名句“天将降大任于斯人也，必先苦其心志，劳其筋骨，饿其体肤，空乏其身，行拂乱其所为，所以动心忍性，曾益其所不能”，齐哲一语道破曰：“上天要成就谁，先考验谁；魔鬼想毁灭谁，先放纵谁。”

三、含蓄，耐人寻味。如“权力是一位年轻漂亮的姑娘，义务则是她瘫痪在床的守寡多年的母亲”“上帝只把自己的宝贝女儿许配给不相信他老人家的年轻人”。

四、描写现实社会和生活一针见血。如“合作的力量真是太伟大了，合作双方均受益匪浅：生意结束后，小人得到了钱财，君子得到了教训”。凡此种种，比比皆是。

五、“魔鬼”概念，解释新奇，又入情入理。如“体贴：男女恋爱时的专用词汇，身体相贴恨不能融化在一起之谓也”“自卑：一个腿脚健全的人强行给自己架上的双拐”“‘命’是失败者的借口，‘运’是成功者的谦辞”。诸如此类，不一而足。

总之，齐哲的作品时而调侃诙谐，时而严肃机警；幽默中寓智慧，思考里有笑料；俏言妙语、睿智格言和幽默故事无穷无尽。

以上所说，实为一孔之见，读者诸君仍需一一细读，必然会有别样的感受。相信读者诸君和我一样，深夜读之，击节赞赏至东方微白。

《情系大槐树》序

中华民族树大根深，枝繁叶茂，荫庇神州，滋润世界。不仅有泥河湾、周口店考古遗迹，伏羲庙、三祖堂神话传说，还有桥山轩辕柏、洪洞大槐树，看得见摸得着的原本根系。黄帝陵是民族历史的宏观的精神支柱，大槐树是民间的具体的骨肉血脉。“问我祖先来何处，山西洪洞大槐树。”“祖先故居叫什么？大槐树下老鹳窝。”“谁是古槐迁来人，脱履小趾验甲形。”已经成为整个民族的记忆。

大槐树是明初大规模移民的见证，是一段凄苦又悲壮、蛮横又进步的历史的象征。元朝末年，统治者与广大人民矛盾激化燃起了遍地农民起义烽火。元军加紧镇压，“拔其地，屠其城”，致使中原大地“民十亡七八”。再加上水旱蝗灾，“积骸成丘，居民鲜少”。明朝建立，休养生息，改善人口和生产的失衡，掀起了第一次移民高潮。朱元璋死后，建文帝“削藩”，朱棣“靖难”，针锋相对，重燃战火，“燕军所至，村城成墟”。朱棣夺取政权，不得不再次实行大移民。

大迁徙的人力资源来自山西。这个幸存于太行山区的省份躲过了逐鹿中原百年战争和灾疫的横扫，经济繁荣，人丁兴旺，一省人口超过了冀豫两省的总和。三晋一省富在晋南，晋南之富又首推洪洞。于是洪洞县成为移民的重点，广济寺大槐树成为移民的集散地。明朝政府行为的大规模移民进行了 18 次，移民姓氏 881 个，分布 18 省，498 县。朱元璋和朱棣都是开国创业的政治家，大移民是战略性组织行动，形式上强迫命令，客观上缓和了社会矛盾，使人尽其力，地尽其用，生产恢复，边防巩固，社会安定，显然功绩是主要的，起了进步作用。

明初大移民历时 50 年，是一个涉及全局，动员千百万人口的大事件。但是夹在浩瀚史书中只是一个小插曲。所以并不为史家重视，各种课本不曾介绍，文艺作品在此前也从未涉及，只不过在民间口头流传着。王军旗是一位智者和有心人，他较早地投入寻根文化的潮流之中，较早地心向大槐村，饮水思源，寻根问祖。首先从自己的家族和村庄做起调查研究，把家谱追溯到了大槐树，又上溯到泽（晋城）潞（长治）二州，接着又扩大到正定、鹿泉两县。然后他带着成果和疑问四下洪洞，从浩如烟海的史籍中寻章摘句，觅集相关史料，反复研究认证，编写成这一本厚重的专著，使之在史学上具有了重要价值，填补了我国历史读物的一个空白。

王军旗不是一个严格意义上的史学家，但他又比史学家思路更为开阔一些，除了查阅史料，引经据典之外，还搜集了许多民间传说、口头文学、历代歌谣和文人诗词，既为大移民的历史提供了佐证，又为历史增加了真实性、人民性，使明初大移民的历史变得丰富多彩，有血有肉。这部著作不仅拥有史学价值，还具备社会学和民俗学的意义。所以读者和全社会都应该感谢他，感谢这部由心血和汗水结晶的著作。

热爱生命

新时期以来的文学，最教人感奋的实绩是对“人”这个万古常新的命题进行了各种纵深的挖掘，这也是较“十七年文学”有着实质性进展的主要方面。人的感情和智性获得了双重开放的无限可能性，与世界文学同步对话的局面已经展开。我并不完全同意一些同志的评价：新时期文学繁而未荣。我以为，繁是荣的前提，也是荣的兆头。从目前文坛的状况看，真正意义上的繁荣并不仅是某些性急的同志的良好心愿，而是日趋明朗的现实。就好像初唐景观向盛唐气象演进一样。

但我的内心却时常挣扎着另一种忧虑，它有时很强烈，有时又很微弱，如鲠在喉，不吐不快。

伴随着目前诸多作者对各种艺术样式的探索，艺术形式的大幅度变化等这些表面的审美效果也出现了一些孱弱气象。在一些同志那里，对叙述学、结构功能的重视，对语言的变构、语感的强调等，被抬举到不适当的地步。而这些，在相当大的程度上是从所谓“美文”的标尺出发的，这是舍本求末的。在我来看，真实的赤裸的生命状态永远是构成艺术之本的东西。它既是内容，也是赋予内容以完整意义的形式。就像海明威笔下的人物，他可以远离喧嚣的尘世，甚至可以展示人与自然的种种斗争和契合关系，但在根本上，作者展示的是一种生命状态，是热爱生命这一人类基本主题的延伸。所以，桑提亚哥就能冲破题材本身的重围，在运转于未来世界的过程中，被接受者不断赋予新鲜的意味。

多年来，我们总是习惯于在一种大一统的美学规范里旋转，这就造成了文坛成批生产的雷同感。近些年，艺术个性的发展以局部渗透的形式打破了众人一面的状况，短短十余年，我们几乎“玩”遍了西方现代主义艺术的全部手段，而且即便是执着于中国传统审美特征的艺术家，也以全新的态度重新去挖掘、熔铸传统的内在精气，而非简单地摹其形。但是，我以为艺术品借以流芳后世的关键还不在于表层意义的形式和语言效果。任何时代真正称得起是创作的东西，都是那个时代真实的生存状态的展现，是独异的社会生态相，是独异的生命状态的瞬间展开。正是从这个意义上说，创作手法是无“过时”与“时髦”之别的。托尔斯泰和马尔克斯同样是不朽的。

我们看到一些同志，在他们身上有着感人的求新、寻异、思变的热情。这应该说是一个艺术家的基本素质。但在我看来，重要的还不是“新”与“异”，而是这“新”与“异”的质量本身。说到底，艺术手法的嬗变是受惠于创作主体对生存和文化以及语言的又一次觉醒的。它不是一种调式，而是一种生命的旋律，促使创作者不得不重新寻找称职的乐器。所以，是现实主义的，还是现代主义的，这些都只能是第二义的问题。简单地以“现实主义老了”去对待它，则未免低估了对手。

我的忧虑还来自另一个方面。有些同志应该说是觉悟到了展示生命状态的层面，但他们的作品中，格外倾心的是生命中晦暗的、疲惫的、唯器官的方面。写出的作品，品位不高，成了原生状态的情绪、潜意识、幻觉的排列，而有意弃置了生命中更为坚实有力的理智、健康、远大精神目标等这些基本素质。我不怀疑这些同志的真诚和他们的才能，但为揭示淹没的原欲就以牺牲完整自足的生命为代价，则不免教人怅惘。正是在这里，这类作品阻断了众多读者通向它的道路。艺术的多元化又有陷入一元化的危险。

我觉得，文学艺术无论是表现常规感情还是表现纯个体经验，都应该具备健康的、高尚的、富于人类生命价值的品格。就像我们读古今中外大师们的作品（即便是严格意义上的悲剧）如《红楼梦》《安娜·卡列尼娜》《百年独孤》《荒原》等，尽管它们在题材和价值取向上不同，但从根本上都体现了“人”寻找精神家园的努力过程。热爱生命，表现并最终找到它的限值，我认为这才是文学创作的出发点和归宿。越来越多的艺术家朝向这个目标而跋涉，使我们对文学艺术繁荣期的到来抱着一种毫无保留的乐观态度。

报告文学的“冷”与“热”

报告文学由“热”变“冷”，正如新时期以来诗歌、戏剧、短中篇小说所经历过的一样，不是无缘无故“打摆子”，而是有它自身的原因。这“冷”是红火热闹之后的冷静，作者和读者都进入反思。三五年表面上的滑坡，尚不能断言“体裁”的冷落，也不能简单地归结为“作家从加盟到封笔”“记者失职”。

我以为当前报告文学变“冷”的原因如下：

一、伪报告文学的泛滥。有些时日了，报告文学插上“有偿”的翅膀满天飞，凡是有版面的地方就有报告文学。它们多是评功摆好，涂脂抹粉，甚至是弄虚作假的广告文字。何止是鱼目混珠，珠子太少鱼目太多，是鱼目代珠。专业的写，业余的写，走江湖的也写，还产生了一些专营此道的掮客。铺天盖地的广告文学败坏了读者的胃口，也影响了真正报告文学的声誉，需要开展“打假”。

二、只有“报告”，没有文学。不少长篇报告文学旨在图解阐释一方面的理论，一种社会问题，一种自然现象。概念加例子，东拉西扯，东拼西凑，道听途说，如果把其中的形容词、心理描写、俏皮话等去掉，只能算作调查报告，论文提纲。因为多数作者对所写的专门知识一知半解，人云亦云，这种报告和提纲还显得水平很低。报告文学着重在文学，文学即人学，离开写人，或不把人物作为主要对象来写，见景不见人，堆砌资料，越是“全景”，越是“信息密集”，离文学越远。

三、钝化了“干预生活”的勇气。报告文学是一把两刃斧，歌颂光明又鞭挞阴暗面。有些作者不懂得社会生活的复杂性，三斧子下去看不见腐败根除，就心疲手软不敢碰硬了，不激动了。马克思说报告文学作者要做时代的“歌手和勇士”，雨果说“艺术是一种勇气”，作家的锐气不应该一碰就卷刃，而应该在千锤百炼中更加锋利。

四、报告文学作家的积极性需要保护。因为要爱憎分明，要与坏人坏事做斗争，所以几乎每篇好报告文学都可能产生一场官司，而且单枪匹马、手无寸铁的作家往往败诉，轻者赔款道歉，重者牢狱之灾。一人犯法，物伤其类，大家望而生畏。但是正义还要坚持，邪恶还要斗争，怎么办呢？一是作家要学法知法，立于不败之地。二是法治也要进一步完善，保护作家向坏人坏事做斗争的权利和积极性，像足球、篮球比赛的规则改变那样，旨在鼓励进攻。

如果这些因素变了，作者的责任感加强了，创作环境和气氛有所改善，报告文学还一定会再“热”起来，甚至可持续发展。

漫谈文化

文化，从广义上谈，指人类社会历史实践过程中所创造的物质财富及精神财富的总和。从狭义上说，指社会的意识形态以及与之相适应的制度和组织机构，是一种历史现象。文化的特点，一是具有历史连续性，二是具有民族和地域特点，三是讲品位。文化的继承性和民族特点容易理解，关于后者，文学大师赵树理讲过一句名言：“文艺作品是讲品位的，什么品位的东西摆在什么位置上，茶壶摆在茶几上，夜壶就不能摆在茶几上。”

当前，某些人民不满意的文化现象都是因为偏离了以上三个原则。比如某些流行新诗，就是因为违背了中国传统诗言志缘情的内容，失去了诗的意境和形式美，沦为分行的散文，甚至连散文也称不上，说了些胡话和脏话，明明是夜壶，还要摆在茶几上。这种失意失形失神的文字，脱离了中国诗的传统和人民大众的欣赏习惯，或者看不懂，或者不堪入目，自然也便失去了广大读者，变成个别人的自恋。

还比如，当前有些热闹的旧体诗，复活了但没有复兴。原因是面对新生活无动于衷，一头钻进故纸堆了。忘记了诗歌是流动的江河，一味在那儿刻舟求剑，模仿唐宋，把写诗当成玩古董，用古人的意象和词汇垒积木，编织塑料花，押一千年前的韵，把新起的高层建筑称作“危楼”，令人啼笑皆非。翻看一本刊物，都是似曾相识，风花雪月，梅兰竹菊，自来旧，让人不堪卒读。或者看过一遍，记不住一个作者，留不下一个句子。如不改革，前途也不会妙，新旧诗会成为一对难兄难弟。其实新诗、旧诗不应该对立，更不应该是你死我活，应该是互补双赢，共同发展。

还比如，时下的速成书法，不临帖，不学习传统，笔下的字不是写出来的，而是画出来的，以无知为创新。糊弄不了内行，就去忽悠外行，去走穴，找企业家当食客。作品的出路，一是附庸风雅的厂长、经理；二是送礼，反正他们只看热闹，不懂门道，看不出字的高低，只认写字人的职务大小。书法从艺术降低为商品，又从商品降为礼品，礼品转来转去，不少假冒伪劣。你来我往，热热闹闹，真正的收藏家却躲在一边袖手旁观，这就是当前书画市场的一角。

必须指出，这些都还不是当前文化的主流，而是社会浮躁情绪的喧哗，是一种“快餐文化”的反映。这种文化现象不能责怪群众，正如诗人席勒所说：“一般人都说大众使艺术的水准大降，这真是岂有此理。事实是：艺术家使大众的水准大降。任何艺术的堕落，都是由艺术家一手造成的。”（《墨西拿的新娘》）文化方面出现问题，这要由文化自身解决。因为文化传统是滚滚向前的江河，一点半点污泥浊水，沉渣泛起，都会被自身的力量荡涤干净，修复一新的。我们不必悲观，各自加强自己的文化修养，振奋自己的一滴水，去壮大江河的力量。

《文论报》元旦献词

乙亥降临，肥猪拱门。祝福广大读者新的一年交个好运，人生又逢新岁月，春来更有好花枝。也希望《文论报》新的一年交个好运，桃版随人换，春花今岁香。

《文论报》已经艰苦跋涉12个年头，尽管踉踉跄跄，气喘吁吁，绝不言“困境”“告急”之类的话。上天给人一分困难，同时也添给人一分智力。困难不应该成为颓丧失志的原因，而应该化为新鲜的刺激和动力，避免失败的最好方法是下决心获取成功。相反，当阿堵物喧闹，文学缄默时，恪守一种精神文明的信念，坚持一块高雅的文艺阵地，是一种光荣和骄傲。如果把金钱当成上帝，它会像魔鬼一样折磨你；如果把事业当成上帝，它会使你出现奇迹。作家是人类灵魂的工程师，诗人是世界未为人知的立法者。塞万提斯说过，我自己口袋中的小钱，胜过别人口袋中的大钱。何况当前文艺不景气的病因，很难归咎于市场和读者，恐怕主要病根还是应从文艺内部找。更何况，改革开放、繁荣昌盛是社会大潮，文学艺术要顺应潮流，不断改造自己，在经济发展和社会前进中找到自己的位置。

新版《文论报》不仅仅面向作家、艺术家和文艺理论工作者，更重要的是面向广大内行读者，在他们之间架设心灵沟通的桥梁。

在这个文化广场上，需要专家们的演说评论，也需要大众的议论、舆论，许多热门话题需要讨论、争论。所以它始终要保持一种民主、平等、公正的风气，需要创造一种活跃、热烈、和谐的氛围。

新版《文论报》要改变以往咬文嚼字的学究面孔，力争生动活泼，和蔼可亲。什么是雄辩？雄辩是指说话时，把真实翻译成使对方一听即懂的语言能力。雄辩家的目的不只是道出真实而在于说服对方。写文章同样也是这个道理。

新版《文论报》主要栏目是文化论谈、作家艺术家感言、时代随笔、文艺信息、热门话题几大类。每个栏目又提倡不拘一格，别出心裁，千姿百态，丰富多彩。把报纸办得像美酒一样，好质地、好包装、好口感，富有刺激性，喝了难以平静，回味无穷。

作家、企业家联谊会是河北作协首创，组织作家为经济建设服务，联络企业共建精神文明，共同受益，共同繁荣。许多企业家朋友伸出热情之手，使我们增加了勇气和胆量。

2013年度散文学会年会开幕词

河北省散文学会一年一度的见面会，两年一度的评奖发奖大会，现在开幕了。文朋诗友欢聚一堂共享散文的节日，其乐融融。感谢中国散文学会红孩同志、董彩峰同志光临指导。

今日农历三月初十，明日谷雨，《孝经纬》上说：“清明后十五日，斗指辰，为谷雨，三月中，言雨生百谷清净明洁也。”

《诗经·邶风》是古代冀南一带民歌，说：“习习谷风，以阴以雨。”与现在天气差不多，预报小雨，纷纷扬扬下起了大雪，瑞雪兆丰年，预示散文的好年景。晋代张华，徐水人，官居一品，著

《博物志》，形容谷雨季节气象和生态：“暮春元日，阳气清明，祁祁甘雨，膏泽流盈。习习祥风，启滞导生，禽鸟翔逸，卉木滋荣。纤条被绿，翠华含英。”

今天也能对上号，十八大精神就是春风，吹彻祖国大地，吹开作家的心扉。大家心田墒情正好，地力正肥。

一年之计在于春，谷雨前后，种瓜点豆，播种吧。眼看就会苗儿出土，卉木滋荣，纤条被绿，翠华含英。做一个好梦吧，到了秋天就可以稻花香里话丰年了。

再一个话题，散文奖。参加评委会，看了作品，数量、质量都优于往届。我们的散文队伍兵强马壮，会员近千人之多，无论是作品集还是单篇散文，都在稳步地提高，可喜可贺，但也并非完美无缺，我感到不足之处就在创作与生活方面。散文是表现感情的艺术，更是表现生活的艺术。从生活到艺术感觉有话可说。有的青年作家不大了解生活对于创作的重要性，作品过分显摆感情，感情泛滥，感情没有依托，枝繁叶茂而不见树干，更不见树根。尽管花枝招展，眼花缭乱，而不是真的，纸花、塑料花，有色而无香无味，更不水灵。有的年长的作家，生活充足，而表现能力差些，挖掘、研制、开发能力不足，粗加工，半成品，没能完全体现生活的价值，技术含量不高，成色欠佳，不怎么吸引眼球。价值打了折扣，可惜了那些生活。

病在哪里？前者营养缺乏，后者消化不良，脾胃出了问题。肾是先天之本，脾胃是后天之本。望闻问切，前者手脚发凉，疲软无力，精神不振，阳虚，吃得少，热量不够。后者腹部胀满，烧心反酸，多汗便溏，吃多了，消化不好，吃什么拉什么，是因为消化功能减退，津液不足。

文学、医学都是治病救人，文理与医理也相通。学中医必须学古文，懂古汉语。《红楼梦》《镜花缘》有不少药方。我这个开幕词，不过是药引子，大枣两枚，生姜三片，让诸位见笑了。

关于《百姓旧事》

果真老之将至，思维和写作不由自主地转向回忆。接过时光老人的一把梳子，慢条斯理地梳理自己，把多半辈子的人生当作草稿，边修改边誊清，把走过来的路再走一遍，把以往撒下种子的土地再耕耘一遍。

从我呱呱坠地到“文化大革命”前这一段历史，青黄不接，生活纷纭复杂。史学家还没把它变成一门学问，许多事情还没有定论，也没来得及编入教科书，对不少后来人是一个历史的盲点。我调查过不少70后、80后，包括我的孩子们，他们对什么汉奸、地主、土改、“大跃进”一无所知，偶尔一知半解也多是从小说和影视得来的印象，不乏编造、虚构，乃至戏说。如何让他们知道那一段历史，是我思考很久的问题。我想到了散文这个文体，散文是生活的真实记录，不允许虚构。《百姓旧事》是写我亲历的真人真事，形象化地写出那一段生活，或许可以为今后的史学家提供一些资料。刘知幾说修史者需要“才、学、识”，章学诚加了一条“史德”。前者容易做到，后者必须做到。用科学发展观的眼光，从以人为本的角度，旁观公正地表现那段历史。作为历史的见证，又决不能作伪证，把个人的记忆变成公共的记忆。

怎么写，我也想了好久。自幼喜欢《世说新语》，不认为是小说，而是写人记言的散文，鲁迅称其“记言则玄远冷峻，记行则高简瑰奇”。我是当作历史读的。书中许多人和事成为后代诗文中常见的典故，成为许多舞台剧的最初蓝本，正是这个问题的魅力所在。但是今天看来，因为古代印刷的限制，文字过于简约，有骨头无血肉，因而不能活灵活现。继承发展它，不仅需要精短，而且需要厚重；不仅要人物丰满，更要故事生动。典型意义增加了，认识作用自然就提高了。

我生长在农村，大学毕业又要求回到农村，回忆对象也主要是农村。立脚点却是今天，是城市。不是还原过去的农村，而是以现代文明的角度回望农村，是精神还乡，着眼点不仅仅是物质，还是精神的、文化的。表现过去的农村，写真人真事，又不仅是旧农村的“拓片”、人物的“老照片”，不是事无巨细，有问必录；而是拉开一定距离的审视、再认识，选择典型的情节、细节作为刻画人物、表达感情的依托。不求工笔重彩，而在写意传神。

写法上基本坚持现实主义手法，又加上一些社会学、民俗学的元素，风物人情、民谣俗语、历史掌故、戏剧曲艺，着重文学性的同时，增加一些知识性、趣味性，力求雅俗共赏。表述中，我还有意地增加一些幽默成分，增加可读性；有些地方隐去作者的观点，完全由事实、数字说话，以突出其真实性。

《百姓旧事》连载以来，这种尝试收到了反响，不少报刊转载，特别是引起贾平凹先生主编的《美文》杂志的关注，他们先后推出《婚姻过去式》《1958 年的荒唐》《秋后算账》《徐水“大跃进”》等几组，每组 10 篇以上，多者 14 篇。《命运拾旧》还选入《2008 中国散文排行榜》。如此一来，增加了我写下去的信心。

十分感谢《家庭百科报》的厚爱，及时并慷慨地为我提供施展计划的平台，不仅开辟了专栏，而且一开就是 5 年，发稿近 200 篇。据我所知，这在全国媒体还是绝无仅有的。其间，总编、副总编多次亲临指教，责任编辑定期上门来取手写稿，回去认真修改打印，5 年来风雨无阻，着实让人感动。还要感谢广大读者耐心耐性地读下去，几乎每周都能收到电话、来信对我鼓励，并提出宝贵意见，我们的读者多么的可爱可敬啊！他们的支持和鼓励，激励着我不断下乡下厂，进一步了解情况，补充生活。

受出版社的委托，我需要拿出专门时间，整理修订，争取第一部早日出版。同时还需要再拿出一部分时间，深入采访，补充新的生活体验。毕竟写了5年，资源用去大半，有点江郎才尽的感觉，需要暂时告别读者，专栏暂停一时，容我反思、调整、提高，不久以后，以更新更好的面貌出现，敬请读者朋友谅解。

马成绩《名花赏读》序

我敬重马成绩先生，因为他是光荣的人民教师，在教育战线上奋斗了几十年。还因为他十分敬业，在教学工作中富于创造性，积累了丰富的经验，取得了令人羡慕的成就。

马成绩，山西师范学院毕业，专业是汉语言文学，在领导岗位30多年而从未脱离授课，始终站在教学第一线。他讲的课最受学生欢迎，不仅因为他对事业的虔诚，还因为他的智慧。

“人之才，譬如草木焉，雨以濡之，风以动之，则其长也。”（苏辙《私试进士策问》）教师是培育桃李的园丁。高明的园丁会根据季节、天气、土壤性质，根据它们生长期的需要，浇水施肥，科学管理。

中小学是人的高生长期，求知欲高，可塑性强。教学方法应该是启发而不是注入。教师的任务是激发学生的好奇心，唤起学生的创造性和求知欲。所以他特别关注课外阅读，并根据教学的需要，自己动手编写教材。20世纪60年代他搞同题作文激发学生兴趣；70年代编选了优秀文学作品《祖国的早晨》，令人喜爱；80年代编选了同题作文《优秀习作选》，引人注目；90年代以后，又组织编著了《历代诗歌译注》《诗歌风韵——四季诗歌鉴赏》《散文风采——四季散文鉴赏》《诗歌风韵——同题诗歌比较鉴赏》《散文风采——同题散文比较鉴赏》《名赋品读》。这是一套中小学生写作教学的系统工程。引导学生认识自然，认识社会，认识人生，进行“读通片段，写好一篇”的读写训练。这也是一部有声有色的辅导教材，并获得很好的效果，博得社会的喝彩。他的这项教育实验使我想起了杨万里的两句诗：“拚却老红一万点，换将新绿百千重。”（《又和风雨二首》）

《名花赏读》是个很好的选题。花是大自然的笑容，是春天的盛宴，也是历代文人描写的对象，因此留下了脍炙人口的名句。梅花“雪满山中高士卧，月明林下美人来”（高启）。桃花“数枝艳拂文君酒，半里红欹宋玉墙”（罗隐）。山茶“胭脂染就绛裙襕，琥珀妆成赤玉盘”（张新）。芙蓉“天上碧桃和露种，日边红杏倚云栽”（高蟾）。牡丹“裁成艳思偏应巧，分得春光最数多”（温庭筠）。赏读名花，不仅可以领略大自然的美，陶冶性情，还可以从中学到审美知识和写作技巧。

建筑的美表现在线条和设计上，绘画的美表现在形式和色调上。文学的美表现在写意和传神上，是作家心灵美的外化。大自然创造了花卉，作家把它们编成了更美的花环。花的美万紫千红是客观存在，而作家对它的感觉千差万别，表现出来更是千差万别，与作家的眼光、修养、志趣和心情有关。所以学写美文，不能模仿，只能心领神会，学其方法。但对花之美的欣赏，又只可意会不可言传。

《岁月和弦》序

热爱生活的人大都热爱文学艺术，而文艺又是生活的展现和升华。布瀛洲先生从教师做起，当过公务员、省对外经贸干部，工作岗位换了几十个，有了自己丰富多彩的生活，具备了散文创作的优厚条件。继《女人·丹顶鹤》《直到海角天涯》两本散文专著出版之后，这部《岁月和弦》又于21世纪之初问世，可喜可贺。布瀛洲散文之绩不凡，有目共睹。

布瀛洲为人诚朴，热情实在，结交了不少画家、作家、音乐艺术家，如国际钢琴大师刘诗昆，著名歌唱家刘秉义，中国画界“鸡王”冯英杰，《女子文学》社长、总编李永，著名作家刘向东、陈立君、尹考臻、路群、王常顺，书法家刘铁峰、谷庆池、王启斋、郝福祥，著名画家高月冬、韩文红、白银录、侯饶河，黑陶艺术家李瑞科等。友人交往情真意切，动人心扉，如诗散文翩然而至，因此文集中有《七彩人生》出，可谓水到渠成之事。

优美的散文是从心海中流出来的。只有与激越澎湃的大社会生活同频共振，交汇撞击，渗透升华，心血与汗水结晶之刻，感人至深的佳作才能“妙手偶得之”。本集中收入的《峻峨丽人行》《倾心·倾情·倾业》《人和万事兴》及《原汁原味东北“二人转”》等，都是作者拥抱品味生活的“瀚海拾贝又一枚”。这些散文都透射着浓浓的生活情趣和不凡的人生哲理，是和着生活的节拍激情共鸣的宣泄和抒发。读之思之，受益匪浅不是空话。

布瀛洲先生只有中师学历，至多加一年的文学专科学习，从未进过大学门槛，也未受过某个学术专业的特殊培训和进修，而出炉的篇篇散文作品，均是工作之余及灯下爬格子写出来的，只能与他热恋生活、热恋工作、热恋朋友、热恋文学的四结合“产崽”，然动人精品及佳作不在少数。这无不与他顽强的生活意志、拼搏进取的奋斗精神息息相关。追求是不懈的劳作，岁月给勤勉者以硕果——有志者事竟成，这就是生活与艺术的本来面目和基本规则。

《岁月和弦》，是布瀛洲先生又一曲人生轨迹的生动写照，文集再现了他逝去岁月的生活身影和音容笑貌，亦庄亦谐，辉映成趣。苏东坡曾云：“书必有神、气、骨、肉、血，五者阙一，不为成书也。”愿我的朋友、散文家布瀛洲先生沿着自己开拓的路，继续前进，迎接与时俱进的更丰厚的佳作问世。

“老骥伏枥，志在千里”，我祝福他！

谷庆池《心语文韵》序

谷庆池先生是我十几年的朋友，一直从政，且爱好摄影艺术，是河北省摄影家协会会员，字写得也漂亮，是保定市中国书法家协会会员。对他的文学创作知之很少，只记得他当初曾在《新保定报》社工作。直到最近，他把《心语文韵》文稿交给我，请我为此书写序时，方知这位年富力强的县级干部在文学领域中照样有可喜的成绩。

自古英雄出少年。在20世纪60年代，谷先生十来岁的时候，尚在偏僻的农村小学读书，《我国第一颗原子弹爆炸成功》《美国佬哭机》两首小诗，在几千里之外的大上海《儿童时代》上发表，“稚童雅音”，惊动了全校，连县上的领导都知道了他的名字。自此，他便沿着诗歌创作之路前进了。这次结集出版的《心语文韵》

中，他精选了自己过去的诗作55首，其中大部分是读书和在农村劳动期间的作品，生活气息浓厚，时代烙印深刻，情感真挚激越，如《颖悟情思》篇中的《井水》《种子之歌》,《律动岁月》篇中的《山里的姑娘》《拖拉机手之歌》等。

你看《露》与《萤》这两首小诗:“你不能汇成江河归大海，也不能驱赶征帆行万里。可你是泥土馨香的乳汁，你能反映太阳的绮丽……”“白日，人们曾把你忘记，可你从不记恨。黑夜，仍用自己全部的光亮，为夜行者把路指引……”短短的四句，就让我们享受到了高尚与圣洁。《小河今昔》中，作者通过“浊流滚滚横冲直，拥挤着流向河床，水中多彩的生物被害命丧”，让人看到了小河的狰狞和狂暴；而那“行人掩鼻绕道走，燕子皱眉夺远方，再也不见鸭戏水，更不见牛羊来河旁”的描述，是形象的小河被污染的恶果和悲惨！没有深入扎实的生活、细致的观察和思索，感人的诗句绝不会从天而降。

谷庆池先生关注改革开放，为时代讴歌，成为这本文集的又一特色。如诗歌《马厩春光》《赞下乡支农干部》，散文《想与干》《发奋与条件》等，皆是精品。《唐太宗、明镜及其他》中“知人善任，虚心纳谏”，把“魏徵当作反映得失的明镜”;《爱才举贤学王旦》里:“王旦既有自知之明而又虚怀若谷”，而“实现社会主义四个现代化，需要有千百万年富力强又有真才实学的优秀人才”;《为建设新保定办实事》“衷心希望‘为建设文明富裕的新保定办实事添光彩’活动深入扎实地开展起来”；等等，这些发表于20世纪80年代初、中期的一束散文，彰显着作者一腔热情为社会出谋划策、献良计的责任与情怀。

出于一名中共党员、一个政治工作者的时代责任感，谷先生把青年工作的一批散文收编，如《青年人要有远大理想》《青年人要加强道德修养》等，循循善诱，苦口婆心。在《春天随想》中作者让青年想些什么呢?“春种秋收，只有春天辛勤的耕耘，才有秋天丰硕的收获。”要青年知道，《读书忌无志》，《田妇村童皆为师》，《讲礼貌不是小事》，《要从具体的事做起》。

他《赞根》，《赞草》，赞《塔松》……单说《赞根》，作者就透彻地阐述了三个层次：一、“有的根盘须错节，粗细相绕，交织如网；有的深扎根基，紧缚石岩，坚韧无比——正是这庞大而发达的根须系统哺育了众多生命”；二、即使是“待到生命消亡，完成了历史赋予它的神圣使命，又欣然含笑，不惜将最后的身躯，毫无保留地交给大地，化作春泥更护花”；三、“在四个现代化的百花园中”，“做一条埋头苦干朴实无华的根”，又何尝不是同样的光荣，同样的非常重要呢？！无须赘言，作者教示青年一代人的菩萨心肠，如高山之伟，有大海之阔！

难能可贵的是，谷庆池先生在繁忙的政务中，仍能对环境保护工作予以极大关注，并用诗歌、散文等文学形式生动形象地表述出来。单是收入这本《心语文韵》的，就有诗歌 4 首，散文 11 篇，且大都发表在二十世纪七八十年代。这种早在 20 多年前就萌生的环保意识，该是多么值得称道和赞赏的啊。作者在《绿色的诗句》中说：“我要给沙漠，引来一道清泉；我要给荒凉，穿上绿色的衣衫；让那不驯的风沙，变成肥厚的沃土。”还浪漫天真地借少儿之口咏出：“我长大了开飞机，飞机载我上天去，看看天上啥秘密！”那散发着真知灼见的《谈谈环境社会学》《要注意保护环境》和《环境污染与人体健康》等，都是紧紧围绕有关国计民生的大事着笔，表述着善良平实的老百姓企盼“蓝天碧海”的心情。作者还形象地普及着相关科学知识：“一只燕子在夏天吃掉的虫子，可排成一公里长的‘虫队’”，“一对老燕和两窝雏燕，从飞来到归去，能吃掉蚊蝇、蝗虫和蝼蛄等害虫 10 万只，相当 20 个农民喷药治虫的工作量”，而“杜鹃的生殖方式特殊有趣，一次可产一二十只卵而借他鸟养育，它是生态平衡的维护者，又是农业、林业害虫的天敌。有人从一只杜鹃的胃里拣出了 300 条毛虫”。作者用简洁的文笔、浅显通俗的事理，诠释着“环保”这个重大主题。

“不经一番寒彻骨，怎得梅花扑鼻香。”正是谷庆池先生扎实工作，热爱生活，勤于思索，不懒笔锋，才有这么多诗歌散文佳作问世。但任何宏伟目标的实现，都必须地道地解决好“桥与船”的问题。请看那首《牡丹叶》，作者不去人云亦云歌颂“花开时节动京城”的国色天香的牡丹花，而别出心裁、另辟蹊径地去咏它“从不想去露一点芬芳，一辈子甘做无声的陪衬”的叶，真乃意味幽远！那《孔雀》《采宝石》等几则寓言，短小精悍，故事里面有哲学，令人回味。为弘扬社会公德，他用《生母婆母皆相同》《清明史话》讲介子推的故事等，宣传尊老敬老。而《四海风云》篇中四首小诗，取舍大胆雄阔，既有国内《西柏坡抒怀》，也有国外《莱茵河随想》；既有对首都的向往《红心向北京》，也有对五洲风云的关注《世界地图墙上挂》，真是七彩斑斓！

读书破万卷，下笔如有神，这该是谷庆池先生文笔洗练，遣词造句游刃有余，天南海北知识信手拈来的根基和缘由。这本文集后部《文苑散语》中，画评、剧评、影评均有。评崔颖摄影作品，“题材广泛，形式多样，富有感染力，选材取景，颇具匠心”；评刘志义的水彩写意画，“笔简意丰，天趣自然……简洁明净，不枝不蔓，含蓄隽永”；评影片《柳暗花明》，“田嫂养蜂酿蜜的意义，不讲待遇讲贡献，不比报酬比风格，一心想四化、干四化”……真是画龙点睛，掷地有声！《“删繁”与“就简”》这篇千把字散文中，就有郑板桥的诗句“删繁就简三秋树，领异标新二月花”；欧阳修的名篇《醉翁亭记》之“环滁皆山也”；“陈景润的论文，原文达 200 多页，听名家闵嗣鹤教授建议，简化成深邃隽永的篇章”；前人画竹“莫将画竹论难易，刚道繁难简又难”；牛顿对开普勒和伽利略学说的删繁就简；“电子计算机从开始的几十吨重几层楼高”到“现在已经可以放进小学生的文具盒中了”。真是一叶知秋，窥斑见豹，我们的朋友谷庆池先生为作好这一小文，该积累、储蓄多少宝贵的知识做基础啊！

当然，不是说这部文集已完美无缺了，如言语的运用，如某些篇章的立意还可更深更阔些等，都有待作者做出新的努力。但谷庆池先生正值年富力强，在国家一个执法机关朝气勃勃地工作着，文学创作也处于一个旺盛的收获期。愿他再厉深进，有更多更好的作品问世！

好人一生平安，我们衷心祝福他。

魏献青《到塔克拉玛干去》序

我羡慕魏献青，早早去了新疆。正如他的名字一样，为了祖国的石油事业，他在西部贡献了青春，也献出了健康，积劳成疾，但是他确实在那里找到了石油，也找到了诗。

新疆是诗的沃野，距今1500年以前，在那里诞生了中国边塞诗。“千里黄云白日曛，北风吹雁雪纷纷”（高适《别董大》），“一川碎石大如斗，随风满地石乱走”（岑参《走马川行奉送封大夫出师西征》），第一次把奇丽瑰玮的西部风光展示给世界。魏献青出生在冀南平原。最早从高适、岑参、李益的边塞诗里认识了新疆，无限向往之，中学毕业选择了石油物探学校，立志“到塔克拉玛干去放牧钻塔”。与唐朝将士的命运不同，他不是去沙碛大漠里攻城略地，而是到戈壁滩上寻探石油。所以他的诗里没有“不知何处吹芦管，一夜征人尽望乡”（李益《夜上受降城闻笛》）和“可怜无定河边骨，犹是春闺梦里人”（陈陶《陇西行》）的征夫怨、征妇怨。他的诗是“巴郎子手上热瓦甫的琴弦弹奏着西域的热烈”

（《天山之夏》）。

魏献青的石油诗不过六七十首，薄薄的一本，但是分量很重。他的诗大都写得精粹，是当代边塞诗中不可多得之作。不仅继承和发扬了传统诗的刚健清新，富有浓郁的中国气派，还汲取了五四运动以来新诗和外国诗的营养，形成一种开朗豪迈、纵横恣肆、诗意简洁、音乐嘹亮的艺术特色。感觉有以下特点：

一、语奇体峻，情意亦奇。诗人善于结合地理环境的特点，通过独特的视角展示人与自然的关系，真实而又夸张，融入自己切身感受，如《我的一天》："清晨，我唤醒太阳，和它一起到原野去丈量地平线……当我登上山巅时，就像矗立起一根高大的旗杆，微风吹拂衣衫，恰似一面彩旗招展。"想象丰富，意境高远，情能生文，又足传情。

二、粗犷勾勒与细节描绘相结合。诗人还善于从久远的自然背景中，捕捉瞬间动态情景，加以渲染，虚实结合，夸不失实，奇不离真。如《谐和》："当晚霞映红了天空的时候，喧嚣便跟了太阳，爬到山的那边。蓦地，一只蛐蛐鸣叫在草丛，唱破辽远厚重的天空。"情景交融，以物喻人，妙趣横生，突出表现了险恶环境中石油人的高昂斗志和必胜信心。

三、思绪复杂，言语简洁。诗人长期置身戈壁大漠，形成粗犷简洁的性格，这种性格表现在诗中，就是粗犷简洁的风格。"风儿、月光，三叶杨，沙沙。大地、沙丘，找油郎，鼾声、梦呓，哈哈。"（《露宿》）突兀而起，戛然而止，不加雕饰，浑然天成。

四、节奏明快，音调嘹亮。音乐性是诗与散文的区别所在。诗人是工人阶级队伍中的知识分子，诗风上不同于"石油工人一声吼，地球也要抖三抖"那种民歌体，也不同于咿咿呀呀、卿卿我我的学生腔。他把青春的感情、劳动的节奏和大漠的雄浑结合在一起，形成自己诗的形式，欢快活泼，朗朗上口，易懂易记，便于流传。

当然，这本集子中有些诗不免流于直白，缺乏意境，个别语句也欠精练。要克服和解决这些问题，不是一朝一夕的功夫所能办得到的。希望诗人在今后的创作道路上，继续学习和借鉴古今中外优秀诗人的创作经验，努力探索，走出一条具有独特个性属于自己风格的诗歌创作之路。

梅九寿《说唱集》序

我和九寿是文字之交。未见其人便先见到了他的诗和剧本。恰巧那时省里有精神，要求县剧团的剧本60%自编。在全县遍选写剧本人选时，我第一个想到的便是九寿。

1963年洪灾后，全国劳动模范、合作化时曾被毛主席誉为“群众所信任的领袖人物”的王志琪同志所在的邢台县南会大队，抗洪救灾，起沙垫地，成为全省的一面旗帜。《河北日报》曾以《改天换地一杆旗》的通栏标题报道南会事迹。县委决定大张旗鼓宣传南会人人定胜天的思想和战天斗地的精神。成立剧本创作组，编写剧本，搬上舞台，自然是群众喜闻乐见的形式。任务落到我头上后，我物色的第一个人物还是九寿。

“四清”运动时，我作为资料员，随当时的邢台县委书记何耀明同志到南和县搞“四清”。邢台县文化馆办的《好社员》由我主编，我走后，报纸不能停办，便由九寿接替我继续办。一连几期过后，不少人竟看不出换了编辑。

“文革”开始以后，我被当作“修正主义的苗子”，如过街老鼠，难得九寿待以座上宾。那时我新婚不久，妻子还在邢台。每到那里，以他家为避风港湾，九寿夫妇热诚照顾，使我在风雨飘摇中获得暂时的平静，享受生活的温馨，这自然是一种患难之交。所以我在《求索集》序言中说:“九寿行伍出身，有此侠肝义胆，沉着机警，有胆有识，又有分寸，是值得依赖的朋友。”

九寿文学功底扎实，涉笔广泛，能写多种文体的文章。对于九寿的杂文，中国作家协会创作研究室副主任李炳银先生在为九寿的杂文集——《偶得集》所写的序言《带刺的梅》中，做了充分肯定，给予很高的评价。李先生说:“看了梅九寿的杂文，我以为他许多的文章因在立意、论述表现方面都是鲜明精到的，对于社会生活中的丑陋之态的批判也是大胆严厉的，读之确有顺气正色之感……但像他这样言之有物、抨之有据的好文章，似乎较少有社会呼应与反响，这是有点让人遗憾的事。”还说:“梅九寿的杂文，表现了他人格的正直不阿，同时也表现了他修养的多样和丰厚。他的杂文不光目光敏锐，而且富于文化品位，每论一事，旁征博引，古今中外，举一反三，时常给人一种知世论事的通透感。”

我在《求索集》序言中也说过:“读九寿的杂文小品，似有斗士的影子。他敏锐的思想触角伸到社会各个领域，体察时事，或褒或贬，好的称赞，绝不逢场作戏；坏的批评，不乏仗义执言。他思想犀利，善于从平凡的事物中发现端倪，解剖辩论，入木三分，发人深省。”

九寿的曲艺作品，原在邢台工作时，听文化馆的同志演唱过。他的曲艺作品注重思想性、故事性和趣味性。思想性当然是文学作品政治标准所要求的，也是九寿党性原则的体现。他的曲艺段子或长或短都在宣传一种思想，宣扬一种精神，无不蕴含着深刻的道理。故事性和趣味性，可以说是艺术标准的要求，是九寿文化素养、文学功底的表现。中国的老百姓喜欢听故事，而且喜欢听妙趣横生的故事。九寿的曲艺段子恰恰具备这样的特点，这也是他的曲艺作品力量和生命力之所在。

九寿的曲艺作品，具有鲜明的时代色彩和浓厚的生活气息。尤其近年的作品，几乎都是以经济建设和精神文明建设为题材的，而且几乎每一篇作品都洋溢着炽热的时代感情。通过这些作品所反映的丰富多彩的现实生活，既使我们看到了改革开放的社会面貌，也使我们看到了人民群众崭新的面貌，看到了这样一个现实：在我们生活当中，新人正在诞生和成长。而且在九寿满腔热情歌颂的新人形象中，很多都是属于青年一代的新人形象。如《摔碗》中的孙媳，《吃面条》中的儿媳，《杀鸡》中未过门的女婿，《交款儿》《见面礼》中的年轻会计员、青年工人，以及《一只鸡》中的战士等。从这些新人形象身上，体现出了一种只有在我们的时代才可能出现的高贵的品德和性格，这是一些有着新的精神世界的人，他们以自身先进的思想和行动，为我们树立了活生生的学习榜样。

九寿曲艺作品的另一个特点是取材广泛。有来自民间故事的，比如《摔碗》《忌讳》；有来自书本的，比如《狐假虎威》《十五贯》；有来自趣闻笑话的，比如《解词》。当然，更多的是来自生活，来自处处留心——留心身边的新人、新事、新思想、新风貌。读或者听九寿的曲艺作品，犹如在春风中徜徉，令人心旷神怡；好像品尝一杯清醇的美酒，沁人心脾；又像欣赏一曲轻音乐，使人心驰神往，梦绕魂牵，使人不得不产生联想，不得不为之所感、所悟、所动。

正因为九寿“人格的正直不阿”和“修养的多样和丰厚”，表现在为人与为文上总会体现出真、善、美的追求和向往。他不牵强附会，常常依据掌握的素材，当写杂文时写杂文，当写曲艺段子时写曲艺段子，同时，还写剧本、小说、理论文章。他的散文《龙化话“龙”》曾获河北省“丰收杯”优秀作品奖。他写的理论文章，多次获河北省社科学会和河北省党校系统优秀论文奖。九寿同志多才多艺。纪念毛主席百年诞辰时，他的书法作品还在邢台市书展中获了奖。他的名字1993年被收入《河北当代文艺家名典》。业余时间，九寿还唱得来京剧、豫剧、曲剧等。在一次和杨冬葵、杨冬蕲、宋聚丰、甄德圣等相聚时，他唱的《朝阳沟》选段，不但字正腔圆，而且韵味颇足，悉心欣赏，真像听王善朴的原声磁带。

这本曲艺集无论思想、艺术都足以自慰，会引起社会反映，并在精神文明建设中起到积极作用，收到良好的社会效果。

诗词创作水平亟待提高

一

诗词复出二十多年，从销声匿迹到重见天日，一派兴旺景象。爱好者达百万之众，会员数以万计，报刊雨后春笋，诗集漫天飞舞，大赛此起彼伏，的确形势大好，让人扬眉吐气。但是较起真儿来，还不可盲目乐观，更不可沾沾自喜。因为表面兴旺的后面，还潜藏着一定的危机，数量下面缺乏质量的支撑。常常翻完一册刊物，一本诗集，多为平庸之作，记不住一个人、一首诗，甚至不见一个警句。面对新时代、新生活，不是某一地域，某一群体，某一诗人，而是诗词整体显得“江郎才尽”。

与“五四”以后的新诗对比，同样是二十年，从1919到1939年，新诗让人耳目一新，人才辈出，郭沫若、徐志摩、戴望舒、闻一多、臧克家、艾青、田间，群星灿烂，他们的代表作在人民中间广泛流传，在政治生活、民主进程中起到了重大作用。就是新中国成立后的十七年也涌现了郭小川、贺敬之、李季、公刘、闻捷、张志民、李瑛等一大批公认的优秀诗人。而诗词复出二十多年，尚未产生足以让社会公认、拥有广大读者的诗人诗作。连“初唐景象”也还没有看到，因为还没有出现“初唐四杰”。

复而未兴、繁而未荣的另一个标志，是目前诗词作者尚局限在一个小圈子之中，主要是部分离退休干部，高等学校教学、研究人员，尚未走到人民大众中间，尚未引起广大青少年的兴趣。而广大群众和青少年的参加，才是文艺兴旺的主要标志。老年人富有生活阅历，但多数老年干部和知识分子，生活无忧无虑，感情不冷不热，缺乏诗的冲动和激情，处于应酬和随流，难有佳作。而青年是朝阳，是春天，是时代激流的弄潮儿。古今中外的诗人力作，大都出于青年时代。通常说，诗歌是青年人的艺术，散文是老年人的艺术，是有其道理的。

造成诗词苗情不旺，长势不好，收获不丰，主要原因是历史造成的。“五四”以来，诗词断档，几代人“失学”，田园荒芜，青黄不接。不仅广大青少年不懂诗词，连中小学语文教师，大学中文学教师，报刊文学编辑，也只有极少数懂得诗词创作，熟悉诗词格律。所以面对诗词复兴，各种条件尚不成熟，准备不充分，先天不足。

二

也还有诗词本身的因素。

思想方面，中国诗学与儒学几乎是同步发展的。先秦思想活跃，百家争鸣。汉初罢黜百家，独尊儒术，儒学得到充分发展。统治阶级的思想就是统治思想，儒学的修身齐家治国平天下，成为历代诗词的主流思想，诗人们形成浓郁的士大夫情结，甚至现在还是如此。一个千古不变的主题，历朝历代，那么多诗人都在重复，形成一个思维定式。思想创新何其难。

儒家文化是中华文明的主流，博大精深，影响深远，这是事实。但也不能说十全十美，没有一点局限性。实际上它也是随着经济和科技的发展，不断发展变革的。“五四”以后的新文学，包括新诗之所以取得重大突破，取得骄人的成就，就是进步思潮和先进知识分子思想革命的结果。

也还有另一方面的问题，中国古典哲学，除了儒学之外，还有老子、庄子等，也都是中华文明的精华，还有外来的佛教文化，源远流长。因为不曾进入思想主流，所以在传统诗词中没有充分的反映。只有陶渊明、王维等少数人的诗中有所体现，但相对于他们的精神财富来说，在古代诗词中所占的份额是很不够的。对于诗词来说，最高境界应当是哲学境界，最好的诗人同时应当是哲人。但是儒学通常的士大夫情结、忧患意识、人民性，多数还停留在政治层面。如果诗词面向古今中外的哲学，把诸如辩证唯物主义、人文主义、天人合一、环境意识、地球意识，运用于创作之中，就会获得更加广阔的思想空间，实现更加充分的百花齐放。

也还有形式问题。形式是文学的存在方式，是文学样式差别所在，各自拥有独立的旗帜。内容和形式完美结合，才是好诗。音乐美、建筑美是诗词的魅力所在。当代人欣赏古诗，往往内容是次要的，形式成为主要的。

当前流行新诗的受挫，除了失神之外，还有失形。失去诗的形式美，也就失去了魅力。我感觉流行新诗其中一个问题出在翻译上。诗是不能翻译的，不同民族语言、音韵、格律和双关、谐音等一些技巧是无法翻译的，西方诗歌的轻重音我们就没有。翻译诗是译者自己的再创作，可能与原诗相差很远。波德莱尔的《恶之花》，有人翻译成长长的句子，王力就译成了四言诗。改革开放后，不少人崇拜西方现代诗，译不了就对位直译，更多的人按走了样的现代诗写自己的诗，依葫芦画瓢，以为这就是正宗，结果现代流行诗就成了今天这个样子。

当前诗词争论也往往重点在形式上。我的周围，一部分人指责格律不严的为“老干体”，另一部分人讥笑拘泥僵化的格律为“老朽体”。前者对诗词格律缺乏深入学习，还不大懂“游戏规则”。不懂曲牌、板眼、发音，也唱京剧，难免就唱到高粱地里去了。后者不把写诗当作一门艺术，而是当作一种技术，玩古董，找来一些旧意象、旧词汇，组装仿古家具，编织塑料花，只有空壳死皮，而没有生命和香味。如果大家都这样写，中国传统诗词这条流动的江河，就会“水往低处流”了。这与文学创作的宗旨是格格不入的。诗词创作不是回溯源头，而是探索未来。

三

诗词创作要提高，首先是学习。“君子不隐其短，不知则问，不能则学。”学然后知不足。“老干体”者，学才能入门;“老朽体”者，学才能“得鱼忘筌”。

诗词创作也必须懂得为什么人和如何为的问题，懂得生活是创作的源泉。“熟读唐诗三百首，不会作诗也会吟。”说得不够全面，从书本学诗，写出来就似曾相识，自来旧。只有到生活中、到群众中去，融入当今社会，才会有自己的发现，“文章合为时而著，诗歌合为事而作”，是连古人都懂得的道理。

诗词创作，也需要内容和形式的完美结合。诗的内容新了，形式也不能太旧。“诗文随世运，无日不趋新。”古人讲质文并重，文采包括语言美、形式美、音乐美。今天提倡诗词，不是“申请非物质文化遗产”，而是让当代的读者喜闻乐见，为广大群众和青少年所运用，用它去表现新生活，这样才能汇入新时期文学的主流。当然诗词形式的创新，不是着急之事，需要几代人的努力，需要水到渠成。但是也不能因此畏难而放弃努力。当前处于恢复阶段，继承和普及是主要的任务，形式上要和而不同，共同发展，鼓励创新。

王学新《古赵新吟》序

20世纪50年代毛泽东提出邯郸要复兴，但其中的含义并未被人们全面理解，因为有些人还不懂得复兴之路并不仅仅是“武安铁矿峰峰煤”。歌德说过，文学的退步可以表明一个国家的衰落，这两者在走下坡路时是齐头并进的。反过来说，文学的进步可以表明一个地区的繁荣，两者在走上坡路时也是并驾齐驱的。从这个意义上讲，复兴赵文化对邯郸来说是至关重要的。今天看了王学新的《古赵新吟》，喜出望外，可以毫不夸张地说，它是复兴赵文化的一个重要收获。诗集从头到尾，字里行间，充满着赵文化的底蕴，洋溢着赵文化的特色。

一、写邯郸人，说邯郸事。通过邯郸的名胜、名典、名人、名产，追忆邯郸辉煌的历史，表现今日邯郸新的生活，在赵文化的背景上对历史和现实进行再现和反思。“怀宝奉辞赴虏障，视身如叶斗秦王，刑将鼎镬仰天笑，完璧归赵炳史章”的蔺相如；“忍心舍子救孤婴，反在人前落骂名，待到雾开云散日，慰灵刎颈示忠贞”的程婴；“英雄抚剑含英气，玄塞紫津寒刃惊，鬼脸横戈添虎翼，邙山血战灭周营”的兰陵王，代表了赵文化的慷慨悲歌的一面。而“寸光之目实可叹，国危何以护长安，触龙妙出连珠语，一夜春风破冰寒”（《盛气凌人》），“标榜奇才善运筹，兵书熟背倒如流，长平惨败无能辈，贻笑千秋不尽羞”（《纸上谈兵》），“烽火仓皇外患忧，拓疆扩土志难酬，远瞻当自相和处，不让渔翁利坐收”（《鹬蚌相争》），显示了赵文化忧患意识的一面。这两者正是赵文化的主要特征。

二、言邯郸志，抒邯郸情。浓得化不开的乡土情结和怀旧情思，是诗集的另一个看点。一页页翻看，古朴民风扑面而来，诗人对邯郸的一山一水、一草一木无不带着深切的怀念和永久的眷恋。他生在山区，对煤矿有着特殊的感情，“魏武冰台石炭藏，逐时而进有新方，人间夸父今犹在，捉月追星赶太阳”（《峰峰煤炭》）。他从小劳动，对棉花热爱有加，“汗水浇成树树高，枝头叶底满青桃，花花世界谁装点，万里晴天涌雪涛”（《成安棉花》）。他居住邯郸，对阳河念念不忘，“春播绿色秋收果，波是年轮浪是歌”。乡土情结和怀旧情思，对作者来说，既是创作的动力，又是写作的主题。

三、写邯郸民风，道邯郸民俗。一个地方的民风民俗，千年传承，人情世故，是地区文化心理的积淀，是赵文化的重要组成部分。诗人对这些烂熟于心，写起来很传神。“三载同窗志向投，凤凰结对落山沟，乡亲栽下夫妻柳，枝恋根依两并头”（《戏里戏外朝阳沟》）；“庭院幽然花果香，石房石凳石头墙，悠闲自得桃源境，古朴民风春日长”（《长寿村农家小院》）；“海货山珍不再馋，农家风味反觉鲜，磁州一碗大锅菜，犹有乡情在里边”（《磁州大锅菜》）。在乡情乡思中体现了自然美和人与自然的和谐美。

四、怀旧题材，追求新意。赵文化有着两千多年的历史，所有的写作题材都古老而沉重。但是历史车轮滚滚向前，我们为的是复兴而不是复古，不能刻舟求剑，继承又必须创新。诗人特别注意这一点，“乾坤万物云烟过，尘世百年回首空，好梦人生谁不做，三更梦断理方通”（《游黄粱梦吕仙洞》）；“将军静坐庙坡岭，倍感当年鱼水亲，入死出生鏖战地，忠魂愿作护山神”（《将军岭》）。古为今用，古为己用，这也是写诗的妙诀。

学新从事行政工作，学诗的时间不长，因为肯于学习，肯于钻研，三五年间他的诗已经达到一个较高的境界。才情并茂，真情真景，情景交融，诗情画意，诗中多有妙意佳句，如“绕看藤萝觉趣多，忽闻流水武家坡，京腔京韵迷人醉，诱得画眉来唱和”（《漫步沁河公园》）；“眷恋坡头眷恋山，老成秋果甲弥坚，仁心仁义献仁爱，碎骨粉身无怨言”（《涉县核桃》）；“断崖经刻喜犹存，巨石摩天动客魂，莫问高僧多少卷，沧桑岁月万刀痕”（《摩崖刻经》）。尤其后半部写名产的作品，几乎篇篇精到，大有炉火纯青、水到渠成之势。

愿学新事业有成，诗书并进，乐在其中。

国印周《重元诗词》序

新诗内容低迷，形式迷失，日渐式微，导致传统诗词乘虚而入。然而，纵观当今诗词，虽有几分兴旺，但尚处于模仿描红状态，陈词滥调，鲜有佳作，照此下去，前途亦不乐观。近读国印周《重元诗词》，眼睛为之一亮，原来诗词队伍中，也有立志革新、锐意进取者。

当代诗词的发展，需要继承，更须创新。传统是流淌的江河，不能刻舟求剑，而是要不断吐故纳新，汇入时代精神，激起新潮新浪，形成洋洋大观。国印周是一位诗词革新的自觉实践者。国印周当过多年文化局局长，懂得当代诗词要存在发展，就必须成为社会主义先进文化的一部分，体现时代精神，表现当代社会，反映当代人民群众的喜怒哀乐，用优秀作品鼓舞人。同时，他努力熟悉艺术规律，注意继承和借鉴，并从浩如烟海的古典佳作中走出来，师古不类古，旧调翻新曲，融社会世情于音韵之中，纳褒贬毁誉于平仄之内，为古老的诗词形式注入新的生机与活力，使作品进入时代的潮流。“二重小调唱田东，夫灌田畦妻打灯。闻说种粮直补到，夏天收入长三成。”（《夜灌》）“读罢初中忙就业，路旁叫卖声声。雾湿鬓发露珠盈，可怜花季少女，抛面半山中。　　何不携书重返校，编织锦绣前程？只因二弟念高中，顾儿不顾女，甘愿自谋生。”（《临江仙·山中少女》）写新生活，运用新词汇和群众语言，情景相生，出语珠圆玉润，清新自然。

有些人学写诗词，重形式轻内容，重皮毛轻风骨，写出来的是假古玩、塑料花，毫无生气。原因是对中国传统诗歌精神缺乏了解。中国传统诗歌精神是对祖国和中华民族的由衷热爱，对人民群众的深切同情和关怀，有强烈的社会责任感和使命感，国印周对此了解比较深刻，致力于内容和形式的完美结合，他的诗题材广泛，讲究意境，美“刺”并用，雅俗共赏。

在创作题材上，他的诗包含了当今生活的方方面面。写山水田园，突出自然美、时代美、人文美。“真舒爽，处处有芳香。瀑落云崖生紫雾，霞蒸新杪染鹅黄，微雨润春裳。”（《忆江南·野三坡春日》）“亭台倒影印波平，涛涌苇花对晚晴，霞满游船归渡远，长空雁叫两三声。”（《白洋淀秋趣》）描写景物，造出一种幽静的境界，境界中透露诗人悠闲的心情，这就是韵味。写人物，善于抓住个性特点，惟妙惟肖，画龙点睛。写退休生活，注意把握分寸，突出个性：“三十八年痴梦还，不阑岁月未穷天，庭槐荚老还生雾，堤柳絮飘仍吐烟。月俸照拿常忐忑，虚衔骤接渐欣然，耕牛卧品反刍味，默守棚槽不务田。”（《赋闲》）写观花赏月：“俺家赏月笑声多，儿讲鸡场媳讲鹅，最是孙儿心气壮，要登火箭访嫦娥。”（《赏月》）描摹神态，刻画细节，妙趣横生。

国印周善于营构意境，以事寓意，引出道理，耐人深思。比如《杨》：“枝吐朦朦雪，芽舒饮露风，植根荒壑上，矗干碧空中。磊磊冲天志，痴痴涵养功。无奢方大器，默默亦成虹。”比如《柳》：“缘何称弱柳，众翠愧如斯。春冷舒芽早，秋寒褪叶迟。赏心悦目态，秀外慧中姿。默对风霜苦，刚柔俱自持。”精彩画面，拟人手法，引起读者联想，意境全出。

在表现手法上，或豪放，气势宏大，如《八声甘州·邓公复出》：“……虽是男儿无泪，岂肯等闲看。满腹兴都策，两袖箴言。　　民心党心又荐，率祛邪拨乱，匡正航船。践当年猫‘论’，特色释疑团。展宏图，腾龙玉宇，涤遗羞，港澳喜回还……”或婉约，细致入微，如《踏莎行·对语峰》：“似水柔情，如牵如挂，一别谁与悄悄话？今生但愿永相知，化成石柱告天下。”直率、婉约两种手法，泼墨、工笔两副笔墨，适用于不同场合，造成不同气氛和语境。关心国事民瘼，大胆针砭时弊，是国印周诗词的一个亮点。《市井十二态》，为当代的赌鬼、酒鬼、色鬼等画了像。尖刻诙谐中，融入嬉笑怒骂，笑骂中又含着怒火与泪水。值得一提的是几篇小叙事诗，《侍者吟》写一位初中毕业少女，因求职误入火坑，险遭不测，凭智慧和勇敢恢复了正常人的生活，揭露了不法之徒的卑鄙行径。《淑女行》写偏远乡村一位美丽善良的女青年，因年幼无知落入婚姻陷阱，经过由麻木到拼死抗争，在人民群众和政府的帮助下脱离苦海。作品正面描写了弱女子的悲惨命运，又从侧面揭示了封建残余势力的丑态，一些受害人法制观念的淡薄，少数执法人员的贪婪和弄权，正义的呼声和力量。情节一波三折，故事跌宕起伏，语言声情并重，读起来有白（居易）诗的味道。

更有一些直接反腐败的诗，如《正义之剑》：“欲做封疆吏，猖狂亘古无，鲸吞江海意，腐化世间殊，背靠升发树，胸藏窃国图，一朝春梦尽，邪恶必服诛。”痛快淋漓，入木三分。

豁达、乐观、向上，坦荡面对人生，是国印周的性格，也是他诗词创作的思想趋向。“堪笑秋风空较力，奈何芳圃不凋残。一川红叶接苍穹，老树经霜灿若虹。赏罢秋光情抖擞，骚人自此不称翁。”（《秋韵二首·赏红叶》）人生诗韵，诗韵人生，“庾信文章老更成”。

李文学《泉溪吟》序

文学同志的诗集《泉溪吟》先睹为快。鲁迅先生说过，倘要论及其人，必须顾及全面。文学这几百首诗散发于报刊，大都看过，而今再读一遍，对其诗心、人品有了深入了解，肃然起敬。

文学同志北大才子，石门翘楚，从事新闻、文秘工作多年，官运比较顺通而文心始终不泯。退休时正逢石家庄市诗词协会组织困境，众人推举，临危受命，高擎吟帜，一呼百应。既当“诗官”，又做“诗腿”，热情、人脉、经验三结合，发挥得淋漓尽致，使石家庄市诗词协会后来居上，领一方风骚。参与市词协会领导工作以来，谦恭勤政，虚怀若谷，大事小情处理得当，谈诗论艺高屋建瓴，深受大家信赖。他的诗风也和人品一样，古道热肠，真性实情，文字儒雅，修辞工整，给我留下深刻印象，尝试概括以下几点：

一、正大光明，信念坚定，诗心与民心、党心一起跳动。作为一名石家庄人，西柏坡自然成为他的精神支柱，时常“柏坡岭上忆当年”，“诗情如滹沱河水奔腾不息，诗句如石榴花火红欲燃”。“炉中炭火烬犹暖，壁上油灯影正高”，“卅年求索路，马列续新经。老眼今何亮，心悬闪闪灯”，感情真挚，形象生动。“两声务必殷而切，一道考题长更严”，已经融化在血液中。一方面对国家前景充满信心，“周期一律诡如墙，探索艰难路未央。不信迷魂归不得，良方早在柏坡藏”。一方面又知道赶考还在路上，“长征接力路遥遥，求索倍辛劳。果然赶考非易，糖弹胜钢刀”，忧国忧民，赤子之心。

二、多情多义，情深意笃，心灵与人民大众息息相通。百善孝为先，感念父母，孝心永驻。时常以诗凭吊，“慈父仙游久不回，三千六百梦长随”，“碧树丛中绿岛亭，晨闻老父唤儿声”。触景生情，声情并茂，感人泪下。手足之情，始终不忘，哭小弟英年早逝，“阎罗何事谬勾名，花甲犹亏一岁程。新号手机空祷福，从今小弟不呼兄”，睹物思人，工巧传神。文学同志为人随和，待人以诚，常常以文会友，以诗唱和，“嘤其鸣矣，求其友声”。“怀故土，傍烟村，由来狷介似狂人。谈诗论道抒雅兴，且共刘伶举一樽。”“高朋贺语浓而烈，闲来愈见情真切。情真切，估之无价，饮之无竭。”酒是友情媒介，诗是灵魂之酒，真性情中人也。君子之交，以友辅仁。诗人善交，将心比心。集子中有不少赠友诗，情真则有佳句，“幸有诚心留腹内，无求青史铸芳名”，“花间有蜜蜂先得，世外奇珍伊独藏”，“莫叹秋深气转凉，春温已在垄头藏。清风不作趋时舞，只为人间送褐黄”。评价朋友，也是在表白自己，朋友是自己的影子。

三、对老家有不解之缘，有乡情也有乡愁，翻来覆去都是爱。文学作为农家子弟，对田园诗情有独钟，有时是古典主义的审美自觉。“梦中听麦喜，醉里笑虫悲。农事龙年好，兴来歌一回。”“一夕甘霖送嫩凉，荷塘洒遍宝珠光。芙蕖不改清莲质，出水犹施淡淡妆。”舍弃大城市回到故乡石家庄，点滴变化都能诗兴大发，“振头已振时髦气，怀特常怀现代行”，“大道通天神仙篦，梳出满川秀发”，喜悦之情，跃然纸上。城市发展的细枝末节他都看在眼里，点化入诗。“绿行红止各依时，进退两由之。斑马立于斯。问谁敢、骄恣妄为？”“霍然离座便相迎，宛若遇亲朋。一笑已传情，不须问、君吾姓名。”但是看待家乡变化，也不是“一俊遮百丑”，诸如贫富不均、两极分化，看在眼里，痛在心上，恨铁不成钢，“半间小屋仅容床，下岗夫妻心倍凉。雪夜玩牌君莫笑，欲观电视叹空囊”。爱憎分明才是人间大爱。

四、读史游山，感慨万端，声声都是爱国。诗人是社会活跃分子，一颗自由奔放的心，喜欢在史册里、山水间畅游，而向导正是他们的良心。文学同志生活严谨，不苟言笑，内心里却是个热心肠，诗兴起来壮怀激烈。一同参加纪念五四运动90周年活动，听他即兴赋诗："五四忆当年，怒火烧天。赵家楼里缩群奸。九秩犹闻声似鼓，响震千山。"游雁荡山，看到"雁荡群峰竖剪刀，裁成幻影亦多娇"，进一步发挥："岩作骨，水凝胶，雕形塑魄寄风骚。天公意匠人难识，只任高明横侧标。"主观之情与客观之景浑然一体，仿佛看到他自己修长的身体也站成一座山峰，变成了一道风景线。

文学同志科班出身，潜心诗意，格律工稳，文字娴熟，熟悉生活，信手拈来，自出心裁，不蹈窠臼，清奇智慧，天真自然。其诗其人，足为燕赵长者。宝刀不老，来路方长，一定会有更大作为。

高天民《时光无痕》序

天民农家子弟，参军、上学，当过阜平县砂窝公社党委书记、阜平县县长、保定地区（市）粮食局局长、安国市委书记、保定市副市长、保定市人大常委会副主任。轰轰烈烈地从政，悄没声儿地写作，从长诗《白求恩之歌》，到长篇小说《转阳弧》，再到这部诗集《时光无痕》，水平稳步提升。在政界他是个文人，在文化界他是位领导，政声诗名双丰收。

一般见识，当官与写作相悖。其实两者非但不矛盾，还可以相辅相成。韩愈、柳宗元、白居易、苏东坡都是榜样。做官使人站在潮头，见多识广，胸怀博大；写诗的人身在民间，体察民情，善于表达——兼于一身则相得益彰。当然无论公仆还是诗人，面前需有真正二字做定语，不是被人加以引号。

天民爱诗与生俱来，经历与写诗同步，如形与影与神，写诗成为生命的一部分，须臾不曾离开，入伍把它带到军营，求学把它带到校园。在乡里工作久了，诗也多了，《山乡五题》《砂窝》，增加了生活的光彩。当一县之长，眼界变了，责任重了，思考也深了，“古来几度兴衰，百任知县历历，哪位没有彩梦，山川依旧睡”（《山城感怀》）。在水库移民村看到“村前静水残柳，村后枯草沙丘。移民正午饭，端碗笑迎太守，难受、难受，家家半锅菜粥”（《倪家洼移民村》）。想到“进深山，口子头。思悠悠，山野赤地何时甘霖流”（《访口子头》）。在安国他崇拜“铮铮铁骨砸不碎”的关汉卿，“年年不忘拜（药王）邳彤”，“走街串巷征民言”，决策建药都公园、祁州工业城。为官一任，造福一方，“披心沥血当图报，振兴祁州慰心愿”。

十一年副市长，他主抓对外开放、开发建设、商贸流通、市场建设等工作，颇有建树，春风得意，诗风也得意，“宣化会散又北行，千里绿茵，任我驰骋。夕阳落时进小城”（《二连浩特行》）。“眼前碧波千顷，开放大潮正涌。风起渤海湾，八方商贾相竞。涌动，涌动，东方睡狮已醒”（《漫步秦皇岛港》）。调查研究时心细如针，“一脸沧桑经世故。叙来创业万般苦。却道是，多一磨难增一福”（《访孙大午先生》）。招商引资气冲斗牛，“春风拂万里，吹度不列颠。五君随太守，组成招商团”（《赴英招商》）。走遍长城内外，大江南北；远赴欧罗巴、美利坚。本职工作的雄心壮志与诗人自由奔放的心，吻合，叠加，使他这个时期的诗既多又好。“顺风行船下九江，江岸黄花透芬芳。工厂如林马达鸣，改革春风溢满江。”（《从武汉达九江》）触景生情，情景交融。“突然间我找到了一个哲学的命题，人生最美好的东西就是向往。灵感是什么？灵感就是对事物认识由量变到质变的升华。”我喜欢他那组欧洲随想的自由体诗，距离产生美，陌生产生想象。“但丁如一轮皎洁皓月，照亮了中世纪的历史天空。”“我来到埃菲尔铁塔，金属连接筑成高大巍峨。不敢想象几百年后，也将变成一堆铁。”在撒哈拉大沙漠也感叹：“如果人类不重视它，或对它冷漠，或许有一天它将吞噬世界。如果有一天人类耗尽资源不能存活，可能未曾挖掘的财富就在撒哈拉沙漠。如果有一天世界性灾难来临或遇上病魔，可能人类生存的净地、安全港是沙漠。”但愿这扣人心弦的诗句不会变成一种预言。

诗者，心之苗，情之花，最让天民揪心动情的是他的故乡、亲友。他热爱阜平，几乎对热爱的山村都写了诗，“巍峨峰顶罩松柏，半山腰里长洋槐，山下更有杨连柳，绿荫深处是南台”。（《南台林业村》）“百户农家藏深沟，一年四季水长流，满沟核桃满山宝，山民致富欲冒油。”（《龙王沟村》）“百里枣村生小涵，秋阳初照正阑干，金风送爽遍地黄，枣农哪得一日闲。”（《牛栏枣树专业村》）对熟悉的许多农民朋友也写了诗：“逢人见面笑哈哈，三里五乡都敬他，不为巧舌人缘好，只因创业不顾家。”（《赠刘伟华》）“万仞山巅一农家，晨饮朝露午赏花。卧床静观旭日出，夜访北斗乘晚霞。”（《访王六十三老汉》）对山与人的描写，都善于抓住特点，表达一种典型的感情。热爱故乡和乡亲，尤其热爱家园和父母。“依北向南数间房，秀峰环绕成围墙。枣林相掩花迎客，南山日高正当阳。”（《瑞映南山》）大派山是他生命和诗歌的源泉，转阳弧是高天民的大堰河，是他心中的纪念碑，以它为名他写了几十万字的纪实文学，又写了《思父》《梦父》《古韵十八拍》几首诗。“春寒夜，又思去年亲人别。亲人别，父子亲结，生死泪血。长恨当年公务多，今日空憾却不得。却不得，父愿吾愿，满山绿歌。”父子情深，刻骨铭心。《转阳弧》是长篇祭文，诗是洒在墓前的酒。这样父亲不再是一个牌位，一张遗像，而成为一个艺术形象留在人间，传之久远了，这才是至孝。

当今诗歌现状不尽人意，新诗离开民族化，散文分行；诗词不够现代化，刻舟求剑，两股道上跑车。幸好天民是局外人，未尽潮流，也没染上流行病。他按照自己对诗歌的理解，沿着民歌与古典诗词相结合的道路，言志缘情，凝练明快，通俗易懂，朗朗上口，便于传诵，是用文字创造的韵律美。

天民同志永远呵护着一颗诗心，培育着一腔诗情，不停地思考，不停地写。这本诗集是他在诗的蜀道上攀登的一座里程碑，目标还在前面，“已有天机裁锦句，更凭灵诀气峥嵘”。

范峻海《竹涛集》序

范峻海老友，人熟诗也熟，评论时反倒为难起来。人太亲近就没了距离，而审美是需要距离的。人熟不讲理，往往感情代替了理性，有失公允。但是此事还不能推脱，因为是朋友。

近来对峻海的诗好评如潮，《诗刊》《中华诗词》都做了重点推介，不少诗友写了文章，我也难有新意，概括起来有三点看法：

其一，范诗自然。峻海生在冀南平原，像田野上一棵禾苗，自由自在地生长。少长从军，驻守巴山汉水间，多见林木少见人，终日与云影和鸟儿为伴，生命与自然形成依存关系，亲密而默契，你中有我，我中有你，年长日久便“天地与我并生，万物与我为一”。由“鸳鸯戏野塘，花影水生香。槌落青山动，粼光跃晚阳”（《山村浣衣女》），“傍堤芳草万丛花，朵朵白云映紫霞，飞去飞来多自在，宛如仙子舞轻纱”（《白鹭舒姿》），进入“人看花，人到花里去；花看人，花到人里来”的境界。轻松自然地描绘自然风光，把“山自苍茫人自闲”“好梦一叠白云边”的心境带入诗境，心静诗也静。

大自然是清新的，诗化的自然也便清新。大自然是美妙的，在诗人笔下也自然成趣。“风冻长空舞雪花，储藏萝卜吐新芽。手拉一伙小生命，一窖春光分几家”（《窖储萝卜》），“微风芳草雨沙沙，校外手撑十色霞。乍起铃声涌作浪，春光一片散千家”（《校门口二首》之一），是理趣。“家住深山长绿沟，嫁于秋色几分羞。春心一片枝头待，无赖北风揭盖”（《喇叭花》），“云压风紧赶横塘，湿透青衫意气扬。醉赏荷弦弹雨曲，喜捉诗句满书囊”（《荷塘听雨》），是情趣。“木锨飞舞似流光，吹尽浮皮麦粒黄。儿辈未谙农叟艺，试扬却弄一头糠”（《扬场》），是风趣。心情放松，诗句自然流出，朴素得像一位老农，天真得像一个孩童。自然、冲淡的诗里并不缺乏思想，思想是从形象中带出来的，先有形象，后有思想。

热爱自然，钟情山水，并不意味着无识社会，粉饰太平。审美的另一面往往是审丑，不忍大自然被破坏，不忍心灵被污染。不过他对世态炎凉，社会丑恶，表现得并不是疾恶如仇，咬牙切齿，而是把它们也看作一种人世生态。“西乡一去两茫茫，雁阵秋风恋晚阳。撩起黄昏回首望，老来泪眼转苍凉”（《重回西乡驻地》），以平常心对待，可以不动声色。“残墙断木已生苔，江畔白云依旧哀。燕子不知主人去，新泥犹补旧巢来”（《汶川江畔遗宅》），“衰草连天日渐沉，西风落叶可归根？高堂白发蹒跚影，老树稀枝寂寞门”（《母送儿归戎》），淡泊情再深挖就是寂寞心，心冷比身冷更凄凉。

其二，范诗豪放。题材广泛，吊古伤今，山川景物，社会风貌，无意不可入，无事不可言。“赋闲独享水一湾，笑看鱼儿争钓竿。钓尽晚霞红日落，甩得明月上青天”（《公园垂钓》）。“酒过三杯激壮怀，拂衣弹剑上云台。满城礼炮无须买，姹紫嫣红向我开”

（《元宵节四题》之二）。写生活感受。“扁担似弯月，汗水胜流泉。游客休争路，挑夫肩两山”（《岱岳挑夫》）。“大雾弥天地，怒风翻又抟。日观峰上客，人如小泰山”（《雾中日观峰》）。抒发旅游观感。都写得痛快淋漓，气势飞动。气是能量的积累，生命的冲动；势指发泄的力量，能量的载体。李贽说：“蓄极积久，势不能遏。”诗之气势，并非只是豪言壮语，而是诗人博大胸怀的吐露。“舱间清气水中栽，身侧飞流舰外开。欲赏长天云卷浪，开窗放入大江来”（《芜湖乘轮船至南京》），“风卷云头翻岭过，雾从壑底漫山来。任他雷雨滂沱落，高枕虬松卧九陔”（《登华山·遇雨》），投射感情，唤醒自然，情景交融，天人合一。声音中看出形象，色彩中听出声音，艺术形象背后更是诗人的形象。

诗风的豪迈，来自诗人性格的豪放。“嗟叹之不足，故咏歌之”，短歌不解气，则用长调。最代表范峻海风采的是《三峡工程放歌》《奥运风云放歌》《啸歌弹剑行》等一类的歌行体的诗，融叙事、写景、抒情、言志于一炉，直抒胸臆，自由奔放，无拘无束，甩开平仄对仗，无须修饰形容，不是感情选择语言，而是诗句推动感情，平仄走马，纵横驰骋。有时一韵到底，有时两换三换其韵，表达感情跳跃，思潮激荡，错落有致，转接无象。听之一气呵成，读之荡气回肠。

豪放，也并非声音越大越好，色彩越热烈越好。峻海的诗豪放得有节制，不是把感情发挥到极致，把力气用尽，而是自然而不勉强。“山巅哨所傲天门，牧月犁星夜夜闻。扯片流云擦亮剑，雄关扼守铸国魂”（《南国哨所二首》之一），夸张到一定程度，适可而止，恰到好处。不像 1958 年一首民歌：“一阵锄声卷入云，惊动天上太白星，拨开云头往下看，呵！梯田修上了南天门。”夸张过了火，脱离抒情主体，就成了吹牛。而“扯片流云擦亮剑”，是哨兵思想感情的延伸，诗人心思与艺术形象有机结合，自然而不勉强。还有一首诗《荷兰牧野》：“萋萋绿草漫无边，牛自逍遥鸟自闲。牧场遍寻无牧者，茫茫天地作围栏。”辽阔牧场，甩袖无边，一幅自然的风俗画。诗人漫不经心，寥寥几笔，自然成趣，写意而非工笔。正如顾随先生说，说话愈详，去诗愈远。

其三，峻海有些诗词，追求一种朦胧、缥缈、悠然自得的境界。“湖光水色夜朦胧，夹岸彩楼相送迎。莫问故人孰已醉？杯中明月酒中灯”（《乘舟夜游聊城东昌湖》之一），“七八渔火隐约明，两岸牧童捉乱萤。迎我驼峰逐我月，一帆清影满湖风”（《夜过山庄》），情景交融，虚实相生，化实为虚，造出一片想象境界，时间空间回环对照，给读者以想象空间。这种笔调古人称之为夷犹，写幻想意境，只可意会，不可言传。峻海正在尝试，时有神来之笔。还如《春野》：“春色无边一望收，牧歌荻管两悠悠。野花笑卧黄金被，鸟语压弯翠柳头。”《长相思 · 西乡》：“稻池香，荷池香，沟里樱桃醉汉江，一行白鹭忙。　　斑竹苍，汉竹苍，碧水蓝天恋鸳鸯，白云伴雁翔。”都是落笔缥缈，意在有无间。

与夷犹相反，峻海有些诗词也很讲究炼字。“客船靠岸瞬息间，招手村姑几问安。开牖争相频送酒，只赊微笑不赊钱。”（《码头小景》）这个“赊”字用得很妙，既有深意又传神。“青螺四壁抱渔家，湖影浮桥萦紫霞。蝶梦一打鞭上舞，牧牛三五品黄花。”（《山凹人家》）“品”字用得极好，把牧草的性状，牛吃草动作写得惟妙惟肖，一个字激活了整个诗。这种写法，使他豪放的诗风又加上婉约美，雄壮的山壁上点缀了黄花。但是这种锤炼也要适可而止，用过了就成雕琢，形象失去弹力。不如夷犹之美，软而有力。

老朋友，知无不言，话就多了。

尹耀增《心涛集》序

拿到《心涛集》诗稿，十分惊奇。耀增同志，政界精英，曾任邢台广宗县委书记，邢台行署副专员，邢台市副市长、市纪委书记、市委副书记、市人大常委会主任等职，阅历丰富，运筹帷幄，政绩斐然，竟然还有如此雅兴。常人眼里，领导干部日理万机，哪有心思去赋比兴？细想起来，也不奇怪。自古诗仕一家，相得益彰，屈原以后不胜枚举。岳飞、文天祥以诗明志；白居易、苏东坡政声诗名并存；当代开国领袖们，多有诗人本色。“莫言马上得天下，自古英雄尽解诗。”况且官员写诗更有优势，宦海沉浮，体验深透。

取名“心涛”，正合诗义。“为天地立心，为生民立命。”诗人少年立志，苦苦追求，涌到眼里就是泪，迸发出来便是诗。诗集给我留下这些印象：

一、胸怀广大，诗心纯净。号召援藏，他挺身而出，“不望吾曹名禄显，唯谋藏域太平兴”。扑灭山火，抗击洪水，身先士卒。援藏五年，是他人生的辉煌，也是诗情的超越。“我跨飞龙破雾去，乘风直上御长空”，“草木犹知护大汉，男儿何惧戍边疆”。正气凛然，古道热肠，热得发烫。

二、崇尚孝道，执着爱情。“一年一度又清明，雨朦胧，路泥泞，老酒一杯，携子祭先宗”（《清明祭祖》），孝心感天。怀念妻子的几首诗更令人感动：“明月照楼台，多情枉自猜。夜深闻犬吠，倩影梦中来。”（《夜思》）“玉阶空伫立，宿鸟返巢急。望断云端路，归期可有期？”（《怀乡》）思念至深，进入幻境，超越时空，爱之境界，也是诗的境界。

三、热爱农村，体贴农民。“婉转清歌送暮春，酥香沃土醉农心。不贪花色千般艳，只报新粮万斗金。”赞美布谷鸟，他自己也是一只布谷鸟，“灵喉啼破心情愿，天际飞来祝富音”。他熟谙农事，四时八节都有诗。风调雨顺时，“夜来一场及时雨，瓜豆秧苗分外新”，久旱不雨时，“何时盼到甘霖降，无奈西天又火云”喜怒哀乐与民相通，真正进入角色。

四、关心政治，忧国忧民。诗心与公心、民心相通，汇成一种事业心、正义感，期望社会清明、官场廉洁——“我盼顺德德政顺、清风无愧上楼台”。满怀激情讴歌建设成就——“神农甘露汇丹江，越南阳，过龙冈，浩浩汤汤，千里送琼浆”。更关心人民疾苦——“朔风忽至雪逐秋，寒透衣衫冷透楼。此刻谁怜棚户众，何时送暖到心头”（《深秋》）。更痛恨官场腐败——“几处豪宅几处累，几家欢乐几家忧”。有歌有哭，真正的燕赵风骨。

五、纵情山水，寄寓怀抱。豪放的性格与祖国大好河山一拍即合，撞击出诗的火花——“一代天骄战未休，千秋功业变荒丘。王侯将相今何在？唯见黄河日夜流”（《游成吉思汗陵》）。平常事物也能发现新奇——“源自天山冰雪间，穿行地底岁三千。涓涓乳液滋戈壁，不事喧嚣不见天”。开合自如，动静相宜。《地球仪》一诗：“擎球在手转时空，万国苍生尽入胸，四海五洲皆一体，相争何苦不相容？”仁爱之心超过国界，成为地球意识。耀增同志的诗词格调高昂，气势汪洋。以口语和白描写诗，能产生巨大的艺术魄力，何以然？以情动人。古人云，“好诗不过近人情”，“生非情种莫耽诗”。诗人多情，有“大我”之豪情，也有“小我”之柔情，用侠骨柔肠一语概括，比较适宜。诗的情调，一曰正，无萎靡气，不阿世态；二曰真，真情本色，无虚情假意；三曰自然，不事雕琢，无矫揉造作。三者归一为朴素，朴实无华。朴素是艺术的高境界。

情之高度在趣，趣能为情助燃。“尘霾笼罩度严冬，背井离乡半室空。盼到春风一夜吻，嫣红姹紫满牛城。”（《牛城早春赏花》）把一个沉重的主题，轻描淡写，调侃一下，举重若轻。“滴尽残烛盼夜永，黎明无奈痛别时。悄悄拭去腮边泪，切切真情我自知。”（《赠妻》）“敢问同乡渡海客，祠堂容否我留存？桥头老杏花开未，可见我家植杖人？”（《台湾荣民三述》）前者用了盼、痛、拭、知四个动词，后者用了四个情节片段，分别展现了两出抒情的折子戏，有人物故事，有起承转合，甚至可看出作者的“四功五法”和表情色彩。

诗人的诗歌尚未达到炉火纯青的地步，但是对诗的理解已届相当高度。比如对仗的运用：“马作追风快，弦弹塞外声。今宵游乐地，昔日抗倭营。”“沙迷古道驼铃脆，风劲高原落日红。棘草丛生淖尔绿，白云淡抹远山青。”“桃花似锦蝶争舞，柳色如烟莺斗音。朝品新茗风惬意，夕酌陈酿雨销魂。”工整、精巧，很大程度上增强了艺术感染力。

因为乡谊，耀增不以我迂腐，我亦不能负其嘱托，聊发所感，不敢言序。

美的追求——《梁剑章诗词选》序

第一次见剑章，是 23 年前（1993 年），在他的报告文学集《美的旋律》的讨论会上。当时觉得作者还真是个美男子，西装革履，谈吐儒雅，在以“土”闻名的庄里文人圈内，是个另类。之后，他美的旋律一直唱下去，绵延不断，越来越动听。不仅爱美，而且会美，居然脱离了官场，选择装饰装修为业，直接去美化人民的生活。后来又投入散文、诗词工作，深入人民感情世界，用一双爱美的眼睛去发现美，表现美，从物质到精神，由外及里，虚实相生，把对美的追求当成一种信仰，一种修炼。

剑章生长在农村，最初的美学观在大自然中形成。当过村、乡、区级干部，新闻记者，报刊总编，还是河北省散文、诗词两家学会副会长兼秘书长。他自幼喜欢舞文弄墨，写过公文、新闻、报告文学、散文、诗词，十八般武艺都练过，最钟情的还是诗词创作，本质上还是一位诗人。这套诗选，历时23年，收录3000首诗，几乎“日课一诗”，以诗记录自己的工作、生活和心路历程。可以说，诗已经成为他生命的一部分，融化在血液里，落实在行动上。诗化生活，生活诗化，让人羡慕，让人感动。

通读剑章诗集，处处跳动着一颗赤子之心。受环境和教育影响，诗人的赤子之心又与社会公德心、民心相融合，相表里，汇成一种为国为民的事业心和责任感。他的诗里常有一个“心”字——“锦绣蓝图灯下绘，经年伟业海中酬。但期心共云端翥，驶向春天第一舟。”（《七律·沈阳行》）“十载商风催浩荡，一腔心血透关山。春风正待吹杨柳，只把诗心向远帆。”（《七律·南通审稿》）“未了心声未了情，相依国企展新旌……谁知多少神来笔，都在寒霜雪月程。”（《七律·南阳陶瓷市场行》）自己说是“金风巧奏装修曲，步步行来步步诗”（《鹧鸪天·津门行》），毫不为过。

剑章做人阳光，对人热忱，做事大方，诗如其人。他的诗象正气、大气。“扮美家居路几何？春风十载走长河。流通浩浩催新艳，市场泱泱舞大戈。放远舟帆知进退，欣凭慧眼识潮波。创新赢得旌旗举，更踏征尘奏凯歌。”（《七律·北方地区建材市场论》）“且斟小酒对良辰，北国风光冰上寻。有雨祥云添瑞气，无尘俗界静禅心。已收昨日清霜鬓，但觅今宵大雅音。把盏千杯犹未尽，畅谈彻夜总销魂。”（《七律·哈尔滨行》）诗中饱含感情，激昂慷慨，显示一种久在商海、气定神闲的战将风度。大气，诗中就有大气象，“不怕双肩担日月，笑看两鬓凝霜雪。唤东风，舞动赤旗旌，朝前跃”（《满江红·西北行感怀》）。正气歌就有正能量，“望朝阳产业正初升，鼓浪大潮中。喜黎民富裕，远抛贫困，焕发新生。扮美温馨居室，步步向高行。装饰琼花秀，放眼光明”（《八声甘州·建筑装饰赞》）。写出了气氛，写出了境界，容量很大。

有的人写诗只是小我，卿卿我我，磨磨唧唧，腻腻歪歪，唠唠叨叨，畏畏缩缩，唯唯诺诺，概括为一个词就是小气。剑章诗中的我是大我，没有一己悲欢、个人恩怨。他爱党，爱国，关注社会，关注民生，用诗来抒发胸中的炽热。他爱自己所从事的事业，将诗心、诗意注入建材装饰、散文创作、诗词采风中去。他热爱家乡的土地，热爱生活在那里的亲人，热爱同他并肩工作、战斗的同事、战友，为他们讴歌、鼓励、点赞，鞭策他们在各自的工作岗位上做出应有的奉献，实现他们的抱负。

诗人自由奔放的心，自然喜好放浪生涯，纵情山水。剑章难得爱好与工作一致，也许是有谋而合，可以轻易地游遍河北，游遍全国，写了许多山水诗，数目约占诗作之半壁江山。山水诗难写好，因为前人写过，“眼前有景道不得，崔颢题诗在上头”。剑章有优势，机会多，腿长眼宽，“健步天台作胜游，林涛雾海望中收。红岩直插云端上，幽径暗通天尽头”（《七律·登临城天台山》）。“弯弯石板路，直入壁岩中。举目千藤绕，穿行百洞通。”（《五律·贵阳天星湖》）新辟景点，他来了就是发现、独创。还有一首写南阳白河的词：“夜色温柔，白河如练，长桥缎带霓虹闪。波光明镜走粼粼，风吹绿野牵飞燕。　　星月交辉，暖风送软，举杯对饮家居宴。圣贤故里赏芳春，胸中大计冲江岸。”（《踏莎行·白河赏月》）南阳之行，我也在场，老景点写出了新意。“白河如练”“暖风送软”，这些句子尤为传神。

但是，诗人面前的世界并非一片光明都是美好，也还有阴暗丑恶，不能一白遮百丑。剑章的眼里容不得沙子，常常路遇不平

"拔诗相刺"。对当今社会的腐败之风，他深恶痛绝，不能容忍，发出"移步草堂感慨多，犹闻工部再悲歌"（《七律·杜甫草堂》），"可叹当今公仆里，悠闲度日酒茶中"（《七律·乐山大佛》）之叹。爱憎分明，忧国忧民，这也正是中华诗词的传统和风骨。

有的人写诗故作高深，佶屈聱牙，让人带着古汉语字典去读，还是读不懂，就奉还作者，自己逍遥去了。剑章的诗不这样，通晓明朗，雅俗共赏，所以能在业界和民间流传。究其原因，一是写现代生活，二是口语入诗。"青葱绿色此中看，温室大棚造景观。烙饼馒头鸡蛋笨，大锅菜里粉条宽。"（《七绝·临城行》）"研改制，调结构，扩商流。融通资本，积累实力驾方舟。注重提升档次，赢得联盟合作，乘上紫骅骝。数载秋光里，硕果望中秋。"（《水调歌头·张先宏董事长赞》）身边事，家常话，格外亲切。有时还幽默一下，"千里轻骑到吉林，清风习习洒凉身。鼠标频点经营计，银键急寻市场魂。离故土，远芳邻，灯前备课正凝神。忽然邀饮铃声至，又误石门酒一樽"（《鹧鸪天·失约》）。

3000首诗，不是流水账，不时有妙语蹦出，"晓日映山秀，流云破海飞""红绸剪去昨天貌，俏舞摇来今日芳""绵延峻岭层层树，水洗蓝天淡淡云""总是精诚催业旺，但凭勤奋育花繁"，让人记住，回味无穷。有时，是一首完整的诗让人不忘："小荷初绽会新朋，踏访赣州古道中。杯底清茶寻往事，江心老酒话今情。如诗岁月纤纤影，凝鬓风霜缕缕踪。几载翔游装饰里，也存酸苦也存荣。"（《七律·赣州行》）思想、艺术近乎完美。

美的追求，美的征旅，塑造着美的灵魂，实现着美的期盼，弹奏着美的旋律，开垦着美的梦想。剑章年富力强，来路正长，创作的时间和精力依然看好，不断勤奋努力，会有更好的收获。

读《赋真诗集》

（杜）福贞的诗词创作，短期内有长足进步。我想原因有二：一是早有准备，修养丰厚。从前忙于工作，无暇于此，一旦退居二线，启动追梦之旅，厚积薄发。二是符合艺术规律，少走弯路，径直向前，捷足先登。

一、写自己。诗言志，诗缘情，自己才是情感的能源。不少人写了一辈子诗不懂这个。描山绘水，记人咏物时，有景无人，有人无己；只有客观，不见主观；只有共性不见个性，类型化写作，少有真性情。诗贵自我，不见得要作者篇篇出场，站在一线，但是至少要站在幕后，让人看到自己的影子，读到自己的经历、自己的感受、自己的追求。不管写人咏物，都是塑造诗人自己的形象，形象越鲜明，感情越浓烈，思想越深刻。《鹧鸪天·回忆》中写道："净面饼，虎吞食，父亲旁看眼圈湿。至今此景成追忆，只悔当初懂事迟。"场景像一出折子戏，人物都动起来了，自然打动人心。

二、写现代生活。一个时代有一个时代的艺术。毋庸讳言，诗词这种形式风流已过，难成主流，让人接受，至少要旧瓶装新酒，让人感动，应该有好滋味。诗词也是如此，只有改革才能获得新生命，改革首先是内容改革。有人说，我也装进了新生活，别人看了还说自来旧，为什么？缺少时代精神。生活是新的，意识是旧的。福贞明白这个道理，就写出了新意。

三、现代口语入诗。不少人写诗，只会用唐诗宋词式语言，不会说今天的普通话，以为那样才够味儿，不屑于口语白话。其实，一部中国诗史就是追求诗的口语化的过程。诗词来自民间，来自民歌。《诗经》《乐府》是口语民歌，文人采风，变为己有，慢慢脱离群众，脱离口语，写着写着就变了味，僵化了，没了生命。有志之士重新回到民间，向民歌学习，口语入诗，创造新的形式，唐诗、宋词、元曲都是这么诞生的，《唐诗三百首》就是当时的流行歌曲，佶屈聱牙是流传不下来的。口语生动而鲜活，用了就出彩。《卜算子·拜年》："白首寿星翁，晚辈成群站。叩拜之声喊未停，跪倒人一片。"别看白菜豆腐粉，吃着都香甜。

诗词创作也还有一些门道，随着深入了解和实践，福贞还有更广阔的空间。

陈金锁《沛槐诗草》序

艺术之苑，也有它的生态规则。新诗潮以意识和语言的创新、陌生化赢得了一部分中青年诗歌爱好者，但同时它暴露出来的晦涩和粗俗也失去了至少数量相等的中老年读者。针对欧风美雨，中华诗词兴盛起来，现代诗的失误给传统诗的优长提供了一个复苏的机会。

在众多的诗词作品中，我比较赞赏陈金锁的《沛槐诗草》。金锁年过40，属于被耽误的那一代。他出身贫寒，学历不高，种过地，练过武，杀过猪，以后多年在公检法战线，按说与咬文嚼字风马牛不相及，可是他偏偏写起诗词，而且写得那么纯熟老到。强烈的反差让人惊讶，也许这正是金锁诗词的价值所在。

乍一看，清丽，幽雅，金锁有一种地道的婉约诗风。描写山水生动传神，如"乳奶上云寺，淮泉一线天，虬枝横峭壁，流水下悬岩”(《淮泉寺》);“青山白草浮丹枫，摇落层林是秋声，清碧滹沱流曲水，划尽太行多少峰”(《山中》)。不太出名的乡土山水，无所借鉴，全凭自己审美的眼光、锦心绣口。刻画田园风光和风俗人情委婉动情，如“一半含苞一半舒，嫣红经雨带琼珠，登枝小雀偏疑惧，先觑窗中有人无”(《新桃》);“杨柳深处常相逢，竹帘高卷终来归，旧时寒会堂前客，疑傍别家门户飞”(《燕》)。小诗体察入微，情感细腻，颇有意境。这些诗不直言志，重在缘情。将自然景物人格化、个性化，处于生命形态的诗意，更富有情感张力。

仔细看来，金锁的婉约诗风中有一种豪放之气。传统诗词百花齐放，流派纷呈，归纳起来不过婉约、豪放两大流派（以称谓说前者早有，后者晚出），两派往往各执一端，兼而有之者难能可贵。请看金锁的另两首诗:“平生唯磊落，赤诚感鬼神，不信剖腹看，肝胆可照人。”(《自题》)“忍解戎装意几重，十年百战忆分明，打磨铁骨凭遮裹，每抚征衣泪充盈。”(《征衣》)一派燕赵风骨，谈起来易水的荆轲、邢台的豫让，没有宽阔的胸襟和勃勃不平的豪气，没有一副火热的心肠是很难写出来的。

金锁长期从事政法工作，头顶国徽，脚踏大地，他无限忠诚于这神圣的事业，“色利金帛皆视轻，方赢法界正廉名，年前珍贵三十载，行尽人间万里程”(《三十岁自嘱》);“休论河西与河东，总将坦荡对人生，骤风纵是青萍起，心底无私一天平”(《无题》)。直抒胸臆，墨迹写心迹，一方面疾恶如仇，一方面淡泊名利，这才是高风亮节。正如叶燮所说:“志高则其言洁，志大则其辞弘，志远则其旨永，如是者其诗必传。”(《原诗·外篇》)我曾听说，金锁的诗在朋友和同行中广为传抄，恰是应了这句话。

金锁是用生命写诗的，人生中追求诗，诗中探索人生，“卸却戎装志未消，大风时遣上狼毫，且凭车马门冷落，好有功夫画雪桥”(《闲赋》)。诗词已成为他生命中不可分割的一部分，所以常常在工作中发现诗意。夜巡时，“盯住翻墙人影，电光刺破长空。铿锵手铐落魂声，锁住深更夜静”（《西江月·夜巡》）。审案时，“……顿足拍案，问赵元帅，金钱是何物？一望春风即足矣，随分家徒四壁。似水清洁，夏为甘露，冬作晶莹雪。忧先天下，雅儒亦是豪杰”（《念奴娇·钱》）。人生感悟，发自内心，应了王国维的理论：“有境界则自成高格，自有名句。”也应了那句话：“不求雕琢求神韵，美在精神不在长。”

张书亭《从容而去》序

至今记忆犹新，前年“五一”，书亭同志仙逝，牵疼了那么多人的心，人山人海送他上路，创了殡仪馆的纪录，白花如雪，唏嘘成风，让我想起萧伯纳的一句名言：“生使所有的人站在一条线上，死却把卓越的人突显出来。”中国古人也说过，政声人去后，“籍甚不渝，人亡业显”。

用什么样的词汇形容书亭？廉洁奉公，道德楷模，优秀党员，人民公仆，觉得都不足以概括。想来想去，还是“真正的诗人”更好些。“诗人”在大家心目中，更加超俗、完美和神圣。爱亨德勒夫说：“诗人是世界的心灵。”雪莱说：“诗人是世界未为人知的立法者。”

何况书亭本来就是一位诗人。他从小爱诗，十几岁成为省重点诗歌作者，二十岁在《人民日报》发表诗，一生与诗结缘，天天读诗，天天写诗，诗已经溶入血液，化入灵魂，形影不离，诗已经成为他的生命和生存形式。他说“学诗常教我做人”，“一世人生重如山，事业为重诗为先”。叶燮在《原诗·内篇》中指出，诗赋于人才、胆、识、力，“四者无缓急，而要在先之以识，使无识，则三者俱无所托”。以识为先，方能“幽渺以为理，想象以为事，惝恍以为情，方为理至事至情至之语”，方能到达至高的境界。

唐诗主情，宋诗重理。书亭继承传统，以情入理，将一己之情融入仁者大爱的社会之情，忧国忧民，大仁大义。时刻观察民情生发为诗。在温塘写道：“愿借老区一池水，荡涤心间污泥尘。”律己：“行之无愧对天地，平民忧乐记心头，故园只栽松和竹，不招彩蝶不惹蜂。”治家：“三餐粗淡积净银，嘱儿关注辍学人。”

他格物见道，道达情至，以理智处世，观兴衰，视正邪，坚定乐观，积极入世。“难得糊涂难糊涂，不必认真总认真。陋室常议天下事，布衣胸中放乾坤。”“日月催我老，富贵是浮云，但为好名声，不枉一世人。”他爱惜自己的羽毛，把名声看得比生命更重要。“生命短暂雪一场，慈爱为怀心如莲，不留名迹仰后世，无悔人生一瞬间。不当骏马甘为牛，经纶满腹文笔熟，埋头拉车人共爱，怒目圆睁虎狼愁。”代表了他性格的另一面，不一味温良恭俭让，有时候是血性十足，爱憎分明，大义凛然。“审理心中尺一把，执纪不分贵与卑，宁把苦水当酒饮，不教错案污党徽。”

“话刚一把剑，凛凛铁骨寒；难容邪恶事，严惩手不软。”用自己的言行塑造了法纪战士的崇高形象。“躬身甘为百姓子，怒目烈火神鬼惊。有冤直诉姜包公，如今石门是开封。”“铁石心肠也多情，额头无月心上明。爱抚平民春风暖，怒斥贪官杏目睁。”

书亭生于1945年，属鸡，诗中常以雄鸡自勉：“可怜本人本属鸡，草禽安居凤凰窝。但求茅舍宁鸡犬，不教岁月空蹉跎，不与群禽争美貌，爱论奉献高与低。心肠虽小能让人，坚嘴利爪不容欺。”“笨头笨脑一只鸡，万户起床听我啼。不敢领骚天下白，愿练金嗓浴晨曦。”古人称鸡为德禽，有德，“头戴冠者，文也；足博距者，武也；敌在前敢斗者，勇也；见食相呼者，仁也；守夜不失时者，信也”。

书亭五德俱全，是一位优秀诗人，时代的歌者。诗的内在节奏与他本人的生命律动合拍。现今社会，大家步履匆匆，追名逐利，进入前所未有的心理高压期。而书亭深知“寡欲方可常知足，浮躁难写好文章”，他心平气和，朗朗韵律中透露出一种和谐与淡定心态，流淌着从容和智慧，成为一名难能可贵的精神家园的守望者。

书亭为人言行一致，表里如一。他的作品也是内容和形式相统一。新诗和诗词介于民歌和文人诗之间，通俗易懂，音律晓畅，雅俗共赏。如“追名逐利务实少，宝座底下是火山”，风趣中见神韵，诙谐中带隐刺，消遣中寓真情。熟悉他的人都知道，诗如其人。书亭学富五车，满腹经纶，写得高雅华丽不是件难事。但是他有一种浓得化不开的农村情结，百姓意识，“诗歌引我进城市，梦中常把乡魂牵”。为农民而写，就要农民喜闻乐见，乡音俗语，亲切自然，否则就“见外”了。

书亭农民出身，31 岁出任石家庄地委副秘书长，29 年的正县级经历，干工作写材料像写诗一样认真而富于创造性，追求诗一样完美。殚精竭虑，鞠躬尽瘁，积劳成疾。他不计荣辱，坦然生死，健在时就为自己选了墓碑，写了墓志铭“从容而去”——真诗人也！

《甄德圣诗词选》序

时隔 30 年，德圣送来一本诗集——并不惊异，甚至是预料之中的，因为他自幼酷爱文学——出乎意料的是他采用旧体诗词形式。记得我初到邢台工作，从来稿中选中的第一个作者名叫“拜今”，步行60里到西黄村学校造访，看到高大颀长，与我的身形相似的就是这个甄德圣。问他取此笔名的含义，他说出生于山区贫苦人家，读过不少历史、文学书籍，对比之下还是如今时代好。

调离邢台20多年，偶尔见过德圣几面，知其在县委宣传部、行署、计生委等单位担任过要职，公务繁忙，没有问及文学创作方面的事。有两次在邢台召开散文创作会，请人介绍邢襄历史文化，当地都是推荐他，讲起来滔滔不绝，头头是道，知其学问大长，大概是他写起诗词的原因之一。

是否有了学问才能写旧体诗词，是否写旧体诗词的一定有学问，不能一概而论。许多新诗大家也确有大学问，学问不多而能写新诗的也大有人在。但是可以肯定，不懂古典诗词的人可以写出流行诗，但要想写好旧体诗十分困难。这是继承和发展的关系。

像京剧、国画、书法一样，诗词是一种成熟的东方艺术。相比之下，新诗在中国还处于探索、发展之中。在相当长的时期内，旧体诗词和新诗会长期并存。在发展过程中，旧诗带有局限性，新诗也表现出了缺陷，特别是新诗目前正处于一种无向漫流状态，染上了反理性和散文化两种疾病，逐渐失去自己的特征，失去了生命力，正在失去读者和作者。旧体诗词倒有乘机复兴之势，不光大批老年人，还有不少中年人甚至青少年写起了旧体诗词。

“古诗应借鉴，变造能维新”，这是德圣诗的宣言。读他的旧体诗词并没有陈旧感，而是旧瓶装新酒，不像有些流行诗是洋酒瓶装白开水，是饮料而不是酒，甚至是生水、污水，是伪劣产品。德圣由拜今而师古，继承而又发展。他的诗颇有韵味，如“脚底雷迅响，腋下闪自生”，“有云桥下生烟海，无风桥上六月寒”；也不乏佳作丽句如“亦幸久征战，带来蜀道通”，“忠厚待人久，不作倚柳风”。

德圣不是专业诗人，不写“纯诗”，也不知有人批评诗的功利——听了也会不屑一顾，他还是言志缘情。他做计划生育工作，忧国忧民，繁忙工作之余，有许多感受要抒发，“谁道计划生育，朽磨古道老轴，辗转曾依旧，累白少年头”，“报国有路，愿把平生意气，万年国策事业，尝试与君谋，能解天下难，定会富民侯”。他不知道诗界还有那么多喋喋不休的争论，想怎么写就怎么写。也许这是他的诗词写得好的原因之一。

《低头入海作涛声》序

马一骏同志生长在大运河畔，血脉里流淌着大运河的涛声流韵，大运河把他陶冶成一位诗人。

大凡诗人有两类，一类以写诗为职业，孜孜以求于艺术；一类有本职工作，不靠写作安身立命，而是以诗为友，把写诗当作生活的一部分，生命因此而更加光彩。一骏属于后者，一名优秀的公务员，曾任乡、县领导，至今还在县人大常委会副主任岗位上，既做官又写诗，身在官场，而心仪诗词。他忠于职守，爱民敬业，诗情多因日常工作而发，经世致用，动情动容。或公务活动中的感悟，如《农网改造之歌》《电力大楼庆典》《十年任职感怀》等。“山一重，水一重，手抬肩扛进村中，涉水架线半天空，农网村村通……冒着雪，顶着风，铁杆钢线滴成冰，手脚冻裂脸冻青，英雄农电兵。”因为这段千辛万苦的经历，才亲身体会到“三年血汗心浇铸，喜看今朝大纛红”和“欣看巍巍高楼立，仰观俯察自无惭”。生命感、责任感盎然字里行间，也是他写作的精神态度。他的诗或咏志抒怀，“莫道区区一书生，胸襟万仞傲苍穹。一身正气酬家国，两袖清风对辱荣”（《咏志》）。有春风得意时的抱负，“春色满园桃李新，十年树木喜成林。览尽三千清官册，须知做事先做人”(《春风》)。也有遭遇挫折时的感叹，“不堪回首去年春，公理有谁伸。本来独占鳌头，发榜落山孙。　　冬去也，未回春，自伤心。只有叹息，只有泪涔，只有酸辛”(《诉衷情·往事》)。诗中把名落孙山，写成山孙，是有意为之，讥讽事理常情的颠倒。喜也悲也，直抒胸臆，不掖不藏。

作为农家出身的诗人，他热爱生活，以明畅昂扬的韵律，给人以向美向善的歌唱。“纷纷瑞雪兆年丰，报晓金鸡催老翁。壮业乾坤尚未许，春光一叹好东风。”(《新春》)以景结情的笔法，是写诗的高难度动作。欢喜、兴奋，全都没有说破，一切都蕴含于景语，由读者去想象、玩味。杜牧《谢亭送别》“劳歌一曲解行舟，红叶青山水急流。日暮酒醒人已远，满天风雨下西楼”就是这种技巧的典范。还有“也曾凤歌笑孔丘，也敢横刀骂曹刘。挑灯看剑英雄泪，等闲白发少年头”(《除夕》)——随着岁月的历练，平民思想和忧患意识渐渐成为他诗的主题。他心目中的偶像是政绩、诗名兼于一身的白居易、苏东坡，“苍茫大地主沉浮，谁是我辈俦？更无李杜苏辛，回首面生羞”(《诉衷情·书愤》)。他像历代诗人一样，悯农，伤农，“总是怕秋又到秋，风吹叶落使人愁。一腔热血邯郸梦，都随明月上心头”(《伤秋》)。“热浪如刀，骄阳似火，苗禾枯焦。半年未雨，无钱浇地，似火中烧。　　女儿学费无着，叹老母、住院摔腰。秋后歉收，一家怎过，心似汤浇”(《柳梢青·农家》)——古道热肠，赤子之心，溢于言表。他痛恨贪官污吏，抨击不正之风，“鲜花掌声好热闹，喧天锣鼓响云霄。金杯锦旗金奖状，人情大过硬指标”(《某会有感》)。他感慨以牺牲环境为代价发展经济，“每见运河心内酸，丛生百感上毫端。难忘稻菽千重浪，不见舟船万里帆。满目黄沙风迷眼，一河黑水臭冲天。孤鸿泪落故乡恨，万木萧疏赤子寒”(《大运河》)。一针见血，直揭实质，让人感觉到他的诗心与时代脉搏在一起跳动。

马一骏诗中有自我，有性情，有个性。黑格尔说过：“独创性是从对象的特征来的，而对象的特征又是由创造者的主体性来的。”袁枚有一句名言：“诗宜自出机杼，不可寄人篱下。譬作大官之家奴，不如作小邑之簿尉。”他诗风刚健，无萎靡气，无阿世态，自凿心源，不傍他人，真情实感，有坚定的信仰，又有充分的自信。如《咏马》：“其身为蛟龙，星宿有其名。生就钢筋骨，敲击带铜声。捐躯赴国难，哪管死与生。乌骓擒章邯，赤兔斩华雄。”如《咏虎》：“昂首长天吼一声，风云色裂鬼神惊。腾跃飞身千仞外，扫地摇山万里风。”文字简明，词句响亮，思想直陈。他自信是马中之骏，工作中一员虎将，热干一番事业。一切景语皆情语，古罗马贺拉斯说过：“一首诗仅仅具有美是不够的，还必须有魅力，必须按照作者愿望，左右读者心灵。”读马一骏同志的诗词，如睹其人，可窥其性情。

有时从诗中也看到诗人思想中的另一侧面，“平平淡淡自清明，遇岗逢山绕道行。不与他人争上下，低头入海作涛声”（《咏水》）。此类作品还有《人生杂感》《天下做人最难》《养心篇》《读〈中庸〉有感》。似乎诗人思想矛盾，双重性格，斗争中后退。其实不然。诗人从无数次失败中，悟出了进与退、刚与柔的辩证关系，只能说作者思想更加成熟、老到了。这种转变是外界原因造成的，对于读者，听强者说软话，往往产生心酸的感觉。

马一骏诗中有理，有味趣。他写诗以立意为宗，用形象的语言说明深邃的道理，或借题发挥，或讽喻现实，言在此而意归于彼，语不多而含情无限，篇幅不长而容量较大，把形象思维与逻辑思维完美地结合起来。如《愚公》：“愚公不可死学习，智叟莫真耻笑谈。如若搬家山下住，何劳费力去挖山。”大胆地颠覆一个生活的定理，不是出于知识判断和逻辑推理，而是从切身的体验中生发出来的，因而有惊人之笔，生动鲜活。寄寓世事，不单纯为所咏之物写照，更有画外之音，力求给人以启迪，起到警世的作用，鞭挞时弊，语出肺腑。

马一骏是一位豪放派诗人。视野广阔，问天问海，“无意不可入，无事不可言”。表现手法不拘常套，既可“以文入诗”，亦可“以理入诗”，以铺叙、直抒为主，多为“有我之境”。艺术风格格调昂扬，气势汪洋，音律多用响亮音韵，兴之所至，不妨突破格律束缚。这些特点在他的山水游记诗中尤为突出，“咆哮九天降，奔腾到江东。长风怒卷狂浪，声震广寒宫。斩断昆仑出世，飞越大原广漠，巨澜入壶中。一泻三千里，不尽快哉风”（《水调歌头·黄河赋》）。铁板铜琶，逸怀浩气，直上云霄，超然乎尘俗之外。与一些萎靡之音、忸怩作态的诗风相比，尤其显得难能可贵。

一骏同志是好朋友，要我为他的诗集写几句话，却之不恭，黾勉从命。匆忙之中，写了此零星杂感，难免挂一漏万。巧幸一卷在手，读者尽可徜徉于他的自由天地之中，自行判断。一骏同志正值盛年，来日方长，以他的天资勤奋，一定会为社会奉献更多佳篇力作，大家都期待着。

孙通君《诗化人生》序

石门形胜地，自古多才俊。赵佗开辟岭南，子龙驰骋疆场，李东垣金元名医，元好问滹南诗魁，莫不在这钟灵毓秀之地播下文化的种子。当今更成省会，诗词珠玉，琳琅满目，文苑嘉禾，鸟语花香。今日案头又多了通君的诗集，石门又一枝奇葩，绚丽多彩，气韵不凡。

诗集收入作者1987年以来创作的近750首作品，时间逾20年，题材异彩纷呈。虽自谦为“日记”“行程”“随感”，然才情流玉淌金，展示了他的风雨人生，求索问道，有悲有喜，或歌或吟，检点知行，述志立业，叙情访友，修身尚节，刺奢斥佞，访山问水，叹惋感时，纵横间见襟怀，字句中含性情。正如作者所言："心声发自激情蓬勃，发自喜怒哀乐，发自当发而随心而发者也。"

诗人喜欢放情山水，领略大好河山时由衷地赞美祖国，激发爱国之心："吾生世上岂尘土，一念尚臻不逝川。"(《赠王吉生》)"生当有所求，死亦不甘休，至今犹自策，不肯随波流。"(《中年感奋》)

诗中表达了浓郁的乡情、亲情、友情："才把归心暗自抛，夜又涌来，梦又难逃。慵衣闷坐望星遥，乡影迢迢，妻影憔憔。"(《一剪梅·思乡》)"犹忆平常争吵，今觉甘甜……此情此味谁能辨？懒整衣，书自休翻。看门环，只等人回，风又慌传。"(《高阳台·与妻暂别寄相思》)简约中流露出炽热的情感。情是诗之魂，诗的升华在于感情的燃烧。感情冷漠的人写不出动人的诗来。

作者是一位医生，以治病救人、救死扶伤为业，凡与医药有关的诗，写得分外感人，如《采药》《采薄荷》《寻药香》《行医乐》《乡下出诊》《忧"非典"》等。因为他有亲身体会，是真情实感。"但爱岐黄难折去，唯将心血焕春芳。精研大道图新业，乐教群才为栋梁。"(《赠李凤振师》)"杏林欲得有芬芳，技求良，德凝香。相伴寒星，病树换新装。纵使无眠轻自笑，当不歇，唤春光。"(《江城子·夜诊》)"药香浸熬火文攻，急慢全将心意倾。君子一言何珍重，等你几乎到天明。"(《为人熬药至夜半》)

用药如用兵，知人善任。诗人常常以药入诗，如："书生怀远志，欲摘天南星。半夏丹参去，夜交商陆通。使君子宜立，没药做浮萍。自然铜志趣，慷慨数公英。"(《用药名戏赠张建立》)"半夏丹参远志明，南星百部照五灵。把戟三棱慢皂刺，生地，细辛大蓟可伏龙。　没药甘遂牛子后，莫萸，故应栀子蒙花情。苏子车前怎续断，川楝，千年健我是公英。"(《定风波·用药名赠张建立》)意寻药香，腑内武库，召之即来。

中医药植根于华夏文化土壤，属自然科学，又具人文性质。古代中医理论有着浓厚的形象思维，表述也像诗句，如《黄帝内经》:“春三月，此谓发陈。天地俱生，万物以荣，夜卧早起，广步于庭。被发缓形，以使志生……夏三月，此谓蕃秀。天地气交，万物华实，夜卧早起，无厌于日……秋三月，此谓容平。天气以急，地气以明，早卧早起，与鸡俱兴，使志安宁，以缓秋刑……冬三月，此谓闭藏。水冰地坼，无扰乎阳，早卧晚起，必待日光……”读起来四言韵语，比喻形象，音节铿锵，与《诗经》无二。《灵枢经》:“凡刺寒邪，日以温，徐往徐来，致其神。门户已闭，气不分，虚实得调，其气存也。”顾炎武曾说:“此皆七言之祖。”针灸十二经脉五腧穴歌之《足厥阴肝经》云:“云霞烟锁大敦峰，忘却行间转太冲。坐望中封无路入，曲泉流水听淙淙。”其中大敦、太冲、中封、曲泉都是穴位名，看起来像是一首幽美的山水诗。中医药核心理论藏象学，强调表象，由表及里，以外揣内，与作诗的方法类似，都是形象思维，中医与诗词的文化渊源，都可以追寻到《易经》。

几十年来，通君在望闻问切中注入灵魂，在把脉病人中观察社会，开出了许多妙方，也写出了许多警句，给人双重惊喜。希望今后继续努力，医道、诗道双向前进。

郑金佑《小草拾韵》序

郑金佑先生是一位教育家，也是一位诗人。诗与教在他身上共生并存，和谐统一，是传统教育观念的体现。

孔子的“兴、观、群、怨”说，涵盖了诗在认识、道德、社交和情感方面的价值，是关于诗教和审美的系统观念。《礼记·经解》所传孔子的话："入其国，其教可知也，其为人也，温柔敦厚，诗教也。"从此，"以诗育人"便成为"以德治国"的重要内容。近代学者王国维将美育作为德育、智育的手段，特别强调文学。在他心目中，文学的根本是诗，诗教是美育的核心，是催化美育的摇篮。

金佑先生毕生躬耕杏坛。解放初栖身破庙，"学生蹲土桌，教师伏藤床"，立志"一片冰心在玉壶，不求闻达育贤人"。几十年"喜作春蚕丝吐尽，甘当蜡烛焰犹存"，直到"官商笑我做人梯，犹似杨朱入路歧，桃李满园多做栋，先忧欣慰菊花期"。退休之后依然"甘当红烛挥余热，照亮精英天下先"。这种献身教育事业的精神，实属可敬。

中国古代把知识分子称作"士"，郑先生是一名"高士"，做人作诗高风亮节。他一向赞美"扎根土石更葱茏"的松、"拒攀权贵不低头"的竹、"不惧严寒冲雪开"的梅、"花气袭人胜酒香"的兰、"出自污泥不染尘"的荷，并把它们当作生活的榜样。他歌颂美好的事物，"油菜开花一片黄，农民坪地下秧忙，黄蜂采粉狂飞舞，抓把春风手也香"。他赞扬美好的人物，"夜半三更便起床，清除粪便送农庄，须知身臭心灵美，奉献人间饭菜香"。同时他也爱憎分明，疾恶如仇，对腐败风气和低俗现象深恶痛绝。审美是教育的重要内容，同时审美也包括审丑，相反相成。王国维重视美育、德育、智育，并将三育置"心育"之中。浇花浇根，育人育心。郑先生的许多诗旨在教育、感化学生和社会的心灵，同时字里行间跳跃着自己一颗善良、火热、可以触摸得到的心。

这本《小草拾韵》几百首诗，从头到尾，可以看到郑先生的心灵轨迹，也是他自己一部完整的生活史。他的生活与时代变革一样，起伏跌宕，波澜壮阔。这些诗不但属于他自己，而且与每一个同时代的人相互感应，所以读起来十分亲切。尤其是他晚年的诗，"多彩人生花甲后"，改革开放赋予他新的生活，也赋予他诗的灵感，“逢春老树竞争荣，夕照霜枫别样红，白发穷诗千百首，胜观沧海日升东”。兴之所至，诗兴大发，“步上茶楼情趣浓，银丝飘逸舞东风，香茗醒脑催诗兴，春在卖花叫喊中”。想诗写诗成为家常便饭，成为生命存在的一种形式。“蝉鸣皓月入窗棂，惊破华胥梦自醒，久久凝思难入睡，诗肠荡气力回声。”郑先生晚年的生活，晚年的诗，如凤尾，如孔雀开屏，达到了一个多姿多彩的新境界。

郑先生的诗炉火纯青，“庾信文章老更成”。表现在不模唐仿宋，不落俗套，力图创新。“抖落陈言，创新求美，龙翔凤翥，笔落纵横，守律翻新句”。他的诗贵在真，事真，情真，语真，不为事后诸葛，不为文造情。多真情实感之写真，无虚与委蛇之酬应。特别是他能以新生活、新词汇、口语、白话入诗——“满堂学子鬓双皤，同唱夕阳一首歌，珍惜桑榆迟到爱，欢愉跳起迪斯科。”“亲友不愁相见稀，村通电话到群黎，青年外出做生意，父母担心打手机。”读起来生动、鲜活，单从这一点看，郑先生的诗已经走在全国诗词改革的前面。

郑先生天赋聪明，多才多艺，能诗能文，能书能画，“诗中有画，画中有诗”。前者指诗的一种表意形式，后者才触及画产生于诗的实质。诗是修养的核心，教师本色是诗人。对郑诗研究不深，率尔作如上语，唐突先辈，望能谅解。是为序。

愿抛心血唱新声

我和（刘）宗群相识已经十年了，十年间，我们经常一起采风，几乎每年都有几次交往，对他比较了解。宗群性格骨鲠，为人仗义。他的《生日将到感怀》真实地道出了他的性格和为人：

“离年只差十三天，生为迎春来世间。身似寒梅呈傲骨，心多热血近愚憨。举杯不管深和浅，遇事难将方变圆。四十四年应不惑，直言依旧讨人嫌。”他的诗集《九州游人吟稿》就要出版了，我就简单地说几句吧。

《九州游人吟稿》近600首诗，自20世纪80年代至今二十余年，作者通过传统诗词的形式，深刻反映现实生活，记录了这个时代的一个侧面。可以看出，宗群创作由来有素，既深谙格律、学养深厚，又继承传统、突破创新，佳作颇多。原本古板枯燥的旧体诗，在他笔下赏心悦目，饶有趣味。宗群自号“九州游人”，足迹踏遍大江南北。很多诗作不仅得江山之助，而且溢慷慨之气，藏悲悯之情，融雅俗之谐，可以概括为“五新”。

一、题材新，写实而不失浪漫。传统诗词的传承必须在推陈出新的实践中探索，从生活的各个领域发掘诗材，使诗从仿古临摹的路子中解放出来，只有与当今的广大群众和真实生活联系在一起，才能获得新的生机，开辟新的天地，宗群不仅找到了旧体诗能够生存和发展的活水与动力，同时也做了许多有益的尝试。如《“水杯门”致乡长》:“逞罢官威官帽丢，水杯用用有何忧。杯中亦是江河水，激起波涛亦覆舟！”28个字达到了“以平常语、出非常意”的妙用，深刻揭示当前干群关系中的某些不和谐的杂音，自会让很多人引以为戒。另如《双桃花》:“蝴蝶拂尘蜂鞠躬，芳姿烂漫笑春风。潇潇夜雨相催急，问尔还能几日红？”以花繁蜂乱来暗讽世事，反复吟咏耐人寻味。

二、思维新，深刻而不失轻松。刘禹锡说:“片言可以明百意，坐驰可以役万景，工于诗者能之。”宗群深得其法，常常透过这些亦庄亦谐、言在此而意在彼的诗句，展示了一个新时代诗人的赤子之心，又不失山河浩气。又如《红石峡黄龙瀑崖旁碰壁》:“丹崖碧水豁吟眸，碰壁皆因曲径幽。往事思来多似此，该低头处不低头。”把人生感悟与偶然动作巧妙结合，“碰壁”之想自然贴切又新鲜有趣。再如《寻奇峡群神岩》:“越溪攀岭兴方浓，不觉群山落照红。我欲登岩拽鹰起，速抓斜日到天中。”作者登岩拽日的意象，自凿心源，不傍他人，奇幻处更见胸襟，主观之情与客观之景浑然一体。

三、感情新，悲悯又不失悠闲。历朝历代，一个真正诗人最可贵之处就是“爱国忧民、悲天悯人”，宗群也不例外，在看过他的很多诗篇后，可以感觉到他的刚直不阿、坦荡为人的本色。如《游开封府衙》:“一片丹心无媚骨，千秋铁面树廉风。而今多少为官者，人颂青天天可青？”腐败是社会之痛，以包拯这样的清官楷模相衬，无疑是提醒所有为官者警钟长鸣。又如《又过信安镇，化工厂臭味依旧》:“前年到此掩鼻行，百姓都将镇长憎。臭味今来依旧冒，人言镇长已高升。”通过“臭味”经年没人管，而相关干部却在骂声中得到提升，反映出老百姓的强烈不满。

四、格调新，高雅而不失通俗。宗群笔下，现实题材却是道地的旧体诗。把典雅与通俗熔于一炉，而表现手法能多样化。《云梦山栖鹰瀑》:“瀑如天练束鹰胸，心欲凌云翅不容。他日挣脱白练锁，万重丘壑在怀中。”以鹰自比，期盼“挣锁链，纳万山”，真是好胸怀。又如《雨后有感》中间两联:“浮世天难洗，茅屋风总欺。心宽天地阔，槛矮友朋稀。”将风雨沉浮，茅屋简室，矮槛宽心等融合在一起，堪称是改版的《陋室铭》。再如《观漱玉泉忆李易安》:“南迁诗热血，北忘泪寒襟。有梦无人解，衔杯对月斟。”虽然是旧题旧事，但前一联概括李清照的一生，堪称奇巧；后一联又深挖一重，让人顿觉眼前一新。

五、语言新，严肃而不失诙谐。语言的创新也是《九州游人吟稿》的特色之一。熔古今中外、雅言俗语于一炉，铸锻出新的奇文妙语，表现复杂多样的生活和独特感受，诗有了新的、现代化的手段。如《游三河灵山》:“开山伐树恐迟迟，尘罩烟遮鸟别枝。山若有‘灵’山亦恼，蓬头垢面到何时？”在此‘灵’与彼

‘灵’、有情与有‘灵’之间，能出妙趣。俗语、新词入诗，各自成趣又暗藏机锋，句法灵活，语意圆转，把一种避工巧的寻常词句用得颇富冲突感、戏剧感。

总之，宗群较好地继承和发展了传统诗词的艺术方法，以诗歌的形式、独特的笔法，创造了一种以小喻大、见微知著、调侃其外、悲悯于内的审美效应，因而具有鲜明的时代性和强烈的感召力，完整地反映出当前的生活状态和真实的时代特色。愿在未来的创作中，宗群能写出更多无愧于时代的、新的亮丽诗篇。

侯殿锋《心韵集》序

1965 年设县伊始，我就赶去临西，认识了两个朋友，一个是劳动模范吕玉兰，一个是知识分子侯殿锋，而且相知终生。十年前玉兰去世，如今殿锋又走了，都让我难以接受，悲痛万分。

二十世纪六七十年代，临西县东留善固成为全国新闻热点，记者、作家趋之若鹜，少者八九人，多者五六十人。对我们这些人来说，吕玉兰是精神偶像，侯殿锋是感情的维系者。在那样特定的年代，殿锋是临西县常驻东留善固宣传工作负责人，富有文人气质和人情味，为当时所罕见。他温文尔雅，锦心绣口，为人坦诚，平易近人，与大家称兄道弟，还爱开几句玩笑，像梁山上的呼保义宋江，大家都爱凑近他。

这几天翻阅殿锋同志的诗词，好像又回到临西那三五年朝夕相处的日子——一情一景如在眼前，一字一句如在耳边，或慷慨激昂，或谈笑风生，或如泣如诉，合起来就是一个栩栩如生、有血有肉的侯大哥。

殿锋同志出身贫寒，又生长在冀南和晋冀鲁豫边区腹地，受过良好教育。在他身上，孔孟之道与社会主义自然而和谐地结合起来，形成一种大公无私、为人民服务的世界观。他的政治抱负不像李、杜“直挂云帆济沧海”“致君尧舜上，再使风俗淳”那样高远，而是脚踏实地，全心全意，尽心尽职。青年时期，憧憬“人生一部书，全靠自写出，厚薄不足论，看有彩页无”(《人生一部书》)。工作兢兢业业，自比无花果，“常因质朴世人夸，果实累累不见花，纵使蜂蝶不相顾，依然香甜奉万家”(《无花果》)。

不久社会全面动荡起来。好大喜功与弄虚作假盛行，理想和现实发生矛盾。殿锋并不动摇，坚信“新谷打好色金黄，入场还需再簸扬，落地有声方是米，随风逃跑是秕糠”(《打谷》)。但是眼前是小人得势，做形形色色的表演，如“头按转轴随风行，弯腰缘为献忠诚”(《向日葵》),“有节无志常随风，头尖叶薄脸皮厚”(《竹子》),“得寸进尺死纠缠，爬到顶端还翘首”(《藤萝》)。“可惜一出尽弯腰，随风摇摆筋骨断”(《墙头草》),“高攀显其荣，喇叭口朝上”(《喇叭花》),“倚身大树高声唱，不知过夏有秋风”(《秋蝉》)，都被诗人信手拈来，剥个体无完肤。

经过一场惊心动魄的政治运动，殿锋同志从噩梦中醒来，欣喜若狂，“雄鸡知责卯司晨，唤醒多少梦中人，一日之时晨最好，件件急事待出门”(《热情》)。工作又焕发了青春，“喜闻南坡梅闹枝，急忙踏雪去采之，更有先行比我早，路上脚印已如织”(《春》)。不久，他走上领导岗位，拼命工作，施展抱负。他谨慎从政，廉洁自律，“勘破浮名意自平，福不狂喜祸不惊，贵不气扬贱不卑，富不骄侈贫变清”(《勘破浮名意自平》)。在物欲横流、世风日下时，他告诫自己：“物候异变常宜躲，嗟食抛来不可求，生来应学避验计，莫教魔鬼遗恨留。”(《放鱼》)

殿锋晚年，也曾见过几面，每次都有像当年在东留善固一样彻夜长谈。说往事啼笑皆非，论现在喜忧参半。庆幸国家经济腾飞，人民生活普遍提高。担心文明滑坡，腐败难有救药。他拿给我一些诗词，有为民请命的，“一桌宴席吃头牛，屁股底下坐座楼，试问官家可知否？多少饥民肚肠愁”（《试问》）；“暖气空调室内安，温酒热菜伴三餐，裘衣柜底睡大觉，哪知窗外风雪寒”（《高楼》）。有为贪官画像的，“乌纱歪戴大腹圆，大嘴张开脸不全，令狗快把心掏去，空出肚子多装钱”（《贪官图》）；“不奉祖先不坐禅，专把财神供桌前，可怜天下尖头客，钻进钱眼死不还”（《赠某君》）。义正词严，一针见血，入木三分，似杜甫、白居易再世，让我称赞不已。

殿锋同志自幼爱诗，只是一生从事文秘工作，无暇于此也好，远离诗坛使他免受世风影响，可以按照自己的理解写诗，更接近诗的真谛。他继承诗言志的古训，“小诗化匕首，专对恶魔投，能流几滴血，亦为民复仇”（《无题》）。他的诗从生活和知识出发，“余作灵感来何处？全赖多看勤读书，心神入静诗入境，百思得解惊句出”（《觅句有感》）。他的诗精雕细刻，苦吟而成，“心事茫茫梦不成，抱怨床铺不尽情，无奈时钟不解意，滴滴答答到天明”（《失眠》）。

殿锋同志至仁至孝，退休之后，在瘫痪的父母面前，陪床三年，形影不离。精神相对集中，就有了琢磨诗句的工夫，诗词创作出现了一个高潮。“人老退休梦里忙，白天无事夜思量，还是拾起旧营生，摸爬滚打四八行”（《梦》）。他在诗中找到了人生的乐趣，“归耕休闲宜多思，静观世界得真知，粗茶淡饭度日月，遣词造句觅小诗”（《休闲岁月》）。据我所知，殿锋同志对生活充满信心，诗中也毫无死亡的预感，如果不是死神突然来临，他会写出更多的好诗来。但是这一本也足够了，他的人生和他的诗词都很精彩，给临西人民，给他的朋友，给他的子孙，留下了一笔丰厚的精神财富。

《烟花三月》序

自幼爱诗，写了30年新诗，又做了20年旧诗工作，对时下的“诗象”却越来越迷惘了。新诗太“新”，迷失精神，缺失形式，去意象化，失去了广大读者，否定了前人，却不见来者。旧诗太“旧”，迷唐恋宋，陈词旧套，刻舟求剑，脱离现实，仅在老人圈里活动，围观者甚少，尤其为青少年所不睬，一片红火热闹，却不见佳作名家问世，仿佛是在申请非遗。新诗旧诗，兄弟阋墙，互相指责，各干各的，两股道上跑车。

自从认识张雷，看了他的诗，我渐渐改变了一些看法。其一，他是年轻人，20多岁，诗词学养已经相当深厚，算上这部《烟花三月》，已经出版了三本诗集，且带头组织了一个燕赵青春诗社，队伍逾百人，比较关心时事，一片朝霞在燃烧，让人看到了希望。其二，他旧诗新诗都写，一颗诗心两只手，左右开弓，互渗互补，使两股道上的车渐渐接近，让人看到了诗的发展方向。中国的诗，既不能回到古代，也不能跑到外国，只能在华夏大地上探索、前进。同时，我也反思，诗歌创作也不能是计划模式，不能催种催收，不能揠苗助长。艺术有它自己的生态规律，诗人不是培养出来的，而是自己冒出来的。

张雷是80后，赶上了改革开放好时代，上幼儿园大班时，中华诗词学会、河北省诗词协会已经应运而生。牙牙学语就是“床前明月光”“春眠不觉晓”，与生俱来的爱好，使他像海绵吸水一样，吸收传统诗词营养，崇拜历代诗人。“若问平生何所慕，东坡乐府太白诗。”(《七绝月夜独斟》) 他边学边写，三更灯火五更鸡，进步神速。不否认有一定的天才，天才是自行激发的能力。生命的开始，一个人对自己的天才常不自觉，只有经过不断的考验，并获得成功后，才想到自己可以与那些曾经成功，并得到社会钦仰的人的作为相比拟。于是便有了“醉卧芳丛忽自诩，前生定是李谪仙”（《七绝醉游驼梁》）的想法。

不说此前的诗集《弱冠诗郎集》《少年行·大江东去》，单看这本《烟花三月》，张雷的诗歌创作已经取得可喜的成绩，达到了一个相当的境界。诗人自由奔放的心，使他纵观千年历史，饱览万里河山，开阔胸襟，壮怀激烈。古今世事，无不摄入方寸之间，留下雪泥鸿爪，表现出一种天生禀有的诗人气质。他高瞻远瞩，勤于思考，尽遣才力，时时以智慧和真情，呵护、滋养自己的赤子之心。两下江南，扬州、苏州、杭州、绍兴，追逐白居易、苏东坡、杜牧、辛弃疾的身影，踩着那些熟悉的足迹，温故知新，逸兴遄飞，进而步韵唱和起来——“戴笠衣蓑杨柳岸，一笛疏雨到天明”（《七绝忆江南》）；“飘然一梦如仙客，放棹巫峡沧浪中”（《七绝梦过巫峡》）；“足登幽寺山巅上，人醉余杭烟雨中”（《七律灵隐寺》）；“一曲琵琶听不彻，今宵梦里客扬州”（《听〈琵琶语〉二首》）；“无限秋风吹客梦，桂花香里到余杭”（《七绝重到杭州》）；“独卧小楼听彻后，飘然一梦到江南”（《七绝夜闻古筝》）；“乌不谙人难入寐，枝头啼夜到天明”（《七绝无眠中作》）。我喜欢那首《念奴娇·寄内》：“诗郎醉矣，谁识我、天外骖龙仙客。弯月为钩，霓作线、钓尽银河鳌蟹。抱月餐霞，裳虹佩雪，夜以清梵彻。飘然来去，玉京高卧冰阙。　　底事飞下人寰，菊芳遥慕久，奈秋萧索。羁旅谪愁，那堪更、身在孤清酒舍。几度诗笺，翻来悲尽是，少年横槊。夜深难寐，寒笛吹落残月。”晓畅清澄，文采飞扬，诗意精粹，外延无限，主观之情与客观之景浑然一体。

难得他小小年纪，关心国家大事，一颗诗心与国家命运一起跳动。湖南冻雨时他写道：“潇湘却道南国暖，为有温公万里及。”

(《七绝南国冰雪》)嫦娥一号升天，他写道："一梦越千年，姮娥泪雨潸。今当别冷月，重返故园间。"观国庆六十周年阅兵式，他写有"三军百万尽貔貅，六秩风云焕九州。试问扶桑一蕞尔，敢来重犯我东沟？"的壮语。他惋惜滹沱河滩，"一派黄沙沉落日，滹沱河上月如钩"(《七绝滹沱河》)。他憎恨贪官污吏，"才无一两言如匪，肉重千斤貌似官"(《七律酒宴散后作》)。讴歌盛世，鞭挞时弊，爱憎分明，语出肺腑，责任感盎然于字里行间，情深意切，自出心裁，不蹈窠臼，爱国爱乡之心跃然纸上。

张雷少年老成，还表现在一个"情"字上，亲情、友情，是他诗的源泉——"十年音信杳，梦里雁鸣孤。洒我千滴泪，读君万里书"(《五绝收故人书》)。赠王静"不羡坡仙苏小妹，诗郎有姊亦如她"(《赶五句赠王静》)。想念妻子的诗句有"北梁回首伊人泪，断尽燕邯游子肠"(《七绝临行寄内》);"红豆应谙滋味苦，为伊思念到天明"(《七绝寄内》)。悼念市诗词协会常务副会长张书亭，他诗泪同下："乘风归去杳凡尘，李杜苏辛成四邻。莫为张公齐下泪，先生本是谪仙人。"(《七绝追忆书亭吟长》)语言质朴，情深意切。与他其余作品豪放儒雅的语言风格好像完全不同，其实这正是他精通诗学的表现，语言的华丽会削弱感情的真实。

张雷也写了一些新诗，如《听罢〈月落乌啼〉》《列车上》《海上》《写给母亲》《今夜为你无眠》，都满怀激情，清新自然。但是总起来看，与他的旧诗还不在同一个水平面上。看得出是先学的旧诗，后学的新诗，这也是一条可行的路子。不堪旧诗格律的束缚，尝试新诗，对诗的理解会加深一步。旧诗形式固定，学起来较容易，只要遵循押韵、平仄、对仗，不管内容高低，看起来都像诗。而新诗形式淡化，没有诗意就不像诗，写写新诗能加强营构诗意的能力，所以写过新诗而转向旧诗的人，比如聂绀弩、臧克家、刘征、丁芒、刘章，诗的境界会高一些。旧诗讲意境、意象，借鉴到新诗，也会来得洗练、精粹。

总之，中国诗是一条流动的江河，诗经、乐府、唐诗、宋词、元曲、明清民诗词，歌到如今。毛泽东说新诗要在古典诗词和民歌的基础上发展，是有其道理的。事实证明，新诗发展的前50年是有成效的，产生了一批举世公认的代表诗人。只是新诗正在探索，达到成熟还需时日。但是，对张雷就不同了，他还年轻，光是拥有未来，就让人寄予厚望，时间会给他机会去做更多的事，让他有机会将自己塑造成一位让我们期待的诗人。

读一位中学生的诗

自古英雄出少年，也多有诗人作家少年成名。普希金14岁拿了全俄诗歌大奖，16岁写了《皇村回忆》。拜伦14岁写了《悼念一位淑女之死》。泰戈尔更是全才，14岁发表诗歌，15岁发表小说，16岁出版长诗《诗人的故事》。中国也不乏少年奇才，初唐四杰就有两位少年，骆宾王7岁作《鹅》；王勃14岁对策高第，写《滕王阁序》时也很年轻。上述成名之作，也都是传世之作。当代也有，山东苗得雨，12岁发表了不少诗，被延安《解放日报》誉为“孩子诗人”。河北刘绍棠，他的家乡通县（现北京市通州区）当时属河北通县专区，15岁就读通县潞河中学时发表小说，17岁出版了短篇小说集《青枝绿叶》，被称作神童。

但是这样的神童，近二三十年几近绝迹。日益沉重的应试，愈演愈烈的竞争，剥夺了孩子们的天真烂漫，压缩了他们的成长期，抑制了他们的想象力和创造力。

偶然看到的高二学生马艺璇的一本散文集，让我拍案叫绝，接触其人以后更令我大吃一惊。这是当今教育的一个另类，一个少年天才。天才不会成为应试教育的奴隶。我所说的天才，并非李白、拿破仑那样登峰造极者，天才和美女一样只是一种类型人的称呼。天才的特点，是能够摆脱常规，不走别人的老路，带着自己的灯火去寻找自己的方向。

马艺璇的作品有着纯洁的思想和闪光的语言，既有良好的古典文学修养，又有显明的当代意识。文字的典雅纯熟，与她的年龄极不相称，让我想起前年高考，那个满篇生僻汉字的天才。这一点，马艺璇有自信，从她的文字中可以找到证明：“或许前世，我是一个妖，依靠书中的精髓灵气来维系我的自身，我的灵魂。”

马艺璇的早慧，来自她很早认识到读书的重要：“如何在十六岁的年纪拥有六十岁的见地，取决于腹有诗书的奠基。人如何改变平庸的皮囊所带来的平凡，而做到举手投足别有雅致，气质不俗，美到灵魂的出众，取决于学富五车的积累。我始终相信：一身书香可以比奢华香水更沁人。”

马艺璇作品的书香，或者叫书卷气，对古典文学尤其诗词的深入理解和得心应手的运用，令我惊讶、好奇。想象她一定读了很多书，学富五车。然而以她的年纪，和当今的学习环境，读万卷书几乎是不可能的。她上的普通学校，而不是私塾，敢读书，读了远比一般同学多的书，已经难能可贵了。读书未必破万卷，而下笔确实如有神，原因何在？她是一个读书的天才，读书的天才成就了她写作的天分。会读书，读好书，不为装饰，不为猎奇，不为“到此一游”。嗜书如命，如一日三餐，品味咀嚼，消化吸收。一边用眼睛，一边用脑子，一只眼睛看文字表面，一只眼睛睃纸张背后。从书中去重新发现生活，发现生活的艺术。不把书当作快餐，也不把书当作神祇，而当作自己的工具。马艺璇的成长，归功于良好的家庭教育，父母爱好文学，他们的文学梦想在女儿身上实现；还有老师的精心栽培，因材施教，给予理解、指导，格外开恩，给以方便；但是真正的“贵人相助”，还是书籍。

书籍是神童的摇篮，张爱玲提醒过她：“出名要趁早呀！”

这本书出版后，也许马艺璇就出名了。但是少年成名未必是好事。从此将失去个人的空白，一言一行都会惹人注意。从此不再是单纯少年，而会承载起更多的期待，背负起更多的目光。且不必过早以作家定位自己，只有加倍努力，才可持续地发展。来日方长。

最后赠给马艺璇一句话：湖海片帆先已具，少安毋躁待秋来。

《古今诗人咏邢台》序

邢台古称邢州、顺德府，位于冀南腹地。西依太行，千山竞秀；东展平原，河流纵横。自然名胜、人文景观星罗棋布，天河山、紫金山、云梦山、峡谷群、北武当、汉牡丹、崆山白云洞、柏人城、沙丘苑、扁鹊庙、唐祖陵、开元寺、宋璟碑，闻名遐迩。区内地形地貌多样，山区、平原、丘陵、湿地俱全。土肥水美，物阜民丰，汉锦、邢瓷是丝绸之路受人喜爱的名品，邢枣仁、唐瓜蒌是中药材珍品。西部盛产优质苹果、板栗、核桃，中部是华北重要矿产和能源基地，东部是国家粮棉主产区。境内铁路、公路四通八达，是华北平原，也是晋冀鲁豫的重要交通枢纽。

邢台历史悠久，是河北省有史记载最古老的城市。四千年风雨舞台，上演过许多惊天动地的活剧：唐尧封禅、祖乙迁邢、襄子建都、胡服骑射、沙丘之乱、巨鹿之战、刘秀走国、黄巾起义、石勒兴赵；1.3 万平方公里土地，走出了无数文韬武略的高人：李牧、赵云、李渊、魏徵、宋璟、僧一行、郭威、柴荣、刘秉忠、郭守敬。近现代，又是富有光荣传统的革命老区，铁路罢工、冀南暴动、东进纵队、香城固大捷、前南峪抗大，革命精神薪火相传。冀南、太行两大革命根据地，被称作将帅摇篮，是朱德、彭德怀、刘伯承、邓小平、徐向前等老一辈革命家浴血奋战的地方。

邢襄大地也是诗的沃土，文脉绵长。尧都柏人，天下大和，民歌《击壤》，《诗经·邶风》有《泉水》《匏有苦叶》二首在编。地灵人杰，令历代诗人无限向往，趋之若鹜，曹丕、徐干、陈子昂、王维、高适、岑参、李白、杜甫、张籍、王建、韩愈、元稹、李商隐、司马光、王安石、米芾、苏轼、陆游、范成大、辛弃疾、刘克庄、元好问、耶律楚材、郑板桥、王世贞、顾炎武，都曾亲临邢台，为之增光添彩。甘水厚土也养育了大批本土诗人，有魏徵、宋璟、刘秉忠、乔壁星、陈登云、马健、魏裔介等。还有不少外乡人士入邢为官，爱上邢台，政声与诗名共存，如“后七子”领袖李攀龙、邢台知县朱诰等。现当代因诗词与邢台结缘者，革命家有朱德、陈毅、叶剑英、萧华、黄华、魏传统，诗人、学者有顾随、夏承焘、周汝昌、王亚平、曼晴、青勃、刘艺亭等。

顾随是中国现代文坛一位卓然特立的诗人，1897 年生于清河县，5 岁进私塾，家学深厚，苦读诗书，不舍昼夜。18 岁报考北京大学国文系，一张试卷惊诧学界，校长认为不必再修本科，学西洋文学，融贯中西，博古通今。先生坚守传统，著书立说，词、曲、诗创作和理论影响巨大，且是中国文学中最后一位杂剧大家。1958 年在全国首讲毛泽东诗词，我有幸聆听大师课堂说法，顶端见识，妙语连珠，记下来就是经典。果然几十年后，得弟子叶嘉莹弘扬，顾随诗学已被世界公认，这是邢台的骄傲。

中国人压抑已久的诗情爆发出来。传统诗词如雨后春笋，从复出向复兴，发展迅猛。邢台诗词创作也得到蓬勃发展，诗词队伍不断发展壮大，涌现出一些优秀诗人和大批爱好者。邢台市诗词协会荣获“河北省诗教先进协会”，隆尧县被中华诗词学会命名“诗词之乡”。本土诗人出版诗集过百部，获奖百余次，发表作品万余首，邢台诗词迎来空前繁荣。

文化是民族的灵魂，是一个地域综合实力和持续发展的象征。邢襄文化源远流长，博大精深。崇德尚武，慷慨悲歌，朴实生动，是它的品格特征。诗歌是邢台文化的结晶，继承和发扬邢台诗歌优良传统，是当今邢台人民义不容辞的责任和使命。《古今诗人咏邢台》，工程浩繁，征集、编辑工作付出了巨大劳动和心血。这是一项在邢台市文化史上填补空白的大型精品工程，也是一件功在当代、德泽后人的盛事。出版之后，必使大家珍如拱璧，广为流传。琼林胜境，读者自会欣然。见此书特色，乐之为序，唯学识浅薄，惶恐汗颜，尚希谅之。

《河北旅游诗词选》序

河北省地处华北，北依燕山，南望黄河，西靠太行，东坦沃野，内守京津，外环渤海，周边与山东、河南、山西、辽宁、内蒙古等省、自治区为邻，环拱京、津二市，总面积 18.88 万平方千米。可爱的土地，古老而又年轻，多彩而位置显要，是中国的一个旅游大省。

说它古老，阳原县泥河湾古人类遗址距今二百万年，是人类活动最北端的见证和中华大地古人类早期发祥地之一。早在五千年前，黄帝大战蚩尤于涿鹿之野，中华三祖在这里由征战到融合，开创了中华文明史。舜、禹治水天下分九州，《禹贡》上列冀州为九州之首。说它年轻，直到明朝，黄河还流经河北入渤海，黄河和海河水系的冲积平原，是我国最新形成的陆地之一。说它丰富多彩，地理学上的地形，河北拥有多种：既有水草丰美的坝上高原，又有巍峨高耸的燕山、太行山；既有绵延起伏的丘陵坡地，又有一望无际的平原沃野；既有烟波浩渺的长河大淀，又有波浪滔天的汪洋大海。不仅地形多样为全国各省份之绝无仅有，而且地下煤、铁、石油、有色金属等矿物储量丰富，为工业发展奠定了基础。说它位置显要，元朝以降即为畿辅之地，国都大门。如果说北京是中国的心脏，河北就是中国的胸膛。

从《中华人民共和国地图》上看，河北省的轮廓好像一只冠军奖杯，尖顶平底，上粗下细，左右对称，而且形式与内容正好吻合。河北省的确拥有许多世界与中国之最：万里长城是最伟大的工程，赵州桥是最早的敞肩石拱桥，沧州铁狮子是我国最早的铸铁艺术品，定县开元寺塔是我国现存最高的砖质古塔，承德普宁寺千手千眼菩萨是国内最高的木雕大佛，避暑山庄是现存占地最大的古代园林，涞水人祖冲之最早算出精密圆周率，邢台人郭守敬的《授时历》是我国历史上施行最早的历法，涿州人郦道元的《水经注》是公元 6 世纪前我国最全面而系统的综合性地理学著作，赞皇人李吉甫的《元和郡县图志》是我国现存最早又比较完整的地方志……民俗风景独特，永年太极拳、沧州武术、吴桥杂技等名扬世界。

到了近现代，生生不息的燕赵儿女与全国人民一道，在救国图强的时代主旋律下，以慷慨悲歌的传统性格、大义凛然的民族气节和高尚的爱国主义情操，谱写了一曲曲激越高亢的革命悲歌，河北大地上到处留下他们惊天动地、可歌可泣的英雄事迹。可以毫不夸张地说，河北是一个红色旅游大省。

八百里太行是一条绝妙的风景线，深沟大涧，奇山丽水。抗日战争时期，这里成为游击战争的阵地、根据地的后方。共产党和八路军在这里开天辟地，创造了无数人间奇迹。革命胜利后，昔日的战场和指挥部就成为值得永久怀念的地方。如保定阜平城南庄晋察冀军区司令部旧址、狼牙山五勇士纪念塔、西柏坡中共中央旧址、石家庄市华北军区烈士陵园、邢台县前南峪抗日军政大学旧址、邯郸涉县左权将军墓、八路军“一二九”师司令部旧址、邯郸晋冀鲁豫烈士陵园、武安晋冀鲁豫军区旧址等。

河北大平原一马平川，土地肥沃，经济发达，接近京津，传播马克思主义较早，一向是革命的苗床，人民斗争波澜壮阔，涌现了一批爱国主义教育基地。如唐山市乐亭县李大钊故居、纪念馆，秦皇岛市昌黎县五峰山李大钊革命活动旧址，保定市清苑县冉庄地道战遗址，保定市安新县的白洋淀景区，沧州市献县马本斋烈士纪念馆，承德市隆化县董存瑞烈士陵园等。

请看我们脚下这片广袤的热土，哪一座山峰没有留下老一辈奋斗的足迹，哪一寸土地没有留下革命烈士的鲜血？有幸生活在这块慷慨悲歌的热土上的人们，怎能不兢兢业业，矢志图强，锐意进取，奋斗不息？

河北是诗的沃土，燕赵多慷慨悲歌之士。《诗经》中有邶卫三国风，河间是“毛诗”的发祥地，一向诗人辈出，如卢照邻、李峤、高适、刘长卿、李华、贾岛、蔡松年、王若虚、关汉卿、马致远、王实甫、曹雪芹、纪晓岚……抗日战争时期，河北人民创造了战争奇观，也创造了诗的奇观，田间、曼晴、郭小川、张志民等开创了一代诗风。

今天，我们的诗人们，不负好山好水，不负伟大时代，正继承中国诗词精神，发扬燕赵风骨，意气风发，妙笔生花，“装点此关山，今朝更好看”。

《临城揽胜[1]》序

临城古邑，冀南福地。太行西襟，泜水东去。陇冈错绣，溪涧洄潆，钟灵毓秀，人勤物丰。房子[2]绵纩，媲美蜀锦；邢窑白瓷，类雪类银。明息波石堤，防洪之经典；宋普利寺塔，古建之独尊。

建县双千年，唯德以兴，诗才哲士，代不乏人，敷物芳润，含吐宫商，以生华之妙笔，状瑰丽之故乡。若论本籍诗人，首推唐代李乂。县志上说他："方正博雅，有宰相器。任人唯贤，李下无蹊径。"著有《李氏花萼集》及诗集一卷，《全唐诗》载其诗作三十一首，文风刚健，倾动一时。临城文脉绵延不衰，另一高峰是明代乔壁星。出身儒贤，官至右都御史，廉洁奉公，刚直不阿，时誉"一片贞肠全为国，两袖清风万里归"。著述颇丰，有《泜水》《尧峰》《房子城》等诗词广为流传。清新秀丽，寄托自深，风骨峥嵘，豪情洋溢。

临城山水，久负盛名。白云洞、岐山湖、天台山、蝎子沟，如诗如画，美不胜收。历代文人骚客慕名而来，或游历或仕宦，留下大量诗篇。古人如苏东坡、赵南星、魏裔介、梅和鼎、邵嗣光，今人如刘章、任征、陈金锁、范峻海、国印周、张自发等，诗兴大发，笔走龙蛇，描绘动人的画卷，展示深邃的意境，令人回味无穷。

改革开放，诗词复兴，临城本土又涌现一批新的诗人。如原副县长路焕京，如白根路、刘素君等，高悬吟旗，嘤鸣联谊，铎振一方。他们热心肠，真性情，发于咏吟，娴于声律。诗风晓畅

[1] 在第7版《现代汉语词典》中，采用"览胜"词条。

[2] 临城曾名房子县。

清澄，与时俱进，自凿心源，天真自然，不用僻典，不为拗峭，如绛云舒卷，如芙蓉出水，诗作或屡见诸名刊，或走红于网络。

尤其值得一提的是，焕京同志担纲选编这本诗集，应时得体，颇具胸襟眼光。以地域为纲，时代为序，纲举目张。内容丰厚而简明，观点显明而准确。广集精选，古今兼收，整合文化资源，弘扬人文精神，不薄今人爱古人。古人的山水诗、田园诗，格调高古，气象郁勃，表现自然风光，折射风俗民情。今人诗词，推陈出新，歌颂新事物、新变化，道前人之未道。新生活、新语言、新气象，使诗词这种古老的艺术形式放出新的光芒，焕发新的生命，读起来风神摇曳，齿颊生香。

此书出版，是临城乃至冀南的一件盛事，必然使社会珍如拱璧，眼界大开。它不但可以珍存于今，流传后世，传承民族文化，而且对今日之旅游、环保乃至县域经济大有裨益，同时也填补了地方文化一项空白。

获悉此书乃《临城揽胜》丛书之第一卷，其他各卷业已在谋划中。此乃功德无量之事，望再接再厉，一鼓作气，力争使该套丛书尽全尽早面世。

《古韵流觞》序

正定，古老厚重。

说它古老，仰韶、龙山文化遗址可以证明，商代的青铜器物可以证明，2400 年的建置史可以证明，1600 年的建城史可以证明。它的古老，积累了太久的时间，因而显得很有根基。

说它厚重，则缘于其旌麾一方，2000 多年来为县，为州，为府，为郡，为路，为军，为京，为国，而成为政治之中心、经济之枢机、军事之重镇、文化之渊薮，时至今日，九朝之胜迹犹历历在目；则缘于其钟灵毓秀，圣贤过化，风俗醇厚，才人辈出，出乎其类，拔乎其萃，而有文学之高峰，释教之圣地，杏林之一帜，收藏之大成；则缘于其天塑形胜，地制八方，纵横捭阖，风云际会，而有经武治政之施，金戈铁马之阵，御敌守土之烈，右文兴化之盛。它的厚重，积累了太多的内容，因而显得很有分量。

正定的古老厚重，质而言之，就是文化。

文化，是历史传承的根脉。正定是国家历史文化名城，历史文化的传承就有着更特殊的意义。本书就是以传承立题，书写了正定的历史文化。从正定成邑开始，迄于今日今时，内容涵盖了源流、形胜、景胜、人物、翰墨、风云、风情、宗教等诸多方面，运用了诗、词、歌、赋多种文学体裁，交响出一部历史文化的乐章。它不是简单的资料堆砌，而是统揽全局的完美架构；不是形影踪迹的浮泛记述，而是风骨神魂的熔炼升华；不是空洞概念的抽象侃论，而是血肉丰满的形象渲染；不是局限于体己的自然展示，而是化入化出的议论点评。一言以蔽之，本书笔触所及，不仅尊重了历史的真实，揭示了蕴涵的哲理，而且赋予了文学的美感，因之拥有了丰赡、深邃、妍丽。

作者将这个集子题以“古韵流觞”，乃凝之矣，名副其实。

《中国趣诗故事》序

王军旗编著的《中国趣诗故事》是一本可读性、趣味性、社会性三者俱佳的书。作者从浩如烟海的文人著述和民间文学中，精选了饶有趣味的诗作，参考了许多名人掌故和口头传说，演化为一个个短小精彩的故事，再把它们送回到生活中、民众中去，进一步推广流传。这是一件很有意义的尝试，相信它会受到广大读者热烈欢迎的。

趣诗一般不是歌功颂德的，常常和怨诗是一对孪生姊妹。从古至今，人们忧国忧民，愤世嫉俗，大致有两种表现方式：一种是言愁写恨，直抒胸臆，是为怨诗；另一种则拐弯抹角，讽刺挖苦，将痛苦当笑话说，这便是趣诗。

怨诗一般按内容分为后宫、闺阁、苛政、贫贱、离别、仕宦、羁縻、亡国——千古诸怨。趣诗则往往按排遣方式分为机趣、谐趣、傻趣、稚趣、意趣、理趣等种，或指桑骂槐，明比暗喻；或庄谐杂作，音意双关；或故作憨态，违背常情；或儿童心态，朴拙成俏；或出语荒诞，悖理变形；或形中见理，因形说理。总之，是运用机智和智慧，发情理于趣味，达到讽刺挖苦、释放性灵的目的。趣诗是生活中的辣椒，是人生的盐，是生活的调味品而并非食物，趣诗既蕴藏于许多不同事物的共同点，又存在于相同事物的差异中。越是严肃的场面，越是需要笑声。趣诗是精致的游戏，是恐吓又是开导，是对生活不调和部分善意的思考和艺术的表现。

王军旗以故事形式阐释趣诗，有两方面意义：一是鉴赏，帮助读者理解诗之妙处，道破诗人用心，启发心智；二是把诗意通俗化，让更多人读懂听懂，产生更好的效果。为此，他在构思和表述上颇费匠心。首先，选诗准确，明白晓畅，不太深奥。其次，故事精短，干脆利落，便于口头流传。再次，行文纵姿佯狂，妙趣横生，富有感染力。最后是语言生动，形象显明，增强了文学性。

军旗开朗豪爽，侠肝义胆，幽默风趣，与他交往会给你带来欢乐。读他的作品，也会给你带来享受。

田人书法品读

早年看村剧团，草台班子，庄稼人登台，画上脸戴上髯口，比比画画，自娱自乐，过把瘾倒还罢了，倘若进了城市戏院，让行家们一看就砸锅了。懂戏的人自有标准尺度，是否科班出身、出自名门，一眼就能识破。

当前书坛鱼龙混杂，也有不少草台班子，村野水平，“无师自通”者。以为草书就是潦草，让人认不得看不懂，且不以不知二王、张旭脸红，还能到处展览、得奖，因为上下左右彼此彼此，有什么样的市场就有什么样的物流。当然也受潮流风气影响，快餐文化，急功近利，还美其名曰“速成书法”。无根基者随波逐流，难免一俗。然而智者学书，必然是另一条路：继承传统，研习经典，然后才敢言出新——让我想起了田人先生。

30 多年前，我在《河北文艺》当编辑，田人送来一组诗歌，粉连纸上工笔小楷，精美如铅印字帖。他的诗也好，让秀丽的墨迹书写出来，如天生丽质配以霓裳羽衣，妙不可言。田人生于穷乡僻壤，自学诗书，田间耕锄，手指画字，后而成习。精学苦练，终成大器。76 岁自撰自书一篇古风长诗《雪泥鸿爪》，是其翰墨之路的真实写照：“祖上事农锄，纺织粗布装。逢灾食糠秕，野草充饥肠。日寇烧杀掠，幼小心煮汤。”少年投亲内蒙古：“大漠与草原，磨炼我胸膛。”1954 年考入内蒙古师大中文系，并求学于北京大学古文字学家曹錾门下，在传统文化滋养、导引下，一步一个脚印走到今天。

田人学书自唐楷入门，然后追本溯源，魏晋、汉隶、秦篆、钟鼎、甲骨，考察传统书法的江河、流域，熟悉翰墨的水性、流向，边潜心临摹，边学习理论，在实践中寻找自己的美学理想，感悟成熟时写成理论文章，计20多篇，如《唐楷之大纛一代书雄》《书坛呼吁米襄阳》。热衷颜真卿时，学其人品、书品。颜鲁公直心谏诤，忠烈刚正，浩然之气形诸笔墨，入木三分，熔铁铸鼎。楷书雄强茂密，浑厚刚劲。行书兼容行楷行草，《祭侄季明文稿》也是发愤之作，迅疾中笔笔有法，字里行间怒气充满，体现了深厚修养和精湛技艺，被称作“天下第二行书”。倾心米芾时，着重眼界与技法，米南宫收藏颇丰，观览广阔，且善于临仿。取法多样，把许多古人的长处化为己有。且个性狂放，喜做惊世骇俗之举。所以不守常法，超然绝世，形体神态出人意料。

1985年在襄樊（今襄阳）开会，田人与中国书协主席舒同同席，舒主席称赞他的书法有张裕钊笔意。一下子被点到关键穴位，田人血如潮涌，他确实对张体心仪已久，潜心研究几十年了，初步写成几篇论文，《重新点燃魏碑书法艺术灵光》《一个不应忘记的书法家》《内圆外方熔铸的震撼力量及神韵的文化情结》《张裕钊书法探微》等。后半生心血汗水全都投入这一课题上了。

回望一部中国书法史，群山簇拥，高峰林立，而张裕钊则是一座重要的里程碑。盛唐以后，帖学盛行，形成一种“乌、方、光”为病的“馆阁体”，千人一面，一字万同。直到清朝晚期，碑学才重新被人认识，出现了一批尊碑卑帖的书法家，使书法终于从媚弱中走出来。而张裕钊正是其中杰出的代表人物，被康有为誉为“集碑之成”，“千年来无一比”。张体书法凝聚着丰富的民族智慧和人文精神，具有显明的独创性和想象力，是中国书法史上的重要经典。

田人先生把传承和发展张体书法视为己任，学习研究，颇有见地。“张裕钊先生熔铸了秦魏北碑金石诸碑版，先与古合，后与古分。”“从字形上讲是将魏碑的横势变成了长方形的纵势，因而有强烈的人体美。”“最大的特征是内圆外方，在用笔上‘外拓里带’。”他也注重到内圆外方并不自张裕钊始，颜鲁公的宝塔碑中已见端倪。不过颜真卿尚不自觉，时有时无，到张裕钊才把它突出出来，处处为用，自成一体。张裕钊正是继承发展，多学善用，才成为集书法变革大成的一代宗师。

为了弘扬张体书法，田人先生于1986年在家乡河北深州，向全国发起《张裕钊书体流派展》征稿，并联络接待日本书法代表团，在保定莲池书院为张公立碑纪念。张裕钊道光举人，内阁中书，“曾门四学士”之一，历主江宁、武昌、襄樊（今襄阳）、保定书院。莲池书院中有个日本学生宫岛大八，学成回国，成为一个重要书法流派。这次日本代表团团长宫岛吉亮正是其孙。揭碑仪式，启功、黄绮、欧阳中石出席，田人和宫岛各携40幅书作，分列碑之左右。晚宴上，田人先生书写了“一衣带水、一苇可航”相赠，日方评价甚高。

1988年9月，经田人先生努力，《张裕钊书法流派展》在石家庄隆重推出，反响强烈。事后先生又自费携带全部作品到湖北，从武汉、襄阳到张裕钊的故乡鄂州，展出一处，轰动一方，震动了整个湖北。先生还专程赶到鄂州梁子湖畔张公墓前顶礼祭拜，到老年大学讲授张公书品、人品，声泪俱下。10月15日，在田人先生操办下，全国“张裕钊书法学术讨论会”在南宫市举行。著名的《重修南宫县学碑》，1886年由张裕钊撰书，主张革新旧学，创办新学。这是张裕钊64岁时的作品，炉火纯青，十分规范，早期嫩角脱尽，骨骼定型，铁划金钩，是张体书法鼎盛之作。会上，田人先生宣读了论文，会后辑成《张裕钊学术讨论会文集》一册，了却心中一件大事。

张裕钊一生“恢奇为文，浑穆为书”，顶着世俗压力，与占据统治地位的“馆阁体”角力，言行谨慎，不事张扬。但是他深知自己书法的价值：“吾文不逮古人十一，而其书独与古合，非唐宋诸家所能，然未尝以其书语，恐其骇且怪矣。”愿“埋之深山，置一石内，留待百年后让人去发现”。果然后来就有了康有为、于右任，又有了田人先生。

田人先生奉张体为圭臬，敬畏、虔诚、醉心，数十年以为日课，苦苦磨炼，一笔一画刻于心坎，一点一滴溶入血液。宏观把握，微观吃透，一面临习，一面搜集张公留下的为数不多的讲义、信札，只言片语。比如，张公寄给好友吴汝纶的几十封信，字里行间多有精言妙义。这个吴汝纶曾知深州，给田人的研究提供了方便。信中说：“空中渴骥奔泉。怒猊决石。纸上如蜻蜓点水，轻燕掠波。”田人体会就是落笔前酝酿感情，提升书写欲望。书写时精神放松，任情任性，充分发挥。“名指得力，指能转笔，落笔轻，入墨涩，发锋远，收锋急，藏锋深，出锋烈”是具体而可操作的技法、墨法。其中“指能转笔”就是捻笔，更是张公的特长，提醒画勿浮华，用力慢拉，笔笔送到。还说到写画用隶，转折用篆，篆中用捻，提按中有轻重，勾挑篆中带隶，中锋则贯穿其中，出锋要快，快行快止。结构的点画用楷法统帅，点画用草与行。勾挑用直笔转指，通过外扩里带，形成结构的钝角，完成里圆外方的总体工程。神秘的张体被田人先生破解得简明扼要，易于掌握。这才是理论与实践相结合，为弘扬张体书法做出的巨大贡献。

田人先生迷恋张体，先求雅正，亦步亦趋，一丝不苟，达到可以乱真的程度。作为传承人，一方面感到张体博大精深，学无止境；一方面又仿佛听到古训“学我者死”，应该有所变化求新，准于法度之内，绳于变化之间。几十年勤学苦练，终于炼金成液，积久成变。

这些年田人先生在河北、天津、福建、广东、山东等省市举办个展，墨迹遍及长城内外、大江南北。大字楷书，尽为得意之作，碑版如五台山广宗寺法尊法师碑等皆为世人瞩目。先后出版了《田野上人书法》《田野上人书风笔诀》《田野上人书舞风颂》

《雪泥鸿爪》等书法集，可谓风行一时，万人倾倒。

欣赏田人先生书法，古风拂面，古道热肠，古意盎然。心路与艺术较以前更显高古苍劲，深刻朴茂、正大气象洋溢字里行间。楷书墨相雄奇，气韵神妙，中锋精深，在魏碑和张体的基础上开创了自己的书风面貌；行书笔走龙蛇，气势雄浑，苍劲灵秀；草书起伏飞动，长臂枯藤，大气磅礴，酣畅淋漓。

书法之美，有运笔、结体、章法诸元素，集中表现于笔力和线条，线条抒发情感，传递笔意。田人晚年的线条有着惊人的创造性和想象力。以内圆外方为形，使藏锋中锋更为厚重。尤为难能可贵的是，他把屋漏痕笔法引入张体，进而探笔势于钟鼎，创造自己的笔墨。横笔不平写，竖笔不直落，看似断续、顿挫、颤抖，形似锯齿，实则真气贯注，气强势足，如屈铁枯藤，惊雷坠石，刚健涵宕。点线的风化曲线和用笔的冲刀感，形成古朴天然的流痕，圆润而兼有一股濡力，从而突出书相的金石气、风化感和沧桑感。强烈的艺术个性在当今书坛独树一帜，焕然一新。对于这种突破性的创新，田人先生自己也很欣慰，概括为：笔出金石，墨有风化，纸上太极，春秋为察。

田人书法独异的线条美，形成一种独异的笔势，“得势而出”。这个“势”正是书法的艺术空间，一种审美感受。田人的笔势也取决于他有一般书法家所不可及的修养。

一者他是个诗人，眼前的自然是诗化的自然。“归来田园居，生息住平房。院有香椿树，开畦菜根香。”有陶渊明的诗意，王维、齐白石的画意。他的诗多为古风，清新自然。“紫檀大斗笔，屋漏痕行行。啤酒大碗盛，赤背汗流淌。”腹有诗书气自华，他饱读诗书，精通音律，融会贯通，笔下流淌出来的不仅是书法，还是一种书卷气、一种文艺气息，扑面而来。

二者田人善舞，早年在草原跳蒙古舞，后来在城市跳交谊、国标，一跳就是 60 年，至今（2010 年）年近 80 还是衡水舞场上的领袖。书法与舞蹈相通，好的书法需要溶入舞蹈的特性，如节奏、韵律、跳跃、平衡、造型。公孙大娘舞剑器，让杜甫“观者如山色沮丧，天地为之久低昂”。唐太宗评萧子云书：“行行如纤春蚓，字字若绾秋蛇。”张长史见担夫与公主争路，而得草书，雷太简闻江声而笔法进，文与可见蛇斗而草书长，何况高度艺术化的舞蹈呢。

田人先生积60年经验，写了《舞风颂》，把舞蹈诗化了：“轻舞赏旋律，重步听鼓点，挺身如松立，曲膝似槐盘。纡腰慎把持，玉指轻手挽。步舞摇婀娜，起伏云梦幻。群衫风自动，共舞姿千般。示意手花快，造势脚步慢。踏歌狂欲呼，双目已交欢……拉丁风情动，桑巴浪里船。伦巴海波水，四拍举步三。和谐起伏意，摆动更缠绵。探戈脚趋进，头甩腰微弯。慢慢快快拍，蟹步纵横间。合如比翼鸟，分如连理干。后仰复前合，双拉与单转。激越大动作，四顾皆震撼。美姿存心际，美音绕梁转。”田人先生说：“伴着音乐起舞，好像一个人正在挥笔写字。”不难理解，诗与舞这青春的血液注入书法的血管，给他一脸红润，将他皱纹抚平，使他妙笔生花。这就是田人先生的书法。

当代帛书第一人

偏居小城邢台的张鹤龄先生，既无什么关系背景，又具刚正不阿的性格，而能崭然昂扬于艺术之苍山云海，被誉为“当代帛书第一人”，凭得是他超然世俗的人格气象，独树一帜的艺术魅力。

牛城的文人墨客一向低调、谦恭，常常隐于市曹，与世无争。

突然冒出来一位，就让世界大吃一惊。20多年前的白寿章，在邢台师范教了一辈子书，然而他的书画造诣很深，风格超然，个性迥然。生前不事张扬，死后身价百倍，被舆论追认为艺术大师。张鹤龄先生比白幸运一点，后半生赶上改革开放时代。也可惜被推崇到书坛显赫位置时，已届花甲古稀之年。绝不能以“大器晚成”称之，因为他的艺术之花早已盛开多年，只能说更多人领略到他书艺的圣洁之美，是相见恨晚了。

“吮墨玩笔六十年，不辞劳苦不嫌烦。求得修身达心性，笑对闲讽与冷言。”(《学书养性》)这60年又可分为两段，前30年磨炼功夫，后30年探求艺术。

鹤龄先生从小就对多姿多态的方块字产生了浓厚的兴趣，对中国书法有着与生俱来的爱好。“以碑帖为师，以笔墨为友”，一字百回、一帖千遍地临摹，“真草隶篆各具形，亦步亦趋觅师踪，泼墨有法描古仪，挥毫无度绘今容”(《学书有得》)。20世纪60年代初，我和他同在邢台搞剧本创作，每次他的剧本总是工笔小楷，如石印古籍，还没有讨论，已经先声夺人。而立之年依然搦管不辍，嗜墨如命，把《毛泽东选集》一至四卷工工整整地抄写了三遍。

十年磨一剑，锋刃自然开。鹤龄先生的笔锋磨炼到三个十年，浸淫书道，废笔成冢，越学越感到中国书法的博大精深，越学越感到墨池无边，只有通过超常的刻苦努力，才能“技艺绝伦精润泽，向背得宜时出新。和以娴雅达情性，心手双畅自有神”(《论风骨》)。长年累月地学习探求，积淀了深厚的精神资源，也经历了一个漫长的从技到艺，从物到心，穷幽极微的万里长征。

鹤龄先生研习书法，深入透彻，如他在《赞米芾其人其书》诗中所述：“临拟摹仿至乱真，博采众长始创新。洒脱飘逸羲之鬼，沉着风翥元章魂。清雄绝俗诗文气，超妙奇险翰墨神。风樯阵马多俊迈，癫狂痛快字如人。”并由此悟出一味刻舟求剑，脱不开古帖的表面形式，往往会陷于迂腐、学究气，缺乏生气，像当年陈独秀评论沈尹默："其俗在骨。" 期望 "博采众长始创新"，他一再警示自己，不可过早地求变，那样会不切实际，失去经典书法的内涵和深度。出路在于在继承的基础上发展，"得鱼而忘筌"。像苏东坡所说的那样："出新意于法度之中，寄妙理于豪放之外。"

鹤龄先生的后 30 年得遇改革开放，书法逐渐回到中国文化的核心位置。为人民群众学习书法的热情所鼓舞，他全身心地投入到书法教育工作，一头扎进书海之中。在授业解惑的过程中，渐渐领悟到书法艺术的美学价值，不断加深对书法艺术的内容及其本质的认识，形成自己独到的见解，体会到一部中国书法史，复古与创新交替进行，而始终以古人立极，在古中求新。并根据自己多年从事书法创作和教学体验，写作出版了《书法三字经》，在书法爱好者中广为流传。

鹤龄先生一边从事书法教学，一边主编邢台市民间文学三套集成，苦心孤诣，焚膏继晷，苦战八年。一天洗头发时，发现脸盆里漂起了一层白毛，照镜看时，头发眉毛全部脱落，嫩红的头皮见风就疼，医生说是长期精神紧张所致。第二年冒出一头银发，鹤发童颜，人与书都实现了一种脱胎换骨，呈现了一种浓郁的书卷气、仙气。慨然写诗道："而立非立青丝少，知命非命白发稠。学得沉浮挣扎技，权为后生充导游。"(《知命之望》)

鹤龄先生迥然于一般书家，所表现出来的超然才气，不仅是 "博采众长"，各种书体的融渗，还包含了他深厚的多种艺术修养。早年在上海 "联谊话剧团" 时，跟着著名演员刘琼、石挥学话剧。后来从事戏曲改革，又和著名演员陈素贞、郭兰芝、姚淑芳共事，经他创作、导演的剧目有 50 多个，因风格清新受到郭沫若、田汉、贺敬之、乔羽等文学大师的青睐。长期的舞台经验，对他的书法创作有一定裨益。舞台艺术运用手、眼、身、法、步，招式程式塑造人物性格。书法用横、竖、撇、捺、点，疏密浓淡、结体、布局，表现艺术境界。舞蹈要在奇险中求平衡，书法也是这个道理。唐代书法家孙过庭《书谱》中也说:“初学分布，但求平正；既知平正，务求险绝；既能险绝，复归平正。初谓未及，中则过之，后乃通会；通会之际，人书俱老。”鹤龄先生深得其中奥妙，先有法，后破法，再建法，形成了自己独到的书法艺术风格。

英国哲学家库古里夫说过:“诗是一切艺术的长女，大部分艺术的父母。”鹤龄先生像爱好书法一样爱好诗词，诗歌造诣很深，常常是诗书同行，比翼齐飞。一般人写字，往往是单练那几幅，走到哪里写到哪里。鹤龄先生一般是先有诗后有书。先从大自然和社会生活中发现诗情，然后由诗情而产生画意，最后由画意而凝结为书法，这正是书法来源于生活的逻辑。比如他的楷、帛、隶、篆《念奴娇·春夏秋冬》，文字书法都是自己创作。他写过一首诗《游贺坪峡峡谷群》:“跻身陡峭峡谷间，跳踏卵顽闯险关。鬼斧劈就二片壁，神工铸成一线天。忘死仰攀桃源地，舍生俯探黑龙潭。野花晶冰瀑布水，清幽雄健贵自然。”也正是他书法艺术追求的境界。甚至更精炼为“清雄绝俗诗文气，超妙奇险翰墨神”两句，把“濡墨展锋学养深，题额撰联见胸襟。纸上诗文难立异，笔下技艺怎标新”(《学书感言》)奉为书法圭臬，所以看鹤龄先生的条幅，总悬挂着一种诗意，张贴着一种思想，表达着诗家内心的激情。

作为一方名人，鹤龄先生从不宣扬，低调做人，无功名利禄之心，有宁寂旷远之志。他把自己当作牛城的一头老牛，在艺术王国里踽踽而行。“茹苦含辛默无闻，忍辱负重岂为蠢。耕耘犁耙汗湿土，皮肉骨角乳育民。播撒谷菽花结果，垦拓荒漠草成茵。勤劳不求名利位，血涸力竭见精神。”(《颂牛》)这种澄明透彻的心境，缘于心志的高洁，缘于他多年的修身养性。这种淡泊宁静之气，氤氲心中，隐约于纸上，因隐而深，因简而远。但是这种寂静心态，又绝非不食人间烟火。生活中的鹤龄先生，谦谦君子，为人随和，笑容可掬。他的书法脱尽寒酸、迂腐和浮华，骨气外化，折射出文人的高古、典雅气象。

万事俱备，只欠东风。鹤龄先生带着自己的灯火，寻找着自己的道路。他认为，书法创作，不应该只是创造完美，而应该开创一个新局面。功夫不负有心人，这个机会终于来临。

20 世纪 70 年代，马王堆汉墓出土大量简帛古籍，轰动海内外，尤其是文字、书法界。因为汉初墨本失传已久，汉字书体形成，一直沿用“篆变隶，隶变楷，楷变行，行变草”这一顺序，马王堆帛书墨迹，颠覆了这一推论，大量出土实物证明，汉初的帛书书法已经五体兼备，楷、行、草书体形态已有大量萌芽。说明隶、楷、行、草不是相互渐变，而是同源于篆，只不过篆变隶的演变完成更快些，楷、行、草元素已经包含其中。他一下子便迷上了这种古老而新奇的书体，帛书古拙高雅、雄健俊逸的艺术风格彻底征服了他，他不由得倾心竭力，苦心钻研，遍临专攻，心追手摹起来。

深入研读，鹤龄先生发现汉帛书按其结体和用笔的体势特点，可分为篆隶、古隶和汉隶三种。熟悉了三种帛书形体、风格特点后，尝试着把三种帛书取舍融合，使之既有汉帛的笔势形态，又不拘泥某一时段，更适合于今人的审美习惯，从而达到奇而不怪，古中见新，雅俗共赏的效果。正如他所说：“我学汉帛书，师古不泥古。篆隶为基点，体势古为主。结体有取舍，行距均密疏。轻重与粗细，对比要自如。逆入力涩行，兼融楷行书。用笔应灵活，波折须长粗。点画多动感，交叉处圆弧。学古不乖时，趋今不流俗。”

读鹤龄先生《苦索斋墨韵》中的帛书，如 20 多年前在河北元氏县初读《封龙山颂》那样惊喜，那样耳目一新，爱不释手。它集汉帛的方整、流丽、奇古于一身，又融化铸造一种新体，正变乖合，靡所不有，已经形成了一种古朴典雅、雄浑刚健、端庄灵动、舒展洒脱的艺术风格。整饬而不刻板，肃穆中有生气，工整中带有自然活泼的逸致，古拙中露出雍容华贵的气质。在结体、章法、用笔乃至笔画、偏旁等方面都独具匠心，颇有建树。对帛书的研究取得了独到的艺术成就，为帛书艺术的推广和发展做出了创造性的贡献。

鹤龄先生的帛书，已经成为当今中国书苑一朵奇葩。不仅风行国内，还多次于美、日、韩、加等十几个国家展出，并被诸多行家和爱好者收藏。

说到底，还是王尔德的一句话，艺术创作是非凡气质的非凡产物，张鹤龄先生学书60多年，从头到尾是在写自己，60年刻画出一个活灵活现、卓尔不群的艺术人格。

范继翔画竹

邢台古称顺德。顺字多义，其一趋向统一，如顺风顺水；其二沿循前进，如顺延、顺行；其三整理，如理顺、通顺；其四服从，如顺从、孝顺；其五适合，如顺心、顺眼。顺与德相连，表明一方水土的传统道德与风情习俗。所以邢台艺术家德艺双馨，顺理成章。除白寿章为代表外，还有白寿章式的画家范继翔。范继翔所处地位更为基层，一直供职于隆尧县文化馆，可是已成画界翘楚，他的墨竹更是冠绝一方。

竹子以虚心高节、傲霜耐寒之品格，劲直清雅、摇风弄影之形态为人所爱，获得“岁寒三友”“花中四君子”之美誉。为历代诗人画家所倾倒，借以吟诗作画。晋有“竹林七贤”，唐有“竹溪六逸”。唐张九龄说：“高节人相重，虚心世所知。”宋林季谦说：

“劲节不肯俗，浓荫相映寒。”元揭傒斯说：“虚心与直节，唯有太阳知。”明刘基说：“折取寄情人，感此岁寒节。”清戴熙说：“心虚根柢固，指日定干霄。”相传墨竹始于吴道子，到萧悦已成气候。白居易《画竹歌》：“植物之中竹难写，古今虽画无似者。萧郎下笔独逼真，丹青以来唯一人。”宋代文与可成就更高，苏东坡有《书晁补之所藏与可画竹三首》：“与可画竹时，见竹不见人。岂独不见人，嗒然遗其身。其身与竹比，无穷出清新。庄周世无有，谁知此疑神。”元明画竹高人辈出，李衎、王绂、夏昶。清代画竹大家更多，八大山人、石涛、郑板桥，郑诗“四十年来画竹枝，日间挥写夜间思。冗繁削尽留清瘦，画到生时是熟时”成为文人画竹的经典概括。

范继翔自幼饱读诗书，喜欢竹子，除了正直、清劲之外，他还发现竹子有另一个特点——厚积薄发。其成长依赖发达的根系，根深几乎与身高等长，从土壤中吸收营养和水分，不声不响地积蓄能量，枝叶自然繁茂起来。从中悟出机理，画竹先学竹。

范继翔1933年生于隆尧县辛贾村，从小住姥姥家，舅舅是名剪纸艺人，把艺术种子播在他幼小的心灵里。后来继翔上初中，在美术教师石岫海的指导下，临习颜柳碑帖，摹写《芥子园画谱》。继而上邢台师范，又跟随白寿章苦学三年。白寿章早年求学保定国立美术专科学校，工中国画，长于花鸟，其功力可与李苦禅比肩。可惜一生蜗居邢台小城，未得扬名天下，毕生教书育人，带出一批弟子，范继翔即为得意门生。

邢师毕业，他没有继续学院深造，而是自愿到基层工作，走进农民之中。磨刀不误砍柴工。强化了生活，磨炼了思想，不久就创作了年画《闲时备下忙时用》《长大要当解放军》，参加了天津美展，并由中国青年出版社出版。这叫失之东隅，收之桑榆。但是他并不满足生活的赐予，而时刻想着补上艺术教育这一课，在天津美院进修时，如饥似渴地听郭味蕖讲花鸟，叶浅予讲人物，不断拿着自己的画稿请教，一改再改，在修改中提高认知水平。1966 年邢台地震后，周思聪来隆尧采访，他鞍前马后照顾生活，抓紧一切机会虚心求教。1969 年，县里画毛主席像，他以程门立雪的精神请来靳尚谊，并且打下手，十几天工夫如同进了一次专修科。周、靳二位大画家，都被他的真诚感动，给他画了像。

1973 年白寿章老师逝世，范继翔无限思念恩师，把追忆之情倾注于国画创作。他试着画国槐，怀人怀师。大槐树是北方农村一道常见的风景，几乎无人涉猎，他创造性地引入国画。笔下的国槐，顶天立地，枝繁叶茂，为人间撑起绿荫。造型独特，注重整体气势，柔中带刚。用笔苍劲，线条与墨彩并用，干湿浓淡，挥洒自如，纵横交织，冷暗相间，写出一种独特的村野风光和抒情旋律。正如宋人范晞文的主张："不以虚为虚，而以实为虚，化景物为情思。"从头到尾，自然如行云流水。

但是，范继翔的艺术成就还主要表现于墨竹。50 多年勤奋耕耘和默默探索，使他的艺术风格不断强化和完善，在国画界逐步树立起自己的形象，令我倾心关注，叹为观止的，至少有以下三个方面。

一、深厚的造型功力

诚然，中国画的精髓是写意传神，神似重于形似。但是神与形有个辩证关系，欲求有神必先有形，是个量变到质变的过程。不像今天有些速成书画家，不学走就想跑，不照葫芦也画瓢，胡涂乱抹，不伦不类，还美其名曰"变形""现代"。盲人瞎马，必然走向艺术的绝境。

范继翔学画伊始，就在石岫海、白寿章先生严格要求下，苦练素描、工笔，追求形象逼真。为了画竹，他在自己院中种了一畦竹子，对其形态和生长规律——笋篁壮老，上下左右，春夏秋冬，风雨阴晴——细致入微地观察，从整体到局部，对景写生。

一如诗人的赤子之心，努力发现寻找竹子的形态美，触发自己的灵感与表现欲望。经过无数次笔墨锤炼，寻找最佳技法，将美感呈现于画面，完成自然界与自己的心灵的感应和交融。这样画家拥有了“心灵境界”的基因，成竹在胸，达到“大块假我以文章”，物与我神遇而异化。

范继翔长期临摹古画，走进古人，走进传统，发现苏轼、郑板桥都是书法大家，他们笔下的竹子是书画的综合体。赵孟頫题松木竹石诗：“石如飞白木如籀，写竹还应八法通。若也有人能会此，须知书画本来同。”他庆幸自己的启蒙老师史岫海、白寿章都是书法家，为自己打下了坚实的基础。于是更自觉地书画同修，相得益彰。内行的人从他的竹竿上可以读到篆书，竹笔平直，笔意贯穿，上下相承。从点节上可以读到隶书，虽有断离，又属连接，不大不小，不太直又不太弯。以草书之法写竹枝，纵横涂抹，率直活泼，疾速连绵，气势连贯。尤其善用腴润湿笔写新篁、怪石，水墨淋漓。竹叶用捺法，仰者簇簇罗叠，错层有致；俯者露润雨垂，风翔雪压。反正低昂的倒叶，正斜高低，露藏聚散，主次变化。关键部位，一两笔“亮相”，提神增彩，出神入化。

二、以情写竹，追求神韵

竹子是中国画的传统题材，文人雅士学画，多从画竹入手，好比文学中的诗与散文，看着容易写起来难，形式越简单越需要功力。画面上几笔清竹，不能罗列生活现象，而要抓住特点，集中表现复杂的现实生活。不是被动地描绘竹子的自然属性，而是通过个人的思想感受，揭示特定环境下的社会意识，寄托画家的道德追求和深厚情意。如郑板桥那样：“衙斋卧听萧萧竹，疑是民间疾苦声。些小吾曹州县吏，一枝一叶总关情。”

继翔画雅竹、新篁，竹枝伸张，竹叶向上，多用湿笔。水分充足，满带清润之气。那是看到生活积极的一面，心情舒畅。更多的是画风竹、雨竹。风是抽象的，不好表现，但是在他笔下，能呈现狂风大作的形态，使不可见的风有了可视的形象。竹枝摇曳，竹叶横飞，互相碰撞，似有叮咚之声。画家像风中弱竹，瘦劲耿直，宁折不弯，信守节操，不入俗流。继翔还善画石竹，以坡石作青竹背景。竹以硬毫赭墨、花青写出，挺劲苍古，气势坚凝，老辣又不失深秀苍茫之态。竹叶圆中带方，有棱有角。竹石相互衬托，阴阳向背，疏密浓淡，层次井然。竹似儒雅秀士，石似沧桑老者，一个潇洒机敏，血气方刚；一个稳重清高，城府颇深。刚柔相济，正是中华文明的传承。画中的竹石，是画家胸中竹石的幻化。特殊的艺术形态，是画家特殊精神形态的外现。

三、比画感情更高的境界是写思想

暴风袭来时，天昏地暗，竹林摧折，庄稼匍匐。眼前物体变形，耳边生命呼唤。一个优秀的艺术家才能把握这种感觉，思考社会和人民的命运。范继翔的风雨竹，从形态到内容都表达了这种思想，而思想正是一个优秀画家和普通画家在质上的差别。他的墨竹，形若草率，实则规矩森严，物形似与不似，物理始终把握，形象与思想统一。

画家的创作，张贴着自己的思想。这种思想表现在构图和笔意上，也表现在题词上，起到画龙点睛的作用。范继翔为每幅画的题词，都主题鲜明，令人深思。如“竹敲秋雨有诗声”“虚怀吞四海，高耸入云霭”“霜天知劲节”“咬定青山不放松”“一枝一叶总关情”。

一个优秀画家，思考世界不会仅从一己之利出发，而是着眼于国家和民族的利益，思考当代艺术的进程。纵观继翔的竹画，很少孤独一枝者，没有孤芳自赏。或数竿共生，或聚而成丛。个体的竹千变万化，千姿百态，关联起来，又是和谐相生，和而不同，多样化的统一。和谐思想是范继翔与古代画家的显著区别，也是他孜孜以求的时代特点。莫道桑榆晚，范继翔在心路历程上，不断地拓展人生和艺术境界，让人想起唐人陈陶的一首《竹》:“青岚帚亚思君祖，绿润高枝忆蔡邕。长听南国风雨夜，恐生鳞甲尽为龙。”范继翔的墨竹，线条越来越简练，笔意越来越神奇，已经生鳞甲尽为龙了。

刘新宗的书法艺术

新宗与我，总角之交。中学到大学，就读同一班上。参加工作，居住于同一市里。多半生朝夕相处，在我心目中他早已是书法家了。新宗出生于贫苦农民家庭，自幼不论寒暑，天天写张大仿。小学书法比赛，一张斗方评为全校第一，张贴在教室里，供大家观摩。中学时他写的黑板报，总有人围观，比我晚会上演的《玉堂春》还叫彩。在河北教育报刊社工作时，早已书名远播，外省同行以求得新宗一字为荣。

奇怪的是，当沉寂已久的书法在20世纪80年代热起来，并持续升温，展览、评奖、笔会沸沸扬扬时，他却不为所动，依然闭门临池，出入古人，潜心磨炼。我替他着急，期望我们邢台再出现一个白寿章。他哑然一笑，慢条斯理地说，眼前展览至上，书风浮躁，热衷于形式和表面效果。正如清人宋曹所说:“今人好溺偏固，任笔为体，恣意挥运，以少知而自炫新奇，以意足而不顾颠错，究于古人妙境，茫无体认，又安望其升晋魏之堂乎!”又说:“若迫于事，拘于时，屈于势，虽钟、王不能佳也。”他说自己追求书法真谛，不去凑那热闹。

我又怪他，当前乃是行、草的天下，以趋新为时尚，人们争相“墨象”“前卫”，画几笔字就能名利双收。你的行书已到“惊蛇入草，飞鸟入林，来不可止，去不可遏”的火候，何故避易从难，苦心孤诣地练习金文，给自己选择一条寂寞之路呢？他说：“傅青主云，不作篆隶，虽学书三万六千日，终不到是处，昧所从来也。写隶须宗汉，篆须熟知周秦以上鸟兽草木之形，始臻上乘。”这样我才明白，新宗孜孜追求的，是书道而非浮名，所以，远超时流，独立思考，更自主书风发展，更高层次地自我完善。

其实，新宗热衷金文不自今日始。1958 年我们进入河北大学中文系学习，著名语言学家、书法家黄绮先生任系副主任，教授语言学和文字学。黄先生渊博的学识，讲课不愠不火的儒雅风度，以及风格特异的板书，一下子让新宗对文字学着了迷。记得一次他左腿上长了疖子，肿得不能走路上课，住进了简陋的病房。在近两个月的卧床休息中，他读了几本文字学著作，完成了黄先生布置的自命体文字学作业：一篇约 3 万字的读书随笔。当时我看了，认为可以拿到学报上全文发表。这篇作业记录了他当时对文字学的深刻理解，同时也种下了深入解读古文字的渴望。20 世纪 90 年代初，他患上了脑供血不足的病症，长期头晕头痛。听说写字可以静养头脑，于是每天下班后站在案前临写法帖。有一次去太原出差，买回一部（共八本）日本白川静著的《金文通释》。书中一幅幅精美的金文铭拓，再次燃起他对古文字学的兴趣，从此开始了一边研读一边临摹的生活。

新宗临习金文从认字开始。为了认字，弄清每个字的形、音、义，比较各家解释之异同，在通读的基础上，先后抄写过容庚的《金文编》、高明的《古文字类编》、戴家祥的《金文大字典》，摘抄过《汉语大字典》，装订成十几册笔记。还自编简明易查的《金文汇》，以备书写创作时参考。他不满意时下出版的一些金文字帖，上面释文错误连篇，有的集联颂扬封建的乃至奴隶制的专制体制，令人厌烦。

这些年，他还游览了不少名山大川，参观过故宫博物院、北京历史博物馆、陕西博物馆、咸阳博物馆等。每当徜徉在苔花斑驳的青铜彝器之间，望着那些刻铸其上的铭文，心头便热浪翻滚，仿佛进入了古代帝王、贵族钟鸣鼎食的日常生活，进入了庄严宏大的祀典、锡命场面；仿佛参与了定期契约的纠葛、血肉横飞的征伐。在感叹历史沧桑的同时，对先民们创造的青铜文化、风格各异的金文书法崇拜有加，决心继承这份璀璨的文化遗产，写好金文，不负祖先的创造。正是这样一种思想感情，促使他夜以继日地临摹了不同时期、不同地域的大量铭拓。《殷周金文集成》资料丰赡，印制精美；《金文选》把原拓放大，笔画清爽，都是他临摹的范本。十年磨一剑，新宗已经体味到创造意识，作品表现出高雅韵致。

新宗的金文书作，形式是传统的，精神是现代的。榜书“与时俱进”“爱国兴邦”不用说了，即令写唐诗、宋词和古人对联，也都挑选与今人心神相通，能够丰富现代意识、陶冶性情的内容，决不去写崇拜帝王、颂扬腐朽的东西。如自撰联“严陵择业于渔，乐在自有其身”，是概括罗玘《西溪渔乐说》的内容，彰显明代文化人主体意识的觉醒，追求身心的自由。所写翁同龢撰联“爱敬古梅如宿士，召呼明月到芳樽”，看中的是它爱护环境，追求人与自然融合的高洁精神，以为对于今人提升人格层次必有裨益。再如所写林则徐撰联“苟利国家生死以，岂因祸福避趋之”，那强烈的爱国主义情怀，对事业鞠躬尽瘁的执着，是对林公伟大形象的生动注脚，今天读来，仍然令人精神振奋。值得一提的是，在他的金文书作特别是对联作品中，有不少附有行书边款和跋语。或抒写人生体悟，或阐发艺术主张，或怀师忆友，虽属信手点缀，却不乏精警之作，有的简直就是一篇绝妙的短文，其间的现代意识是不言而喻的。

新宗写金文，学古而不泥古，外师造化，内发心源。总希望在继承中有所创新，借金文铭拓之气骨，写自己之韵致性灵。他很欣赏宋代吴可的《学诗诗》:“学诗浑似学参禅，头上安头不足传，跳出少陵窠臼外，丈夫志气本冲天。”学诗要创新，学书也要创新。一方面，写金文不像金文不行，剑拔弩张、狂野失度也不行；另一方面，刻板描画、造作矫饰更不行，因为那只是金文铭拓，而没有书写者真实的自我。失去自我的书作，只是没有鲜活生命的文字符号或者伪书法，算不得艺术。新宗的金文探幽撷微、兼收并蓄，在广泛临摹的基础上，主要是学习西周中后期的铭拓。书写的体势不像传统金文那样普遍偏于瘦长，而是把有些金文有意压方压扁，书写中应长即长、应短即短，使其错落变化，增加了节奏感。在结构上，追求轻松舒展，不像传统金文那样严整谨饬，也不像吴昌硕那样紧密粗豪。他体会蔡邕作笔时“言不出口、气不盈息、神清意合”的境界，让每个字的结体宽博疏宕适合自己，这样写起来呼吸均匀，内心宽松平静，似乎有益于养生。

新宗尤其注意线条的创新。线条是每个字的构成要素，高质量的线条是高水平书作的基础。贝尔说，美是“有意味的形式”。他觉得有意味的线条才是美的线条，一个个线条有了意味，由众多线条组成的复杂的字才有意味，才能引起观赏者的审美愉悦。这个有意味的线条，既源于书写者的文化视野，又源于他的生命的节律。它是书写者灵魂自由的信息，是有修养的艺术心灵最坦诚的表现。追求有意味的线条，是金文写作的重心所在。写字时藏锋入笔，精神内敛，使线条一起手就丰满、自然而蕴藉。然后中锋行笔，涩行慢进，方圆并用，提按顿挫并用，使竖笔左右微曲，横笔上下波动。有的竖笔和横笔弯作弧形，为宽博的结体制造内在的呼应勾连的气势；有的竖笔强调坚挺，为全字的稳定、挺秀增加分量。对多次圆转的笔画强调提按，形成笔画的粗细变化。于是线条质感、凝练、苍涩、明澈，或象形或不象形，或干或湿，或硬如铁，或柔似水，或浓如乌云翻卷，或宛转如老藤缠绕，从而成为自己性灵信息的载体，传达出个人生命的节律。青铜器铭文的章法是随器赋形，因而变化多端。他的金文写在纸上，较多考虑的是平面构成的完整性，这自然就同传统章法拉开了距离。黑白玄素之用，以浓墨为主，以便继承传统金文厚重阔大的气势。然而由于疏野率意的性格作怪，有时也自觉不自觉地运用淡墨，或四尺整纸全用淡墨，或尺幅之中浓淡兼施。这样做就像司空图说的那样，“神出古异，淡不可收，如月之曙，如气之秋”，似乎能收到“遇之匪深，即之愈稀”（《诗品》）的天籁效果。

不管是在金文创作中，还是在铭拓的临摹中，新宗把自己的生命节律、性情气质灌注笔端，运腕挥洒，不经意间，给传统金文的庄重谨饬增添了一分率意自然，在沉着凝重中增添了一分活泼灵动，在浑朴肃穆中增添了一分潇洒野逸，在豪放雄强中增添了一分挺秀俊美，从而体现出一种积极向上的时代精神。新宗的金文书作已经从传统金文中挣脱出来，形成了自家的独特面貌。自然、苍润、真淳，随心所欲而不逾矩，进入了书法的自由境界，获得了艺术解放的快感。

新宗的题画小字和金文大字的边款、跋语，以行书为主，间作小草。这些行书主要依仗他早年童子功，以后临过二王，学过黄苏，结体奇出，变化多端，一任自然，以行草小字写大作品，如《赤壁赋》《长恨歌》等四条屏，可见出一些功力。以行草小字作金文大字的边款、跋语，两者结合，金文之古朴、行草之流转相得益彰，既可以增加视觉冲击力，又耐人咀嚼。

书如其人，读新宗的书法，能读出其相当丰厚的文化底蕴和近乎完善的人格修养，据于德，志于道，依于仁，游于艺，道法自然，深入化境。我与他的多年交往，深知其人文精神和人格魅力，我以为主要得益于以下三点：第一，丰富的生活阅历。在60年的生活道路上，熬过少年时期农村的贫困艰苦，看够了城市的喧嚣，在从事教育和教育报刊的编辑工作中，经历过事业的成功和欢乐，也有坎坷和酸楚。是生活本身加深了他对社会的认识和人生体悟，同时也养成了他质朴率真、淡于荣利、坚韧不拔的性格。这些东西构成了新宗书作的生活基础。第二，得益于阅读和研究。他爱读历史、文学和教育类图书。二十世纪的八九十年代做教育报刊的编辑工作，研究教育，写过不少教育时文；研究文学和美学，出版过《金圣叹的小说理论》《短篇小说之王——〈聊斋志异〉漫谈》等著作。广泛的涉猎和研究，不仅给了他广博的知识，养成了思考问题的习惯，也给了他深沉的人文关怀，给了他追求完美自由的人格精神。这给他的书作提供了广阔的文化背景，也使他懂得了一些书作的审美规律。第三，得益于一个平和的心境。学习书法不可浮躁，不可急于求成，应在平和的心境中不停地去写。他临习金文，不期于成家。每当在书写中把一些想法和情感倾吐了出来，便觉得肚里宽畅痛快。条幅写成后挂在书斋墙上，退后几步自我观赏，每每惊叹自己还能写出有意味的线条，于是便得到一种艺术创新的满足，甚至还觉得对继承民族文化遗产尽了一点责任。内心愉悦，就不停地继续去写。

这就是新宗的“活法”，既是生存方式，也是他的艺术思想和艺术实践最令人回味的方面。

威县画家群

威县地处冀南平原腹地，历史悠久，交通便利，物华天宝，地灵人杰。汉初设县，唐置宗州，金为洺州，抗日战争和解放战争时期是冀南行署所在地。土地肥沃，文化底蕴也颇深厚。不仅有“冀南棉海”之誉，棉花产量连续15年居全省第一，而且2003

年被文化部命名为“中国民间艺术之乡”，还是远近闻名的“书画之乡”。人民群众学书作画蔚然成风，普及与提高同步发展。威县人早就有上学学艺的风气，20世纪30年代，林一庐考上国立艺专，与李苦禅同室学习，连苦禅的名字都是他起的。天津美术学院1966年国画系毕业生中就有四名威县籍学子。现在全县从事书画创作的人才超过1200人，其中不乏国家级和省级的著名书画家，如国画家墨道人（孙明瑞）、冯英杰、杨作文、李智纲、王春景、陈从容、周金锁，书法家薛鸿群、赵士英等，形成一支阵容可观的书画家队伍。同时新人辈出，一批新秀在国家级大展大赛中崭露头角，多次获奖。继著名画家杨作文画展之后，最近河北省文联、省美协和威县有关部门举办的威县籍画家墨道人、李智纲、王春景、陈从容四人美展轰动省城，赞誉鹊起。他们的创作，已经达到很高的水平，他们的成长道路，也十分令人称道和深思。

王春景，1942年生，1966年毕业于天津美术学院，天津美术家协会会员，宝坻区美术家协会主席，曾连续七次参加全国美术大展，获得大奖。擅长工笔人物，早期年画创作《誓将山河换新颜》《中南海之春》等曾经风靡一时，深受广大群众喜爱。他注重生活，深入扎实，富于激情，具备一个优秀人物画家的真诚和善意，拥有娴熟的传统笔墨功夫，把传统技法与现实生活融合在一起，力求形式完美。他笔下的人物具体翔实，美丽动人，生动鲜活，洋溢着浓郁的书卷气。

他成功地把工笔仕女、文人画引入现实生活，面向城市和农村现代女性，给人物注入时代精神和文化底蕴。如《酌句图》《佳人有约》《城里表姐乡下妹》，画面明丽秀润，风情隽爽；人物文静娟秀，形神皆肖，以质朴的手法表现阳光女人的天然性情。单人画注重人物内心世界的刻画；双人画着力于人物的对比和交流，从精神和姿势上离开了静态形式，进入一种动作美学，人物有了更多的形体动作和主体精神；多人画《百年书香》，构思巧妙，把古代、近代和当代的知识分子形象组织在一起，表现中国文化的博大精深和发展传承。别人画神话中的山鬼，都是形象丑恶，面目可憎，而他笔下的山鬼却以人的形象出现，而且是个美女，连身边的金钱豹也都十分温顺。这是画家对自然界的一种认识：万物和谐，人不欺天。看王春景的画，每个人物都在思考中，这正是画家的主体精神，每幅画都在传达着一种思想。

王春景的艺术风格是工写结合，工笔人物，写意背景。工笔是他的专长，造型俊美，白描娴熟，笔姿俊逸，色彩协调，墨韵生动，线条流畅传神，衣纹穿插灵活，抑扬顿挫，有相当的力度和弹性。这些线条依照真实的视觉展开，每个线条、每个顿挫，均因对象自身本有才加以施用，线群的关系自然地隐藏在人物形象中，审慎地自我控制，语言消失在形象之中，示之于人的是人物自身，而画家尽情地享受线条在画面上穿行游走的快感，达到“精心体会，人我都忘”的境界。

画中人物背景，多为写意花鸟山石，常用没骨画法。人物刻画精细，背景简洁明快，对比中产生诗情画意和笔墨情趣。景物的选择，不以画家的喜好和专长拉郎配。而是根据画中人物性格的需要，知识女性用芭蕉、藤萝，文人用高洁的松柏，农村妇女用芳菲桃李，山鬼用林涛云海。画家的写意笔墨十分到位，既可以当背景，又可以单独成画。两者结合自然而又有法度。它们的关系不是主从，而是主宾，和谐统一，相映生辉，而不喧宾夺主。

王春景给自己出了个难题，用生纸作画，亦工亦写，这样便给浓淡、枯湿、润染等水墨技法增加了难度，但是运用得恰到好处，就会提升艺术表现的高度。他苦心孤诣，反复实践，完成了一次痛苦的蜕变。传统人物画，才子佳人，宽袍大袖，以神韵为主。当代画家高学历，素描水平普遍提高，人物造型都能过关，往往在两方面花费功夫，一是追求深度精细，越来越细，二是增加“作”的成分，追求笔墨以外的效果，掺进一些物理、化学的把戏，以求出奇制胜。春景理解这些，但是认为过细过“作”，会画蛇添足，产生“腻”和“僵”的毛病。“笔墨随时变”，但是不应歪门邪道，而是在技法上变法图新，在生纸上施展过人的功力，同样可以产生质感和亮感的艺术效果。他的画中不少衣服的颜色和质地，像羊绒、真丝一样逼真，让人忍不住想去触摸。这使他的画高人一等，与一般画家拉开距离，在人物画创作中处于领跑地位。

李智纲，1940 年生，1966 年天津美术学院毕业，是中国美术家协会会员，河北美协原常务理事，河北省花鸟画研究会副会长，邢台市美协主席。师从李鹤筹、孙其峰教授，深受其师艺术成就和人格品德感染，并沿着他们继承传统、勇于探索的道路发展，寻求个人艺术风格和表现方法。毕业后回到邢台，故乡山水和风土人情更使他如鱼得水。经过几十年默默耕耘，以鲜明的艺术语言和独特的美术境界，成为当代中国画坛的后起之秀，在小写意花鸟创作上独树一帜，被誉为国画界的实力派画家，其作品 12 次入选当代中国花鸟画邀请展及中国花鸟画百家邀请展。

李智纲具有深厚的国学修养，转入天津美术学院之前曾在南开大学学过两年文史，毕业后长期从事文学期刊编辑，出版过散文集《心境》，这些都为他的花鸟画创作夯实了文化底蕴。正如一句古诗所说:“腹有诗书气自华。”他深谙传统笔墨之要义，又不为其藩篱所囿，在继承与独创之间拿捏有度，辩证地理解“古今”“中外”“物我”等相互关系，古为今用，洋为中用，外师造化，中得心源。他的花鸟画多为源于生活，情之所至，有感而发。不仅对传统的梅兰竹菊驾轻就熟，更善于涉猎别人不画或少画的题材，在构思立意和表现手法上独出机杼，别出心裁。如虎刺梅、仙人掌、一品红等。在他人视野之外，发现属于自己独到的内容，画出前人未画之境，创造出自己的艺术语言和绘画风格，体现出自己独特的艺术魅力，为中国花鸟画的发展，做出了开创性的贡献。正如芥川龙之介说的那样，天才是与我们只有一步之隔的人。

李智纲的画赏心悦目，百看不厌，属于清新灵动一格，热烈不狂放，崎岖不诡异，沉稳含蓄，从容蕴藉。近几年，他的创作题材集中到一品红和仙人掌两个系列。题材集中的过程，也是他艺术风格强化的过程。他的画清新明丽，状物传神的同时，笔墨简洁明快，凝重老练，讲究笔力、笔情、笔意，用墨浓淡干湿、收控自如，挥洒任意，浑然一体。构图力求以少胜多，以空灵胜繁茂，善取小景，善造情趣。他的虎刺梅有崎岖之美，简洁中内含筋骨，神采朗逸。他的一品红有冷艳之美，寓意只有活泼的生命、原发的生命，才具有生生不息的魅力。这是只有花鸟画家才能发现的艺术的永恒价值。画面上石之浓淡，叶之向背，枝之穿插，生动多姿，单纯中见华滋，淡雅中见火焰。虽似即兴挥写，却是千锤百炼之后任乎性情的一挥。李苦禅说:“做人要老实，画画要调皮，思想要飞扬。”李智纲深得其中奥妙。

李智纲心态和谐，无浮躁之气，不图虚名，不逐时髦，平静恬淡，心悟至道，潜心艺术，研究与实践，以心写象，以象达意，深谙传统花鸟画的理、情、意、境、趣和表现法度，深入开掘，并在借鉴西画色感、民间美术造型的通汇之间，保持着清醒和自觉自悟。

陈从容，1966 年毕业于天津美术学院，从师孙其峰、刘君礼、王颂余、溥佐等先生学国画，打下了坚实的基础。毕业后回到故乡，从事专业创作，现为中国国画家协会会员，河北省美术家协会会员，威县美协名誉主席。

陈从容专攻山水画，经常到太行山区写生，找到了自己成功的近水楼台。他以一名画家的眼光，发现了太行山独特的美。它不似南方的青山绿水，不似“玉笋瑶簪”“参天乱插碧芙蓉”，而是丹霞地貌、嶂石岩地貌，红岩赤壁。山体横向节理，低处层层叠叠，如砖砌石垒，殿宇楼阁，层檐斗拱。高处绝壁千仞，平光如砥，好像铺开一张大纸，待人作画。这种大山的原生态，既巍峨雄壮，又有人文精神，象征着抗日烈火，象征着中国的脊梁。“山性即吾性，水情即吾情。”然后搜尽群山打草稿，把大山之雄伟转化为理性的追求与睿智的思考，最后形成自己的山水精神。

艺术来自生活，表现丹霞地貌、嶂石岩地貌，断崖平岗，就要打破以往习惯的纵向线条，改用横线。陈从容的山以横线为主，纵横错落，迎面产生稳定、横峙、冷峻的艺术效果。构图不落窠臼，出奇制胜。横生平稳之感，纵生矗仰之势，高岩绝壁，顶天立地，有激奋待发之力。

陈从容，从容地在大山里行走，画《春到太行》，画《太行秋酣》，画《太行晨曲》，画《太行晚晴》，画《雨后烟云》，画风雪中的《古道驼铃》。他笔下的太行山，有春夏秋冬，有喜怒哀乐。秋山红叶，丹柿如灯，喜气洋洋。冬天的大山，银装素裹，朔风劲吹，冰锁山河，威风凛凛。代表作《小西河的春天》，群山屹立，苍莽萧然，涧壑幽深，峰峦明秀。高山低树，飞瀑流云，结成一种动势，表现一种壮美。近山远峰，线条苔点，实景虚影，错落交织，矛盾统一，怡然和谐，最能表现山川浑厚，草木华滋，淋漓尽致地表现了一种豪迈之气、荒野之美。用笔劲利而沉着，用墨酣畅而泼辣，浓淡干湿，浑然一体，形成了层次丰富的色阶，产生了浓郁的诗情画意。站在这幅画前，确实让人感到一种大诗意，大境界，大气象，让人心灵震撼。

墨道人，俗名孙明瑞，1925 年生于威县第什营乡芦头村一户贫苦农家。青年时期不堪日寇烧杀抢掠，逼上梁山县七圣堂道观，成了一名龙门派全真道士。走进道观，就与书画结下了不解之缘。照壁上师爷气势恢宏的梅花图吸引了他。师傅见他十分用功，就把师爷尘封多年的六幅遗作让他临写，日积月累，笔耕不辍，获得道家水墨精神的真传。为了画梅，曾在楼观台道院亲手植梅千株，置身于梅花天地，心领神会，把道家自然、无为、清静、空灵、超越之精神倾注于笔墨之间。1968 年拜国画大家何海霞为师。何老见他求艺心切，并为其 20 多年画梅痴情不改的精神所感动，赠《华山图》留念，并亲自推荐他入西安美术学院深造，得到长安画派石鲁、罗铭、方济众、赵望云（河北辛集人）等著名画家的指导和帮助，画艺大进。

墨道人借助道事活动，云游四方，走遍祖国名山大川，江海湖泊，跋山涉水，听涛观澜，舍身于云雾雨雪之中，写天地之灵气，画波涛之声韵，积累了大量写生画稿，满脑子装的都是画。水墨丹青伴随一生，身边不留一幅，全部作品都随手奉献于人，而分文不取。正如他的一首诗："清白传家古人云，不邪不歪正中人。常行不殆持到底，清史名册万古存。"如今墨道人年过八旬，是当今中国道教一代宗师，德高望重，备受爱戴的老道长。

墨道人广采博纳，精益求精，画艺炉火纯青，山水、花鸟两大领域均取得稀世成就。他的水墨梅花，崇尚灵感的妙悟，注重气韵与神似，用笔狂放老到，笔下梅花空灵脱俗，也有仙风道骨。他的梅老辣倔强，圣洁不娇，往往截取局部，倾斜动势，重写枝干，淡点梅花。躯干屈曲多姿，苍劲挺韧。枝条穿插有致，参差舒展。花蕊疏密得宜，俯仰顾盼。这一切都服从画面总的动势，繁而劲，清而健，生机勃勃。他的雪梅别开生面，茫茫白云，莹莹树挂，孤清冷艳，暗香浮动。他的龙梅堪称一绝，隐约之中，枝干化龙，有角有须，有鼻有眼，摇头摆尾，搅彻寒天，翻江倒海。用墨上浓淡相映，层次分明。一般用淡墨，重要部位及密点用焦墨，既是描绘又是表现，好似乐曲之节奏，生命之跳动，情感之起伏，介于具象与抽象之间，非常符合情感和形式感的双重需要。

墨道人的山水画，水墨淋漓，大黑大白，纵笔任性，豪爽粗放，不拘常法，浪漫朴拙。表现了祖国大好河山，尤其北国山水的浑莽气象。每一幅山水都渗透着长安画派的润迹，苍雄，大气，意境幽深。用笔坦然利落，一挥而就，一气呵成，从而体现了道家文化的博大精深。

杨作文，1936年生于河北省威县，师从我国著名美术教育家周秉恭先生，为齐白石、徐燕逊大师之门再传弟子。他创作出大量国画精品，作品在全国颇具影响。1964年创作的年画《海河工地英雄多》在中国美术馆展出，受到周总理的赞誉，很多年画作品被西方人士订购，特别是20世纪80年代，在全国年画发展的昌盛时期，他成功地创作了大量戏曲人物年画作品。作品被人民美术出版社、杨柳青美术出版社、武强年画社等出版社发行，全国达2000多万张。

杨作文先生现为河北美术家协会会员，其名字载入《中国当代美术家人名录》《中国当代艺术界名人录》《中国现代美术家人名大辞典》《中国民间名人录》等。

杨作文是河北省画坛的一名宿将，早在20世纪60年代初就开始在省内发表作品，70年代初，我们结识为友，几十年情谊不曾中断，何以然？艺术的纽带联结。古人云："不就利，不违害，不强交，不苟绝，惟有道者能之。"

艺术创作是非凡气质的非凡产物。画品即人品，画如其人，自古皆然。不管艺术家采取何种艺术手法，托物言志也好，抒情寄兴也罢，自觉不自觉地，总会或隐或现地流露出作者的品格、性情、修养及其心地。杨作文的画全凭自己的真功夫，赤诚相见，实实在在，没有做作和矫饰，更与那种虚张声势、"吹""捧""炒作"等所谓画外功夫无缘。

这样一个人表现在他的艺术实践中，就是治学严谨，画风扎实。退休后，他用10年的工夫创作出了一套反映义和团革命斗争历史题材的大型国画系列《庚子百年祭》30多幅，曾在北京、天津、石家庄等地隆重展出，产生了巨大的震撼力。正所谓"十年磨一剑”，“十年面壁图破壁”。

杨作文的作品有着鲜明的个人风格，独特的造型手段，融会了独到的艺术见解。纵观其绘画艺术，题材是旧的，观念是新的；内容是世俗的，格调是高雅的。20世纪80年代，在全国年画发展的鼎盛时期，成功地创作了大量戏曲人物年画作品。他的国画，笔下的人物受民族文化濡染颇深，既有传统的诗意，又有现代文化的思考。且造型功力极强，工写结合，雅俗共赏，中西合璧，巧妙地将道与气统一在画面中，把握得很有分寸。墨彩浓淡交错，笔意豪放潇洒，意趣盎然，没有深厚的艺术修养和过硬的功夫莫能如此。

黑格尔认为，最杰出的艺术本领就是想象，尤其画古代人物，并非反映肉眼所见舞台人物形象，而是使人看到画家自己感觉到的东西。对于这种感觉，想象力更显得尤为重要，画家除了对传统文化的凝思以及中国古典诗歌的意蕴、灵韵的捕捉之外，更重要的是想象力的提高。通过画家这些栩栩如生的人物作品，人们在审美的过程中，自然会驾驭想象的翅膀，超越画面自身。欣赏他的作品，如饮醇醪，撼人心弦，让人快慰，使人沉醉。

纵观画家的作品，不难发现其风格颇具传统，这跟他很注重线的运用有关，中国画的线描绝非一般意义上的线条，而是由特殊的极富功力的完美画法，使之既可状物，又是体现画家的气质、个性、心灵的载体，是极具丰富内涵的东方绘画体系之艺术语言，怪不得画家为组织安排一组线描反复推敲，很下功夫，正是“语不惊人死不休”啊。

有人说写意画来得容易，画得爽快，其实对于画家而言，并非如此潇洒。我们所见到他的每一幅作品都是历经数次甚至数十次反复修改而得来的。“废画三千”虽然有些夸张，实质如此。他的画风灵动、清新，用笔简洁、明快、凝重、老辣，讲究笔力、笔性、笔意，与墨的浓淡、干湿的收控、自如的挥洒，浑然一体。这种洋溢的真趣味、真风骨是不可模仿的，是与他一贯低调做人、认真做事的艺术人格相吻合的。他不逐潮趋利，不标立虚名，始终在充分继承传统人物画的理、情、意、境、趣和不断开掘表现手法中，保持自觉自悟。

如今，在市场经济大潮的冲击下，他始终头脑清醒，五十年如一日地坚守信念，不急不躁，不为他人行为所动，含古纳今，用一种虔诚和孜孜以求的敬业精神对待艺术，甘于守贫守寂，濡墨挥毫，默默耕耘，足以为世人所称道。

五位画家的光辉成就，和他们成长之路，以及众多书画家的涌现，说明威县是书画家的摇篮，有艺术的宝藏；同时也是一条绵延不断的河流，向前奔腾着。我们期待着欣赏他们更加灿烂的艺术花朵。

《任征诗词书法集》序

任征兄，冀南才子。自幼聪慧过人，受尧山滏水滋养，艺术种子早植心内，龆龀之年诗书画齐露头角，誉满乡里。1963年，随着一场特大洪水“漂”进天津，入南开大学中文系。望见知识的海洋，如饥似渴，饱读诗书，人生观、艺术观逐渐形成，孜孜以求真善美，把爱好当事业，视事业为爱好。常言道：“人往高处走，水向低处流。”他却反其道而行之，从天津到省会，从省会回到邢台。事实证明这是一个聪明的选择，因为，生活是文艺创作的源泉，创造生活的是劳苦大众。人有人道，水有水道，才艺之人自有事业，何必硬往仕途上去挤。否则，书读多了，自视清高，不肯随波逐流，必然为官场所不容，杜甫、白居易、苏东坡，哪个不是碰得头破血流？城里耽误，乡里也耽误了，搞艺术的人最浪费不起的是时间。

首先，任征是一位有建树的诗人，有《引玉集》《寸草集》《听涛集》等传世。诗者，六艺之首，一切艺术的长兄。诗人是世界的心灵，精神领域的立法者。为此他抱守良知，呵护诗心，淡泊名利，低调做人。“老来犹自不知疲，琴剑经诗两痴迷。静读诗书得雅趣，动观山水悟天机。”（《夜读》）不能兼济天下，也要独善其身，“花甲虽逾学未迟，匡时养性亦应时。余晖但使千山暖，孰问东君知不知”（《六十生辰偶题》）。热心肠，真性情，怡情逸兴，在人生时光流程与旷大空间交汇时，多有感悟，不乏警句：“早知造物心肠别，当做黄山画里人。”“自古金鳞喜香饵，安如恬淡做游龙。”都应了他那句写诗的宗旨：“诗可醒人方为贵，论当济世始称真。”（《夜读偶题》）诗人自由奔放的心，使他嗜好观光览胜，一山一水映心境，一枝一叶总关情。他的诗有歌，有哭，有讽，有颂，襟怀之笃真，交游之深切，在在可见，时代风云，人间冷暖，莫不摄入诗囊。

他的诗娴于音律，凝练工整，不模古人。“人老多怀旧，拳拳子女心。”（《春日为萱堂采野菜偶作》）“胜日登临心自宽，清风无语浪尤闲。天差大海几分白，海逊长天一点蓝。”（《鼓浪屿观海》）三言两语，如听其心，如睹其人。

任征有些题画诗，写得相当好。不是简单地对画面图解说明，而是一种引领和启示。题竹的“霜雕雨琢自从容，纤指轻摇八面风。清节不随江浪易，虚怀长颂法华经”状景抒情，加强了意境，弹出弦外之音；激发联想，全心明志，提升了画面的蕴藉；夹评夹议，阐明画理，激活了原创的画面；补充画意，扩展诗情，进行了二度创作。

任征能诗能酒。诗与酒有着不解之缘，酒助诗兴，神采飞扬，“白日放歌须纵酒”，酒中能悟到宇宙天地之真美，回味自然之真趣。“东苑花千树，相思泪几行。采来菊两朵，合酒醉重阳！”

(《重阳节》)《诗经》里说“忧心如酲”，大概就是这个滋味。任征好酒但量不大，也不择香型醇度，有酒就好。饮中得中庸之道，养天和之气，助诗兴长久而不衰，这也许是任征写诗的秘密。

其次，任征又是一位出色的书法家。他善书多学，兼备诸体。篆、隶、真、草皆善，行楷尤精。他雅有门庭，师法二王、颜、柳、褚、赵等，几十年锲而不舍，终达人书俱老之境。

书画境界在于文化，传统书法要求书家必有全面的人文素养，集诗文书画于一身，才好书写文人情趣，表达美学理想。任征六十余年诗书同修，水涨船高，把中国古典美学和诗化的心性，运用到书法整体气氛和意境的营造。用自己的笔墨写自己的诗词，内容和形式“同构”，水乳交融，心手相应，珠联璧合，相得益彰，从而使他的诗书更充满了才气与书卷气。

任征的行书，起笔轻捷，落笔酣畅，气均力匀，少有枯笔。行墨稳健，措笔安和，点画造型秀逸，捺脚圆润，少有棱角，顿挫、使转、提按自如而精细，不疾不徐。线条圆曲多夸张，造成笔势飘逸，风度翩翩之感。布局整齐而巧妙，炼字严谨又大方。中得有法，外拓取势。字的大小基本相当，粗细轻重变化咸宜。错落有致，整体和谐。字字独立成形，而又经得起推敲。文如其人，书如其人，任征的书韵也像他的诗风，瘦劲秀逸，淳雅流畅，神爽超迈，秀丽中含浑朴，圆润中藏锋刃。

任征的行草，不似狂草之风樯阵马，风流潇洒、行云流水表现在字里行间。恣肆中有逸气，如花枝招展的秧歌队列中，还时而蹦出个少林小子，闪转腾挪；时而冒出个太极少女，白鹤亮翅，从而给人一种惊喜。

任征又热心公益事业，撰书了许多长篇诗赋，如《诗话邢台》《重修织女庙记》等，工笔楷书，端庄崛奇，苍劲有力。字字精致，笔意连绵，洋洋洒洒，一气呵成，满纸烟云，气势恢宏，笔墨风神不让古人。

第三，任征多才多艺，成就斐然，但是从不去当一名专业文艺工作者，而是长期将诗书作为业余爱好。这是他又一个明智之举。行政部门视他是一位才子。文艺圈里看他是一名领导。这样一来，避免了两边的短处，既不带某些纯领导者的“官气”，又不沾文艺人的迂腐，从而使他一面勤政，一面创作。始料未及的是，他有时也被两边“利用”：行政方面用他去团结文艺人士，文化人则用他去争取领导支持、开展活动，自然而然地成为某些民间文化团体掌门最佳人选，先后被推举为邢台市诗词学会会长、邢台市老年书画研究会副会长、河北省楹联学会邢台工作站顾问。诗人书家的气质，行政工作的使命感，使他上了马就不用扬鞭自奋蹄，把邢台地区诗词工作搞得有声有色。

前不久，任征搞了个人诗词书法展，轰动牛城。一来是诗书出类拔萃，二来是人气火旺，当日参加者竟有二三百人之多。我本来说定去参加的，临时碰上一件急事，脱身不得，失信于他，所以这个序言写得比较认真，以作补偿。

《墨影——赵俊岩诗书画集》序

赵俊岩女士曾任教师、工程师，集诗、书、画于一身，可谓多才多艺。

诗、书、画、印艺术四姊妹。诗为长，画行三，诗中有画，画中有诗，共同的特点是触景生情，写意传神。诗是无声的画，画为有形的诗。

赵俊岩的诗词，格律严谨，对仗工稳，达到了一定深度。所谓题画诗，是指在画面上或画面外题写相关的诗句。目的是深化诗情画意，调整完善结构，评论画面之理，阐发画外之象，从而构成以绘画为主体的综合性艺术。这种形式始于唐，成于宋，而盛于元。由于文化修养的原因，不少当代画家不谙此道。赵俊岩的题画诗，表现了她的人文精神和艺术修养。具有画面的直观形象，有物境、情境、意境，加上飞动得体的书法和点睛夺目的印章，诗情与书画意韵多元互补，构建了她诗画艺术的成功因素。我感觉她的题画诗有以下几个特点：

一、状景抒情，加深意境。如山水画《幽静》："桃花岛上彩云腾，霞岫烟峰相映红。薄锦轻纱摇卉影，清漪澄水荡琴声。山中林鸟隔帘唱，船上渔夫侧耳听。缥缈空蒙天际远，一幅仙境画屏中。"听到了弦外之音，表达了画面难以表达的思想感情，以形象生动的语言，使意境奇警不凡，高逸之致。

二、激发联想，会心明志。如《放风筝》："神五飞天会众星，牧童长线放风筝。飞船请你稍稍等，咱俩一同逛月宫。"尽情地挥洒联想，激起读者共鸣的浪花。画面提供了生动感人的形象，诗句又提升了画面的蕴藉，风趣传神。

三、嬉笑怒骂，美刺文章。如花鸟画《黄雀碧桃》："黄雀高声唤嫩芽，催开满院碧桃花。池塘摇影千折树，烟霭筛林万绉纱。傍晚游玩穿翠径，清晨散步看丹崖。高楼耸立车拥挤，撵走春红落哪家？"结合画面对经济无序发展，环境正在恶化，提出自己的担心——实际上是一种批评，旁敲侧击，也突现了作者自己的知识、人格。

四、夹评夹议，阐明画理。如《嘉峪关石子》："剑影刀光昔战场，边陲将士血滴成。"《观石林》："谁栽异树向天伸，不谢不凋四季春。为是阿黑诗玛故，才成浩瀚大石林。"不仅阐明画理，而且品评历史，用诗眼点睛，激活了画面。

五、补充画意，扩展诗情。如花鸟画《珍珠鸟梧桐》："珍鸟啾啾闹绿廊，簇花絮语吐芬芳。风吹密叶琴歌短，日透疏林枝影长。

溢彩缠霞云卷秀，流光洒翠碧生香。谁人栽下梧桐树？来往行人好纳凉。”状难状之景，抒不尽之情，扩大了画境和作者热爱大自然的环保精神。

赵俊岩的书画，多次在省、市展览中获奖。她的工笔画凭着女性对生活细腻的观察和独到的理解，钟情笔墨表现，追求真实、丰富、整体。意笔概括，凝练，工而不腻，细而不碎。技法追求轻松、简洁、明快；画面清新自然，做到了情趣的诗情画意和乡村意味。她的写意画多为大篇幅，挥洒自如。凭自己的经验，大胆地进行颠覆性试验，心象幻生，时空幻化，以虚当实，设色泼辣，粗犷豪放，杂而不乱，繁中有序，清晰中渐变交融，浓淡中淋漓和谐；动与静，色与墨，势与力，对比与融合，熟练地掌握了绘画的另一种语言。

艺术形象与现实生活之间有一种距离，这就是艺术家体现自我的个性空间。喜欢现实主义的距离小一些，爱好浪漫主义的距离大一些，不必恪守固定的空间和位置，追求一成不变的风格；而需要在形象与现实之间自由驰骋，游弋于造化与心源之间。从这个意义上说，工笔与写意，无所谓孰高孰低，“萝卜白菜，各有所爱”。可喜的是赵俊岩能在两者之间，进行徘徊和反复体悟，追求自己绘画艺术的提升。

总之，赵俊岩的诗与画，格调高，立意新，意境美，自然洗练，含蓄新颖。她的题画诗不是简单地为画面图解说明，而是一种启示和引领。不仅表现了诗人的诗艺功力，也体现了时代的进步与开拓精神。当然艺术无止境，她也还需要继续努力，以满足读者更高的期待。

关仁山的性情书画

我们常常说文学与书画是相通的。文学是纯净的水，文学是炽热的火。书法是什么呢？绘画是什么呢？是审美，通过书法和绘画的造型达到审美效果。真善美是我们共同的主题，真善美变化着不同的形式，文学、书法和绘画的创造力就是花费在这种创造里，三体兼备产生一种瑰丽的景象。这种景象不是我们要到达的终点，而是一种向终点行进的态度。

基于这一点，我们说文学和书画是相通的。近来有好多作家钟情书画。自古就有文人字画这一脉。我看过关仁山的小说，他的文学是浑厚而有力量的，又欣赏了他的书画，更是受益匪浅。然后我们就产生了一些思考：书画作为艺术，历朝历代都注入过新的血液，而其生生不息的原动力就是文脉。文脉是人类文明进化的基因信息以及脉络传承，是多种文化信息的结晶。

关仁山的祖父喜欢书法，在爷爷的指导下，他从小临摹字帖，临摹王羲之、颜真卿、柳公权等大家的字帖，他尤其喜欢魏碑，这对他的书法影响很大。在河北昌黎师范读书的时候，他在美术组开始学画。昌黎是葡萄之乡，他画起了葡萄，画起了牡丹和山水。这些年除了写小说，没有间断练习书法和绘画。2006 年 4 月在唐山举办了“关仁山书画展”，得到了各方专家和书画爱好者的好评，贾平凹先生为其画展题词。2009 年 12 月 26 日，河北“三驾马车”三作家何申、谈歌、关仁山书画展在石家庄举行。开幕式上，中国书法家协会副主席、河北书法家协会主席旭宇先生，对关仁山书法给予高度评价，特别是对他的一幅楷书《恭谦惟德》

推崇备至。

书法有几种特性，第一是建筑性。书法的结构中有建筑美的因素。关仁山书法结体险峻秀雅，源于他喜欢颜真卿《中兴颂》，那粗壮的笔道和舒朗的结构，犹如大亭子、大柱子组成的建筑，中心稳重，外势扩张，显得崇高而明朗。他的书法很讲究结构，这是他的特色，比如《逸气纵横》《天高地厚》等，仪态万方，足见精神。

书法的第二特性是其舞蹈性。楷书是静态的，每个字较为孤立，而行草则不然，它可以几个字连在一起写，力求在行动中间的平衡与统一。这与舞蹈是相通的。正如苏东坡所说："楷如立，行如行，草如走。"那么我看，狂草就是跳舞了。关仁山的书法《凤之舞》，"凤"字很大，"之"与"舞"连接在一起，写出了奇异的变化，写出了凤凰的典雅与潇洒。他的书法《大雅凝天地》，起笔轻捷，收笔沉着，笔势翩翩，让我们看到了作家书法慷慨激昂的一面，我从关仁山的许多书法中都读出了舞蹈性，这是一种独特的情感表达。

第三是其音乐性。这种特性主要体现在书法的落幅上面，音乐的乐章由低潮到高潮，起承转合，整个过程都有"时间艺术"的特点。有人说欣赏书法必须从第一笔开始，一笔笔走下去，就是这样有大有小，有松有紧，有轻有重，错落有致，上下贯穿，达到极佳的艺术效果，比如关仁山的书法《明月入怀》，比如他书写陶渊明的《归去来辞》，屈曲盘绕中富有节奏感，加强了韵律的生动性，这样就产生了音乐性效果，体现了书法音乐感的本质。

书法的笔法很重要，一笔下去，书法家的全部情感就表达出来了。我在关仁山的书法中读出了他的真性情。有人说他的书法跟他的性格有巨大反差，我也有同感。最初他的笔法有两极走向。一部分笔法寻求自然、古拙和野逸，比如他的书法《云鹤游空》，就有这方面的效果。他的另一些书法很有气势，比如他的行草《清听松声留过客，风随花影送友人》，就气韵饱满，神采飘逸。真正代表了关仁山性格的两个侧面，一者豪爽大度，二者和善仁义。

关仁山书法很讲究章法，章法就是构成之法，就是从一个字的结构，到字与字之间，行与行之间，正文与落款、印章之间的关系的处理方法。著名书法家费新我先生说，黑墨写了黑字，黑字很重要，但黑以外白的地方也是字，这叫布白。我们看一幅书法，有时每个字都很清秀，但通篇整体呆板，字与字、行与行之间缺少有机的联系。关仁山的书法就不是这样，他每一个字结构好，同时全幅又形成了一个和谐统一的艺术整体。比如他的书法长卷、长篇小说《天高地厚》的手稿卷，就给人以情趣和感染力。这部手稿的字之大小，字形长扁，结体聚散，处理得和谐得当，秀逸天成。

文学作品可以用汉字创造出一种审美情境。我们说书法是文化的、审美的，还在于它的兼容性和综合性。大自然是书法意象取之不尽的源泉，由此使书法上升到“天人合一”的艺术境界。文学需要艺术创新，书画同样需要创新，创新又何其难，艺术样式都很残酷，一方面要求你不断翻新，同时又要求不离法度。汉字的书法，是表达作者的情志、修养和精神境界的艺术，创新要围绕着汉字来进行。一切艺术形式都一样，尽该艺术形式之可能，创造出个性鲜明、风格独特、有生命活力的艺术形象。读关仁山的小说，有时候感觉酣畅淋漓——这种酣畅淋漓，就可以在他书法里感觉到——有时候感觉沉重压抑。比如他的长篇小说《白纸门》，首先给我震动的是小说的神秘色彩。中国的传统文化都不可缺少一种神秘的色彩，它的根源是对大自然的一种敬畏，从中演绎出来的民俗、民风非常有味道。

他的书法特别讲究结构，他的小说也是这样的。用蒋子龙先生的话说:“《白纸门》的文体结构、人物细节、神秘性、意象、人物命运等都呈现出网状结构，引人入胜。”所以我说，他的小说，特别是农村题材小说，截取了一个历史横断面，宏观开凿古老文化岩层，寻找民族文化赖以生存、繁衍的土壤，表现出了原始蛮荒状态下诞生的古老文化与现代文明的交融、冲撞。在浓郁的文化氛围里，关仁山以太阳滩当参照物，来写人与命运、人与自然的抗争，既弘扬了民族传统文化，又讴歌了渔民的生活情趣、人生智慧和美好情怀，也表现了更为复杂多样的人生。小说既是写实，又是象征。

所以我觉得，文人书法，要扬文人之长，写出文化气息。我看关仁山的书法，就有较高的文化含量。特别是他的书法放得很开，气势气韵结合得很好。他将文人的技巧、功力、修养和才情等在书法艺术形象的创造中展示出来。任何艺术都需要悟性，书法是书者对自然万物所显示的形、质、势、态、意和理的感悟、积淀和想象，在书法气象上求精，求深，求品位。我与关仁山聊天，他说自己书法观是：变化多端，布局独特，意到笔随，气韵流动，寓情寄美。从书画创新来讲，也大多是形式风格上的，但无论多么诱人的形式面目，都必须以表现出韵味之浓、品位之高、意味之深和效果之精为根本。

在国画方面，我特别喜欢他画的葡萄：一颗颗红红的葡萄，水墨淋漓，晶莹欲滴，有作家的内心寄托，含有对生活的深深祝福。他追求国画的简洁、纯净、祥和、幽邃的审美境界，有韵味，有文人风骨，有现代意识，有个人风貌。我看过他画的葡萄《圆梦》和《红露凝香》，他的葡萄，比别人的要鲜红，据说是点了朱砂红。

他画葡萄从不循规蹈矩，而以意赋彩，以干笔表现。特别是葡萄颗粒，以绿为底色，然后用朱砂红覆盖，表现出葡萄的精灵特质。可以说，用笔老辣，设色大胆，构图饱满。

还有他的白牡丹，也是受人称道的。我们常说，“唯有牡丹真国色”，国画牡丹也是多有经典。但是关仁山的画法很特殊，别人画红牡丹和黄牡丹居多。他画白牡丹，这真的不多见。他的画给我们清雅之感。他画的《清心可鉴，文苑繁荣》，可谓寓意深远。牡丹是落叶小灌木，生长缓慢，株形小，有丛有独，有直有斜，有聚有散，各有千秋。他的画法是清雅一色，这是挑战。他用笔先蘸淡草绿，笔尖蘸少量藤黄点出花蕾，其中花苞一笔两笔点出即可，结果就花朵绽放，有单瓣，有重瓣，千姿百态，显示出画家的真性情，以求达到绘画精神之所在。

我注意到，关仁山正在领会中国传统美学精神，尝试凿通三室，以草书入画，刚劲的笔墨写字绘画，使画面显现出书意美；还能够以画意入书，使飞舞的狂草如风樯阵马，书面洋溢着诗情画意。可谓书中有画，画中有书，情趣两得。如果他的画作再像书法一样放开一些，洒脱一些，会有更好的艺术效果。我祝愿他小说、书法和绘画三丰收。

试论萧依佛教造像拓片题跋

参观萧依佛教造像题跋展，又看了他的拓片题跋集，惊讶不已。光是这些精美绝伦的金石拓片已经令我眼界大开，又加上独具风流的小楷题跋，更加叹为观止。拓片与题跋相得益彰，互为补充，再有书法添彩。三种绝活使一门古老的艺术发挥得淋漓尽致，它的出现有可能将一项冷门引领到火热。

佛教由印度传入中国，随之而来的还有它的犍陀罗雕刻艺术，兴于东汉，盛于南北朝，“南朝四百八十寺，多少楼台烟雨中”。石窟遍地，石像林立，题材多为佛经故事，经过600年演化，雕塑形象已从高鼻卷发的外国人变为美丽丰满的中国人了，绘画线条由单线平涂变成了兰叶描，服饰也中国化了，犍陀罗的高浮雕和圆雕与中国的减地阴刻逐渐融合。这些造像原有题记，后来收藏家又附上各自见地，渐渐拓本与书法结合，形成丰厚的艺术积淀，更为世人钟爱。这样便为后人了解当时社会状况、文化内涵、文字形态、书法风格提供了珍贵资料。宋代以后，开始用宣纸和墨汁，将造像的图案、文字清晰地拷贝下来。拓本是造像艺术的二次升华，将立体浮雕变为平面艺术，也把中国特有的翰墨精神融入其中，形成一个特殊的艺术品种。比如龙门十二品，就是龙门石窟造像题跋的拓本。

萧依天资聪慧，幼承家学，受过高等教育，艺术造诣使他较早地对造像拓片产生了浓厚的兴趣，逐渐掌握了拓片技艺，不论一般的随意拓还是高要求的乌金拓，都能驾轻就熟。工艺流程大概是：先把碑文、器皿擦拭，打湿，再裁出一张薄纸覆盖于上，再用棕刷平整一番。如需刷深，加用圆形棕老虎细细敲打，最后用拓包上墨。一切看似轻巧，其实功夫都在手上。萧依的拓片，清晰如真，还能出现白霜，已经达到专业拓片师的水准。

如果说拓片是一门技艺，能工巧匠皆可为之，那么拓片题跋就是一种文学创作，没有相当的诗文功力是难以出手的。萧依的拓片题跋，根植于深厚的佛学修为、考据能力和大量收藏的基础上。而立之前，他就做出了人生的选择，皈依佛门，参禅悟道。同时倾心艺术，着手收藏，拓片藏品已逾千件，且不乏稀世之宝，如西魏吉苌命造像、赵安香造像，孝明帝时期的飞天造型，隋代那罗延神王、迦毗罗神王，金代济公和尚塔铭等，都是拓片领域的上品。

萧依热衷拓片题跋，起初只是为了“正名”，他说:“一些收藏者向别人展示自己所藏金石拓片，并言此片系某某大家题跋。仔细审视，便觉其文辞考据错误多生，而不觉间贡高我慢之心油然而生，此对彼非，如是分明，便有了正名之心。”但是明辨古人是非，拨乱反正，并非易如反掌，需要广见博闻，有理有据，服人心而非屈人口。拓片承载了历史信息，需要用心体悟。古人之言，时过境迁，因缘代谢，又要安心当下，翻译成今人能懂的语言，这是一种更难的再创作。不仅考证、定位、诠释，还要赋予新意，画龙点睛，慧通心智，合于佛法，才能给人启发。

比如《迦毗罗神王像》题跋，用140字记录了他诚心求字的过程，表示“因得之不易，故可宝之珍之藏之传之”。北魏飞天造像跋则畅言对艺术风格的欣赏：“其飞翔之势十分之美。身材修长，昂首挺胸，双腿上扬，衣裙依势飞舞，彩带随风舒卷，自上而下徐徐飘落，飞行轻盈之美见于笔端。”生动的语言，不仅是赞美雕刻，还是在礼赞生命。《僧坚墓志》铭，是考证之再考证：“此中之沙门都俄似是沙门都维那之不同译法。后法师任大统即沙门大统或昭玄大统。于北朝时期，昭玄寺设大统一人，都维那若干。北朝各时略有不同，大统已是当时最大的僧官，可以裁决杀以下的僧民犯罪。”解疑之后又附上艺术分析，“此铭之书法合隶魏一体，字之形有隶意，然其用笔使转，则是北朝之风。似以魏书而有隶意名之更为准确。”真知灼见，来自深厚的经史与书法修养。对于金代济公和尚塔铭，经考据认为：“此铭主人济公和尚，非是南宋之道济，此二人虽可算同代，但卒年不同。道济卒于1209年，而此公是昌明二年即1191年，故非一人也。此铭书法十分有神采，有赵佶之意。此铭是精心之作，鹿泉石匠亦因而留名。”结尾以道济临终偈颂此公：“六十年来狼藉，东壁打倒西壁。如今收拾归来，依旧水连天碧。”可谓恰到好处。他的题跋中也常用韵文和赋体，可见萧依诗词功夫不凡，因而屡有警句和神来之笔出现。所以萧依的题跋可以看作是造像的三度创作。

久闻萧依善草书，想不到他的小楷也如此地道。小楷之难，难在尺幅所限，容易纤细靡弱，而萧依的小楷无此毛病。观其书象，端庄中有苍劲，安详中有奇崛，严谨中有宽博，既有外在形式美，又有内在的力度。看似漫不经心，实则一丝不苟，笔笔到位，锋颖毕见，绝无前紧后松、时工时草的迹象。他还在楷书中加入了行意，楷书为骨架，行书畅神韵，隶书补变化，字里行间洋溢着一种潇洒之美，满篇典雅的韵律。稍加注意，工整唐楷中，还有苏东坡、董其昌、弘一法师的影子。看得出他是帖中问津，又探古碑，书非一时，临非一家，跳出町畦，自有追求，无意之中胜于有意。

再加揣摩，上述不过表象，实质是他的题跋书法带有禅意。禅意是一种境界，是从文化内质升出的生命状态。萧依曾对我说过，写字时他常常忘记自我，前念已灭，后念不生，只在“当下”，觉得自己不过是一个“经生”（古时专门抄经的佛门弟子），手指只为书写的内容驱动，毛笔化为神经末梢，点画笔墨因势而生，一任本心流露，心之所动，气之所冲，线已非线，点亦非点，完全为心迹所留。顺乎因缘，随意赋形，心到笔到，心笔如一。心手相应，笔即是心，心即是笔，心手两工。正像禅家涪翁（黄庭坚）所说：“未尝一事横于胸中，故不释笔墨，遇纸则书，纸尽则已，亦不计较工拙与人之品藻讥弹。”所谓“书随因缘，不生妄心”，可以理解为，作者书写时，点画关系已经构成生命气息，一字之内，字字之间，词语之间，行行之间，顺势而行就合乎书法规律，与禅境相通，澄心净滤之后的恭首而作，即禅家所说的“千江水有千江月”。

纵观萧依的题跋楷书，得禅意，有悟性，天人合一，个性显明，已经进入一种泯主客、合天道的艺术境界，开拓了一种艺术领域。这种彼岸智慧，自然是他精于技，悟于学，内外双修，才能达到的一种真实不虚离苦得乐的大自在。

林伟画集《古质今颜》序

荣格说:“艺术是一种天赋的驱动力，它攫住一个人，把它变成自己的工具。艺术家不是一个具有自由意志，寻求个人目的的人，而是一个能允许艺术通过他实现艺术目的的人”。

这里的艺术指的是“集体无意识”——人类深层的超越个体生死的精神存在。艺术创作的过程就是一个超越自我，沟通生命共有的“集体无意识”过程；艺术作品即“集体无意识”通过艺术家在现象世界的呈现。

不理解荣格的论断，就不足以理解林伟及林伟的作品。与林伟接触，你会深刻感觉到，不是林伟创造了他的作品，而是他的作品创造了林伟。从根本上来讲，林伟，就是他的作品的工具，他服从于他的作品，他无法解释他的作品。而静观林伟的作品，却可以清晰地解读林伟。

林伟的作品，你看不到那种虚浅表面化的形式美创造；你看到的是，集体无意识对艺术家天命的召唤，是真正的艺术家以澄明遮蔽之方式道说神圣。

唐太宗赞王献之的字:“翩若惊鸿，婉若游龙”，“神光离合，乍阴乍阳”。为什么真正的艺术品会展示出让人无法形容的样状?是那种宏大深邃的生命本源的力量，通过艺术家透露出的些许信息。艺术作品的层次，从根本上说，取决于艺术家的修为；而艺术家的修为，决定了他与生命本源力量沟通的程度。

站在林伟作品面前，常常会被那种远古的、混真的思维抓住，进入到天地初开时的太朴、自然——那种人类少年时期的瑰丽炫美，也曾瓦解横亘我们心中的执取。

作为一个评论人，多年来我一直在寻找那种能深层打动我的作品。而现代社会，人们虚浮躁动，每次看展，总是怅然若失。六年前，一个不经意的机会，在林伟“传承与守望”书画展上，却有了意外斩获；三年后，“依古维新”展会又更进一层。那时，林伟及林伟的作品已初露端倪，观其创作过程，竟有古人之态。那时的林伟，已经找到了身体中支持创作的力量，逐渐能够收束这种力量通达于笔墨。所以看他的创作，一提笔，仿佛全身都提到了笔上，满腔精髓，透过无形的管道，铺沥在宣纸上。

憨山说：“唯在忘言者可以神会；绝虑者可以心通。”纵观古今，艺术的成就者无不能纵横捭阖运用这种创作力量，因为这种力量通达于本源，也即荣格所言“集体无意识”。但并不是每个作者都能够找到创作力量。这种力量的突起和成长，对创作者有着极其严格的要求。真正的创作者必是彻底穷源，绝诸对待，返妄归真；而普通的作者则狂劳颠倒，墙垣横隔。在林伟身上，我看到了作者内心深处放下了尘劳执取，创作中任运冥枢，妙契寰中。这个物质的时代，这样的艺术家，就显得弥足珍贵。

几年来，我数与人言及林伟画作，皆曰线条、结构、技法、意境之类，虽每每迎合，心下深自不以为然。林伟作品之所以展现出如此样状，是由于创作者接通了本源的力量。这种作品，就有古意，有根，这表现为一种深敛的静气，它能无形中抓住观者，让“集体无意识”去融化观者孤独固著的心灵。

经过几年苦行僧般的精神历程，林伟近期作品，又逐渐显露出“静中有势”。“有势”，则作品外观气韵生动，内感秩序森然。老子说：“天得一以清，地得一以宁，神得一以灵，谷得一以盈。”生命本源通过创作者向外部世界传递的资讯，是天地宇宙本有的秩序，这种秩序一以贯之，趋于易简。静必有力，势必有序，如此作品才能不俗，不匠，不火，不草，不闺阁气，不蹴黑气；如此作品才能像盛大士所说的“理到，气到，趣到”，才能入于精妙神逸之妙，于平中求奇，棉里裹铁，虚实相生。

我经常与朋友开玩笑，好的书画，就像道家的符，能趋吉避凶。道理很简单，人外部际遇运势，无不是内在感受运势的呈现；当你通过审美，序化你内部运势的时候，就是更高级的礼忏拜诵，逐渐正化了你外在的运势。这也是真正的艺术品价值所在。

林伟小友，宿具道骨，做事精慎；专志书道，乾慧发露；深入画髓，流自肺腑；精进不懈，久而弥笃，渐有一代方家之气象。今其新作《古质今颜》付梓之际，预深其道缘，广其善缘，乃欣然为之序。

李秉正诗画集《写意》序

秉正先生平原长大，自打跨过一条京广线，见到千姿百态的太行山、美轮美奂的砂岩风貌，便为大自然的神奇收服。一头扎进大山的怀抱，几十年如一日，无论春夏秋冬，走遍千山万壑，写生，悟道，领会造化的玄机，捕捉美神的风采，以自然之眼观物，以自然之笔抒情，点点滴滴积累发现和想象的视界，分分寸寸，使自己的手接通上天的手，不知不觉人与艺一同羽化成仙。

秉正的水墨山水写生，简笔，野逸，心源造化一齐出，写生创作就地成。章法简约，笔墨旷达，形象古拙，气韵潇洒，逸貌取神，以物象内在的生命创造出艺术的抽象，达到一种“只可意会，不可言传”的效果。何以然？他懂诗，是诗意的山水。画面简明扼要，形象生动，就像诗中的绝句，能读出趣味，有志趣，有理趣，有情趣，有风趣。《拄杖谁人下岭来》，动静结合，虚实相生，有王维“空山不见人，但闻人语响”的味道。《云波万顷荡丹岩》，双崖对峙，云破天开，有杨万里“好山万皱无人见，都被斜阳拈出来”的境界。

秉正的山水诗不是题画、配画，而是遗画独立，相映生辉。多用绝句形式，以生活的切断面反映大千世界。又确实在结构、意象、色彩诸方面，有着浓郁的画意。如《云巢亭观景记》:“金亭墨屋紫平台，叠树环崖境妙哉。顶栈风光观未了，天头滚滚白云来。”一首诗至少五种颜色。又如《静居》:“八面绕青山，山藏水一湾。湾头幽处好，好屋两三间。”简单几笔，层次分明，引人入胜。“顶栈与天平，云梯线做成。游人如豆小，缓缓下峥嵘。”(《惊望大天梯》）寥寥数语，起承转合，规定情景，如一出折子戏。崖柏、野菊是出现最多的意象，“自做金团还自赏，清颜岂肯卖人间”，正是自己人格写照。比起自己的画，他的诗更多主观色彩。“水瘦半山荒，烟寒树带霜，图中人是我，正在品秋光。”(《题自画晚秋图》)“毫旋墨滚作狂游，野稿成时汗满头。论这多情和大胆，谁能比我更风流。”(《题九女峰写生卷册稿》）画疯、诗狂，如辛弃疾的“我看青山多妩媚，料青山看我应如是”。

书画同源，源于诗，诗是魂魄，书是风骨，画是气韵。秉正的诗、书、画同一风格，朴素大方，不求时髦乖巧。秉正是位奇人，以画著称，又能书善诗，具备了一个艺术家全面的人文素养。

育红书法集序

与育红仅一面之缘，印象未深。而对其书法过目不忘，感动之后便成永久记忆。

翻阅他的作品，扑面而来的是一种浓郁的文化气息，平实，纯正，朴茂，没有时下书界那种趾高气扬、张牙舞爪的邪气，而是一种赏心悦目的文气、正气、雅气。

从字面上可以读出他丰厚的文化底蕴和近乎完美的人格修养。古人说，书者文之极也。书法的实质在对于传统文化的把握之中，文是内容，书是形式；文是灵魂，书是形态；文是生命，书是躯体。书家自身的内美和修能，决定其书法的面貌，个人的品行完全抒情在笔墨之中。我发现育红少写福禄寿康、观海听涛、厚德载物、惠风和畅之类时俗字眼，而是写时代精神和思想感悟。形式是传统的，精神是现代的。即便书写古人诗文，也都是经过慎重选择，能与今人心神相通、丰富现代意识、陶冶性情的内容——“语道造冲穆，治经交圣贤”“寄怀楚水吴山外，得意唐诗晋帖间”“六朝碑版求真意，两汉文章饶古风”。这是由文化感悟而获得的艺术境界。

书法是书家文化修养和书法造诣相融而生的结晶。我猜想他书写的过程，先咏诗文，后生散怀抱，任情姿性，自然流淌，情生景生。书法展示文化修养，由内而外，生命物化，凝聚于点画之中。育红熟悉多种书体，可见其书道进修历程和美学要求，符合书法演进的逻辑，又逐一把握历代书家笔法，融会贯通，草书中有二王遗风，楷书中有北碑遗规，行书中有苏黄神韵。博采众长，为己之用。一双手有几种笔墨，近帖则透润飘逸，不失灵动；近碑则厚重浑穆，突出端正。整体以动取势，以虚取韵，形成一种率真自然、气势雄强的风格。

刘熙载说，书，如也，如其学，如其才，如其志，总之曰如其人而已。书法是书家人文精神的抒发，生命轨迹的折射。从书象上看，育红是个清静而机敏的人。书写时气定神闲，如打太极，深思内敛，笔势舒缓，不疾不徐，笔到意到，笔断意连，节奏在静虚指朝间，栖止在心手两忘间。若无其事，心手相应，心即是笔，笔即是心。

育红是业余书法家，主业是国家公务员，公务做得好，书法也写得好。古代没有专业书家，专业写字的只有抄书的经生。古人把写字视为一种“小道”，写字只是一种传播技能。真正的书法是一种“大道”，大道不是一种技法，而是一种文化形态，非常注重品行。“德成而上，艺成而下。”颜之推家训说：“慎勿以书（法）自命，虽然，厮猥之人，以能书拔擢者多矣，故道不同不相为谋也。”欧阳修论笔：“古之人率皆能书，独其人之贤者，传遂远。”苏子瞻言：“人貌有好丑，而君子小人之态不可掩也；言有辩讷，而君子小人之气不可欺也；书有工拙，而君子小人之心不可乱也。”旁观今日书界，多为小道，以卖字逐名利，搞展览跑笔会，讨价还价，字面洋溢铜臭，笔画匆匆如小人逐利状。吾看育红之为人，坦荡淡泊，洁身自好，崇尚“半耕半渡，半仕半隐，云卷云舒，花开花落，大美不言，贫富不论”。其书法乃工作之余养心怡神之作，只为心迹，抒性情，不求大红大紫，不为追名逐利，但终会被人认识，传之久远。

《元曲魂》序

关汉卿是 13 世纪中国和世界最伟大的戏剧文学艺术家，1958 年被世界和平理事会确定为世界文化名人。他是元代祁州（今属河北省安国市）伍仁村人。我为有这样一位先辈乡贤而不胜自豪，同时，一种深深的遗憾和愧疚之情亦油然而生。作为杂剧创始人的关汉卿，他的青春和爱情，他的生活和追求，他那一直为人敬慕的“铜豌豆”精神品格的形成过程，他对整个元杂剧的勃兴、发展、繁荣、鼎盛所起到的开拓性、中流砥柱式的探索奋斗，毫无疑问应当是惊心动魄的、史诗式的。时至今日，我们还没有一部全方位介绍这位文化巨人传奇式一生的作品问世。数百年来，他的壮丽人生，成了人人着迷又难以拆解的谜团。作为一名河北人，心情的沉重和无奈，也是可想而知的。正在这时，好友奚海给我打来了电话，说他在研究元曲的基础上，创作了一部描述关汉卿一生的长篇小说《元曲魂》。他慨叹说："作为在河北工作、特别又是厕身于元曲研究的人，竟不能让世人形象而又全面地了解关汉卿的光辉人生历程，惭愧啊！"希望我看一看，提一些批评意见，以便对书稿做进一步修改。好友的一席话让我动容。当我展卷阅读的时候，仿佛身不由己地走进了关汉卿那个时代，关汉卿以及他的曲友们，亦形神兼备地一个个向我走来，让我欣喜不已。久久困扰着我的关汉卿情结，终于得到了宽释。作品在以下几个方面，给我留下了深刻的印象。

第一，历史时代和社会现实生活对于文学艺术和人物性格的决定性作用。作品并不是孤立地去编撰一种文学艺术样式的华丽诞生、一个文化名人的横空出世，而是紧紧地抓住"历史"，抓住特定时代的社会现实生活来加以展现。作者笔势恢宏，全面展示了忽必烈励精图治，为实现国家的统一、经济的恢复和发展、民族的团结融合，武略以外逐渐注重文治，加上对外的开放，使元初的经济、社会得到了初步的发展和稳定。作品描写了关汉卿开始从事杂剧创作活动时所在的真定（今河北正定）物阜民康、文化昌明的景象，继而展示了他主要从事杂剧艺术活动的燕京、大都（今北京），并描绘了当时世界各国和全国各族人民进行国事、商贸和文化等活动的国际名城——元大都的空前盛况。正是在这种波澜壮阔的历史背景和社会现实生活的丰厚土壤上，作者清晰地绘写出了元杂剧从"小荷才露尖尖角"，茁壮成长为一枝瑰丽奇葩的发展轨迹；又栩栩如生地突现了以关汉卿为代表的元曲家们，以及珠帘秀、廉希宪、文天祥、忽必烈等人物群像。因为说到底，正是特定的经济、社会基础，孕育并决定着特定的文学艺术样式；正是瞬息万变的社会现实生活，孕育并决定着形形色色的典型性格。《元曲魂》紧紧抓住“典型环境中的典型人物”这一文学艺术的基本规律不放，使整部作品具有了浓重的沧桑感和历史的厚重感。

第二，创新精神。早在1958年，也是在关汉卿生平资料极度缺乏的情况下，田汉先生推出了他那脍炙人口的话剧《关汉卿》。该剧以关汉卿和珠帘秀创作演出《窦娥冤》为主线，展示了他们不畏权奸阿合马的残酷迫害，为民立言、誓死抗争的感人形象。在该剧中，田汉先生还以《蝶双飞》一曲，描述了关汉卿和珠帘秀愿为终身伴侣的强烈愿望:“俺与你，发不同青心同热，生不同床死同穴。待来年遍地杜鹃花，看风前汉卿四姐双飞蝶。相永好，不言别!”在尔后屈指可数的描写关汉卿的作品中，几乎都是以关汉卿、珠帘秀的爱情为核心内容，很难再说得上有什么原创精神。《元曲魂》则以关汉卿和名医之女李纨素这一对恋人和夫妻始终不渝的恩爱浓情贯穿全书。在元曲事业上，李纨素给关汉卿以全力支持，且给他提供了不少的真知灼见。从某种意义上说，正是她的睿智聪颖和宽阔胸襟帮助成就了关汉卿以及他的元曲事业。而一代名伶珠帘秀，则又从元曲艺术的舞台性和表演实践上，成了关汉卿最为忠诚的合作伙伴。耳鬓厮磨，日久生情，这诚然是人之常情。但关汉卿的崇高人格、李纨素的豁达和智慧，深深感动了珠帘秀并让她敬慕不已。再加上珠帘秀本人的深明大义和洁身自好，使关汉卿、珠帘秀这一对“演艺圈”里的最佳搭档，始终恪守住了道德的底线，并同时为元杂剧的辉煌，做出了各自不同的贡献。这种对于关、李、珠三人之间矛盾纠葛的独特处理和准确把握，既符合了爱情、家庭、友谊的伦理原则，在物质生活日渐丰富而思想浮躁的时下，亦当是富于启迪和警世意义的。这种原创精神，在全书中还多有体现。如百姓擎炬祭奠除暴英雄王著，特别是蒙古及西域各族人民以三千件海东青衣袄凭吊烈士的悲壮场面；如关汉卿在宫廷中为忽必烈演出突然报出了自己的艺名“铜豌豆”这一突现他机智而又刚耿性格的震撼性场面；再如关汉卿与威尼斯人马可·波罗的友谊巧妙地把元曲与欧洲文化联系起来，昭示了元曲走向世界的感人场面……凡此种种，大多出人意表，别出机杼。

第三，结构比较统一完整。作者是运用编年史式的手法来规划建构全书的。小说的时间跨度，从蒙古窝阔台汗七年（1235 年）直到元成宗铁穆耳大德年间（1297 年—1307 年），历经五朝帝主，长约六七十年。地域空间，则从和林、金莲川（在此建开平城，后称上都）、燕京（大都），直至杭州等地，纵横南北。在这种极为深广的时空范畴里，串联起有关的人物和事件，编织起尖锐复杂的矛盾冲突，缓急有节，纵控有序。叙事始终如行云流水，酣畅而不乏灵动。不知不觉中，关汉卿等人生活和奋斗的那幅风俗长卷，也就色彩斑斓地呈现在了我们面前。

第四，语言典雅，较富文学性。小说主要描述的毕竟是关汉卿以及其他元曲名家、大家们的创作实践活动，同时又涉及忽必烈及僧子聪（刘秉忠）、张文谦、姚枢、廉希宪、董文用等这些宰执名臣的宦海生涯，因此，他们的语言自当素养较高，丰富多彩；更何况作为元这一历史时代，亦会有着它不可替换的鲜明语言特色。在这方面，作者显然十分关注并下了大力。整部作品的行文叙事和人物对话，大致（当然不是绝对地）避免了古人说今话与时下流行语不时窜入的错失和尴尬，文字质朴大气而又清新典雅，颇耐阅读。

当然，作品也还存在着一些可以商榷和改进之处。比如书中的群众性抗暴场面较多，似乎可予适当合并，以使情节更为集中。

怎样准确全面地描述关汉卿的一生，这是个永久性的难题。

另外，正像“说不尽的莎士比亚”一样，比莎氏早了300多年的关汉卿，同样是说不尽的。奚海以一个学者的严谨态度，不受当今颇为流行的“戏说”之风感染，查阅了大量史乘文献，把主人公作为一个特定历史时代的特定历史人物来描绘，刻画出了一个比较真实丰满的关汉卿，实在可喜可贺。

这样的尝试，值得肯定。是为序。

焦万存《雅清斋余韵》序

万存爱好广泛，精力充沛，诗词、散文、书法皆通，尤其是对格律诗词情有独钟，他像一头老牛俯首弓身，一步一个脚印地辛勤耕耘。他的这本诗词集，无论是从主题的发掘，还是从意境的营造，表现手法颇具匠心，洋溢着生机，散发着清香。

这本集子内容丰富，用典很多，如“伯牙知遇子期君，弦断摔琴情逾深”“包拯明大义，五鼠闹金瓯”“火烧赤壁连环计，天降东风助小舟”等大都贴切、自然。诗人在《七律·赤壁思苏轼贬黄州》中写道：“初到黄州生计事，深交佛印释禅宗。沉浮悟得三生道，觉海神游五蕴空。”做到了恰到好处，融化无痕。诗词中涉及历史人物众多，读诗如读史，谈古论今，给人以启迪。许多诗词主题开掘比较深，比如在《渔家傲·日出君山》中，就隐含着做官目的的讨论，振聋发聩，引人深思，给为政清廉者以激励，给糊涂麻木者以猛醒，给贪腐者以重击。

万存足遍祖国大江南北，旅游诗词在整个集子中占据了较大的篇幅，佳作不少。“云飞雾走，看万仞山呼，群峰低首。无际青峰浪鼓，魄雄魂厚。倒悬云顶花如海，艳妍争、绿肥红透。翠芜掩映，青松直立，碧虚灵秀。”（《桂枝香·顶峰》上阕）写得气势磅礴。《七律·劲松林之吟》：“登高穿越劲松林，郁郁森森不染尘。身驭苍台声惑雨，根拿怪石影如云。虬枝鹤骨凌霄志，黛色参天望岭魂。山野赋诗思旷远，仰天长啸振乾坤。”豪放而形象地写出了松树的雄奇俊迈和傲然玉骨。《五绝·题太行山松》：“墨绿罩群峰，齐天玉骨风。鹤栖君子树，豹伏太行松。”此诗静中有动，同样形象生动。《忆江南·梦醒三阕》之中：“惊梦醒，无意望琼楼。魂在天边追旭日，身居陋室品悲秋。恬默郁幽悠。”“凭栏望，窗外客如流。蝶梦千人非舞袖，斜晖万缕照清秋。肠断九层楼。”悲秋悯人，感情凄婉，具有很强的感人力量。“环山低水碧无尘，芦苇清风轻润身。独把长竿连钓饵，浮湮牵出小银鳞。”（《七绝·独钓》）“盛夏驼峰更似春，登峰佳客伴流云，乘风一览群山小，金阙轻抚桂月频。”（《鹧鸪天·盛夏》上阕）都清新自然，给人以极美的享受。

诗贵意境，能使诗词活跃着生命律动的韵味，诱发和开拓审美想象的空间。万存在意境营造上下了功夫。还以《渔家傲·日出君山》为例：“日出君山蒙晓雾，丛林滴翠群花吐。盖紫藏红羞处处。鸳鸯浦，苍生沉醉天堂舞。遥望岳阳千百度，范公锦句人追慕。修身莫把民心负。先忧赋，登临烟雨名楼处。”先写君山美景，然后笔锋一转从岳阳楼引发忧思，把意境推向一个新的空间。

焦诗洋溢着浓厚的泥土气息。“云淡情思远，风平浪沉沙。匆匆数载踏芳华。道是隔山咫尺似天涯。爽气浮秋月，斜阳照晚霞，暮年更忆野山花。惊梦山乡石屋老东家。”（《南歌子·山庄情思》）他曾在山庄搞过“四清”，对那里的一草一木和百姓都非常熟悉，反映了深深的眷恋之情。“万事自然方为道，百忧心境辨西东”“勤劳可取黄金屋，草木群芳各自荣”是《七律·草木一秋》中的两联，赞颂一草一木都为美化保护大自然做的贡献。同时还告诉人们，普通的人只要去掉自卑感，勤劳可致富，同样能为家庭为社会做出贡献。

焦诗直抒胸臆，真情流露，就像小溪的流水自然流淌，有喜说喜，有忧道忧，有愁倾愁，毫不掩饰，淋漓挥洒。“荷花芦苇水清清，戏水鲢鱼夙夜行。晨起荡漾迎旭日，仓丰举橹喜归程。渔舟唱晚伴云水，戴月披星诵太平。落日粼粼漱玉树，风掀碧浪浪掀风。”（《七律·白洋淀即景》）悠然自得，惬意欣喜之情跃然纸上。当壮志未酬时，“渺茫凌志远，何日泪痕干”。“数载飘零，积基敦厚，空等愁云散。黄粱无枕，几曾梦觉，旧去又添新怨。”“剖解初心眉不开，常含惆怅半空哀。”“亦步亦趋非所愿，渐行渐远慢生灾。”——无限苦闷又无可奈何的内心折磨表露无遗。闵闵凄婉，具有很强的感人力量。

万存关注社会民生问题。“闲门日久尽苍苔，满院萧疏生野柴。”“满院野花听鸟语，蜘蛛接网草封门。”再现了“空心村”问题。“尔曹始变惊弓鸟。打虎拍蝇听好音。”表达了希望反腐之剑继续高扬，尽快为经济发展创造一个风清气正的政治生态环境。

纵观整个诗词集，不失为一本好书。期望万存再接再厉，今后的作品更加枝繁叶茂，更加赏心悦目，给人们带来新的美的享受。

石运兴的诗

石运兴曾是河北诗坛一员骁将，二十多年前创作正盛时悄然隐退，大家几乎把他忘了。而今突然又冒了出来，而且手握两把雪亮的兵刃重出江湖。原来隐退是假，修炼是真，卧薪尝胆地磨他的剑。

比起当年，他的诗面貌大变。内容上一改那种为政治服务、标语口号式的写法，与时俱进还比较容易，形式上求变不大容易，需要艺术的深度。艾青说："一首诗的胜利，不仅是它所表现的思想的胜利，同时也是它的美学的胜利。"艾略特说："创造一种形式不是仅仅发明一种韵律和节奏，而且也是这种韵律和节奏的整体发觉。"石运兴的变革使我们看到了它的结果，想必过程是艰苦的。这种过程大概和学习书法一样，先从唐楷入手，然后追本溯源，篆隶草行，步步深入，才能入其堂奥。

《亦步亦趋》是五言诗，五古兼五绝，五言绝句是近体诗的基本功。《风前心露》是新诗，少部分长句自由体，多部分长短句。诗的内容没变，赤子之心，平民心态，悯农惜弱，呼唤正义。情挚心旷，言简意丰，一山一水涤荡胸襟，一枝一叶关乎性情，站在时光流程和空旷天地的交叉处，发出自己的感慨，心与时代、与人民相通。

在艺术上他孜孜以求，力求形式与内容的完美结合。五言诗古朴自然，清畅空灵，不加雕饰。而主攻方向是长短句，讲究押韵、对仗、平仄，有大体一致的格式，呈现出一种格律美；追求明显的节奏、段落、行数、音节，有一定规律，呈现出一种整齐美；或者句式长短不一，间隔有序，错落有致，呈现出一种参差美。这种长短句比词自由，近似元人小令。修辞上注意词性组合、搭配，读起来朗朗上口，通俗明快，白话、俗语信手拈来，时有警句。

这种艺术探索是成功的，而且符合毛泽东在民歌和古典诗词基础上发展新诗的思想，方向明确，再加上自己的实践，所以成绩喜人。中国诗史是一个趋向民间的过程。发展新诗，不能刻舟求剑，不能向后看；也不能向西看，远离传统。当前诗病的症结，旧诗缺乏现代化，新诗缺乏民族化。石运兴有意识地避免这两种偏向，代表了一种正确的方向。

我们说，功夫在诗外。诗是对大自然和社会生活的感悟，不是作坊的产品。坐在家里，冥思苦想难以写出好诗。古今优秀诗人，都是投入火热的斗争，建功立业，有了诗意的生活，也就有了诗。石运兴全心全意投入他的本职工作，多有建树，付出了创业的辛苦，也享受到了创业的快乐。事业心和忧患意识是产生诗的酵母，煞有介事写不出好诗，若无其事，好诗就出来了。

石运兴对诗的理解高于专业诗人，所以，他是一位真正的诗人。

康贵春《秋林挹露》序

比之以前的作品，贵春这部散文集有了明显的进步，也可以说别开生面。

一是他走出了家门，不只囿于井陉矿区生活，行走天下，走万里路。不仅祖国的江南、西南，而且走出国门，西欧、北欧、南欧，边走边写，以生花妙笔表现所见所闻，出手不凡。他的游记，不是记流水账，重复导游词，而是在移步换景中，形象生动地写景状物，借景生情，寓情于景，情景交融。感情之流从实际生活中淌出，思想之花在行走中绽放。他敬畏山水，崇尚自然，深怀虔诚，见美悟道。折服岳麓之美甲湘楚，领悟“惟楚有材，于斯为盛”。他像诗人一样多愁善感，赞叹贝多芬不断梦想幸福，而幸福转瞬即逝，随后便是痛苦的煎熬，而他人生的最大意义也便是用痛苦换来欢乐。

二是他走进了书本，走进了历史，读万卷书。在书林漫步中学会了用自己的眼光去解读古代诗文，研究历史人物。不是为读而读，而是体现更多的生活意义，从历史经验中学到了继承与发展的关系，学到不拘泥于旧解成说，用现代人的思维去知人论事，对古典作品和历史人物给予新的理解和评价。文笔自然而轻松，剥茧抽丝，反弹琵琶，斜出旁逸，正话反说，而这一切认知和表达，都是因为在学习过程中，自己的精神境界和理论水平得到提升。对末代帝师朱益藩，既肯定他为官清廉，忠于朝廷，又表现他是非分明，反对溥仪屈从日本，卖国求荣，不光自己绝不盲从，还斥责溥仪行径为奇耻大辱。

我认为这部作品最精彩的部分是他浓郁的黄土情结。在井陉矿区生活了几十年，生于斯，长于斯，乡村生活自然成为他写作题材的敏锐区和视域的感光点，生活的矿藏必然是写作的强项。摊咸食、拌疙瘩、纳千层底、拣煤渣，信手拈来，随心所欲，若无其事，妙趣横生。这一切都源于他对生活的熟悉，熟能生巧，驾轻就熟。对生活的亲近，使他的写作进入了平心静气的状态和清淡平实的语境。

贵春的人和笔行走在大众之中，描写平民生活，表现喜怒哀乐，描绘亲情、乡情、友情，洋溢着朴素的趣味。生活在底层的人民群众，受到不公平的待遇，有各种各样的苦难。贵春则善于表现他们苦中有乐、达观宽容的一面，展现原生态的率真质朴的生命情感。

贵春乡土散文的成功，一半归功于细节描写。在一定程度上，细节是文学底蕴所在。他的文学神经常表现在对生活细节的感受和捕捉能力上，善于运用细节的技巧。《摊咸食》一文中，从食材的选取到制作过程，形、色、香、味，细致入微，惟妙惟肖，以至于微小细节也可以产生心灵的震撼，造成读者永久的记忆。细节重要，又绝非事无巨细，有闻必录，而是要经过精心筛选、归纳，苦心经营。细节少了容易淹没在叙事之中；细节过于芜杂，容易不分轻重，婆婆妈妈，让人不得要领，多而生厌。

贵春年富力强，散文创作更上层楼，指日可待。

洪群的散文

威县地处冀南腹地，物华天宝，文脉昌盛，源远流长。到了二十世纪三四十年代，有一次喷涌。一二九师东进，威县成为冀南政治文化中心，笔杆与刺刀一起闪亮，枪林弹雨中成长起一批土生土长的诗人、作家，从此一发而不可收。王亚平、王博习、胡青坡、刘艺亭等，为第一代。董凤鼎、胡林声、李金鹏、李志纲等，是第二代。张香君、吴洪群、董保纲、胡小烨等，是第三代。第一代以诗歌为主，第二、三代以散文见长，一个阵容强大、梯次分明的威县作家群在冀南平原上崛起。他们植根生活，热爱生活，专心敬业，孜孜以求，与时俱进，又尊重发扬传统，不受时下各种思潮左右，走一条现实主义道路。

吴洪群是威县第三代作家的一位代表。作品多为千字文，以报刊副刊为园地。评论家萨斯拉夫斯基称之为“报纸上的小品文”。这类散文，不为传统评论家重视，而为广大青年喜闻乐见。近来有一种散文，像西北的拉条子，越抻越长，动辄数千上万字，还美其名曰“大散文”“文化散文”。我一向不赞成这种写法，因为大量罗列史实，抄资料，在别人嚼过的馍上撒点芝麻盐，其实质是论文，不过在借论文的身体，披上一件散文的外衣。它已经脱离了散文的宗旨，忽略了散文的元素，称之为“文艺论文”可能更贴切些。中国传统散文特点之一是精粹。《古文观止》的经典散文多为千字文。《陋室铭》不足百字，却是千古绝唱。

洪群的散文，深得中国古典小品的精髓，也借鉴中外的随笔，有人译作“絮语散文”。至少有以下几个特点：一、短小的形式。因为受报纸版面限制，一事一议，布局小巧，行文精练，以小见大。短小而不空泛、贫乏，内容精深简约。二、博杂的内容。题材广泛，天文地理、人情世故、身边琐事、杂记见闻、读书心得，不拘一格。内容芜杂，而处处体现当代文学精神，用一种新文化精神去感悟时代一些最有诗情、最能激动人心的东西，使得文章短小而有灵气，雕虫又在雕龙，技巧中蕴含着灵魂。三、浓郁的个性。作者以平常心态，不摆架子，不板面孔，不教训人，无长谈阔论，与读者平等对话，如与友人促膝谈心。亲身经历，真情实感，从心底流出，如一杯香茗，让人品味。感情绝不掺假兑水，或因为容量受限制。四、轻松的笔调。偶然的感悟，情真意随，依赖于作家自由的心态，选材自由，写法自由，联想自由，笔调自由。任情任性，便有了轻松。正如泰戈尔所说：“诗像一条小河，被两岸夹住，流行曲折，流得美。散文就像涨大水的沼泽，两岸被淹没了，一片散漫。”

洪群的随笔写出了水平，如果非要提不足，那便是题材影响了对社会人生的进一步思考，手法和格式的重复束缚了艺术思维的开拓，超越的自觉意识的欠缺阻碍了进一步生新。不过，他是有才气的，创作的新高峰必将来到。热情地期待着。

梅子的诗文

李梅珍女士取梅子为笔名，想必有其用意，或为人生观，或为审美意向，也可能兼而有之。

万木萧疏，百花凋零，唯有梅花迎寒风，顶霜雪，傲然开放，向世间散发清香，为人类报来春讯。它不畏严寒，凌雪傲霜的高贵品质，正是中华民族所推崇的做人美德。它千姿百态的形式与结构的意象美，成为历代文人墨客歌咏的对象，被誉为“岁寒三友”“花中四君子”。杜甫吟道:“梅蕊腊前破，梅花年后多。绝知春意好，最奈客愁何。”曹雪芹《咏红梅花得“花”字》赞曰:“疏是枝条艳是花，春妆儿女竞奢华。闲庭曲槛无余雪，流水空山有落霞。”

梅子能诗能文，这是她的创作优势。诗与散文是姊妹艺术，都是抒情文体，又是不同的抒情方式。库古里夫说:“诗是一切艺术的长女，大部分艺术的父母。”有了诗人的眼光后驾驭文字的能力就会更加娴熟，散文就会达到一个较高的境界，有诗意的散文才是好的散文。屠格涅夫说:“诗是上帝的语言，但诗并不一定在韵文之中，诗，横溢四处，有美与生命的地方就有诗。”

梅子的诗文，从梅的性格中受到启发。不大红大紫，也不热情奔放，而是，含而不露，含苞待放，以寒香、暗香动人。愉悦时，轻轻地愉悦；忧愁时，淡淡地忧愁。一般不正面触及悲剧题材，不直接暴露黑暗面，而往往是一抹愁云，几声叹息，感觉轻轻抚摸一下心灵的伤痕。一般不放声歌唱，不朗朗大笑，而是荡起水面的微微涟漪，捕捉几朵小小浪花。但是细心的人会感到深处的激流涌动，同样具有感人的力量，而且感情更加深沉。生活中有这种现象，人们想到痛处时，鼻子发酸，眼圈发红，泪水欲流，往往岔开话题，谈几句轻松的话。

梅子的诗文，也从梅的形象中取得营养。在她笔下，梅非梅，却是梅，简单几笔，却表现了梅的风骨。这种写法如同国画中小写意的笔法，整体上有大势，“乱”而有序，“乱”而不散。构思无定式，立意任意为，梅的气氛似云、似雪、似雾，给人们提供了广阔的艺术想象空间。主线如枝干，构图简约，自然天成；细节如花朵，疏密浓淡，俯仰正侧，变化无穷。看她的一篇作品，如欣赏一幅小写意的梅画，如玩味一个匠心独运的盆景。

文学创作本身就意味着标新立异，求变求新，写别人所未写，正是艺术前进的动力。最后想起古人一首写梅的诗相赠："吾家洗砚池头树，个个花开淡墨痕。不要人夸好颜色，只留清气满乾坤。"

《逸趣韵话》序

格言和谚语都是经验的结晶，处世的良方，但是表现形式却处于两个极端。

格言大雅，阳春白雪，多出于哲人、学者。外国有歌德《格言诗》、拉罗什富科《箴言集》、绪儒斯《警句》等。中国有《论语》《朱子语类》《颜氏家训》等。格者，法也，言之可以为人法则者叫格言。格言往往是哲人头脑中迸发的智慧火种，可以为人类社会点亮一盏盏明灯，照亮人们的生活和生活中的人们，给人生以启迪、指导，帮助减轻痛苦，消除弊端，激励奋进，完成人格的自我塑造，渡过生活中的坎坷和困境。

谚语大俗，下里巴人，指民间口头流行的警句，通俗易懂，是万户千家百姓生活经验的凝结，人生百味中提炼的味精。谚语中押韵上口者叫顺口溜，口头韵文。顺口溜，有的有作者，如《李有才板话》，更多的无作者，属无名氏，大都经民间口诵，集思广益，集体创作，世代流传。

但是，格言不是名人的专利，谚语也可以由智者发明。谷志科多年来尝试把二者结合起来，把大雅与大俗、哲理与形象、深刻与通俗，融为一体。吸取格言和谚语、律诗和顺口溜的特点和优长，创造出一种新的语言形式，如在无弦的琴上弹奏，激发聪明人的思维活力，穿透愚钝者的坚壁。用自己的智慧去影响人们的认知，与更多的人心有灵犀一点通，产生心灵的共鸣。

翻开这本《逸趣韵话》，好像看到广阔无垠的原野，百花盛开，赏心悦目。不同色彩，搭配得当，把握适度，装扮着美丽的大千世界。其言至深，富有哲理，透彻地揭示事物的本质，粗犷地表达一种心情，凝聚着作者的睿智，可谓药石之言，文化精华。作品生动活泼，微言大义，深入浅出，寓理于情，寓教于乐，可以美化心灵，净化思想，教化社会，易于流传，堪称人生教科书。

这本书洋洋几十万言，才情横溢，妙语如珠。若是千百长者、智者济济一堂，畅所欲言，纵论人生，促膝谈心，各抒己见，相互呼应，相互交流，相互辩论，仁者见仁，智者见智，皆大欢喜，倒也为常。难就难在这智慧的海洋，都吞纳于作者一人胸中。但是我了解谷志科，他出生成长在农村，拥有农民的质朴和机智，后生活工作在城市，又有知识分子的儒雅和学养。搞过文学创作，起草过无数公文，当过县长、县委书记，最后又到高校主政。一向深入群众，调查研究，经历丰富又勤于思考，知识渊博且厚积薄发，才出色地完成了这一宏大工程。现在，就让我们打开书，尽情地享受他创造性劳动的快乐！

《岁月有痕》——石长青诗集序

我心目中的石长青，是一位好公务员，在河北省监狱管理局办公室主任任上，秉公执法，兢兢业业，待人诚恳。主编《特殊园丁》，胸怀锦绣，志向高远，经营有方，把一个行业期刊办得十分出色。做人做事，多质朴，少锋芒，一身潜能还没有爆发。

前些天，突然收到他寄来的一本诗稿，我大吃一惊，也喜出望外。果然真人不露相，我只知他年轻时就搞文学创作，写过小说，写过剧本，却不知，原来他还是一位诗人，而且还会“戴着镣铐跳舞”。古体诗不仅大多合乎格律，也颇见诗的精神，比之时下一些以“诗人”自居者毫不逊色。当今诗坛，滥竽充数者众，失去了体统。写新诗者散文分行，内容低俗，没了形式元素，没了审美价值；习古体者，行行唐宋陈词滥调，玩古董，编塑料花，少香无味。这些所谓的诗，只有声音，没有灵魂。而真正的诗不仅应该是灵魂的声音，还应该是灵魂的佳酿、会呼吸的思想、能燃烧的文字。石长青不以诗为业，偶尔为之，然而无心插柳柳成荫，他懂诗的真谛，所以也更接近诗人这个称号。

长青写诗，是“胸怀作纸心作笔”，诗句是从心底流出来的。从这本集子的百余首诗中，可以看出他心灵的轨迹，是他自己的一本生命简史。他的生活与时代的变革一样起伏跌宕，他的诗也潮起潮落。这些诗不仅属于他自己，而且与每个同时代的人相互感应，读起来十分亲切。诗贵真情实感，事真，情真，语真。这个真，是时代的真。今天的评论家不要做事后诸葛亮，要求当时人先知先觉，不能以现代人的文明程度去要求李白、杜甫，否则他们就不伟大了。只要艺术地反映了生活本质，就是诗。“雪冷风寒薄衾凉，荣幸一夜升‘团长’。清晨起来隔窗望，军营处处披银装。”（《杂感》）“淡言荣辱眼前过，笑看浮沉身后行。转业自当不转志，心随风雨写真情。”（《七律·转业》）是政治生活中的真情实感。“人生觅知己，可遇不可求。真情美如水，我愿水中游。”“晓月似弯钩，钓起心中愁。伊人无音讯，情思荡悠悠。”（《赠友人》）则是恋爱中的真情实感，借景生情，情景交融。

长青后来的诗，也是真情实感。真实表露抑郁心迹：“不惑之年有困惑，丽日金秋添苦涩。‘万事尽随风雨去’，顾盼人生叹坎坷。”(《困惑》)对一些事情看不惯:“猫狗曾经守本分，猫抓老鼠狗看门。忽有一天风气变，可叹，猫和老鼠结姻亲。　狗亦嫌贫攀富户，可恶，低眉邀宠装天真。且看街头新景致，可气，抱猫牵狗是何人。”(《定风波·闲说猫狗》)甚至对一些丑恶现象疾恶如仇:“黑如雪，白如铁，黑白颠倒作何解？心难净，神难定，肥了贪官，损了百姓。痛！痛！痛！”(《钗头凤·圣诞》)

长青的性格原非如此。“自幼存宏愿，立志学英雄。无惧千难万险，悬崖攀绝峰。”(《水调歌头·宏愿》)抱定志向，“情比春色更浓，凭品格、才识度今生。论成败得失，几多随意，浮沉宠辱，几多从容。寸寸柔肠，铮铮侠骨，敢同三春比真诚。有道是，遣一腔豪气，尽予春风”(《沁园春·春日郊游》)。坚信“前路茫茫多坎坷，何妨！但以人格图自强”(《南乡子·换装》)。但后来人生态度好像有了变化，“听惯昏鸦聒噪，不再心烦气恼。知是弄权人，总把是非颠倒。罢了！罢了！赋闲垂钓最好”(《如梦令·罢了》)。“今岁中秋月最圆，心无旁骛坐窗前。烫壶老酒邀明月，抓缕清风入菜盘。重返悠然宁静地，远离喧闹浑浊湾。余生所寄着何处？一笠一蓑一钓竿。”(《七律·回归》)前后判若两人，不再是那个热血青年，变成了一个心灰意冷的知天命者。硬汉子说软话，言者无奈，听者心酸。但是，了解长青的人，知道这是反话。反话也是真话，反话需要正听。倒是一首《渔家傲·又见沙枣》，道出了他的人生境界:“荒原有树名沙枣，顽强堪比骆驼草。风卷狂沙摧不倒，君记否，苍凉大漠最妖娆。　人生之树如沙枣，一路辛酸知多少！历尽沧桑人未老，心态好，笑对坎坷无烦恼。”看似平常，实不平常，泪流干了，血流尽了，方得此言。以平常心对平常事，却赋予新的理解和延展，让读者生出蓦然回首的感动，回味的不仅是昔时岁月，还有在天命与人情的痛苦磨合中那切肤之痛的人生体验。这是我看到的石长青。

我喜欢冯小军同志的散文。小军出生在农村，长期工作在基层，与民间有着天然的血肉联系，有自然而然的生活体验。这使得他的散文创作符合文学艺术的发展规律，每篇作品都有自己的发现，自己的爱憎，自己的激情。他实实在在做人，本本分分写作，他的成就靠的是真功夫，作品有自己特有的风格和品质。

生活在和平环境，选择了写作就是选择了吃苦耐劳。好的作家都是“苦命人”。舒舒服服成不了好作家，所谓甘苦寸心知。几十年来小军同志业余埋头写作，奔走在深山老林，腿脚勤快，思想活跃，发现问题，剖析矛盾，在忧与乐、善与恶、光明与黑暗、坚守与放弃中修炼内功，提高艺术水平，不停地用一把把火点燃自己，再传给别人。篇篇有的放矢，没有无关痛痒、无病呻吟之作。

小军了解民间疾苦，对平民百姓有深入的解读，然后多用散文随笔的形式予以呈现，感悟人生，愤世嫉俗，反省自己，警醒世人。大的方面他写到农民工问题，从《七夕，有关农民工的几个话题》一文，我们可以看到他是最早站出来替农民工说话的人之一。这篇随笔立意高道，议论肯綮。“中国的现代化，农民工功不可没。但是我们也必须看到，与我们的现代化步伐相关联的，是农民工利益的大量牺牲。”“牛郎织女一家悲苦分离的悲剧当下不是还在一出出上演吗？”原因之一是“一纸户口，堪比天河”，而“根本原因还是我国长期形成的城乡二元结构的政策所致”。为民请愿，有胆有识，表现了一个作家的勇气和良心。

小的方面他多次写家庭琐事。他家也是穷人，父母卖冷饮的时候，白天卖不完，把融化后变形的冰激凌带回家送给孙女，不谙世事的孩子却抢着拿了一支形状好的，做小本儿生意的母亲舍不得，因为形状好的第二天还可以卖，可是孩子不要外形有残的冰激凌，造成全家人的尴尬。他卡在中间，处在不同生活经历的两代人的之间，少不了良心的锻打。无奈之中，他“笑着从母亲手里要过那支瘪瘪的冰激凌咬了一口，然后从妻子怀里抱过女儿，努力地哄着她吃了一口。只这一口，妈妈笑了，妻子笑了，女儿也跟着笑了”。看似灵机一动，实际上修养所至。“我感到甜，品出了香，更多的，我吃出了涩。”一块聚光镜，照出了一家三代人的生活场景，刻画细腻而深刻。

小军还有不少这类的散文作品，一鳞一爪的见闻，点点滴滴的感受，却能折射一个时代的风貌。《说“准”》揭示上有政策、下有对策，万事都能“变通”的怪现象。领导干部职位有指标限制，好多“相当于”的安排就应运而生，这个“调研员”，那个“巡视员”，其实都是“员外郎”。《说“度”》批评有些人“不超前，不靠后，稳坐中间不挨揍”的处事心理。工作上马马虎虎也罢了，食品药品掺杂使假，人命关天的事也敢揣度而行。有了上线，不碰红线，此外什么事情都敢做。曾几何时一些乳品企业都在鲜奶加工中掺加三聚氰胺，一时成了“潜规则”。有的被抓住了，垮了，其他企业没有突破当时社会默认的“度”，或者手疾眼快地住手，结果逃掉了。不过是一百步与五十步的区别。不把质量问题看成企业的生命线，不重视信誉和诚信，为追逐利润昧良心，这种信誉崩溃，小军从“度”的角度剖析得入木三分。

小军的杂文写得很精辟，不说多有战斗性，而是很有思想深度。《人对动物的另类命名》一文，看似写动物，实际上处处写人。《鲁迅今年七十三》在怀念鲁迅的同时，他大声呼唤的是杂文的战斗精神。

小军的散文题材选取认真，艺术构思也认真。给我印象最深的是联想的运用。联想是想象的具体化，由一件具体的事物触发，展开与此相关的飞扬的思维活动，将不同时空、类别的现象联系起来，对比升华，使之具体化，从而产生强烈的艺术感染力。在《攀附》中，昔日的穷书生蒲松龄到淄川望族毕氏家里做塾师，有了饭吃，为《聊斋志异》创作提供了更好的条件。如今，毕氏家族早已没落，因为蒲松龄的名声才成了旅游点儿。“今天我们看见的‘毕府’里这些‘绰然堂’和‘石隐园’等，难道不是因为依附蒲松龄这座丰碑而存在的吗，这是多么让人震惊的逆转？二百多年前攀附人家的‘藤萝’今天成了‘寄主’，过去被攀附着的‘寄主’今天竟成了攀附旁人的载体或陪衬。”多么精辟的见解，发人深思。异曲同工的手法，还有《萧红，一根儿浓辣的青葱》：“这个被她的父亲开除族籍的人，现在却成了这个园子的主人。而当时颐指气使的父亲，今天却早已退居到故事的背后去了。萧红不愿意走进的家门，却被后人强行拉了回来。”原来，“三十年河东，三十年河西”，变化的根据正是人的价值。这样的文章哲理深沉，能够传之久远。

更多地与自然和哲理接近，散文会写得更好。与小军共勉。

纪念丁力先生

丁力先生墓在故乡傍湖一条河堤上，阁楼状，身边是大片棉田。纪念仪式在堤上举行，时值酷暑，气温在40摄氏度以上，突然老天有眼，送来一片白云，为大会做荫。

纪念著名前辈诗人丁力逝世10周年暨丁力诗歌学术研讨会，

在诗人的故乡洪湖召开，是中国诗坛一件大事，我有幸受邀出席，并代表丁力先生在河北的学生刘章、何理、申身等，表达对先生深深的怀念。

丁力先生为诗战斗、奔波一生，百年之后魂归故里，倍受故乡人民敬重热爱，是洪湖的诗神、荷神。

丁力先生不仅属于洪湖，也是属于全国的。他为河北的诗歌发展贡献了大量的心血和汗水，河北诗人永远怀念他。

慨然同志寄给我的先生的厚厚两大本著作，是先生毕生为诗歌奋斗的重大成就，是对中国新诗发展的重大贡献。更重要的它还是丁力先生生命的化身，永留人间。我本人对丁力先生仰慕、敬重，也有幸当面听过先生的教诲。但是毕竟久居石家庄，孤陋寡闻，对先生的作品和理论接触不多，捧在手上，浩如烟海，一时尚未咀嚼消化。还有看了臧克家、贺敬之、公木、杨琦、尹一之、宋垒等前辈大家的序言、文章，早已眼前有景道不得，也不敢重复了。我只能说说丁先生与河北诗歌的关系。

一、丁力先生进京之后，多次到河北，写了不少表现当地生活的诗作。西出京门，写过永定河、丰沙线。也曾到怀来参加1958年新民歌运动，写过南水泉、塞上明珠、张北马。“大跃进”时东临渤海，写过海河工地、驯海英雄、大坝合龙，也写过山海关。20世纪80年代访问过承德，写过离宫、塞罕坝。这些诗都充满生活气息，有声有色，如《搬石姑娘》：“石头如山堆，石头忽已飞，不是石头有翅膀，搬石姑娘快如飞，好似一群一群游雁向南飞。”那四次上坝，我有幸同行，他即兴写了《塞罕坝林场》：“原野竟开百草花，松杉千里似飞霞，工人问我去何处？笑指林场即是家。”都曾传唱一时。

二、支持河北的文学刊物。百忙之中给《河北文学》写了《要乐观》，还给邢台地区的《百泉》写了《松花湖》，给石家庄地区的《新地》写了《黑窝赋》，给张家口市的《浪花》（内部发行）

写了《大境门》。特别令人难忘的是，1981年他参加了承德地区文联举办的“端阳诗会”，积极参与了《国风》诗刊的策划和筹备工作。他的《诗的告白》发表在《国风》创刊号上，实际成了《国风》的发刊词。在西风劲吹的时候，毅然高举民族化、社会主义的大旗，并担任刊物顾问，身体力行，发表了自己的诗歌，使一家地级的刊物在全国产生了很大的影响。

三、热情扶持基层业余作者。1958年刘章还是承德高中学生时，写了不少民歌寄给《诗刊》，据说是丁力和尹一之先生从纸篓捡回来选发20首，隆重推出，使一个农村的孩子一举成名；并不断给他写信、寄书，对他关怀备至。20世纪80年代，他又在承德发现了山村姑娘王小霞，推荐上了中央音乐学院文学专业，提高她的文学素质和写作能力。如今的王小霞已经成为中央歌舞团业务科长，出版了一本诗集。在河北，像刘章、王小霞这样得到先生无私帮助和关怀的诗人还有许多。

四、与河北和河北籍的诗人友情颇深。他尊重田间，相知一生，悼田间的诗情真意切。与郭小川患难与共，友情甚笃，亲自到丰宁拜访郭小川故居，写了不少友情和纪念文章，《哭小川》传诵一时，他与公木友好多年，一起筹备第一届全国青年文学创作会议，公木同志对先生评价甚高。与河北中年诗人何理、刘章、申身等保持联系，关心他们的成长，在作品和人品上树立了典范。河北诗人永远怀念丁力先生。

祝大会圆满成功，并把丁力先生作品和理论研究坚持下去，发扬光大。丁力先生诗歌精神永存!

即席写诗一首附在后面：

傍湖村丁力先生纪念会

欣慰诗魂归故乡，傍湖新堤立青杨，

一别十年终得见，依然生前笑模样。

闻听故友来拜访，扯来云帘挡骄阳，
话如身边小河水，天生一条热心肠。

阁前纸花多似雪，疑是棉田提前放，
列队群众齐俯首，好似浩渺洪湖浪。

诗翁今年八十三，眼不花来耳能详。
老泪纵横是闻山，慷慨激昂殷之光。

童声呼唤诗爷爷，知音更有小姑娘。
鞭炮朗诵《踏天曲》[1]，叮叮当当响四方。

地下诗翁放声笑，塑像落下泪两行。
开门收徒操旧业，教授故乡为诗乡。

心灵的漫游——《微霜文心》序

康贵春的散文集《微霜文心》中，游记占了大部分。虽然是散文，但都颇有诗意，让我们感受和触摸到了一颗赤子之心。施莱格尔说:“诗人自由奔放的心，使他们嗜好放浪生涯。”作家一颗

[1]《踏天曲》为丁力先生长诗。

心常在旅途，做精神的漫游。

作家从故乡井陉出发，凭吊背水之战的古战场，朝拜革命圣地西柏坡，足迹遍布西北、西南、中原、江南、最后走出国门，直到欧罗巴。面对自然风光和历史遗迹，作者不仅有感性审美，还有理性的审智。在叙述中说理，说理中见睿智，在冷峻的思考中表达自己内心深处强烈的感情，将思辨的笔触直入历史人物的心灵深处，揭示他们性格的要害。在《哀思韩信》中，一针见血地指出他“虽是天才军事家，但在政治上是不成熟的。军事上的一次次胜利，换取的是政治上一串又一串的失败”。在《三十功名尘与土》中，大胆地指出：“害死岳飞的真正凶手该是宋高宗赵构，秦桧只是帮凶而已。”感叹“岳飞是军事天才，却是政治的弱智。胸怀一腔爱国热情，却在残酷的政治斗争中不知保护自己”，也不会以“大忠”来对付“大奸”，在“大奸若忠的奸邪面前，吃了败仗”。

他的游记，在出神入化地描绘自然风光时，善于在人和自然的融合中张扬人性的美和人性美的本质，把生命表现得美丽而顽强。在《黄河之水天上来》中，他写道：“置身其中，你所有的感官都被慑服，你的心灵被干干净净地冲刷、淘洗，好像瀑布之外的世界不存在了，只有那粗犷、雄浑、豪迈、神奇使你回肠荡气，让你的血脉不由自主地随那波涛而跳动。”在《回味白族三道茶》中，他悟出“三道茶，代表了人生三种境界”，尤其回味茶，使人“风物长宜放眼量”，进入“宠辱不惊，闲看庭前花开花落，去留无意，漫随天外云卷云舒”的人生境界。

投入大自然的怀抱，亲近自然使他体会到天人合一、人与自然和谐共生的重要性，形成了尊重自然、崇尚自然的思想。从而也找到了语法自然，形式和内容和谐的语言方式，力求洗尽铅华，朴素本色，从不苦心孤诣地粉饰雕琢，不用高浮冷僻的字眼，坦率地将心中的思考向外倾诉，任语言在笔尖自然流淌。这种语言风格，使他的文章呈现一种自然美，洋溢着生活本身的魅力。

如果挑剔美中不足。那就是较多地喜欢宏大的视角，居高临下，纵横捭阖。而小中见大、触景生情、状物传神不是每篇作品都能做得很好，细节渲染和焦点勾勒有时显得不足，因而有时显得理性大于形象。这些也许是作者多年从事理论和新闻工作，养成了一种习惯。以作者的修养，只要注意一下，是不难改善的。我们期待着，他更多更好的作品出现。

《东南西北》序

荫槐高老先生，20年前曾见过一面。其体态匀称，仪貌堂堂，一脸富态。老先生好文采，让人不禁肃然起敬，此时正要出版一部《东南西北》，要我作序。该书文本涉猎广泛——箴言谚语、故事笑话、名人轶事、乡土文化，内容丰富多彩。作品行文言简意赅，机智幽默，妙语连珠，通俗中带文化味，教化中有时代感，显出作者出身学历必不寻常。老先生却言出身贫寒，五年级没上完就失了学。

老先生自言生逢乱世，军阀混战，日寇入侵，年少丧母，落到后娘手里，受尽虐待。14岁挑起生活重担，摆过摊，学过徒，卖过油条，磨过面粉，离家出走当盐警，工农商学兵都干过。走投无路下煤窑，井下塌方砸伤腰，30多元工资养活11口人，开荒，拾秋，捡煤渣，吃了早晨没晚上，拆了东墙补西墙。为生计背下的债，直到退休才还完。

教育家张伯苓说，人可以有霉运，但不可有霉相。老先生人穷志不短，饿瘪肚子也要挺直腰，补丁衣裳都要干干净净，吃糠咽菜不忘读书，凭借几年小学文化，刻苦自学，饱读诗书。勤学使他精神早早脱贫，心胸坦荡，兴趣广泛。讲故事，文学创作，写下百万字书稿，喜欢收藏，剪报集邮，不觉中渐入文化达人和收藏大家之列。妻子也是含辛茹苦，勤俭持家，任劳任怨，在家里满负荷劳作，出门做壮工挣钱。她的节俭，不是省钱之道，因为本来没有多少钱，而是一种用钱的方法，每分钱都清清楚楚，用得得当，当省则省，当用则用。三年困难时期，也不耽误子女上学，甚至还攒下一点儿零钱，带孩子们去看一场戏，增加他们的知识。快乐的文化之梦给他们的生活带来慰藉，带来力量。

生命无高下，德性在个人。大人物可能有大人物的风范，小人物有小人物的操守；名人可能有名人的儒雅，老百姓有老百姓的高洁；位高人有位高人的品位，普通人有普通人的境界。一切品行都是锤炼所成，是一种不畏浮云遮望眼的追求，一种不为世俗所左右的信念，诸多品行最终聚为民族不屈之灵魂。老先生夫妇草根一族，艰苦一生，奋斗一生，平凡而伟大，皆因明德尊礼，从善如流。

父母的心是儿女的课堂，长辈的言行是子弟的法则。这个家庭安贫乐道，亲其亲，子其子，父子以睦，兄弟以和，夫妻以制度。严可平燥，敬以化邪，保佑他们渡过种种难关。积善之家，必有余庆。“孝悌忠信”，是高老先生的家训。高老先生之生父对他不仁，而能以德报怨，恪尽孝道。夫孝德之本，教之所由也。子曰:“身体发肤，受之父母，不敢毁伤，孝之始也。立身行道，扬名于后世，以显父母，孝之终也。”高老先生之子锁柱先生有幸生在高家，长在荫槐之下，被厉以志，劝以正，守以俭，贻以言，不负所望，终于成才。锁柱先生功成名就，告慰父母，并为先人立传，把父母的收藏扩而大之，建成华北地区最大的民营博物馆，至孝也。出这本书，不为光宗耀祖，更在晓谕子孙，薪火相传，弘扬于世，才是本意。

读梦夕《漳河湾》

河北平原广袤千里，一望无垠，本没有什么界限。只是20世纪初，人为地划了一条石德线，才有了冀中、冀南之分。说也奇怪，这一划还真的划出了差异，风土、人情、饮食、文化都有了区别，甚至连文学都有了不同。冀中盛产小说，不出诗人；冀南小说弱势，而诗风强劲。为此，冀南革命前辈不止一次地感叹，咱这方土地革命轰轰烈烈，抗日战争更加残酷，怎么就出不来好小说？每次我都张口结舌，无言以对。近日看了朱梦夕的《漳河湾》，为之一振，长出了口气，冀南终于有好长篇了。

其实《漳河湾》的雏形40年前就有了，梦夕的《冀南风暴》，就是以平乡盐民暴动为题材的长篇小说。当时，他正是河北文坛一颗冉冉升起的新星，20岁出头就有几个短篇小说叫响，并且搜集大量第一手材料，写出长篇初稿，得到资深编辑龙世辉的首肯，列入作家出版社出版计划。可惜“文化大革命”时，修改稿被抄走，几年心血付之一炬。梦夕是老实人，当头一棒，心灰意懒。祸不单行，无情的病魔也来趁火打劫，使处于逆境中的他，更加雪上加霜，对前景、对人生彻底丧失了信心，曾发出过“老天杀人不用刀”的哀叹。“文化大革命”过后，种种小说思潮，像走马灯一样登台表演，让人莫衷一是。梦夕的小说梦破灭了，转向编辑工作和散文创作。直到前几年，在一些旧友新朋的鼓动下，他才重新燃起创作欲望。40年人生历练，思想成熟了，加上纷乱的文艺思潮尘埃落定，现实主义重现光辉，他又振奋起来，只身避开喧嚣的闹市，一头扎进深山老林，运用长期的生活积累和艺术探索，摒弃原稿，另立炉灶，历经三个寒暑，终于写出了这部长篇巨制，大器晚成了。

《漳河湾》完美地展现了一幅波澜壮阔的冀南农民革命历史画卷。小说以20世纪30年代土地革命为背景，以平乡盐民暴动为主要事件，生动地描写了党领导下的农民和知识分子向反动势力英勇斗争的壮丽图景，表现了冀南农民由自发反抗到有组织斗争的历史转折，深刻地概括了中国农民的斗争道路和乡村之命运。作者以文学的形式，再现了这一段光辉历史。

《漳河湾》的重要成就表现在出色地塑造了一代农民英雄形象：足智多谋的闫克己，英勇顽强的林修身，侠肝义胆的关耀武，聪明精干的丁卜五，老成持重的永贤，幽默机智的片汤。他们继承了父辈的反抗斗争精神，又接受了共产党的教育领导，走上了一条迥然不同的斗争道路。经过血与火的考验，他们的思想发生了质的飞跃，从个人复仇到为人民大众解放而斗争，成为自觉的农民英雄典型。人物形象有血有肉，且具有人性深度。人物塑造的成功，来源于生活的真实，全书洋溢着浓郁的生活气息。勤劳勇敢的盐民手持长矛、大刀，扛着土枪，拉着土炮，舍生忘死，前仆后继的情景，各种人物鲜明的个性和心理活动，栩栩如生，跃然纸上。

《漳河湾》的艺术成就表现为具有浓厚的民族风格、民族气派。作者所塑造的农民英雄形象，继承了“慷慨悲歌”的民族精神，在新的历史条件下发展成“燕赵风骨”。他们身上勤劳勇敢、不怕牺牲的传统性格和精神风貌得到发扬。作品的民族风格又是通过鲜明的地方色彩表现出来的，刮盐土、淋小盐，原始的生活方式，独特的风土人情，展示了壮丽的冀南农村生活画面，充满了乡土气息。表现形式上，继承了古典小说的传统手法，开局引人入胜，中间层次分明，主线贯穿始终，收尾回味无穷。章法结构疏密相间，舒展自如，大小故事错综复杂而安排得当，叙事态度不温不火，从容淡定。比传统小说更加强了心理刻画和环境描写，不乏精彩的情节和细节。语言上更是大众化、口语化，那耳熟能详的民歌、民谣穿插其间，俯拾即是，恰到好处。在传统叙事方式上，又加上古典散文的洗练明快，以简驭繁，举重若轻，挥洒自如，生动活泼，极富个性化。

《漳河湾》是河北长篇小说创作的重大收获，冀南打了一个翻身仗，可以告慰革命前辈们的在天之灵了。

《漂者无疆》序

游记作为相对独立的散文品种，源远流长。《战国策·楚策》中，有楚襄王游猎的生动描述。司马迁开创了知识分子“慨然欲遍历九州，览其山川形势”的先河，《史记》许多篇章都有游记的元素。后代一些著名的游家，如北魏郦道元、明人徐霞客、清人顾炎武等，都写下了文学性很强的游记专著。柳宗元的《永州八记》则是中国山水游记的奠基之作。唐宋八大家，明代林下风流，都有佳作传世。于是郁郁乎煌煌然，占据了散文的半壁江山。《岳阳楼记》《醉翁亭记》等游记经典，成为学生和人民大众认识自然、爱国主义和文化教育的必修课。

然而近些年来，游记并没有像人们期待的那样，随着改革开放的步伐一荣俱荣，而是日渐式微，不被重视，甚至有些报刊公开声明，不欢迎游记。究其原因，一是时代发展，交通便捷，“远方崇拜”消失，旅游不再是少数人的专利，而变得轻而易举，人人可以动手写游记了。二是多数游记作者功力不够，如学生作文、抄导游词、记流水账，淡而无味，不如电视镜头醒目，更不如真山真水好看。就是一些被炒得沸沸扬扬的“大文化散文”，也是名不副实，以一般史地知识为主体，披上一件美文的外衣，其实质还是论文，顶多叫作文艺的论文。因为作者并非史地专家，文章的内容是抄来的，炒别人的剩饭，加了点葱花、明油，红火热闹，只能哄一些缺乏专门知识的外行而已。

最近看了许阳的《漂者无疆》，改变了我的一些看法。生活中还有一些文学爱好者，懂游记，爱游记，写出了一些佳作，中国的游记文学后继有人，不会消亡。

许阳酷爱旅游，他像一位行吟诗人，自由奔放的心使他嗜好放浪生涯，边走边写。他的游记像诗，屠格涅夫说过：“诗是上帝的语言，但诗并不一定在韵文中。诗，横溢四处，有美与生命的地方就有诗。”他的游记有诗意，源于他对游记文体的深入了解。置身景物中，进行审美体验，写出来的散文集景美、情美、文美于一身。

他写自然景观，展现长江三峡、壶口瀑布、白山黑水、坝上草原、海上金门的壮观景象，绘声绘色，多姿多彩，给人以美的享受。他写人文景观，杜甫草堂、鲁迅故居、都江堰、红旗渠、武侯祠、白帝城，歌颂祖国悠久的历史、灿烂的文化，昭示真理，爱憎分明，振奋我们的民族自尊心和爱国热情。

他写景状物，寓情于景，寓理于物，情动于中。王国维说：“一切景语皆情语也。”黑格尔说：“人把他的心灵的定性纳入自然事物里。”他触景生情，借题发挥，不是常情常理、人云亦云，而是善于抓住景物特点，有所发现，发人深省，有着强烈的思辨色彩。写鹳雀楼，他说：“从文化的角度看，鹳雀楼则是建在王之涣的《登鹳雀楼》之上的。因为，宇文护给予鹳雀楼的只是躯体和血肉，而《登鹳雀楼》给鹳雀楼注入的则是思想和灵魂。没有这首诗，一座楼毁了也就毁了，除了楼的主人谁也不会去想起它；有了这首诗，鹳雀楼无论毁灭多少次，它的复修都有着强大的思想与精神依托。河床泥沙的厚度能用数字来计量，文化的厚度又有谁能计算得清楚呢？”面对普救寺的莺莺塔，他发出自己的感慨，认为王实甫的大团圆结局“土得掉渣”，而“元稹《莺莺传》的结尾才是真实的，张君瑞始乱终弃，与莺莺人各天涯才最为合理”。因为“他们只是肉欲先行的逢场作戏罢了，是没有一点梁山伯与祝英台生生死死不离分的爱情基础的”。许阳的游记与“大文化散文”的不同之处，是避免了不厌其烦地重复尽人皆知的历史故事，而是用自己的眼睛，去发现景物的特点，透视其灵魂，将景物、人生与社会联系起来，表现作者丰富感情的深度和高度。

许阳游记的文美，主要表现在语言形象生动上。九寨美，美在水，他写九寨沟的水：“海子，是镶嵌在九寨幽谷中高山湖泊的统称。站在半山腰放眼望去，一个个海子好似一块块宝石，散发着或蓝或绿的光泽；走进海子，她就像一面明镜，晶莹剔透，光怪陆离。”描写与抒情相结合，传形传神，有情有味。他的语言，能够准确地传达生活的节奏，更好地表达心灵节奏美，给人以景、情、文交融的和谐感。如《一港写春秋》：“一山担两海，一港写春秋。一个旅顺口，半部近代史。除了旅顺，没有哪个地方能承担起如此沉重的话语。”一唱三叹，流转自如，整齐和错落有致，轻快和从容不迫，富于音乐性的情调，表达慷慨悲歌的内容，运用得恰到好处。

在游记中，景是情与理的依托。许阳的游记已经相当不错了，有些篇章如果在写景上再下些功夫，使写景与抒情、思辨结合得更为紧密则更好。景写出了特色，更能引人入胜。

元旦感怀

时间本来是无形的，自从人类发明了年月历法，它便有了刻度，有了形式和内容。周而复始是错觉，时间是直线前进的，如江河一样奔流到海不复还。人愈成熟，愈觉光阴苦短，感慨良多。最让人感慨者，莫过于年头岁尾了。

比较起来，我更钟情元旦而无奈除夕。除夕难免回首往事，盘点收支，多不如意。而元旦面向未来，充满希望，催人上进，给人加油。而今花甲已过，确有几个元旦记着我人生旅途上的重要里程。

1940年元旦，是在巨鹿县小寨的牛棚里度过的。那时刚刚结束半年多襁褓里的长征，终于找到抗日县政府。两间土坯房，一边老牛在倒嚼，一边我叼着母亲干瘪的奶头啼哭不止。落生14天，父亲牺牲，历尽千难万险，走投无路，绝处逢生。天明，县长霍子瑞来了，劝慰了半天，又送来柴米油盐。从此我与生俱来的哭声才算停止，黄瘦的小脸上第一次露出了红晕。

1953年元旦，我正在尧山中学上初一。前一天挣脱母亲的劝阻，踏着一尺厚的大雪赶回学校，因为新年学校食堂要杀猪。我打生下来逃荒要饭，吃糠咽菜，长到十几岁尚不知肉味。中学每月旧币4万元伙食费（折人民币4元），平时只有小米、干饭、老咸菜。食堂养的几头猪，只有等到新年才杀，期末考试改善伙食。记得清清楚楚，那一天橱窗里第一次展出了我的三篇作文，老师的批语比我的文章还长。此事轰动了校园，猪肉和光明一起出现在我的面前。

1963年元旦，我奔波在太行山路上。熬过了三年困难，大学毕业申请下基层，受到县委书记何耀明和县长王永淮的器重，在生活中如鱼得水。自己创办了铅印小报《好社员》，表扬县里好人好事，发表业余作者作品。1月1日创刊号出来，我骑着自行车串村分发，一路唱山歌。紧接着《诗刊》等连续刊登了我的组诗，剧本《掏鸡》受到周总理表扬，演遍全国，被破格调任省里当专业作家，这是我一生中最快乐的一个新年。

1979年元旦，专程到北京政协礼堂听报告。14年前我在那里出席全国青年作家代表会，想不到会后不久，一场政治运动开始，就成了“修正主义苗子”，一下子从文学登攀之路上摔了下来，然后就是长达六年的劳动改造、插队落户。我已经心灰意冷，打算洗手不干了，这次中央领导同志的讲话把我唤了回来，给了我人生一个新的起点。“文化大革命”十年耽误了大好光阴，想把它补回来，但是繁重的文学组织工作要我担当。在全国首创文学院作家班，为100多位作家出书，为100多位作家写了评论，推出了“三驾马车”。在我主持工作的这段时间，河北文学由“洼地”到第一届鲁迅文学奖（1995年—1996年），位居全国第一。

新世纪第一缕阳光展现时，我正在深圳儿子的住处。刚刚办了退休手续，不但没有一点失落感，反倒庆幸找回了自我。一生许身文学，26岁当省里专业作家，阴差阳错，一天专业创作的甜头也没尝到。从那天起，我才真的要成为一名专业作家了。也在那个元旦，我又把房前屋后留作花园的地方改为菜地，深翻垫土，撒下从北方带来的茴香、菠菜、西红柿籽儿。老头脱泥钱，重新拾起了撂下的活计。我撒欢儿一样劳作，仿佛又回到了童年，回归了自然，开始与久违的泥土和庄稼融在了一起。

以上五个元旦，是我人生旅程中的五个驿站，前进中的五个加油站。来路曲曲弯弯，坎坎坷坷。新年总是在困难和转折时给我方向，给我动力，使我先苦而后甜。

“落木无边江不尽，此身此日更须忙。”（陈师道）（2003 年）羊年元旦又给了我新的希望。“莫嗟一日日催人，且贵一年年入手。”（白居易）新一年我会有所作为的。

后生可畏

这是正在备战高考的傅成婕参加“燕园杯”中学生历史写作大赛的成果，她在两万多人的竞逐、多轮评选的大赛上，获得全国二等奖的好成绩，足见其实力。

对于作品的价值不必赘述，学者教授们已经给出了评判，获奖本身就是最好的证明。从写作的角度、成功原因分析，我想说几句。

由北京大学历史学系发起，复旦大学历史学系、南开大学历史学院、东北师范大学历史文化学院协同举办的“燕园杯”中学生历史写作大赛，旨在提升中学生文史方面的素养，发现他们在“研究性学习”方面的学科特长和潜质。主办方所追求的效果，在成婕身上体现出来了。

成婕的成功，肯定有她自身的原因。首先是她在“研究性学习”的过程中领悟并选择了一个自己熟悉的题材。历史写作和文学创作小异而大同，最能够接近成功的做法就是选自己熟悉的故事。纵观中外文学史上的大作家，写作多是从自己熟悉的题材开始的。写《安娜·卡列尼娜》《复活》的托尔斯泰，本身就是贵族，是一个“永恒的宗教真理”的践行者，《安娜·卡列尼娜》中的列文甚至被称为托尔斯泰自传性的主人公。《汤姆叔叔的小屋》的作者，是曾“引发了一场大战的小妇人”——斯托夫人，她们家就是一个帮助南方奴隶逃亡的中转站，她经常接触逃亡奴隶，目睹了黑奴的悲惨生活。还有卢梭的《忏悔录》被评论家称为是“他对自己血淋淋的剖析”。在我国，鲁迅先生的鲁镇系列小说，茅盾的《子夜》，巴金的《家》，老舍的《骆驼祥子》，曹禺的《雷雨》，以及赵树理的《小二黑结婚》，孙犁的《荷花淀》系列，等等，写的无不是他们熟悉的生活、熟悉的事情。享誉世界的文学名著《红楼梦》，有些红学家甚至得出这是曹雪芹自传的结论。成婕同学聪明地选择了她的家族历史作为写作对象，用她的话说，得知“燕园杯”历史写作比赛时，“我的脑海里第一时间浮现了爷爷奶奶、爸爸叔叔讲给我的家族往事，没有过多纠结，就选定了家族这个题材。”曾祖父、伯祖父、爷爷奶奶……不用刻意深入、体验生活，睁眼闭眼就是这些熟悉的人和事，这无疑为她写作的成功奠定了“事”的基础，有事可写就等于有话可说。所以“整理了一个提纲后，我与爷爷、奶奶、爸爸进行了访谈，不到一周的时间就写出了一篇近万字的文章。”

成婕的成功还得益于她选择了一个好的写作角度。写家族史应该说视角是多方面的，可以聚焦在发家致富、积德行善上，还可以聚焦在兴衰交替、邻里恩怨上，而她则选择了社会持续关注的话题——教育。因为她的曾祖父是教师，是冀鲁一带远近闻名的教育家，统领过著名的武训师范语文教研工作，当过小学、中学的校长。她的伯祖父当过教师、县教育局局长，她的爷爷、奶奶都当过民办教师，特别是奶奶还是省级优秀教师，她的堂姐、堂嫂则是正在从教、深受学生欢迎的好老师。特别让我感到亲切的是，二十世纪六七十年代，我下放到临西，和成婕文中的伯祖父傅金楣同志相识多年，接触颇多。读着成婕的文字，金楣同志的音容笑貌仿佛又浮现在了眼前。方向确定后，她又找到了大量旁证史料充实文章的写作，确有做大学问的样子。民国时代的教育怎样，新中国初期的教育如何，改革开放时期的教育形态如何，通过成婕同学对她这个家族一脉传承的从教故事娓娓道来，从中学生的视角给出了非常感性又真实的答案，展示了身处基层的傅氏一门对教育事业的默默奉献，对教育的执着情怀。

有了素材，选好了角度，只相当于盖房子有了地基，有了砂石、砖瓦、木料，怎么盖还需要一番设计结构的功夫。如果前面两条经验有运气成分的话，那么文章结构的成败则试炼的是知识技巧的积淀和功力。从大的结构上看，她围绕“教育情怀”这个主调进行了结构的设计和构思，按辈分排序，先写曾祖父，继之写伯祖父、爷爷奶奶，最后写堂姐堂嫂，自然顺畅。具体到每个人，又各有侧重、变换着用笔。《曾祖父：不当县长，只要教书》是对曾祖父的全面叙写，若单独成章，就是一篇很好的人物小传，而《伯祖父：因为痴心，所以不难》《祖母：爱之愈深，待之愈苛》《第三、第四代：幸福传承，再续情怀》从大量生活素材中筛选提炼出典型的情节和细节着意描绘，错开角度，避免重复，很见笔力技巧。

孔圣人有句名言，“后生可畏，焉知来者之不如今也”。成婕在中学期间就能写出这样一篇有力度、有深度的作品，真是值得褒扬，值得鼓励。而把这个稿子刊印出来，不论对于作者还是读者都是一件好事，无疑在众多的青年学子面前又树立一个励志的榜样。真心希望成婕同学在今后的道路上做出更加“可畏”的成就。

刘福生《梳理人生》序

面对时下流行诗，不少人摇头、叹息。不再是看不懂，而是缺乏诗味，既不讲思想也不讲艺术，与人们心目中的缪斯差之甚远。相比之下，刘福生的《梳理人生》倒值得一读，是人们喜闻乐见的诗。

刘福生是农民，而且年过半百，是老农。他不赶时髦，更不媚俗，像务做庄稼一样经营他的诗歌，在春种秋收中生情思，在家长里短中找感悟。他的诗多是咏物诗，咏物中有哲理。

种庄稼要看老天爷的脸色，从气象变化中他捕捉诗意。久旱盼雨，可是乌云来了，只刮了一场狂风，是“乌云做成的骗局，再也无法瞒住‘天公’”（《乌云》）。听到震鸣，他思忖：“响亮时兴许心情舒畅，沉闷时兴许有些悲愤，难道天上也有不平？”（《雷声》）我很欣赏另一首诗：“没有黑暗便没有灯，黑暗在有灯的地方，乖乖变成光明。”（《黑暗》）与顾城的同题诗有异曲同工之妙。

农民喜欢诚实，他的诗也朴实无华，“春光一丝不多用，果实悄悄地下藏”（《花生》）。他甘于平凡，“黄色小花不妖艳，无人欣赏无人赞，百花园里虽无它，却结果实红又甜”（《枣花》）。对葵花向阳这一用惯了的意象，他有自己的理解，“这是向太阳敬礼，感谢太阳给她的阳光”（《向日葵》）。

农民懂得朴素的辩证法，他用它来写诗。“车轮轧坏路面，路面磨坏车轮，它们既有合作，也会产生矛盾，路面坏了再修，车轮坏了换新，旧的矛盾去了，新的矛盾紧跟。”（《车轮与路面》）解决矛盾的关键在于矛盾的主导方面和主观能动性，“把失败的罪责推给天地，就会丧失勇气；把成功的希望寄予鬼神，就是滋长依赖心理。世界是海，命运是船，航手就是你自己”（《命运的船》）。

哲学是成熟的理性，诗是成熟的自然。诗包含了全部真理，而哲学只表现其中一部分。所以，诗歌高于哲学。

咏物诗是以物理讲人理。写咏物诗的要害是穷物之情，尽物之态，感物要工，状物要切。就是说要把事物的形态渲染得尽量生动，感悟的道理要尽量独到而深刻。

刘福生掌握了写咏物诗最常用的虚实之法。“上下飞舞轻飘飘，双翅披彩甚妖娆。生来只喜花做伴，岂知地厚与天高。”（《蝴蝶》）“枝繁叶茂绿柳梢，蝉落枝头喜弹琴。弹了一曲又一曲，曲曲皆是一个音。”（《蝉》）两首诗用的一个手法，前三句写实状物，末一句虚写升华，画龙点睛，弹出弦外之音。这样写往往会出警句，如“麻将桌上乱哄哄，赌输赌赢眼睛红。刀光剑影虽不见，喷口唾沫带血腥”（《赌场》）。最后一句可以说是警句，是诗眼。

诗艺高低与人的思想境界艺术修养有关，刘福生写出许多好诗，来自他对诗的真知灼见。“问君写诗为哪般，不图虚名不图钱。自我反省解世事，陶冶情操更觉甜。”（《自题》）这是解开刘福生和他的《梳理人生》的一把钥匙。

孙炳坤《一丁诗词选》序

诗词恢复20年了，复而不兴，鲜有佳作。翻阅刊物，人多势众，而合卷记不住一人。洋洋万言，不能流传一句。所以如此，是被“陈旧”二字困住，一味因袭模仿，不能推陈出新。唐人写唐代生活，用唐代语言，读起来都新。今日模唐仿宋，仿佛从冰箱里取出来的食物，虽有形色，已不鲜亮，甚至变味了。并非唐过无诗，宋后无词，而是学诗之人，刻舟求剑者多，锦上添花者少。

看了一丁的诗词，改变了我的这种偏见。原来也有如先生者，懂得“诗文随世运，无日不趋新”的古训，致力于继承与发展，致力于诗词创作的与时俱进。从这本诗集可以看出，一丁先生有浑厚的诗词功底，尽力避免重复前人，而是努力寻找自己。“裂石抱崖耸断壁，参天苍劲展雄姿。”（《无名松》）“山明水秀天天雨，人物仙姿处处诗。”（《马鞍山登采石矶》）有古诗的韵律，却在古诗中找不到出处，是完全属于自己的诗句。

更可贵处，他能面向时代，面向生活，从现实生活中寻找灵感，从群众语言中寻章觅句，如“冰封万里雪花飘，厨内融融鲜菜烧，一桌碧鲜无节序，大棚瓜果泛青潮”（《百姓餐桌上的春天》）。又如“家乡好，漠漠柳烟浓。红瓦高楼迎旭日，空调彩电送贫穷，村镇胜新城”（《忆江南·故乡咏》）。新生事物，流行词汇，自然生动鲜活，产生亲切感。旧瓶装新酒，关键是酒好瓶也得体了。就像京剧《沙家浜》《红灯记》，连青年人也喜爱，唱词能听懂，唱腔也动听了。现在不少诗词都是自来旧，让人看不下去，陈词滥调不能引起共鸣。诗词要复兴，就要走出书斋，走到群众中去。

一丁先生毕生教书育人，是一位模范教师。教育事业是文明的传递，是以心育人，不可能有代用品，是创造性的工作，这一点是和作诗最相近似的。所以他在教书的同时，顺理成章地写了不少诗，表现了一位人民教师的心灵轨迹。从“三尺杏坛始花季，无闻默默献忠纯”（《晋级高级讲师抒怀》），“克己为人表，潜心正道传，不闻身外事，唯授圣贤篇。解惑未知苦，耕耘已忘年。幼苗成大树，含笑作肥田”（《林下抒怀》），到“喜作人梯心自慰，垂年忘死苦耕耘”（《自画像》），“寒暑迷离已忘秋，萤光灯里雪盈头”（《〈详读〉出版感怀》），这个浓郁的情结，直到退休也化不开。“归去无聊赖，蹉跎意不宁，春蚕丝未尽，蜡炬泪难停。”（《晚节》）字里行间跳跃着人民教师一颗善良、火热的心，可以摸得到。

一丁先生在诗中有不少关于酒的诗句，这酒都是漫长的教书生涯中的甘苦，陈酿而成。“嗜酒昼无度，贪杯夜未央。”（《醉酒》）“弦歌晚唱陈年酒，老树笑开并蒂花。”（《贺友》）“学海无涯岸，桑榆诗酒狂。”(《夕阳唱晚》)“重阳佳节刘伶酒，嫩玉红脂香满口。”(《重阳咏蟹》) 很明显，诗人笔下的酒并不只是乙醇，而是让他迷恋一生、陶醉一生的教育事业。古罗马哲人奥古斯丁说，诗是灵魂的酒。一丁先生这些诗，可是他几十年的心血汗水，经过发酵、蒸馏、升华而成——水的形态，火的内容。

值得特别提出的是，一丁先生爱诗写诗，只是业余爱好，不为发表，跳在圈子之外，不沾任何流派。在他看来，写诗只是一种内心感情的梳理和释放，看重的是过程，在写作中获得情感的体验和愉悦，而不在乎别人的看法和社会效果，毫无功利之心。所以他的思想自由、状态轻松。“退闲书作伴，长夜月为邻。读史知今古，词坛咏圣人。”“最憾峥嵘日，无忧夕照时。月华流异彩，夜半赋新词。”(《夕阳唱晚》组诗)这样的精神状态，才出成绩。这样写出来的诗，才更接近诗的本质，这样的人，才更接近诗人气质。

吕金波诗词

吕金波性情豪爽，他的诗词也豪爽。

> 銮远峰山水蓝，惹骚人、看水底星。山弯水曲，水掀波浪，涟漪倒影。烈日当照，摇头摆尾，勇击龙宫。骤惊风狂雨，黑云喷雾，山摇地动。(《水龙吟·游龙潭湖》)

那日游湖我正在场，看见一汪碧水，他欣喜若狂，二目放光，脱巴脱巴，第一个跳入水中。“摇头摆尾，勇击龙宫”是真实写照。站在岸边，望洋兴叹，“看水底星”者，自然是不识水性者本人。结尾几句山雨欲来的景象，也完全是真实的记录。我佩服他才思敏捷，写词也像游泳一样，进入一种自由自在的境界。

一个人在描述他人性格时，往往不自觉地把自己的性格表现出来。

> 一身正气，不可去、豪情激烈。凝民心、有呼必应，有诉必接。缕缕情思难入睡，声声民怨绕心结。民聚智、倾心鱼养水，民称绝。(《满江红·赞姜瑞峰》)

这是姜瑞峰的个性，也是吕金波的个性，非如此胸怀写不出这样的文字。

歌德说过，才能自然形成，性格则涉人世之风波而塑成。吕金波出生在自古慷慨悲歌的冀中腹地，弱冠出塞，大漠风尘打出一副钢筋铁骨。“望北寒冬，黄河东逝，盛公尽头。望营寨南北，林木挺立，百鸟争啁。”(《沁园春·沙海》)期望有朝一日，风云际会，报效祖国。“祝柳絮，闻培风，慰波情。伯乐扬荐，卧虎出笼，以待春风。”(《诉衷情》)

豪放的性格，必然渴望自由，写诗亦然。金波写过不少律诗绝句，如《玉皇坨风景》：“清溪流声急，插天山势雄。和风山鸟唱，瑞霭雉鸡鸣。浅浪银鳞动，深漂碧镜明。最怜此时美，牧笛和晚钟。”形象生动，对仗工整，从各个角度看都是一首好诗。但律诗绝句形式呆板，整齐划一，对浪漫诗人思想内涵和情感节奏都会有一定限制约束，削弱了诗歌浑然天成的光彩。金波也写过一些自由诗，如《我爱战马》《汗珠颂》《不平静的夜晚》，洋洋洒洒，自由奔放。郭小川说，诗是音乐性最强的语言艺术，缺乏音乐性，诗就没有了服装。没有节奏和韵脚，只讲隐蔽的诗意和内在的节奏，这种自由诗比格律诗还难写，对诗人素质的要求更高，所以从某种意义上说反倒更不自由了。

金波经过反复探索，选择词为主要形式，写得得心应手，挥洒自如。“红的荷花，绿的芦苇荡。浩渺淀水蒸霞蔚，游艇扁舟星光。高转一眼收底，飞船一时惊慌，浮桥倩女留影，古炮神门飒爽。”(《清平乐·游白洋淀》)信手拈来，明白如话，妙趣天成，不是也很自由吗？散文化的自由诗好比散步，律诗绝句是交谊舞，但三步、四步，简单化。写词呢，不光是跳舞，而且有多少词牌就有多少花样，跳者和观者都享受到一种自由和快乐。

愿金波的诗词越写越好。

张帆的诗

对于张帆原来并不熟悉，看到他的诗稿我一番惊叹。他的诗已经达到了相当高的水准，在河北中青年诗人中并不多见。也许因为省略了过程，呈现的只是结果，给人不鸣则已，一鸣惊人的感觉。

张帆的诗艺已臻成熟，表现在他的诗源于生活，善于对生活事实描绘，又不是完整的叙述；是通过诗人情感的投入，外形已经变化，甚至面目全非，成为再造的生活。

诗人的感情世界十分丰富，欢乐、理想、忧患，对现实生活的辨析思考，对客观事物的情感体验，都是以抒情言志的方式表现的。一般不用纯客观的描写，而着重于自我感觉。如《醉人》:“乙醇将神志骗过/留下的身体不安分起来/天太热，别拦我/看我手里的酒瓶/像不像奥运会的火把。”是青春血液的冲动和狂放。《追赶时光》:“新年的钟声已经敲响/日出再次推开我的心房/敞开怀，把新的一缕曙光收藏。”是宽广的胸怀，和昂扬的精神。而《经营心情》:“当利益超过体能/就学会放下，轻装前行/到大自然中，你会从容享受/名利场外的世界/多彩，幽雅，殊胜。”则是经过时光磨炼的成熟，是一种对生活理性情感的表现。

张帆笔下的情感体验，既非平面的实感，也不是抽象的空壳，而是从自然感受出发，不是对题材主题的图解，而是自己心态情感的自然流露。自觉地感悟生活，寓诗情于形象之中，触景生情，引发想象。把生活与心灵交融起来，既反映了生活，又不离自我，灵动而不空泛。如《荷叶》:“你并不孤独 / 鱼在底下游，蜻蜓在上面舞 / 艳丽的荷花凋零后 / 却让莲子学你的样子 / 让人去读 / 读一本精彩的童话 / 感悟一个个配角的赢输……”经过天真烂漫之后脚踏实地起来，不追时髦，又不保守，这是生活体验的提升。再如《岁月的花》:“阳光下 / 发现自己生了白发 / 眼角也出现放射的光芒 / 儿子说我老了 / 我说那是岁月的花 / 刚开始绽放。”只有不断地发现自己，才会发现生活。对生活诗意发现的幅度与广度，来自诗人自我发现的幅度与广度。

张帆的诗大都写得短小精辟，这是作者认识透彻，思想明确，并且善于典型化处理，删繁就简，巧于构思的结果。如《彩虹》:“都说雨后的彩虹绚丽 / 我说与脚下的大地比 / 不值一提 / 所以，我把爱与希望 / 都扎进泥土里 / 哪怕秋天只收获一朵小花 / 也足够我兴奋一年四季。”又如《狼》:“很多人喜欢狗 / 我却喜欢狼 / 因为狼是完全依靠自己的力量 / 在这个世界活出了刚强 / 我愿当一只合格的狼 / 面对威胁和挑战 / 先毛发直立地亮相 / 警告对手 / 我战胜你没商量。”这是一种成功的形象构思，以物喻人，寓思想感情于形象描写。构思精巧，形象典型，语言生动，诗意深邃。

我十分欣赏作者关于诗人《作诗的时候》:“想诗的时候 / 要躺着 / 让血液和神经畅行 / 到大脑中枢 / 参加诗意组装 / 写诗的时候 / 要立着 / 让腿和背成弓形 / 笔如箭 / 臂如弦 / 用力把美形成诗行。改诗的时候 / 要站着 / 让好的诗句轻轻浮上 / 其余的放在脚下 / 在生活中继续碰撞。”

张帆经过一番努力，获得诗的真谛。他用生命在写诗，在写诗中得到了生命的体验，诗成了生命的一部分。

《李景林画集》序

这次评审抚宁县（现秦皇岛市抚宁区）“中华诗词之乡”过程中，认识了李景林。此前并无一面之缘，是他兢兢业业、锲而不舍的敬业精神深深地感动了我。自始至终陪同，边走边讲，现身说法，对县情了如指掌，对工作如数家珍——是一个把整个灵魂和肉体致力于工作的人，是一个推动事业而不是让事业推动的人。

感人至深的是他有着火热的人气。两次考评，遍及抚宁城乡、机关学校、厂矿街道，所到之处好像人人都认得他，老人们喊兄弟，年轻人叫大哥，女人们称姐夫。大家心甘情愿地为他干事。文联主席在县里也是个干部，可他毫无领导和文人的架子，入乡随俗，以诚相待，谈笑间就把工作完成了。好的品性不仅是社会的良心，还会是社会进步的原动力，因为说到底，世界主要是被德性统治着。

我敢说，李景林是全中国最称职的县文联主席，不是凭空而言，是由50年走南闯北的阅历而得。他多才多艺，文、音、美、戏，书法摄影，民间艺术，全能把式，样样精通，并且都已达到相当高的水准。会场、饭桌，既能引经据典，旁征博引，满口锦绣，又有乡谣俗语，笑话连篇，妙语连珠。唱京剧字正腔圆，来评剧意味十足。男高音响遏行云，唱通俗娓娓动听。走遍抚宁，都能看到他的字画。行草条幅，圆润流畅，上下呼应，左右映带，血脉相连，气贯神溢，有意成风，无意取态，自生新意，淳和而不失清劲，大有书不尽笔，笔不尽意之气势。他的写意牡丹堪称一绝，形态穿插挺拔，花冠矫健绚丽，脱却妩媚，精神升华，笔墨洗练，浓淡相间，纯净而含蓄，怡淡而坦然，已经独具一格，深受县市乃至京津收藏家的青睐。书画境界在于文化，诗书同源。诗是骨，书是节，画是气韵。请看他的诗五律《醉酒》：“一壶荷下酒，君子忘其铭。洛女波中现，湘娥水上行。合欢吐翠鸟，热吻骂蜻蜓。当笑青莲老，独酌明月清。”心态宁静，追求高远。酿于心就是诗，出于手就是书画。

一手鲜，吃遍天，景林随便发挥一技之长，就可声名远播。但是他忘记了自我，而把小文联当成大舞台，干的是弘扬区域文化、打造文化强县的大事。主动请缨，承担了民间艺术抢救、挖掘和保护工作。千方百计，使抚宁鼓吹乐荣列国务院首批非物质文化遗产名录，太平鼓舞荣列河北省政府文化遗产重点项目，使抚宁赢得“中国吹歌研究基地”光荣称号。他编制的抚宁吹歌和太平鼓舞两次夺得全国大赛第一名。他编写的《中国民间故事全书 河北·抚宁卷》，内容翔实，图文并茂，成为同类图书的经典。“中国文化艺术之乡”“中国吹歌之乡”“中华诗词之乡”成为抚宁文化强县的三大品牌。“听吹歌，赏诗词，看太平鼓舞”的宏愿终于实现了。

景林做人和事业都是成功的。成功的原因是少小家贫、发奋图强。生于苦海沿边，父亲早逝，母亲含辛茹苦。上师范时因为绘画天才，被天津美术学院免试录取，但因家境贫寒，无奈放弃上学深造。而绝不放弃的是他的理想和为理想而奋斗的努力。他成功的原因还有社会历练，责任心强。学校毕业后，他当过演员、教师、校长、乡长，从生活中吸取了经验和智慧。在领导干部中他是才子，在搞业务的众人中他是内行领导。合二而一，人才。

李清哲的诗

李清哲是新中国的李有才，新时期的李永鸿。他出生在革命老区阜平，自幼受解放区文艺的影响，耳濡目染，懂得了文艺“为什么人”和“如何为”的问题，学会了用群众喜闻乐见的歌谣形式，反映身边的人和事、身边的生活。与李有才、李永鸿不同，他是一名国家干部，有文化，见识广，站得高看得远，因而他的诗便与二李的诗有所不同。

李清哲已经出版了第一本诗集《水库生涯之歌》,《水库漫吟》是他的第二本诗集。两本诗连起来看，让我感悟颇多，对他产生了敬意，禁不住要说几句赞美的话。

李清哲热爱生活，他的诗充满理想，充满机智，别具一格。尤其值得推崇的是，他的诗包含丰富的水利文化。这种文化一方面来自民间，来自群众智慧，是从大量的民间谚语、民间歌谣中学习得来的，经过加工整理，得到升华；另一方面来自古代文化，从浩如烟海的古籍文献中，寻觅天文、地理、气象、水利知识，研究实践，寻求规律，古为今用，古为己用。其中还包括强烈的水患意识、环保意识，让人耳目一新。单从这些方面看，李清哲已经成为专家，有了突出贡献。

李清哲诗歌中的水利文化，流传开来，水利职工和周边农民可以操作，可以普及，可以转化为生产力，当然也可以审美。这与时下流行的一些诗的不明不白、稀奇古怪、不知所云、言之无物、低级趣味，形成很大的反差。谁个是诗，谁个是伪诗，不是由几个写诗的人或几个评诗的人说了算，应该是人民群众说了算，时间和历史说了算。

李清哲自己说写诗“为了找乐子”，我琢磨是苦中取乐。这个“苦”字有两层意，一是道路坎坷，世事多舛，而不怨天尤人，与命运抗争，以诗言志。二是久居深山老林，耐得住寂寞，吃得下辛苦，以诗抒情，娱己娱人。劳动中写作，快乐地写作，“饥者歌其食，劳者歌其事”，在快乐和激动中的直觉思维，才最接近诗。所以在阅读李清哲的诗时，很自然地把艺术放在第二位，而是把内容和思想放在第一位，诗的原创性的思维能力，给读者以朴素的美感和愉悦。他全心全意为人民服务，为国家管水治水，人水和谐，德育和智育融于心育之中，寓教于乐。

李清哲的诗多半是写实的，“昔日故乡行路难，险峰路弯费时间，开放筑起康庄道，路平如镜人怡然”。也有一部分是写意的，“大洋好，羞煞一亩泉，山野茂林白云间，茅屋农舍伴琴弦，鸟鸣和山泉”。他的语言，群众的口语白话直接入诗，“水库职工生活苦，吃菜就用白水煮”。也有加工修饰过的群众语言，“人行豆花里，鸟鸣绿柳中，草坪如绿毯，喷泉映碧空”。写实的，通俗易懂，实用性强；写意的，辞藻美，诗味浓。哪种更好一些，仁者见仁，智者见智，读者自己去品评吧。对于作者，两种方法两种语言，都可以运用，都可以发展，甚至可以各取所长，融为一体。

总之，李清哲的诗是一种特殊的诗，有一种与众不同的风格，足够大家品味的。

王玉春书法印象

王先生玉春，河北沧州人氏，河北师范大学体育学院的资深教授，兼学书法。武术与书法皆为我国传统文化的重要组成部分，其相类相同，是力与美的艺术。他把武术上的勤学苦练精神，应用于临帖习字上，把武术演练中的平衡对称运用在书法艺术的结构上，亦把武术动作造势运用在书法艺术上，丰富了书法艺术的形体美，形成了自己独异的书艺风格。真、草、隶、篆俱佳，而以草书、楷书突出，尤善榜书巨作。

他的狂草，信笔挥洒，不失法度，即兴之作，无雕琢之痕，有雨捷点成，飞速运笔之迹。点画结构变化微妙，形态奇特，意趣横生，形成行云流水般无碍无滞、激荡淋漓、舒展飘逸之风采。他的书法完全是情感的抒发，笔笔字字体现出创作主体激情的迸发和喷泻，豪蕴激荡，骤雨旋风，随手万变，宛若有神，构成风格、神韵、力感之美的精神内涵，充满书家情感的意境美。点画布局方面，偏旁部首简化互借，单字“一笔书”，上下笔势连绵相通。偶有不连而血脉不断，通篇气势相连，点画自如，形变百生，给人以造型夸张、变化的形象美感。他的书法无拘无束，自由奔放，随心所欲，打破理性禁锢，充分表现自我，将自己的美感意图、生命价值，淋漓尽致地展示出来，“书法即心法也”（郝经），“笔性墨情，皆以其人之性情为本”（刘熙载）。王玉春的书法，以生命历程记录、情感宣泄、个性张扬为要，唯真是本，唯美是求，美在其中，充分显现出他良好的文学修养和美学造诣。

他的楷书结构严谨，方正奇妙，稳健灵动，线条刚中藏柔，韵律丰富，古雅厚实。掩卷沉思，有“采菊东篱下，悠然见南山”、物我两忘之境界，若坐若行，点如山颓，滴如雨骤，如闻凤鸣，如见花田，“欲穷大地三千界，须上高峰八百盘”。成竹在胸，节高意随。

先生甘于淡泊，心境清虚。我曾有幸拜访，家居七楼，高高在上，迎宾于茂兰修竹之间，对先生之正直、豪放、谦逊，有深刻印象。“学高为师，身正为范”“海纳百川，有容乃大；壁立千切，无欲则刚”，许多古训在他身上开花结果。

我者门外汉，对书作长短一知半解，资拙言讷，承蒙厚爱，嘱作文以记之，于盛情不敢言辞，安能遂意，唯愿广大读者，赏佳作而善指要，则幸甚矣。

《农耕民俗谱》序

我国是世界农业发展最早的国家之一，从已有考古成就可知，种粟历史八千年，种菜、养蚕、纺织六千年，棉织近千年。反观历史，我们农业文明八千年，而近代工业只有百年，工业化不过区区二十年。但是如今不少年轻人，只知这二十年，不懂那八千年，你说“吃水不忘挖井人”，他说我打小就喝自来水，传统教育缺了很多课。何信芳存一种文化自觉，收藏了一些滹沱河流域从前的生产生活工具，举办过展览，效果很好，现在又编印成书《农耕民俗谱》（2013年出版），不仅有影印图像，还把他知道的形成历史、发展变迁、使用知识附加于后，给人留下深刻印象。像我这把年纪的人看来十分亲切，年轻人也会产生很大兴趣。

文化与生产生活是同步的，我国农耕时期久远，农业典籍也源远流长，浩如烟海。比如棉织一项，《尚书·夏书·禹贡》已有记载，之后从两汉书、《三国志》、南北朝史、《新唐书》《旧唐书》，到《太平广记》《资治通鉴》《方舆志》《农桑辑要》《农政全书》《天工开物》，历朝历代皆有著述。清人方观承任直隶总督二十年，细心考察河北棉田，把棉事十六则绘图列说，装订成册，呈报朝廷，乾隆帝每图赋诗一首，是谓《御题棉花图》，并附有康熙、嘉庆二人诗作，现存河北省博物馆，成为研究我国植棉、棉织方面的重要文献，是我国农耕文化的一件瑰宝。

目前，各地都在申报文化遗产，但是对于不懂文化的人，文化遗产是个零。许多年轻人没见过“锄禾日当午，汗滴禾下土”，不懂得“慈母手中线，游子身上衣”，只知享受，高消费，暴殄天物，随意挥霍。

但是，历史是一艘船，装载着人类的记忆向前驶去。现在上来一批新人，他们终究要成为船的主人，船到桥头自然直，会找到方向，肩负起使命。《农耕民俗谱》记录了古人适应自然、劳作生存、发展生产、改善生活的奋斗历程。现代人赶上了好日子，也遭遇了新困难，需要他们自己解决，寻找出路。这些问题，“啃老”不行，但是可以“啃书”，从历代文化遗产中寻找智慧，“腹有诗书气自华”，前途是光明的。

杨作文画集

杨作文是河北省画坛上一名宿将，早在20世纪60年代初就开始在省内发表作品，70年代初，我们结识为友，几十年情谊不曾中断，何以然？艺术的纽带联结。古人云：“不就利，不违害，不强交，不苟绝，惟有道者能之。”

艺术创作是非凡气质的非凡产物。画品即人品，画如其人，自古皆然。不管艺术家采取何种艺术手法，托物言志也好，抒情寄兴也罢，自觉不自觉地，总会或隐或现地流露出作者的品格、性情、修养及其心地。杨作文的画全凭自己的真功夫，赤诚相见，实实在在，没有做作和矫饰，更与那种虚张声势、“吹”“捧”“炒作”等所谓画外功夫无缘。

这样一个人表现在他的艺术实践中，就是治学严谨，画风扎实。他用10年的工夫创作出了一套反映义和团革命斗争历史题材的大型国画系列《庚子百年祭》，共30多幅，曾在北京、天津、石家庄等地隆重展出，产生了巨大的震撼力。正所谓“十年磨一剑”，“十年面壁图破壁”。

杨作文的作品有着鲜明的个人风格，独特的造型手段，融会了独到的艺术见解。纵观其绘画艺术，题材是旧的，观念是新的；内容是世俗的，格调是高雅的。20世纪80年代，他开始从事年画创作，在全国年画发展的鼎盛时期，成功地创作了大量戏曲人物年画作品。他的国画，笔下的人物受民族文化濡染颇深，既有传统的诗意，又有现代文化的思考。且造型功力极强，工写结合，雅俗共赏，中西合璧，巧妙地将道与气统一在画面中，把握得很有分寸。墨彩浓淡交错，笔意豪放潇洒，意趣盎然，没有深厚的艺术修养和过硬的功夫莫能如此。

黑格尔认为，最杰出的艺术本领就是想象，尤其画古代人物，并非反映肉眼所见的舞台人物形象，而是使人看到画家自己感觉到的东西。对于这种感觉，想象力更显得尤为重要，画家除了对传统文化的凝思以及中国古典诗歌的意蕴、灵韵的捕捉之外，更重要的是想象力的提高。人们在审美的过程中，通过画家这些栩栩如生的人物作品，自然会驾驭想象的翅膀，超越画面自身。欣赏他的作品，如饮醇醪，且撼人心弦，让人快慰，使人沉醉。

纵观画家的作品，不难发现其风格颇传统，这跟他很注重线的运用有关，中国画的线描绝非一般意义上的线条，而是特殊的极富功力的完美画法，既可状物，又是体现画家的气质、个性、心灵的载体，是极具丰富内涵的东方绘画体系之艺术语言。怪不得画家为组织安排一组线描反复推敲，很下功夫，正是“语不惊人死不休”啊！

有人说写意画来得容易，画得爽快，其实对于画家而言，并非如此潇洒。我们所见到他的每一幅作品都是历经数次甚至数十次反复修改而得来的。“废画三千”虽然有些夸张，实质如此。他的画风灵动、清新，用笔简洁、明快、凝重、老辣，讲究笔力、笔性、笔意，与墨的浓淡、干湿的收控、自如地挥洒，浑然一体。这种洋溢的真趣味、真风骨是不可模仿的，是与他一贯低调做人、认真做事的艺术人格相吻合的。他不逐潮趋利，不标立虚名，始终在充分继承传统人物画的理、情、意、境、趣和不断开掘表现手法中，保持自觉自悟。

如今，在市场经济大潮的冲击下，他始终头脑清醒，五十年如一日地坚守信念，不急不躁，不为他人行为所动，含古纳今，用一种虔诚和孜孜以求的敬业精神对待艺术，甘于守贫守寂，濡墨挥毫，默默耕耘，足以为世人所称道。

再说魏家庄

隆尧魏家庄位于泜河故道南岸，对面是唐祖陵和光业寺，自古礼仪之乡。明朝初年就以大集名冠冀南，当时集市尚少，开集需北直隶布政使司裁定。每逢二、七集日，周围十余县民众赶车挑担，行行缕缕，蜂拥而至。头天来，二天买卖，三日回。因为人多，本村故意避让，又增五、十两个小集。大街两厢商铺林立，绵延数里，有饭馆、车马店四五十家，戏院两家，银号一家，药铺四家。药铺诸药齐全，名医坐堂，风行一时。木器、五金、粮棉、牲口、布匹、劳务等市场井井有条。手工业和轻工业兴起，南来北往，消息灵通。连洋人也不甘落后，建起基督教堂。私塾、公校、女子班学生，开书店，卖报纸，传播五四新文化，成立秧歌剧团。经济基础和现代文明，为村民觉悟打下基础。

1925年夏，陵边的朱林森从保定二师回来，在魏家庄发展了霍子瑞、刘凤魁、刘明山、张景芳、杨生力、卢其子为中共党员，建立起冀南农村第一个党支部，不久又发展杨梦南等人，到1927年已有党员14名，占全县党员五分之一。党支部组建农民协会，会员三四百人，开展针对地主、恶霸的清财反霸斗争，并通过民主选举夺取村政权。中共顺直省委领导亲临祝贺，唱大戏三天。天津《益世报》发了消息，魏家庄成为冀南土地革命一杆大旗。1935年10月刘子厚、霍子瑞筹备冀南暴动，魏家庄成立农运游击队，张景芳、杨生力参加了攻打南汪店警察局的战斗。暴动失败后，魏家庄成为反动派围剿的重点，党员刘凤魁的哥哥被杀，卢其子重伤，党组织毫不动摇，继续进行殊死斗争。

1937年七七事变，9月9日日军占领隆平县城。国民革命军二十九军一个排撤退至魏家庄，受村民鼓励和支援，以东寨墙为依托，打了一个漂亮的阻击战，消灭日军四五十人，最后还是奉命南逃，引发一片悲观情绪。同年10月18日，中共隆平县委书记张子政在魏家庄成立冀南第一支抗日游击队，21名队员中有魏家庄6人，霍子瑞任政治部主任，刘明山任后勤部长。10月26日，一举攻占日军山口粮台，缴获步枪20余支，汽油2000多斤，大涨军民士气。听说八路军在太行山，11月11日，霍子瑞等二人突破封锁线，到邢台县山区西黄村找到一二九师先遣部队，汇报魏家庄的革命历史和现状，张贤约司令员派三名红军干部，随霍子瑞到魏家庄开展工作。12月中旬，孙继先、胥光义率一二九师挺进队48人进驻魏家庄，命名我抗日游击队为“冀南抗日模范支队”。1938年1月15日，陈再道、李菁玉率东进纵队四个步兵连，一个骑兵连，到达魏家庄。以魏家庄为落脚点和出发点，开展起轰轰烈烈的平原抗战。从这里走出来的模范支队协助主力部队扫除了多股土匪武装，连战连胜，改编为一二九师三八六旅新一团，就是后来电视剧《亮剑》那个部队的原型。连年征战中，忠实老实的隆尧籍战士，深受领导信任和喜爱，他们之中有陈赓的警卫员、罗瑞卿的报务员，还有毛主席的卫士长阎长林——后来写了著名的《胸中自有雄兵百万》。

在集市长大的魏家庄人，懂政治也懂经济。整个抗日战争和解放战争期间负责为部队筹集粮食棉花，开办了棉花加工厂和大粮摊，源源不断地把粮棉、药材等物资送到前线。土地改革以后，魏家庄党支部最早提出的“要发家，种棉花”，成为经济恢复时期北方农村响亮的口号。1951年春，中央老区慰问团专程来到魏家庄，程子华团长特别提及此事，亲自为支部书记刘凤魁披红戴花。

红色堡垒魏家庄，巍然屹立近百年，优秀党员干部是四梁八柱，广大群众是砖石基础，团结一心，众志成城。战争年代数以百计的魏家庄人参军参战，涌现了战斗英雄张云志、王志起、杨海增，为国捐躯20多人，出了一名专员，四名县长。我小学同学有三名烈士遗孤。闫喜云，父亲离家时刚两岁，拉着她走了几步。卢丙文，父亲牺牲时8个月，抱了抱他。我，父亲牺牲时才落生14天，只摸了摸脸蛋，还逗哭了，好像知道了什么。革命胜利后历届党支部、村委会，光荣传统代代相传，不吃老本立新功，改革开放，励精图治，经济发展长足进步。魏家庄熏鸡声名远播，温汤肉、羊汤等美食多次被中央电视台报道。1949年以来，140多人参军，130多人上大学，其中多人成为各领域专家、高级工程师、主任医师、教授、劳动模范、人大代表、诗人、画家、孔子学院院长、国际列车车长……我们共同的名字是魏家庄人，肌体里生长着红色的基因，从四面八方为我们的红色堡垒增光添彩，“装点此关山，今朝更好看。”

铭记历史　开辟未来

——评王金平的长篇纪实文学《熔炉》

长篇纪实文学《熔炉》，是王金平历时三年进行资料搜集和实地考察，通过梳理翔实的资料，并以小说的写作方法再现了中国人民抗日军政大学在浆水办学、战斗和生活的历史。这部作品反映的是中国共产党及军队在敌后办学的艰苦历程，所谓敌后就是敌占区，在这样一个艰苦的环境中，中国共产党领导下的抗大总校及当地广大军民在这里创造了抗战史上的奇迹。全书内容全面且非常细致，其中的正规化建校、抗大五周年纪念活动、反“扫荡”、人物事迹都描写到位，是一部“中国革命和中国教育史上的百科全书”。本书在研究抗大总校历史上具有不可替代的作用，是研究红色文化、激发人们爱国情怀的重要图书，是河北纪实文学在红色文化书写方面的重要收获，可以让更多的人了解那段历史，传承我们的红色精神。

一、书写民族魂的一座丰碑

《熔炉》作为一部纪实文学作品，是书写民族魂的一座丰碑，做到在深层次上阐述人民性，这是非常难得的。作者耗时几年完成这部作品，体现了作家的文学态度和文学使命感，这种写作品格非常值得我们学习。历史波云诡谲，中国革命不是单调和简单的发展，中国革命胜利的过程远比与敌人面对面的搏杀更为曲折，更考验革命者的智勇心力。抗日战争，是中国近代史上最伟大、最壮烈的民族解放战争，人民永远不会忘记决定自己命运的战争，也不会忘记抗大在这场战争中所起的作用。抗大培养的抗日干部，怀着坚定的政治信念，即一定要打倒日本帝国主义，为着民族解放而抗战到底的坚定爱国主义理想。这是建立抗日民族统一战线、夺取抗战胜利的伟大政治基础，也是抗大精神的魂之所在。抗大是在政治环境和生活环境极其艰苦的情况下发展起来的，这座"战火中的大学""越抗越大"，培养出成千上万优秀的指战员，他们先后奔赴敌后各个战场，带领部队、民兵和广大群众进行斗争，让敌人闻风丧胆，为夺取抗日战争胜利，为人民军队建设作出了卓越贡献。作品深度融合，既反映抗大总校真实的历史，如何创造条件，如何言传身教，如何与日军进行斗争，如何帮助地方加强根据地建设，再现历史细节，同时也将历史上那些人民群众的状态和那种丰富的底蕴鲜活饱满地挖掘出来。所以，这部书的价值非常高。

二、真实再现抗大在浆水的办学历史

《熔炉》是作者殚精竭虑、高质量地真实再现中国人民抗日军政大学总校的优秀作品。作品将读者带入抗大总校的学习环境、生活环境和战斗场景中，使人领悟到共产党人的人生理想和家国情怀，从而加深了对他们的理想、信念以及初心的理解。《熔炉》的创作有三点值得称道：第一，展现出抗大总校敌后办学的复杂。作品不仅将抗大总校办学及太行山抗日根据地的发展脉络梳理得十分清晰，而且从敌我多方态势等方面写出了抗战历史的极端复杂性。日军对太行山根据地进行"拉网大扫荡"，围剿抗大总校。为减少伤亡，避免与敌人主力硬拼，他们化整为零，"利害变换线"，突围转移。还在驻地组成游击小组，协助浆水民兵一起进行反击。抗大总校的师生，在晋冀边境与敌人周旋，边战斗边学习。这是中国共产党领导的敌后抗战的缩影。第二，塑造出英雄的群体。作者通过人物访谈及查阅资料，挖掘了大量历史细节，整合成一个个英雄故事，塑造了一个英雄群体。正是有了这些性格鲜明、敢于拼搏的英雄人物和故事，抗大总校在敌后艰苦环境中办学才如此可歌可泣，历久弥新。第三，全书还揭示了人民的力量。抗大总校在浆水办学期间，地方党政部门和群众，在生活极端困难的情况下，给抗大师生腾出房屋、划出山场、缴纳公粮、给抗大干部代养子女，为保护抗大学员，在日本鬼子面前视死如归。人民是苦难的承受者，也是革命的力量源泉。

三、具有大情感的力作

《熔炉》是一部荡涤心灵、具有大情感的力作，使人陷入深深地感动。这本书展现了由共产主义信仰的力量迸发出的光芒和这种光芒燃烧铸造的忠诚、坚韧、大无畏，展现了艰苦奋斗、不怕牺牲的精神品格。可以说，贯穿这部作品中的抗大精神是中华民族精神在抗战烽火中所放射的璀璨光芒，是当代人心中永不磨灭的精神丰碑。抗大师生以苦为乐，以苦为荣。大家自己动手筑校舍，背柴火，开荒种地，大地当课堂，膝盖当课桌。虽然学习、生活非常艰苦，但广大青年有理想，有目标，受远大的革命志向和崇高共产主义理想的鼓舞，抗大到处洋溢着朝气蓬勃、愉快向上的欢乐气氛。正是在这艰苦的学习、生活环境中，学员们磨炼了革命意志，培育了艰苦奋斗的作风。书中铁骨铮铮的抗大师生、抗日军民让人十分动容，人物的刻画非常精彩。

全书文字表达流畅、诗意、形象，细节的描写非常到位，让人过目难忘。用浮雕式的写法塑造人物，使作品更立体、透彻，也使历史更有温度。作品选择了本土化叙述方式来书写抗大的光荣传统，把抗大精神永远铭刻，使之激励我们锐意进取、开拓创新。

抗大精神属于历史，也属于现在和未来。

《墨气如兰》序

初识纳兰，老伴儿特别喜欢，说不像哈尔滨姑娘，东北女性“喜欢流行时尚，唱歌跳舞，奔放洒脱”的地域性特征在纳兰身上并不多见。于是留意发现，在名家荟萃的作家圈子里，纳兰年纪大约是最小的，在全国性笔会召开时经常是接待人员的角色，看上去娴静端庄，确有点南国女子温文尔雅的风范。

读她的散文，文笔细腻生动，清丽淡雅，意境深邃，很新鲜；读她的小说，不断叩问灵魂归属，探讨人生的大课题——自由、爱、逃离、宿命；欣赏她的画，唯美细腻，艳而不俗，有很浓的文人画气息。于是觉得集各种修养于一身的纳兰涉猎广泛，这也同时构成了“她的特点”。文坛或画坛，有同等才华的年轻人不在少数，可文画兼修并且双秀的，则少之又少，那么，把纳兰放在局部地域还是全国范围内，都有些不群，自成自己一道小小风景了。

纳兰与我周边的文化界老朋友关系都很好，深受我辈的欣赏，得到前辈悉心指导、提携，自然眼界与气度、心气与品位在同龄人之上。纳兰还与家乡哈尔滨的业界名流关系甚笃，长期浸润影响，为文、作画之道，又增添了几分与众不同。

纳兰曾出版过散文集《墨色浮香》，与这本《墨气如兰》风格相近，都是清新婉丽的，文与画交织，别有一家特色。

纳兰的散文“很新鲜”，这也是韩小蕙在《文艺报》上对纳兰散文的评价。融于当代散文界的纳兰，作文不跟风，不标新立异，只是对所经、所见、所感、所悟做着真实的记录，表述着真情实感。对于置身都市生活的人生百态，笔笔切剖，刻落下鲜明的时代烙印。

《墨气如兰》围绕这样几个主题：览胜记游、走读城市、家乡特写、感悟觉世、往事感怀、日常叙事、校园记话、人世评论。纳兰多从身边凡人琐事寻找材料，点滴拾零，细写着滋滋味味。从对于人、事的记录与省察，可以窥到她内心深处流露的对于美好、原始、纯真生活的向往。无论写各地风情还是寄情小品，甚至“连未养便‘再也放不下’”的流浪狗，纳兰都能赋予一种绵绵的深情。《乡愁》中对于母亲的牵挂并未直述，而是从“母亲的电话追过来，哀泣有声……”中传递着言语之外的疼痛和纠结，闪动着游子思乡的敏感和灵魂深处的忧虑。

纳兰散文，情感与哲思是其灵魂。

她能从时代的鲜明特征中体味人性深处“爱”与“美”的“遗失”:《物质的亚奴化时代》《被虚拟了的我们的生活》写了现代人生活的闭塞，“不知什么时候开始，我们‘受控于一部小小的电话了’”；网购“节省了时间的同时也节略了感情”，字里行间传达着工业文明后期“使人欢喜使人忧”的都市现状。写影评、财经类文章，纳兰如写小说一样深入探求，细腻排查，指摘时弊，入木三分地提出了自己的见解与评论。纳兰性格上是个较平和的人，对于时事政治往往敬而远之，可是时势有时也会逼着平和的人写出一些“凌厉”的文章。这种言志表意的文章，纳兰一改清新淡雅的文风而显得朴实腴厚，突显了她颇具个性色彩的艺术风格和审美意蕴，同时也体现了中国知识分子应有的良知与担当。

作家的思想往往决定作品的高度，同时亦反映一个人的人生哲学和价值信仰。纳兰散文不时流露的观点认识，体现了一名创作者在文章中“贮满诗意”的同时，亦“给人以警醒”，读者不时能体会到深藏其中的悲悯和情怀。

由于生长在冰天雪地的北方，纳兰对于极具地方特色的《冷》

《雪夜》《火炉》均以白描的笔法书写其形、展现其貌，对于地域性文化的深入探查，对于“严寒予人的无情摧残”，刻画得刀刀见血，力透纸背。她还写了老家另外一种物象——哈尔滨市花“丁香”，提出了“美在外形又在其精神”。纳兰从这些微小的生命中，提炼出丰沛的强大生命力，使平凡的花卉在其漫写中“不富贵、不骄奢、不夺人耳目”，只于淡白的花丛间散发着不事张扬的美。这种即景抒情的文章辉映出纳兰天性的醇厚——她也像街边静静盛开的丁香花，散发着非桂非兰的淡淡幽香。

篇幅短小的文章往往在构思上更见匠心。《春天里》三次提到春光，笔笔意连到“欢欢”“乐乐”这两个孩子的天真和快乐上。那份为师者发自内心的款款深情，在与孩童的稚气交缠中，笔笔送到，呼之欲出。这种记录学校的文章大约只有教过书的老师才能写得如此生动有趣，浸透着作家浓浓的教育情怀。

她偶尔打破常规句式的沉闷，使语言于洗练之中呈现一种多样性。《火车站，生命起承的驿站》《“江湖”众生相》中均不见华丽的辞藻，却以速写的方式道出江湖万象、人生哲理；于客观记录中带出一些柔性书卷气与文化质感，随处可见“立体画面”，有强烈的“视觉”冲击力。

她流连于无边生活的缝隙里，感受生命的张弛起落，加上个人职业生涯的丰富性——做过教师、大中型企业的办公室主任、策划部主管、杂志主编，其行文自然会多视角、全方位审视、观察与刻画，以极敏锐的触角传达一种脉脉的情思。她擅于以景衬情，生动的语言之上呈现出精美意象，读者通过“暗示”，可以体会一种回味无穷的别致书写……

这样一个人面对薄纸素绢，施以绘画，笔下将呈现怎样的世界?

种种人生思考下，纳兰融于画中的“气韵生动”，显然是只可意会不可言传的。业内人士这样评价纳兰的工笔画:“绝不逊色于一些名家之作。她的画气象夺人，不是故作奇崛的张牙舞爪，也不是气势雄浑的夺人眼球，而是宁静淡远，幽深空蒙，有高古气象。大约作者多年著文，‘文画合一’，‘养’就了一种中正平和的大雅之气，这气象迥异于时风的制作精细、不厌其烦的细节堆砌。”

纳兰是用灵魂作画的画家，正如她用灵魂写作。对于写作、绘画的虔诚，使她没有失去“中国画的书写性”，没有失去“精神诉求”，没有“为技艺而技艺”。

纳兰毕业于哈尔滨师范大学美术学院，受业于画坛名宿赵勋先生，是以深厚传统功力闻名遐迩的石景和先生的入室弟子。出身科班又有名师先贤耳提面授，加上常年文学创作，有着深厚的文化底蕴，其绘画功力与境界，自是不同凡响。

看纳兰的画，有一种超现实的意味，生命本体变得轻渺飘荡，进入清凉、自适、欢喜又孤寂的境地。纳兰的画是隐含某种孤寂意味的——孤寂而不孤单，如同她的文学作品，有一种禅意，一种“空山无人冷月孤舟”的超凡自在。而这一切，皆出于画家自性，来自其灵魂深处的呼唤。

纳兰身上有着书斋女性的修行与雅致的特点，为文还是作画，均能恪守传统，在循规蹈矩的基础上，糅进个人的悟性，作文，作画，做人。纳兰勤奋不辍，作品中除有明显的学院派特点外，还有着文人画的灵动，而其绘画艺术上的书卷气，应是她最大的亮点。

纳兰耗费十年光阴创作的长篇小说《救与救赎》《谁是赢家》，于一种宏大背景下驾驭起几代人的总体结构，人物命运、故事情节游丝引带，这需要极强的文字功力和深厚的思想。这种举重若轻的表达应该与纳兰的能文善画有一定关联。她将各种艺术铺摆开并各个击破；将种种文化集结于心，不断发酵，最终传达的是她的“一家特色”。

纳兰以一名写作者及职场中人的身份，于往来行走间捕捉心迹，深情表露各种体悟。纳兰笔下的人生不虚玄、不迷惑，而是扎实、真切、绝无矫饰。她将学问编织成经纬，形成张弛有度的内在知识系统，旁征博引，于各个方面有所“斩获”。

有人说，仅仅写小说的人是写不好小说的；仅仅写散文的人也写不出好散文。只有修养全面的作家，其内心交织、“积存”起各种“博大”，才能将作品写得深刻动人。这一点，古今中外概莫能外。

作为曾经的冰城才女，纳兰以自己的温婉与文画双修，在物质生活相对发达、精神生活日益丰富的今天，不失精神的独立，能自觉意识并履行自己的历史使命、社会责任、人生义务，以其独特的方式参与社会生活，肯定并实现自己的社会价值及人生需求。在传统与现代间，在思想意识发生剧变的今天，她仍以自己的憧憬与审视，寻觅出一条适合自己的人生路径，默默地、义无反顾地走下去，是让我辈深感欣慰并能给予大力支持的。

王湛梅《暗香疏影》序

时代青年有句时髦话——“诗和远方”。其实，许多人没有那么浪漫，更现实一点，看重小品和眼前，追求物质，疏忽精神。湛梅属于浪漫者，真正喜欢诗，新诗、旧体诗她都爱。在她这样的年纪，对诗体并无成见，纯粹出于爱好。

旧体诗是成熟和完美的，意境美、形式美、音乐美；新诗还在路上，处于探索之中。时下流行的新诗，内容上有创新，艺术上有缺失，散文分行，有散乱的思想火花，缺少形式美，艺术魅力不足。旧体诗能唱能吟，而流行诗只是在说，而且还口齿不清，常常让人听不懂。写旧体诗要求文化修养、境界、胆识、胸襟，而流行诗门槛低，不讲难度，也就没了高度、深度。当然当前旧体诗也有流行病，模仿唐宋，陈词滥调，形式上套了格律，而内容苍白，一堆塑料花，无香无味。总之，在诗的国度，大众对当下诗歌还没有恢复到一定热度，有诗歌自己的问题，新诗缺乏民族化，旧体诗缺乏现代化。

湛梅自幼喜欢读书，尤其诗歌，诗经、乐府、唐诗、宋词，臧克家、艾青、田间、郭小川、贺敬之，在长期大量阅读中形成了自己诗的美学。湛梅较早认识了诗的真谛，进行了自己的实践。她的诗词比较古朴，但又不是迂腐的古，这是值得鼓励的。她能保留旧体诗的优美，不因求新而损害诗的味道，这也是应该继续努力去发扬的。她的新诗写得非常素淡，却又在淡中能琢磨到诗味，这就正如“人间有味是清欢”的境界。

美学领域的优美和崇高，是两种有代表性的艺术形态，湛梅的旧体诗词就具备了宋词婉约派流传至今的优美感，这虽是女性在写作时比较容易呈现的气质，但她在风花雪月之外还能时常迸发的巧思，为柔和的词句增加了一点跳跃和灵动，让她的作品更加有特色。

她填词歌咏传统的月色，却不仅仅是叹息“门前月色渐如愁”（《浣溪沙·春愁》），更能在对阴晴圆缺的怅惘中添一声“他日待重磨”（《忆江南·月》）的祈盼；她写诗抒发家国的情怀，有“但愿汉江清景好，樱花开处共晨曦”（《七律·春》）的温柔祝愿，也有“金戈铁马丹心著，收拾山河志不移”（《钓鱼岛》）的志远情坚……她的传统诗词，虽不算宏大开阔，却能时常出一些新意，把自己婉转的心思填在了看似平淡的文字中。

湛梅的现代诗，风格不同于旧体诗，却同样很有女性柔美灵动的气质，楹联雅致秀美，散文写得活泼有趣，游记则是突出了文化认知，正如海德格尔所说“诗意的栖居”，让她的文字都透出一股古典的诗味。

荣格说:“文化的最后成果是人格。”湛梅之于古典文化，就颇有几分这样的意味。她读书好读原典，逐字逐句地品味经典文化的原本意境；她好旅游，每到一处，先寻其古迹，看似枯燥的石碑旧刻，少有人行的偏僻旧址，很多别人忽略的东西她品读得津津有味，这种“游目历遐荒”的逍遥生活，让她被古典文化熏陶成性。她倒是从不敝帚自珍，还很尽力地去做文化的普及，办了很多讲座去讲解格律诗词的创作和鉴赏。普及是很有功德也很辛苦的事情，但她做得很好。

最近因疫情而宅居，如守战壕，也有了读书机会。偶尔有“窗明几净了无尘，斗室风生万里春”之愿。我为湛梅作序，也不单单为了作序，也想抒发一些不太成熟的思考。多年来我偏爱能深层打动我的作品，那种作品大多具有一种厚重的力量感。可湛梅这种淡美的文风，却同样让我感受到了安静和愉悦。宋人邓深诗中说“人生天地间，世路多坎坷”，再饱经风霜的心境，也未必不会感动于“细嗅蔷薇”的某个瞬间。湛梅的文字风格很有特点，这种特点来自传统文化的渗透，来自我们博大精深的古典文学，来自从诗经到唐诗宋词再到现在的数千年积淀。虽然作为一个个体，她可能仅拾取到其中微小的几片珠贝，但对苦于繁忙生活的人们，偶尔能静下心来读一点这样安静优美的诗词，也是挺不错的选择。湛梅是位优秀的诗词践行者，希望她能够再接再厉，更上层楼。

范峻海歌行体诗

古诗至盛唐到顶峰，滋生近体一支，短小精致，颇受官家偏爱、士子追捧，成为诗的主流，美则美矣，妙则妙矣，终归格律太严，门槛过高，脱离大众。严戒律限制诗人的思想自由，小体量剥夺诗的叙事功能。自此江河日下，再没出现《观沧海》《蜀道难》一类大气磅礴的抒情诗,《孔雀东南飞》《琵琶行》一类生动感人的叙事诗，再没出现陶渊明、李白一类的诗坛巨星。或者还有一个苏东坡，也是其诗弱于其词。

近体诗也许生而有谶，律诗、格律，也会千篇一律；绝句，绝妙也能绝后。千百好诗警句，千百前人的写作专利，挂在世人眼前，给后人创作的天地很小了，大家都在模仿，才气大的精仿。近体诗千年独大，难免自然老化。现在问题依然存在，近体诗还是霸王，还是重守制轻新意。以平水韵而言，南宋刘渊也是吸纳前人韵书，面貌已与唐人不同，何况七百年过去，声韵已有很大变化。古人尚知变通，今人何必抱残守缺。有人发明了一把电尺子，衡量网络上诗词是否合律，成为最新版的刻舟求剑。诗要进步，就得改变唯近体，恢复多样化，古风、乐府、歌行、词曲、民歌等百花齐放，不能一棵树上吊死。

军伍出身的范峻海，醒悟早，突破快，占领一块高地。他选择歌行体，先后创作 45 首，让人耳目一新，有人称之为新浪漫主义歌行第一人。品读之后，有几点突出印象。

一、宏大的气场。爱国主义和人民性是中国传统诗的精髓，可叹若干年来，随着西方文艺理论的引进，在“主观化表现”“走向内在”等似是而非的口号挤兑下，逐渐弱化。范诗逆袭而上，旗帜鲜明、理直气壮地讴歌党和领袖，颂扬中华文明，抒发爱国爱民之情。“壮乎哉！南湖火炬势燎原，红旗漫卷农奴戟。”“摧枯拉朽万象苏，六亿尧舜鼓洪炉。”“复兴大旗复兴梦，一带一路风光殊。”《鲲鹏颂》纵横五千载，展示了中国共产党改天换地的风云史，大气磅礴，气吞万里。《梦诗家赏毛泽东诗词碑林歌》《梦周恩来总理访东范》《有感习近平总书记视察拾秋诗社》《三峡工程放歌》《北京奥运会浩歌》《长剑歌》《吟“神七”航天团队》《王其和太极拳放歌》《中国女排荣膺里约奥运冠军》《吟扁鹊庙九龙柏》等篇都是又叙事又抒情，江河入眼，岁月入梦，大题材，大气象，大格局，一等襟怀，一等风云之气，扬眉吐气，豪情万丈。

二、积极浪漫主义精神。范峻海熟读李白诗、边塞诗，但是不模仿不重复古人，追求继承，创新发展，对现实题材赋予新意境、新思想、新手法，直抒胸臆，同时把丰富的想象，大胆夸张，与神话、典故融为一体，烘托自己的热情，穿越时空，出神入化，“无意不可入，无事不可言”。在《梦诗家赏毛泽东诗词碑林歌》中，竟将古代诗词巨匠大擘一起唤醒，调集屈原、李白、杜甫、白居易、苏东坡、陆游、辛弃疾等飘然而降，“遥望长空彩云飞，千家骚客赏诗碑”，“凝眸雄碑几番品，倏忽狂草卷风雷”，“家宴韶酒歌不休，霓光酒影月如钩。开怀屈杜欣弹《雪》一曲，苏辛放歌九天揽月任遨游。君不见谪仙狂歌舞长剑，赏罢毛诗胜封侯”，显然不是描写客观，而是把自己崇拜之情高度集合强化，创造出一种主观印象。

《王其和太极拳放歌》以比喻和联想手法，把王氏太极拳概括为 6 个姿态，连用 12 个比喻，“静如泰山齐鲁卧，又似莲花佛祖坐。动如夜空坠流星，又似神州腾蛟龙。刚若补天女娲炼五彩，更像雪拥珠峰傲云海。柔似凌霄行云闲流水，又如霓裳羽衣酒微醉。捷如仙山猿猱松壁行，又似白鹤展翅凝云空。收如临水高矗鹳雀楼，又似寒山古寺月当头”。调动色彩、音响、光线、温度、重量不同感觉，反复印证，这就是被西方现代诗备加推崇的“新”技术——通感，其实是中国唐朝诗人李白、杜甫早已用惯了的旧玩意儿。今天范峻海活学活用，用到极致，产生了浪漫主义艺术魅力。

三、鲜明的诗人自身形象。与小说、散文不同，抒情诗的主人公是诗人自己。除了上述作品以外，有关这方面内容俯拾皆是。“自古戎马守疆土，送别壮士唱大风。男儿有志不报国，浪迹百年也枉生。慷慨乘风人去也，云鹏比翼傲苍穹”（《送夫》）；“折断青梅剑，拍碎昆仑丘。一声长啸翻东海，慷慨挥泪写恩仇”（《登香山》），看到作者立志报国，铮铮风骨，侠肝义胆，勇于担当。“麦浪毓金喜欲狂，风摇雨摧煎胆肠。洪怒毁堤噬千户，弹剑擒魔呼与鼓”（《丙申年夏日述怀》），看到诗人与民同欢乐、同疾仇的心境。“铮铮铁骨豹子胆，撞碎南山若等闲”（《太行新愚公李保国》）；“若是哪天出事了，誓陪国旗骨埋岛……日日升旗兮卅秋，无怨无悔报神州”（《时代楷模王继才》），看到了诗人的英雄主义和老黄牛精神。诗中虽然生活情节不一定多，但是对人生的体验，对理想的追求是十分真诚和执着的。《垂钓野沟门长歌》中“屠叟直钩钓文王，高士隐卧多谋疆，余来峡谷寻野趣，钩平钓仄品疏狂！……余钓寺钟三百钧，余钓星斗九千舫。银河涛声梦生苔，平平仄仄听潮涨”。《丽江行》中“兴起举杯邀明月，亦歌亦泣话峥嵘。莫道夕阳几度红，朝云暮雨复西东。天可衰矣月可老，双鬓飞雪心似童”；《天河山》中“快哉风！快哉魂！五脏六腑洗俗尘。振臂挥，放喉吟，弹剑啸歌抒胸襟。千杯一倾百载醉，梦枕青山抱白云。苍天多情莫唤我，我是尘世一狂人”，把诗人超然物外，天真无邪，忘我忘年，性情中人，表现得淋漓尽致，活灵活现。相由心生，诗人把自己的人生理想，美学理想，注入描写对象，形神合一，呼吸相通。45篇作品，篇篇都有诗人自己的影子，加在一起就是一个完整的积极浪漫主义诗人的典型形象。

四、丰富多彩的语言和深厚的韵力。范诗成功，多半靠语言功夫。白描手法，散文化诗句，七言为主，杂以三言、四言、五言，直到十余言。从叙事和感情出发选择词汇，自然声调，参差错落，长短轻重，疾徐变化，音节响亮，气象雄辉。用新韵，且很少一韵到底。《丙申年夏日述怀》两句一换韵，平仄相间；《中国女排荣膺里约奥运冠军》15次换韵，非平仄交替；《读〈尧韵悠扬〉》48句，每4句换韵，用了12个韵，平仄交替，36个韵无重字，足见作者驾驭用韵的功力。范峻海在修辞方面常用对仗、排比、双声等手法，如“莫嗟朝如青丝暮成雪，莫叹一朝卸任门罗雀。莫羡避秦武陵源，莫慕四皓隐商山”（《丙申年夏日述怀》）；“高吟仲淹岳阳楼记，又吟苏辙快哉亭。高吟羲之兰亭序，又吟禹锡陋室铭。高吟毛公浩歌雪，又吟陶潜桃源行”（《同窗西山行》）。作者还善用数字，“四百赤子起风雷，五洲仰看华夏扬国威”，“仰饮烈酒三大碗”，“叱咤九路拳”，“争雄三十六场国际赛”（《王其和太极拳放歌》），数字有时比形容词、副词更直观有力。再就是白话口语入诗，“窃思一个篱笆三个桩，偷梁换柱演双簧……哭俺阿三灌了迷魂汤，落得四面楚歌路茫茫……哼哈二将匝火转，一步一趋百态生。扭扭腰，拍拍肱，搓搓腿，捶捶胸”（《垂钓野沟门长歌》），刻画人物，收到意外效果。范峻海用字的魅力，给诗句带来张力和灵性，回味无穷：“赊得清风送我爽，呼来明月对酒酣。”（《癸未书怀》）“千斛饮罢空山卧，万里衾枕共地天。长江奔腾一勺意，大鹏扶摇半江帆。”（《访李白故里》）“斗胆剪断婴脐带，一声娃啼双鬓老。”（《时代楷模王继才》）“拂衣弹剑惊鸡唱，襟角抖落白云旋。”（《梦黄山》）最后是一些语助词，开始是“噫吁兮”“吁嗟呼”，用着用着就变成了“哎哟呵”“哟嗬嗬”“哇哈哈”“哎呀呀”，说明范诗正在全面走向“古诗现代化”。

我对范峻海歌行体创作，认识还很浮浅，但有一点明白无误。一个范峻海的探索，给诗的天空发出一线亮光，再有十个二十个范峻海的出现（不一定只是歌行体），就会形成一种气候，让人看到中国诗的希望。

梅诗后记

梅花多生江南，但梅花诗不是南方的专利，北方也有梅，也有写梅的好诗。“一树寒梅白玉条，迥临村路傍溪桥。不知近水花先发，疑是经冬雪未销。”（张谓《早梅》）“墙角数枝梅，凌寒独自开。遥知不是雪，为有暗香来。”（王安石《梅花》）“琼姿只合在瑶台，谁向江南处处栽？雪满山中高士卧，月明林下美人来。寒依疏影萧萧竹，春掩残香漠漠苔。自去何郎无好咏，东风愁寂几回开？”（高启《梅花》）都是梅诗上品，更不用说邢台人宋璟的《梅花赋》，洋洋洒洒，开了咏梅的先河。

松竹梅，岁寒三友，北方的梅更有特点，更见风骨。彬子喜欢梅花，作了不少梅花诗，有的还不错。他不是在写诗，而是抒发一种真情，展示一种信仰。“借梅一束魂，寄吾以精神。月光清又冷，谁来解梅心？”（《解梅》）“暗香袭来心如痴，独爱寒艳许多时。雪虐不失真我色，霜欺更敢发怒枝。”（《真梅》）“腊八已过春自来，侍母左右真情怀。冬夜再冷故乡月，落笔即是梅花开。”（《画梅》）都是真情实意。

彬子好友，文质彬彬，以诗会友，以梅结盟，不只图风雅，更是真性情。

彬子好友，但不泛交，没有酒肉朋友，没有哥们儿义气，都是志同道合的人，物以类聚，人以群分，交的是心，结的是艺。在这样的氛围里，彬子的写诗水平有了显著提高。

彬子没上过科班，没入社会上诗人的圈子，靠真性情写诗，写得朴素自然，更接近于诗的本质，真水无香。

彬子有梅心、梅骨、梅神，他的诗会产生影响，为大众所认同。

《尧山当代诗词百家 · 文集》序

今天，庆祝隆尧诗词学会成立二十年，二十年好像一天，历历在目。

二十年前，省诗词协会在井陉采风，家乡的几位会员参加了，兴奋不已，说最该开展活动的是隆尧。华夏第一诗《击壤歌》诞生在隆尧，中国最早的《诗经》里的《邶风 · 泉水》，写的是隆尧，“出宿于干，饮饯于言”写的就是现在的干言村。大陆泽、柏人城孕育出一代又一代的诗人骚客。明末邑人樊腾凤的《五方元音》，是中国诗史上一部重要韵书，至今还在沿用。何况当时，全县城乡，已有一批写诗的“单干户”，就差组织起来了。他们摩拳擦掌，回去不久，隆尧诗词学会就挂牌了。又一鼓作气，奋战七八年创建“中华诗词之乡”，凭借超强实力，成为全省诗词战线的排头兵，创造了享誉全省的隆尧经验。我以为，突出表现在三个方面：

一、抓普及。成立伊始，就向县委、县政府报到，诗词学会不只是同仁组织，更是全县文化战线的一个方队，开展群众文化活动，提高全民文化修养。在县委、县政府领导下，发展组织，分期分批在乡镇组织诗词社团。同时狠抓诗教，诗词进校园，诗词进企业，诗词进农村，由点带面，逐渐展开。接着就是组织采风活动，配合中心工作，为全县经济文化建设服务，有作为就有地位。有计划地遍访全县名胜古迹、革命遗址，发掘历史文化，弘扬红色文化。活动范围逐渐从本县到周边临城、高邑、宁晋、元氏、新河、平乡、内丘等县，带动大家，形成了河北诗词活动的一块高地。后来诗词学会又派生出一个楹联学会，争得了“中国楹联文化县”的荣誉。隆尧诗词已经成为一张亮丽的名片。

二、抓提高。普及是基础，在普及的基础上提高，必须满足广大群众的精神文化需求。全力以赴创办会刊《尧乡诗词》，适应日益发展的形势，又创办中华诗词论坛“燕赵风骨”栏目，一切都是为了提高，实施“精品战略”。多渠道发现人才，重点培养，以老带新，已经形成一支阶梯式可持续的诗词队伍。截至目前，全县会员 200 余人，出版过诗集的 30 余人，共出版诗集百余部。经常在省市级诗词刊物发表作品的有 60 余人，在国家级诗词刊物发表作品的有 20 余人。隆尧诗人国印周已经位列全国著名诗人之列，先后担任中华诗词学会理事、河北省诗词协会副会长，《燕赵诗词》主编，是隆尧的骄傲。女诗人韩丽阁，担任《燕赵诗词》常务副主编，后继有人。齐荣景、冯延辰、曹振峰都是邢台市诗词协会《百泉诗词》编辑。《尧乡诗词》每年 4 期，已出版 77 期；“燕赵风骨”先后举办了 6 次全省性的版主、诗友联谊会，为省、市诗词组织发现、培养了大批优秀人才，有力地提高了隆尧诗词学会在全省诗词界的地位。

三、好班子。隆尧人老实、勤奋、中庸，诗词学会领导班子体现最充分。国印周、张自发、齐荣景，都已功成名就，本可从容生活，他们为了全县诗词事业，甘于献身，勇于担当，制定了学会的规章、制度，身先士卒，亲自授课，定期出刊，请名家来讲习，走出去采风。国会长出主意，张主编出钱赞助，上下齐心，风生水起，队伍日渐壮大，水平日渐提高。他们的作品率先上国刊，得大奖，举大旗，自然形成号召力、凝聚力、推动力。老骥伏枥，一干就是18年。黄俊里鞍前马后，摸爬滚打，逐渐成熟，自然接班，并且年轻气盛、火力十足，“文武带打”，有勇有谋，善于开创新局面。韩丽阁、曹振峰、焦立英等后起之秀，都能独当一面，创作队伍梯次跟进，新生力量不断涌现。如齐村女诗人张红英，电力干部李成群，人劳干部成景亮、聂英杰，教师赵云岭、杨金彩、边慧卿等，屡有佳作在大刊发表，新生一代正在崛起。“火车跑得快，全凭车头带”，榜样的力量是无穷的。

“接柳栽花信念真，一园春色正宜人。”隆尧诗词学会二十年，还处于早春的阶段，所取得的成绩还只是报春花，离盛夏和满秋还有一定距离。希望大家欢庆之余，不要醉倒在里程碑下。诗与远方，我们还在路上。

《岁月尧乡》序

文化是民族的血脉，是人民的精神家园。中国文化在数千年的历史长河中演进，因为时代的变迁与区域的差异，形成了丰富多彩的地域文化。隆尧历史文化就是争奇斗妍的地域文化中绽放的独具特色的一枝，既散发着优秀传统文化的古朴清香，又显现了当代地方文化的旺盛活力。上下数千年，历经多少代，隆尧人民正是以自己的勤劳和智慧，辛勤培育了尧乡历史文化的鲜艳花朵。

优秀的地域文化，是一个地方精之所在、气之所蕴、神之所附。回眸既往，沧桑与荣耀已被历史深深铭刻在岁月深处，而在发展车轮的滚滚节拍中，隆尧踏实而从容地迈着步点，又在不断走向新的伟大梦想。

从唐尧时代开始，隆尧逐渐形成了具有鲜明地域特点的尧乡文化。“陶唐遗风”的朴实情怀，自强不息的进取精神，广博开放的处世理念，热情好客的处事风格，是隆尧人民引以为豪的宝贵精神财富，是自然和历史的馈赠，是隆尧魅力之所在，精神之所在，更是隆尧借以腾飞的基石。

这里有历史演变的沧桑厚重。轩辕黄帝曾经在干言山一带繁衍生息；帝尧陶唐氏始封于此；李氏先祖兴盛于斯，大唐王朝从这里起家；后周的两个皇帝在这里诞生；这里是赵郡李氏立足扎根之地，因此，隆尧素有“唐尧圣地，李氏故里”之称。

这里有特殊的人文结构和优越的地理环境。隆尧境内，尧山一峰独秀；早在春秋战国时期，柏人城就已经地处南北通道；东部是烟波浩渺的大陆古泽，是黄河故道；《诗经》中对干山、言山就有记载。境内有山，有丘陵，有岗坡，有平原，有河流，有大陆泽，历史上这里气候适宜，土壤肥沃，人口稠密，士农工商无不发达。

这里有多姿多彩的历史文化形态。隆尧在千百年沧桑岁月的积淀和一代代人的创造与积累下，熔铸了悠远、深厚的历史文化——古老神奇的尧山文化，博大精深的李氏文化，兼容并蓄的李唐、后周文化，瑰丽多彩的风土民情文化，广博深邃的大陆泽文化。这些内容融汇交错，相映生辉，启迪着这一方人的心智，推动着历史的进程，极大地丰富了中华民族历史文化的内涵。

这里有丰富的历史文化遗存，拂去历史的烟云，不难发现，漫长的历史、厚重的文化，除了蕴藏并传承于人的血脉精神而外，总会以一定数量的文化的形式留存在其演进的土地上。这些留有先民印记，凝聚先人智慧，反映历史风貌的文物、遗迹、遗址，涵盖了隆尧历史发展的各个时期，具有鲜明的地域特色和很高的文化品位，是实物考古、史实佐证、艺术审美、传承文化的第一手资料，是古人馈赠给我们的一笔不可再生的物质财富，更是一笔弥足珍贵的精神财富。

这里产生过大量的文化名人，隆尧是一方人才辈出、群星灿烂的风水宝地。厚重的文化不仅造就了帝王将相，还培育出了众多的文人雅士。历史上，雄奇的尧山之侧往往多慷慨悲歌之士，灵动的泜水之滨每每集文人骚客为群，优越的环境对人才的成长无疑有着耳濡目染、潜移默化的影响。隆尧厚重的历史文化底蕴，铸就了隆尧人的精神气质，进而造就了那些走出泜河，走出隆尧大地，走上恢宏壮阔的历史舞台的人们。或者说，是他们从隆尧文化的深刻内涵中汲取了灵气和营养，并将其进一步发扬光大。这些文韬武略、彪炳史册的人物，其功、其德、其言，永留天地之间，与尧山而比肩，伴泜水而长流。

这里有瑰丽多彩的风土民情。丰富的历史文化，铸就了隆尧人崇文修德、吃苦耐劳的秉性，厚重的文化积淀孕育了隆尧人“士仰朴雅，不事边幅，民事耕织，不矜华侈，气质慷慨，敦厚质朴，以客至视为吉祥”的“陶唐遗风”，形成了博大精深的民间风俗、民间工艺和民间艺术等不同于其他地方的风土民情。

近年来，隆尧先后被评为中国民间文化艺术之乡、中华诗词之乡、中国楹联文化县。历史悠久，人文厚重，文化灿烂，是隆尧前进的优势所在，隆尧文化会逐步把隆尧推向新的高度，而发展、弘扬隆尧文化既是我们的自信所在，更是我们这一代人的历史责任和永久担当。

现在，黄俊里这本《岁月尧乡——隆尧历史文化简明读本》的出版发行，不仅为宣传隆尧历史文化提供了很好的载体，也是响应形势需要，顺应文化需求，开展文化创新，推动隆尧地域文化建设与发展的一件好事。《岁月尧乡——隆尧历史文化简明读本》的内容都是在隆尧电视台《唐尧文化讲堂》栏目讲述的内容，好多篇章我之前都听过、看过，他用白话素描的形式，娓娓道来，较为系统地展示了隆尧的历史传承、历史人物、民间故事、民俗风情和历史遗存，可谓荟萃众美，雅俗共赏。这本书的出版，既是隆尧文化建设的一项成果，又是继承和发扬隆尧优秀传统文化的重要媒介。

文化的延续性在于继承，文化的包容性在于开放，文化的生命力在于创新。我们继承和弘扬历史文化，就是要充分发掘历史文化的时代意义和时代价值，创造出符合时代特色的文化产品，为经济社会发展提供精神动力和思想支撑。

怀古以励志，掩卷当奋发。当前，我们要不断从优秀的历史文化、民间文化中汲取精华，深刻认识和领会人民群众在波澜壮阔的历史实践中孕育催生的可贵精神，从广大群众的实践中提炼、拓展和丰富这种精神价值的内涵，增强文化自信，使之内化为人民群众的精神自觉和行动自觉，推动新时代文化事业走向新的辉煌。

是为序。

《花开时节》序

读《花开时节》时，恰逢房前屋后的丁香、山桃开得正艳，于三月微风中摇曳，欣欣向荣。

女人如诗也如花，当诗与花不期而遇，便具有了别样的美感和升华。般若慧子是家乡一位女诗人，以往识其人而不识其诗，直到读了这本诗集，才知道她一直在潜心创作，用诗歌放飞情怀、点燃爱情，用诗歌诠释人生。

近年来，国内涌现出很多半路出家的女诗人，她们在为人妻、为人母的同时，以极大的热情和良好的悟性，投入到诗歌创作之中，并迅速占领网络、纸媒，形成了一种不可忽视的文学现象。般若慧子作为其中的一员，或许也曾怀揣少年的文学梦想，却限于各种因素，直到中年才有机会把满腔诗情付诸笔端。唯其如此，才摆脱了“为赋新词强说愁”的青葱稚嫩，把生活的酸甜苦辣以及对过往岁月的审视和回忆凝结为平静的诗句：

一场雨过后／世界安静下来／好像什么都没发生／又重新开始／微笑着／把日子捡起（《一场雨过后》）

所以，我一直在／那首诗里等你／海枯石烂／不曾改变（《在一首诗里独坐》）

我用一朵花儿的姿态／望着你／渐行渐远的背影（《望着一朵花儿》）

般若慧子的诗是美的，既有传统的意境，又含现代的时尚，如《面对花开》《昨夜的雨》《在一片叶子上舞蹈》等，这些诗语言优美、意象空灵，虽然欠缺一点人间烟火，但也不失为一种风格。德国大作家席勒说：“女人最大的魅力就在于天性纯真。”既然在世俗生活中无法避免柴米油盐的熏染，为什么不能在诗句中构建心灵的净土呢？

作者在精神信仰和个人情感的矛盾冲突之中，也产生了不少令人回味的诗句：

今天，我微笑／欢喜虔诚地敬仰／你庄严的姿态／慈祥的表情（《菩提花开》）

我接受着这样的结局／“你只管把自己变成尘埃／让世人踏入泥土”（《心存善念》）

心怀慈悲和正念／才是一棵树／枝繁叶茂的根源（《一棵树的正念》）

般若即智慧。对于人生的终极探寻，信仰比艺术更彻底，但在凡俗的日常生活中，信仰往往成为一种内心的挣扎，超越自我的过程也遍布荆棘和痛苦。在很多诗句中，我们都能感受到作者的善良和无奈，以及情感和理智的纠结，有时甚至是悲愤和绝望，尤其《真情时光》一辑，面对逝去的亲人、世事的无常，作者的情绪有些失控，影响了其艺术的感悟力，使作品的细节处理显得不够成熟。

相比之下，我更喜欢作者歌唱爱情以及心灵独白的诗作，这也正是情感丰富的女诗人所擅长的：

亲爱的／面对满山的花开／我轻声地呼唤／有诗有你的夜晚（《面对花开》）

那天我握住了风的声音／贴在耳边／每句都是爱的誓言（《夜色里的宣言》）

一首诗的诞生／起源于忧伤的河流／串起的文字／铭刻着一段九曲回肠的人生（《一首诗的诞生》）

读般若慧子的诗，感受着春天的气息，这个曾因疫情而封锁的城市，忽然变得明媚起来。希望家乡走出更多的优秀诗人，也希望般若慧子的《花开时节》香满园，最终收获丰硕的果实。

孙万顺《梦华心语》序

看到万顺《梦华心语》出版，比我自己出一本新书还高兴，多年朋友成兄弟。

我敬重万顺，一是他讲孝道。年年除夕打电话，十有八九他在回老家的火车上，单位值完班，大包小包，奔向年老的父母。“元朔征车向故园，归心横目万重山。家慈上寿连常梦，银发临风望眼穿。”（《七绝·戊戌度岁咏怀五首之二——元朔归乡》）“佳节数日近膝前，时月匆卒悒念安。他岁若得神助力，予娘益寿百余年。”（《七绝·戊戌度岁咏怀五首之四——佳节探母》）父母在是人间第一幸福，膝前尽孝，是人生第一乐事。二是他为人厚道。他重亲情，更重友情，友情是人生的精神食粮，是人与人之间的契约。万顺当兵 17 年，以报国为己任，视战友为生死之交，时常梦牵魂绕，“秋雨潇然入梦乡，青山欢跃扮霞妆。酿得美酒浓香溢，耳语微风客远方”（《七绝·遥念》）。战友之情，刻骨铭心，“一别卅载命托天，苦辣酸甜哽笑谈”“与子同袍铭骨谊，期颐忠赤赴敌甘”（《七律·袍泽寄语》首尾句）。思之不得则亲往之，“卅载城乡别四方，今朝宴聚大邱庄。未曾相见心潮涌，年少真情伴泪狂”（《七绝·战友聚会大邱庄》）。真情流露，大有“白日放歌须纵酒”的意思。

万顺生在塞外乡下，虽少年好学，但学历不高，也欠名师，然秉“天行健，君子以自强不息”，暗中用劲，锐意进取，笃学不倦，自学成才。工作上勤奋努力，无论在部队，还是在地方单位，都非常出色。在部队多次立功受奖，还荣立过战功。转业到地方，依然转业不转作风，退伍不褪本色，德才兼备，多次被评为优秀宣传员、优秀通讯员、优秀共产党员等荣誉称号。他更不图名利，不改初心，自甘枯淡，夜伴孤灯，唯求澡雪，陶冶性灵，增长智慧。积涓滴成溪流，搜璞玉琢玲珑。砥砺经年，从不轻易出书，出则一鸣惊人，令人耳目一新。

诗人浪漫的天性，使他纵情山水，徜徉世界，遍访燕赵，游历江淮，穿越中原，涉足云贵。所到之处即兴抒情，寄寓怀抱，得壮阔则壮阔，遇幽邃则幽邃，状难写之景在眼前，寓不尽之景出意外。一颗赤子之心，与国家命运、时代风云同律动，语出肺腑，言之动人。他也有不少表现日常工作和民众生活的诗作，大都爱憎分明，体物入微，常常寄托情志，而别具见识。更有诙谐幽默之句大都切中时弊，发人深省。

万顺诗词主要特点是：格调高昂，清畅自然，洗练工整，无萎靡气，无阿世态，自凿心源，不傍他人，不用僻典，不为拗峭，让普通人看得懂，记得住。时下诗词往往模仿古人，少有新意，概念化，雷同化。翻看一本书，一期杂志，也难见一首好诗，一个警句。万顺则不然，诗中妙语连珠，不乏经典之句。写梨花，“撒欢春意当空舞，身器含香暗化诗”。写春天，“春色悄声潜入夜，何愁明日不青山”。能让人过目不忘，留在心里。尤其《五绝·秋柿》：“秋日客山中，悬途问落红。老枝弗碧叶，满树小灯笼。”构思完整，二十个字暗含了起承转合，诗情画意，形象鲜明，朗朗上口，余味无穷。

说了这些，并不意味万顺的诗词好到无可挑剔，诗词境界没有顶点，永远在路上。放眼世界，诗的道路还长，提升的空间还大。比如看他的词，有的辞藻淹没了生活，华丽消耗了真情，还需要加深对诗词的学习和理解，以万顺的智慧，这不是难事。

周志全《踏雪无痕》序

志全是个聪明人，更是个明白人。

聪明不等于明白。聪明人认识快，脑子快，见机行事，不吃眼前亏，充分表现自己。明白人能识别，该吃亏就吃亏，该让步就让步，顾全大局，明哲保身。

志全是个明白人，出身平凡，好学上进，办事干练。可是他明白自己，心慈面软，重情重义，害怕关键时刻拉不下脸，下不去手。于是止步改行，应聘到了省联通，主动请缨，远赴西藏挂职，走上另一高地，还迷上文学。

《踏雪无痕》是他第三部著作，分诗文、太极和收藏三部分，是他生活的三方面，三个侧面组成一幅生动的自画像。

诗词是写意，走亲访友，游山玩水，感悟人生，出口成章。处处透露出真性情、热心肠，淡泊度日，怡情遣性。为人子心至孝，为人夫情至挚，为友至信。志全尊师重道，为太极恩师吴文翰先生写过十几首诗，情真意切，“吴公道山去，师娘成单亲。坐忆往昔事，屋里少一人”。感人至深。志全生性浪漫，喜好交游，见面饮酒助兴，神采飞扬，“自当痛饮三百盏，只恐举樽待君迟”。常有李白“会须一饮三百杯”之豪迈，亦有杜甫“白日放歌须纵酒”之慷慨，没有酒仙、诗圣之名位，也不妨自嘲一下，“错把陈醋当墨汁，写尽半生都是酸。信口打油只为乐，洒脱开心每一天”。他写诗信手拈来，不拘格律，“三生热血君子气，一片冰心自成诗”。倒是他的《海晏悟语》是人生格言，显然深思熟虑，字斟句酌，不光寓意深刻，还讲究气韵节奏，堪称无韵的诗。

《吐莲成文》和《大美太极》，用的是写实手法，以散文形式写人记事。人物有发小丙建、狗顺儿，有作家、艺术家、史学家——流沙河、杜锡瑞、杨文山、周金冠、王晓呈等，还有太极师父吴文翰、师兄杨志英等，都是亲朋好友，恩家名师。因为材料翔实，选择自如，所以更加把握得当。同时由于描写对象不同，写作时间不同，还可以看出作者由公文、新闻写作到文学创作的渐进过程。前者往往是逻辑思维，理论先行，以事为主，以理服人；后者则是形象思维，注重情节细节，塑造人物，以情动人。不同目的，不同写法，难说高低，可以肯定的是文字功夫有长足进步，摆脱了某些模式套路，进入自凿心源、语出肺腑、自由创作的境界。

其中分量大表现又精彩的是武术、太极部分。可惜本人实在门外，不敢妄加议论。一点感觉是志全已是界内人士，文有豪气，武有文采，“剑胆琴心初衷在，文气武形任风流”。

杂货铺故事是小品，小写意，小工笔，小漫画。志全没有大钱，收藏也没有大手笔，不过从兴趣生发，顺便寻觅，拾遗捡漏，全靠手气、运气。日久天长，乐此不疲，收藏颇丰，多是小城乡村生产生活的老物件，三教九流，五行八作，自称杂货铺，倒也得题。摆列实物，学问在说明书上，文字精妙，绘声绘色，量体裁衣，不同品种，不同写法。《明代鸳鸯铜权》“造型优美，铸工精良，包浆厚重，高 5 厘米，重 150 克”外，说到“造型来自南方，北方以羊狗居多”，文眼是“秤砣虽小压千斤”。《一把劁猪刀》用四句诗破题：“双手劈开生之地，一刀斩断欲念根。为求平衡须节制，只是苦了畜生们。”典故出自明人陈云瞻《簪云楼杂记》，前两句是朱元璋的一副春联。文字很短，曲径通幽，引人入胜。《太行奇石——龙的传人》，现身说法，讲自己鹿泉黄岩淘宝经过，意外得来之宝，“一端像龙首，一端似北京猿人头骨”，并命名“龙之传人”，得意扬扬，让大家分享他的快乐。

最后还是用志全自己的一首诗概括此书吧：

养吾浩然气，修我大写人。
丹心鉴日月，腹内蕴乾坤。

忆顾随先生

1958 年到天津，上河北大学，感觉进了天堂。一是食堂，早餐油条豆浆酱菜，午晚一荤一素，荤者对虾海鱼，素者烧茄子炒土豆之类。我这乡下穷孩子，见所未见，闻所未闻。比起初中一天三顿小米干饭，高中一年到头玉米饼子萝卜条汤，一步登天了。

二是课堂，中文系八大教授，课课豪华盛宴。先不说顾随、黄绮，教现代汉语的张弓是我国现代修辞学奠基人之一，1926年就出版了《中国修辞学》。教古汉语的裴学海，与北大王力齐名，1935年出版《古书虚字集释》，高校文科师生人手一册。教唐诗的詹瑛，著有《李白诗论丛》和《李白诗文系年》。教外国文学的雷石榆，左联诗人，曾留学日本，著有《日本文学简史》。教古文的韩文佑，博学多闻，张中行称之为“北方大儒”。魏际昌是胡适的研究生，著有《桐城古文学派小史》《孔子教育思想》等。

1957年1月25日，瑞雪纷飞中，载有18首毛泽东诗词的《诗刊》创刊号问世，全民欢腾，释家纷起。1958年河北大学中文系因为拥有两位诗词大家，在全国高校首开毛泽东诗词课。

教一二年级的是黄绮，江西修水人，黄庭坚嫡传后人，西南联大青年才俊，闻一多的助教，唐兰的研究生。早年以诗词闻名，收入《归国谣》《无弦曲》，朱自清称其“有李清照词风”，吴梅称其“可入稼轩殿堂”。后攻文字学，有《部首讲解》《解语》《说文解字三索》等著作，擅长从修辞、音韵入手，条分缕析，字斟句酌，娓娓道来。他还是书法篆刻大家，板书也是独创的铁戟磨沙体，金石有声。

教三四年级的是顾随，邢台清河人，“五四”以来最负盛名的“苦水词人”，《无病词》《味辛词》《荒原词》风靡二十世纪二三十年代，辅仁大学中文系主任，讲授诗词曲赋，在北京各大学挂头牌，名头如京剧生界谭鑫培、旦行梅兰芳。先生曾应邀到南开大学讲词，如数家珍，妙语连珠，讲韦庄“骑马倚斜桥，满楼红袖招”，顺口蹦出一句：“嘿，到女儿国了！”满堂喝彩。“顾随热”在南开园持续了两三个月，许多学生以用先生的腔调诵诗为荣。天津报刊、《河北大学学报》和《青年文艺》上，不断看到先生新作，歌颂新生事物。《蝶恋花》：“西出阳关迷望眼。衰草粘天，山共斜阳乱。一曲《渭城》多少怨？歌声三迭、肠千断。　风景非殊时代变。山要低头，人要埋头干。千里龙沙金不换，石油城在盐湖畔。”《鹧鸪天》:“唐代王维孟浩然，擅名诗作写田园。高风千古陶元亮，带月荷锄陇亩间。　　当世事，异从前。更新思想复支援。试看集体农民力，土变黄金水上山。”我也兴奋极了——能为顾随词中人。

得陇望蜀，听了黄绮更想顾随，求得高年级同学帮助得以旁听。因为是先生的课，大家早早抢占座位，本系外校老师们挤在后排。因为有点偷听之嫌，我侧身角落，屏息凝神，生怕漏掉一个字，心咚咚跳。

时值初冬，先生被搀扶着登上讲台，依次放下手杖，解去围巾，摘了绒帽，脱掉长袍，仅剩下缎子小袄，抬头亮相。六十岁出头已现老态，面容清癯，精神矍铄，须发半白，仙风道骨。回头在黑板上写下《十六字令三首》:

山，快马加鞭未下鞍。
惊回首，离天三尺三。

山，倒海翻江卷巨澜。
奔腾急，万马战犹酣。

山，刺破青天锷未残。
天欲堕，赖以拄其间。

六行字一片烟云，粉笔有毛笔效果。半行半楷，欧体，工丽秀美，书卷气十足，学过沈尹默。

下面开讲，小令做起大文章，48 个字足足讲了 90 分钟。以李白“山从人面起”起兴，层层深入，由山到人，由人到山。第一首说山之高。第二首说群山之动——“山高”“山动”写外表。第三首，“刺破天拄其间”写精神，先破后立。每首自成一体，合起来是整体。诗的思维运动着，发展着。先生讲课不带稿子，绝不重复别人。先生是诗人，诗人论诗，与作者息息相通，把自己的感受启发、精思妙意，深入浅出、出神入化地表现出来，也把听者带入诗的意境中。先生学问深厚，经验丰富，旁征博引，以剑论山，扯出柳宗元的“海畔尖山似剑铓，秋来处处割愁肠”，苏东坡的“割愁还有剑铓山”，二位只割自己的愁，毛主席却让它“刺破青天”。以马喻山，辛弃疾是“叠嶂西驰，万马回旋”，“青山欲共高人语，联翩万马来无数”，辛弃疾的山是马，主席的山是战马，而且是酣战之马，不但有艺术手腕高低之区分，而且有胸襟、世界观之差别。

台上的先生，全然忘我，陶醉在诗意之中，神采飞扬，不时有妙语惊句冒出。“‘惊回首，离天三尺三’，好家伙，原来如此近！‘奔腾急，万马战犹酣’，好不痛快！”“信不信由你，也不由你不信。”讲着讲着就跳出文本，引申到“小我”与“大我”，生活与创作，形象思维与逻辑思维等艺术理论上来。说主席是写景的圣手，因为他有神圣的阅历，有伟大的思想才能写出伟大的感情。精深的内容分析加上精湛的表达技巧，京腔京韵，甚至京白，抑扬顿挫，跌宕起伏，腾挪跳跃，包袱迭出，如听马连良的念白、刘宝瑞的单口相声，超乎寻常的艺术享受。台下师生，随着先生的声容手势，一呼百应，前仰后合，笑声雷动。从未见过一位教师讲课，如此叫座，这样迷人！

听一课我醉了三天，想近距离领教一次，还找到了借口。高中演《玉堂春》，听说王三公子是曲周人，专门跑去，找到了王家墓地和苏三坟。真有个明朝南京兵部尚书王一鹗，对上戏里唱词：“哪一位去往南京转？”“他本是兵部堂前三舍人。”可是王家后人不承认，《广平府志》上说王兵部只有一子，何来王三，没有王三何来苏三？先生在广平府上了四年中学，临近曲周，想必知晓。课余时间我就常在中文系门口转悠，终于有一天截住先生，期期艾艾，冒昧提问。先生听到乡音，看我撅肚小袄大裤裆，忍不住笑了，用冀南话问："你是哪一湾的？"回说顺德府唐山县。那是旧时的称呼，后来改称尧山、隆尧。先生又说："离俺们村最近的一座山，四月初一大庙（会）有名。你问的问题去查'三言两拍'。"我扭头飞一样跑到图书馆，果然在《警世通言》第24卷，找到了《玉堂春落难逢夫》，惊叹先生的记忆力。

先生的毛泽东诗词课，我又听了7节，越听越上瘾。还上过一次大课，讨论文学朗诵，先生即席讲话，说朗诵不是大声说话，除了激情，还有艺术，轻重缓急，音韵节奏，三句话又扯到京剧上，七分念白三分唱，丑角塑造人物，主要靠念白，自己交代自己。王长林演《打渔杀家》，鬓角贴块膏药，表明被肖恩打伤了，反复说的那句话："请安来啦，问好来啦，催讨渔税银子的来啦！""银子"也是一块膏药，演员把银子的"子"字咬住，把"的"儿话音拉长，绷紧，喷出来，响脆，俏皮，刻画人物的无赖、混混儿。几句话让我记了一辈子。

1960年暑假回校第五天，传来先生逝世消息，悲痛不已，向着马场道先生住所方向三鞠躬，默哀良久，从此天下再没有顾随了。可叹先生出身农村，毕生躬耕文学，牛的耐力，龙马精神，鞠躬尽瘁，灯油熬尽。作为先生最后一批学生，忝列门墙，仅仅两年，且生性愚钝，难得先生沧海之一粟。不过，有两点源自先生：爱好京剧，学做杂家。

陈泽辉《韵散文》序

时代在变，文艺形式也在变。时下流行的白话诗，如同散文分行，失去中国传统诗歌的神韵，没了音乐美、建筑美，也不大讲修辞、技巧，一堆零乱的思想火花（与之前比，思想有进展），还没有炼成珠玑，可以说是诗的半成品。写诗没了门槛，再不是酿酒，而是随便打开水龙头流出的自来水。没有难度，哪会有高度。

旧体诗复出，还未复兴。有些人一味模仿唐宋，以掌握格律自居，平水韵为上，出手自来旧、塑料花，有形有色而无香。生活变了，语言变了，大量多音词出现，给以单音词和双音词为主的五言、七言格律诗造成困难。旧式窠巢难以飞出新鸟，甚至难见一片新羽。所以难得到多数当代人接受，尤其是青少年。

古代只有诗、文之分，宋代才出现小说。到现代，散文大家族中，已有新闻、公文、论文、报告、书信析出，分门另过，不再讲文学性了。剩下的艺术散文，也称美文，也在变，小说家带进虚构、唠叨、心理描写，诗人们带进夸张、煽情、无病呻吟。华丽消耗了真情，冗长取代了精粹。

泽辉先生做媒体，有学问，热爱文学，又懂得民众口味，深感诗歌需要民族化、现代化。他新诗、旧诗都写。诗集《诗和远方》中有新古体诗五百首，使用五言、七言，现代口语，声律随意，法乎自然，与他的播音职业有关。其诗朗朗上口，抑扬顿挫。艺术上有追求，既有古诗的赋、比、兴，也有民歌的生动活泼。

泽辉先生的创作重在散文。他厚重的《田黄》一书堪称印石文化力作，满满的知识性、趣味性、艺术性。他有福建文人与生俱来的酷爱和投入，久而久之，人石两悟，人与石合，人在石中。他用文章赞美神奇的石之形象、高贵的石之品格，同时表达自己清静的情趣和心境。兴之所至，心花怒放，手舞足蹈。文笔老到，随意赋形，生动流丽，拙中寓巧，让人想起福建寿山石雕艺术大师林清卿、郭功森、周宝庭等的力作，圆雕薄意，剔透灵巧，善借巧色，深刻细腻。

近年来，泽辉先生尝试“韵散文”写法，文中有诗，诗中有文，相映成趣。诗是新古体，文是精美文。文中之诗，或开篇醒目，或结尾升华，或夹杂中间，如锦上花、餐中酒、京剧的唱、田黄之格纹。山有了跌宕，海有了起伏，视觉也美，听觉也美，味觉也美。这种写法，古人偶尔为之，如话本、传奇。但古人还是文为主体、诗是点缀。而像泽辉这样，诗文并重，相得益彰，浑然天成，一加一大于二，还是别具一格。

文学艺术要与时俱进，适应时代，为人民大众喜闻乐见，需要泽辉先生这样的先行者。

《浣花辞》序

眉卿习诗未久，进步颇快，何以然？悟性加勤奋，对诗理解到位。她在大量阅读基础上，喜欢上李煜、韦庄、晏殊、欧阳修、柳永、李清照——都是一些婉约词人，大概与她的性别、性格有关。从欣赏、模仿到创作，古意新词，抒写性灵，率性率真，她的诗不止把她心底的秘密抖搂出来，还能形象化展现，形成艺术魅力，如明珠美玉，光艳照人。给我鲜明印象的有：

一、她的诗能唱

郭小川说诗是音乐性最强的语言艺术，尤其古诗词，“逐弦歌之音”，“一曲新词酒一杯”。“五四”以后的新诗，有的虽不为唱，但至少能朗诵。如今几乎全是哑巴诗，新诗是自言自语，默写默念；多数人写旧体诗词，靠搬字典、查韵书、对词谱应付别人挑毛病，殊不知诗词就是歌词，是为了便于吟唱的。眉卿写诗，已过了“临帖”一关，我手写我心，表现新生活，运用现代口语。

哼出来，语言已有节奏，素字单词，编织梳理，已然有意有形，有声有情。如《鹧鸪天·秋日题画》：

已自黄昏入眼迷，斜阳迤逦草葳蕤。秋风欲染斑斓色，老树犹生错落枝。　　春往复，梦如斯。轻匀水墨自参差。摹来花鸟痴痴语，最是深情知不知？

本身就是一首完整的歌曲，抒情、流畅、跌宕、起伏，声音与形象结合，组成动听的旋律。这其中还有声韵的技巧，比如“黄昏”“参差”是双声，高爽；“斑斓”“葳蕤”“错落”是叠韵，紧板。组织起来抑扬顿挫，自然上口。

二、她的诗善于言情

她的诗不说教，以情动人，尤其是爱情诗。如《菩萨蛮·立夏抒怀》：

榴花香自楼前起，红云倚在浓荫里。夏梦已成差，春风正满怀。　　有约君记否，日子凭消酒。时诺鬓还青，莫逢白发生。

形象显明，委婉传情，运用各种艺术手段，感物伤时，把人情事理糅合一起，有脉搏，有心跳。又如《菩萨蛮·缘分》：

不因春日花前起，便从月下秋声里。前世许今生，回眸时眼青。　　年华藏不住，深浅胭脂误。谁教燕双飞，离人心上啼。

与前一首菩萨蛮一样，开头两句横空出世，先声夺人。之后娓娓道来，甜蜜回忆、离愁别绪、心态、景态、情态，融为一体。清丽婉媚，情深意长。

比起词的委婉缠绵，她的诗是另一种情调。如《七律·中秋有怀》：

去年一梦又中秋，不惑时光惜更流。

怕与阴晴翻故事，懒同过往算情愁。

西风每把深怀负，霜叶穷将菊色囚。

万里清辉应属我，闲窗摇曳可温柔？

“怕”“懒”，直白；“西风”“霜叶”，爽朗。看似自言自语，实则掷地有声。不用华丽辞藻，都是朴素语言。花言巧语往往会影响感情真挚，造成“隔”的感觉。

三、她的诗有家国情怀

婉约诗惯以表现风花雪月，儿女情长。眉卿不仅仅止步于此，还能抒写家国情怀，疫情期间的创作尤为突出。如《五律·疫时宅家二首》：

蹉跎年不去，度日费精神。除却三餐事，唯余一倦身。

床前移月下，叶落到花新。空有横波滟，难栽两目春。

时疫难驱遣，居家奈若何。侍餐如侍虎，斗志似斗魔。

三口分三国，双门挡一河。春光争破户，陋室却无多。

比兴手法，感情细腻。“三餐事”“一倦身”“三口分三国，双门挡一河”，选择典型细节、意象，数字中有神韵。我更欣赏这首《画堂春·闻父母隔离有寄》：

谁知疫疠乍疏狂，愁云遮了残阳。踌躇不敢近西窗，一眼千霜。　　灯火虽留余热，亲情难慰离伤，今宵去路不禁凉，添未衣裳？

隔离生活，焦急心情，全篇无一字点破，全凭环境景物的渲染、动作情态的描绘，把一颗孝心曲曲传出，言外见意，深永含蓄，字字软温，情深如注。

哀悼袁隆平逝世，她写了两首诗赞美袁公“无双真国士”“志在躬耕堪造化，心怀社稷总迷痴”，概括得好；“恸引银河泪，风声共雨声”，看得出来诗人真的动情了，更兼有浪漫主义色彩。

四、她的诗很美

诗是用文字创造的韵律美，通过美的形象、美的意境展示现实的生活美、人物的心灵美、环境的自然美。见《绝句·寄怀》：

那日隔窗和泪分，清词两阙各殷殷。

玲珑小字今犹在，负了青衫绿罗裙。

美好的境界，一笔画来；万般风情，一语道出，多美。又见《鹧鸪天·医院陪床有感》：

最挂心头是玉瓶，一珠一线计长情。泪和药液与天滴，梦散星微逐日倾。　　侍左右，忘昏明，纷繁愁锁晓窗青。今宵剩有银红照，照我无涯月无凭。

病房情景，人间大爱，构思新颖别致，写得细致入微，语言通俗浅近，好似民歌小调，余味无穷。

纵观眉卿诗词，锦心绣口，才华难得，但以目前论，身边故事，内心独白，还尚不足以放任性情，宣泄奇才。假以时日，旷目舒襟，迎接艺术和生活的挑战，必得更高境界，拭目待之。